LAS LUCES DEL RETORNO

Juan A. Soto-Escudero

Una publicación de Books&Smith

Las luces del retorno

Hechos los depósitos de ley, es propiedad del autor
The Library of Congress
Copyright Office
Registration Number: TXu1-164-432
IBSN: 978-612-45540-0-1
Primera edición
March 26, 2004. Washington, D. C. USA

Segunda edición a cargo de Books&Smith, 2021
ISBN: 978-1-7368848-2-9

Diseño de portada por Edgar Smith
Edición final por Edgar Smith

Representación exclusiva: Juan A. Soto-Escudero
93 Hadley Ave.
Clifton, NJ 07011
USA

Contactos: Teléfono: 1 (973) 223-6822
          E-mail: Juan83nj1@msn.com
          www.laslucesdelretorno.com

"El amor de una mujer transforma la vida de
un hombre que pensaba que todo estaba
terminado durante sus primeros años
como inmigrante en Norteamérica".

ÍNDICE

PREFACIO

Vámonos, pues, por eso, a comer yerba,
Carne de llanto, fruta de gemido,
nuestra alma melancólica en conserva.

César Vallejo

No ha sido mi intención escribir esta novela para presentar un hecho personal, sino para narrar la vida y lucha diaria de millones de inmigrantes radicados en los Estados Unidos, y, por qué no, por la misma temática, de los inmigrantes radicados en diferentes lugares del mundo.

Mi intención es dar a conocer la psicología del inmigrante. El mundo personal en el que contiene todas sus aspiraciones, sus hábitos de vida, sus costumbres. Enfocaré la condición humana desde sus bases fisiológicas para comprender la conducta psicológica, social y sexual del inmigrante como componentes del fenómeno migratorio.

Desde mi llegada a los Estados Unidos de Norteamérica, en Enero de 1993, en que conocí a los personajes principales de esta historia, y los verdaderos motivos que propiciaron la emigración de miles de peruanos, no ha cesado mi admiración por todos ellos. Sin embargo, yo también me vi envuelto en ese tema, puesto que me tocó vivir en carne propia todas las vicisitudes que pasan los inmigrantes y que ustedes leerán a continuación. Conocerán ustedes las historias de Saúl, Ricky, Pepe, Germán, y muchos personajes más, que gracias a sus esfuerzos han logrado salir adelante en este país, donde es difícil alcanzar el anhelado sueño americano, pero que, al final, después de mucha lucha, se consigue.

También ha sido de mi interés, al escribir esta novela, el informar al pueblo peruano, en particular, y a todas las personas de los diferentes países de habla hispana, en general, cómo se desarrolla la vida de los que se encuentran lejos de la patria amada, lejos del hogar y de la familia. Son duros los caminos que recorrer, son fuertes los trabajos que se realizan, son muchos los sacrificios que hay que hacer para salir adelante… son muchas las lágrimas derramadas.

El peor enemigo del inmigrante en tierras lejanas es la soledad. Ese sentimiento desgarrador que conduce a la depresión (enfermedad que, en menor o mayor grado, afecta indefectiblemente a los inmigrantes). Me tocó padecerla, por cosas que pasaron durante mi vida de inmigrante. Fui uno de los miles de casos que se ven a diario en este país. Afortunadamente, logré vencerla; gracias a los cambios positivos que se presentaron en el camino. Esos cambios se dan gradualmente mientras se sufre un proceso de adaptación. En ese proceso conocí a una persona que me alentó a seguir adelante, a no desmayar en el camino, a ser fuerte y tener el corazón duro en esta *«land of free, home of brave»* (*tierra de libres, hogar de valientes*), llamada Estados Unidos, acompañado de unas hermosas palabras: "Valor. Confianza. Paciencia". Cuando la meta está fijada, no hay que dar un paso atrás.

He releído esta novela una y otra vez para su corrección, y cada vez, me transportaba a aquellos años en que dejé mi patria por un mejor porvenir. Y volvía a sentir la misma angustia de aquellos primeros años, las mismas lágrimas correr por mis mejillas, la misma agobiante sensación de soledad.

Sin embargo, nada se compara a la inmensa felicidad que sentí cuando tuve la primera oportunidad de regresar a mi querido Perú, a brazos de mi amada familia, después de ocho años de haber experimentado este fenómeno global llamado 'inmigración'.

Cinco poemas agregados en esta novela son de mi propiedad, incluido uno en inglés. Hay otros fragmentos de poemas insertados en algunas secuencias, que pertenecen al gran poeta peruano César Vallejo (1892-1938). Decidí agregarlos en esos capítulos porque eran compatibles con las escenas. Los poemas de César Vallejo son universales y de carácter público. Vallejo también fue inmigrante. Vivió y murió en Francia. Esa etapa de su vida estuvo marcada por una gran pobreza y un intenso sufrimiento físico y moral. Allí escribió grandes poemas que reflejan la grandeza de su alma mística; le escribe a la soledad, al amor por la madre y a la patria lejana.

Por último, quiero dejar constancia de que los nombres de los personajes públicos que aparecen en este trabajo fueron tomados simplemente por cuestiones históricas y cronológicas en relación con el tiempo de partida y de retorno del personaje; ya que fue el punto de referencia para la emigracion de miles de peruanos a diferentes partes del mundo.

No he agregado ni inventado nada que no registre la historia de mi país durante el tiempo de gobierno de ambos personajes. Por el contrario, quiero que estos comentarios sirvan para que esos hechos no se repitan y pueda mi querido país resurgir bajo el mando de personas honestas y con espíritu de servicio hacia los más necesitados.

Esta historia está dedicada a todas las personas, de diferentes partes del mundo, que diariamente dejan sus países en busca de mejores oportunidades y de nuevos horizontes. A esos héroes anónimos que enfrentan a los elementos, a las adversidades, y las penas. Sé que caminos van a recorrer, sé que dificultades van a pasar. Por eso, a todos ustedes les envío mi fuerza espiritual. Que nuestro muy amado Maestro Jesús y la Divina Presencia Individual de cada uno de ustedes iluminen sus caminos, los libren de todo mal y logren alcanzar sus objetivos. Dios los bendiga.

Juan Soto-Escudero

CAPÍTULO 1
LOS CONFINES DEL TIEMPO

—Señores pasajeros del vuelo 733, de Continental Airlines, con destino a Lima, favor de acercarse a la puerta de embarque C-20 —anunciaron por los altoparlantes.

Abril del año 2001. César se encontraba pensativo, contemplando los interiores del Aeropuerto Internacional de Miami, cuando escuchó el aviso de abordaje. Su corazón empezó a latir aceleradamente, al punto que podía escuchar los latidos cardiacos. Avanzó rápidamente hacia la puerta de embarque.

Era la primera vez después de ocho años que regresaba a su país. Había hecho un vuelo con escala en Miami, procedente de Newark, New Jersey, y ahora se disponía a abordar el avión que lo llevaría al Perú, su añorada patria, en donde se encontraban su madre y sus hijos esperando por él. Se sentía realmente emocionado de saber que tendría un inminente reencuentro con sus seres queridos.

Después de la registración, los pasajeros empezaron a ingresar a la aeronave atravesando una especie de túnel. Una indescriptible sensación de dicha empezó a inundar su corazón, una sensación diferente a la primera vez que tuvo que hacerlo. Se acomodó en un «privilegiado» asiento A-20, que ofrece el mayor espacio entre asiento y asiento, por su cercanía a la puerta de emergencia. Luego de algunos minutos de espera, el avión despegó. Tras una elíptica que la nave hizo para estabilizarse, las turbinas del Boeing 757-200 rugieron hasta alcanzar los 32 mil pies de altura y su respectiva velocidad de crucero. Reclinó su cabeza sobre la ventanilla de la nave, mientras sus ojos contemplaban un anillo de oro que llevaba puesto en el cuarto dedo de la mano izquierda. Las palabras «Cuídate... Te amo» aún sonaban en sus oídos como una suave melodía. Unas relucientes zapatillas Nike, blancas, *blue jeans*, camiseta también blanca, *jacket* de cuero fino color negro, y una buena cantidad de dinero (producto de sus ahorros y algunas tarjetas de crédito) marcaban una significativa diferencia a su viaje de partida años atrás.

El cielo empezaba a oscurecer sobre un lecho anaranjado-grisáceo. La aeronave tenía que recorrer, con el favor de Dios, cinco mil kilómetros en aproximadamente cinco horas con treinta minutos. A su lado iba una señora de edad avanzada y, en la línea del pasadizo, un señor de rostro adusto. El centenar de pasajeros restante iban concentrados en sus propios asuntos. Veinte minutos después, el servicio de aeromozas servía una frugal cena, consistente de «pollo o carne», acompañado de algunos vegetales, un diminuto pan, dulces y bebidas.

Tenía tiempo para recordar y reflexionar acerca de los años de ausencia, lejos de su país y de la familia.

Cerró los ojos para descansar y, como en un ensueño, su mente lo llevó a recorrer los confines del tiempo para situarlo en aquellos días que le parecieron tan lejanos, días en los que su país pasaba la peor etapa de su vida política y económica, días de hiperinflación y violencia terrorista. Días en que un presidente ofreció un «futuro diferente». Días en que otro presidente ofreció reparar el daño causado en la economía peruana; sin embargo, gran parte solo fue muerte y miseria. Días en los que a miles de personas, sin importar clase social o profesión, no les quedaba otro camino que la inmigración. Diferentes países eran escogidos para tal fin: Japón, España, Italia, algunas naciones de Sudamérica y el codiciado Estados Unidos. No importaba dónde, la meta era salir del atraso y la miseria.

****

El Aeropuerto Internacional Jorge Chávez estaba lleno de pasajeros aquella mañana de enero de 1993. ¿Cómo explicar aquel momento tan trascendental en su vida?

Se sentía confuso. Pensaba que tal vez no debió haber hecho esa gran decisión, pero era tarde. Un ligero sudor de nerviosismo se apoderó de él. Salió un momento fuera de las instalaciones del aeropuerto para tomar un poco de aire fresco. Contempló el nublado cielo de Lima e inspiró profundamente la suave brisa marina que provenía del cercano mar del Callao. Terminado su registro y, una vez con la boleta de embarque, se dispuso a pasar los minutos restantes al lado de su familia. Su madre y sus hermanas habían ido a despedirlo; también un tío de él, su esposa y sus dos pequeños hijos.

El ruido de los aviones que despegaban, la voz por el altoparlante anunciando los vuelos y el murmullo de la gente, se confundían con el diálogo y el inconsolable llanto de aquel grupo familiar.

—Ana, recuerda todo lo que hablamos anoche.

Cuida a los niños y no llores.

—Siento pena que te vayas. Tú sabes que no hubiera aceptado que te alejaras de nosotros, pero, si es por el bien de todos, te esperaré el tiempo necesario.

—Yo también siento pena de dejarlos, pero recuerda nuestra conversación. Quiera Dios que en poco tiempo te encuentres a mi lado y así entre los dos podamos salir adelante por nuestros hijos.

La abrazó y besó profundamente, con todas sus fuerzas. Luego se acercó a su madre.

—Mamá, perdóname por dejarte, no quisiera hacerlo, pero sé que mis hermanas cuidarán de ti. Cuánta falta nos hace el viejo, ¿verdad, mamá?

Rompiendo en llanto, su madre lo abrazó.

—Hijo mío, cuídate mucho... No te olvides de nosotros.

—No digas eso, mamá; no me olvidaré de ustedes. Va a ser una gran distancia que nos va a separar físicamente, pero cuidaré de ti y los ayudaré tal como lo he prometido —le decía mientras besaba su cabellera que empezaba a encanecer.

Llamando a sus hijos, se inclinó para despedirse de ellos.

—Sandy, cuida a tu hermanito y ayuda a tu mamá en lo que puedas hacer. Y tengan paciencia. Dios permitirá que estemos juntos otra vez.

—Papá, no te vayas, por favor —le decía su hija llorando.

Abrazando a ambos, les dijo:

—Ya no puedo evitarlo, hijos míos. Pero recuerden que todo esto lo hago por ustedes.

—Te quiero mucho, papito. Te voy a extrañar.

—Yo también los quiero mucho y los extrañaré... No llores, hijita.

—Papi, ¿adónde te vas? —le preguntó su hijo.

—Me voy a trabajar lejos, Nandito, pero pronto volveré.

—¿Te vas a trabajar en ese avión? ¡Yo también quiero ir!

—Ahora no puedes, hijo mío, pero te prometo que algún día estaremos juntos otra vez... ¡Te lo prometo!

—¡Papi, entonces me mandas mis patines!

Lo quedó mirando fijamente. Una, solo una lágrima, rodó por sus mejillas, haciendo un esfuerzo por serenarse y conservar la poca fuerza que en esos momentos le quedaba. Candor inocente, infantil... «Pequeño hijo mío, tener que dejarte en esta hora», pensó.

Una voz por el altoparlante le anunció que su vuelo estaba por salir. Se acercó entonces a toda su familia. Sus hermanas lo abrazaron despidiéndose de él; su madre, a un lado, lloraba inconsolable.

Era la hora. Tenía que irse. Mientras avanzaba, volteó para mirarlos otra vez. A punto estuvo de regresar, al ver a Ana y a sus pequeños hijos, a su madre y a sus hermanas que, con sus expresivos rostros y lágrimas, parecían gritarle: «¡No te vayas!». Pero una fuerza inexplicable lo empujaba. La drástica decisión que había tomado estaba prevaleciendo sobre sus sentimientos. A la vez, abrigaba la esperanza de que en corto tiempo podría volver a juntarse con ellos. Se despidió de todos alzando el brazo.

Avanzando hacia los pasillos de migración, volteó una vez más y vio a Ana, por última vez.

Cuando llegó al oficial de migración, era el único que estaba allí.

—Su pasaporte.

Le entregó el verde documento.

—¿Es usted estudiante?
—No, soy recién graduado.
—Está bien, todo está en regla. Puede usted pasar y que tenga buen viaje.
—Gracias, señor.

Este no era un viaje de placer y tampoco era un viaje deseado. Las circunstancias lo empujaban a hacerlo. Por eso, aquella despedida fue muy triste. ¿El motivo? No sabía cuándo iba a regresar.

Cuando llegó a la sala de embarque, tuvo que esperar unos minutos más. Luego anunciaron que tenían que abordar.

Acongojado, se dirigió a abordar, mientras volteaba instintivamente hacia donde había dejado a su familia.

Un Boeing 747 de la desaparecida aerolínea Faucett era el que lo llevaría a su destino. La clase económica se configuraba de una línea de cuatro asientos en su zona central y dos filas laterales, compuestas de dos asientos y una pantalla al frente para la proyección de películas. El compartimiento de primera clase no era visible pues cubrían la entrada con una cortina. El avión estaba lleno de pasajeros, muchos estaban alegres y hacían bromas, quizá turistas peruanos en plan de vacaciones; pero también había visto a otros en las instalaciones del aeropuerto despidiéndose de sus familiares, también en llantos, en largos abrazos de despedidas y, tal vez, en la misma situación que él. Un joven tomó asiento a su lado.

Dentro del avión, tuvieron que esperar algunos minutos más. De pronto, empezó a moverse, buscando su posición para el despegue. Después de una aceleración, que alcanzaría la velocidad de trescientas millas por hora, la nave empezó a elevarse. Miró por la ventanilla y pudo ver a su querida Lima por unos instantes, para luego verla perderse en un banco de nubes. Luego de unos minutos y, previas maniobras del piloto, alcanzó su velocidad de crucero.

Nunca olvidó lo que sintió aquella mañana, como presintiendo lo que vendría en el futuro. Después de un vacío que sintió en el estómago, debido a la fuerza de la gravedad y de la aceleración, la sensación de estar dejando a su familia lo llenó de desesperación. Sudaba profusamente.

«¿Pero qué estoy haciendo?», pensaba, mientras, por la ventanilla, veía el resplandeciente sol de la mañana y, al mirar hacia abajo, un mar de nubes daba un espectáculo impresionante. Recién entonces sintió una terrible angustia y unos deseos de hacer algo. El joven que se había sentado a su lado, al notarlo en ese estado, inició el diálogo.

—¿Qué te pasa? Te noto muy nervioso —le dijo.

—Es la primera vez que viajo en un avión; nunca había experimentado esta sensación —decía mientras se secaba el sudor de la frente.

—No te preocupes, tranquilo, nada pasará. Mientras pasen los minutos te acostumbrarás, y en pocas horas llegaremos a Miami. Relájate. Bebe este poco de agua que tengo aquí. Respira profundo.

Hizo lo que el muchacho le decía. Se tranquilizó.

—¿De dónde eres? —le preguntó César al notar su acento extranjero.

—Soy de Brasil, pero resido en Miami. Allí estudio. Vine a Lima en plan de turismo. Tengo algunos amigos peruanos que estudian conmigo y me invitaron para celebrar las fiestas de fin de año.

—¿Y tus amigos?

— Ellos se quedarán dos semanas más en Lima. Yo tengo que regresar porque debo terminar unos proyectos que dejé pendientes para presentarlos en el semestre que se inicia en Febrero.

—Eres de Brasil y estudias en Miami. ¿Cómo es eso?

—Fue a través de una beca que obtuve en mi país. Me dieron la visa F-1 para poder estudiar en *The Florida State University*. Estoy en el programa de Arquitectura y curso el cuarto año. Hace dos años me casé y conseguí la residencia americana. Ahora tengo la facilidad de poder viajar a cualquier lugar del mundo.

—¿Te casaste y te hiciste residente americano? ¿Cómo lo hiciste?

—Aquí, entre nos, te contaré que mi visa de estudiante estaba por caducar y estaba muy preocupado, porque eso implicaba tener que regresar a mi país y perder un semestre de estudios. Por esos días de octubre de 1991, el presidente George Bush (el padre) dio la apertura de la Ley 245-I, según la cual, una persona que se casara con una ciudadana o con un ciudadano americano, se vería beneficiado con una petición legal de residencia.

—¿Quieres decir que te casaste por un contrato?

—Algo así. Los gobernantes americanos saben que, cuando se abre esa ley, los matrimonios aumentan en un ochenta por ciento de lo que es la cifra normal. Indirectamente, parecen querer ayudar a los inmigrantes.

—¿Pagaste por ello?

—Te diré que mi inversión fue muy beneficiosa. No es bueno quedarse de ilegal por allá, no te da ningún beneficio. Pero aun así, hay miles de ilegales trabajando en Estados Unidos.

—Entiendo. ¿Te gustó Lima?

—Bonita ciudad, tiene muchos atractivos turísticos. También estuve en el Cusco. Fue impresionante ver toda aquella arquitectura incaica y la ciudadela de Machu Picchu, que es extraordinaria. Me quedé sorprendido mirando un monumento llamado la «piedra de los doce ángulos». ¡Fue increíble! Las piedras encajaban una sobre otra y no había ni un milímetro de abertura. ¿Cómo pudieron hacerlo? ¿Qué increíble tecnología emplearon en aquellos días? La verdad es que estoy muy sorprendido.

—Existen muchas teorías, desde las más fantásticas hasta las que se acercan a la realidad. Unos dicen que fueron los extraterrestres quienes dirigieron la construcción y que, con ayuda de su tecnología, pudieron transportar las inmensas rocas de varias toneladas de peso y ponerlas en orden una sobre otra. Otros opinan que la construcción se hizo con ayuda de gentes provenientes de otras civilizaciones, los egipcios, quizá, pues ellos conocían las ciencias de las matemáticas y la trigonometría, y también por la coincidencia de que hay pirámides en México y gran parte de Centroamérica. Sin duda que todo esto es un misterio.

—Tienes razón, el planeta mismo es un misterio. Me alegra que sepas tanto de estas cosas. Sinceramente, me gustó mucho conocer tu país y probar su deliciosa comida. ¿A qué vas a Estados Unidos?

—Aquí, entre nos, me voy a probar suerte y estudiar el terreno. Como te habrás dado cuenta, la situación económica en mi país está muy mal. Tengo dos amigos que viven allá y quizá me quede; eso está en mis planes.

—Te deseo toda la suerte del mundo.

—Gracias. Te noto cansado —le dijo César.

—Llegué a Lima antes de la Navidad. Desde entonces la he pasado divirtiéndome. Ustedes los peruanos se divierten bien, a pesar de todo.

—Sí... a pesar de todo.

Minutos después, sirvieron un pequeño desayuno a bordo del avión. Su compañero de viaje decidió tomarse un descanso, a pesar del fuerte ruido de las turbinas. Mirando el azul del firmamento y contemplando la inmensidad del Océano Pacifico, se preguntaba si todo aquello valdría la pena. Recordó cómo, meses atrás, tomó la decisión de hacer el viaje.

Tras el término del gobierno del «futuro diferente», que dejó un país en ruinas, y habiéndose instaurado el nuevo gobierno de Alberto Fujimori, las severas medidas económicas que este tomó hicieron que miles de peruanos pasaran por una aguda crisis económica. Recién graduado de la Facultad de Medicina, los ingresos que percibía no le alcanzaban para cubrir la crianza de sus hijos y la manutención de su hogar. Eran, en realidad, tiempos muy difíciles.

Este cambio de gobierno provocó grandes trastornos en la economía interna del Perú. Era mediados del año 1990, y el electo presidente Alberto Fujimori, al tratar de estabilizar la maltrecha economía que dejó el gobierno anterior, al mando de Alan García, provocó una verdadera catástrofe nacional. De la noche a la mañana, la devaluación del dinero hizo que mucha gente perdiera sus ahorros; y pequeños negocios quebraban en muchas partes del Perú.

Cientos de personas caían fulminadas por infartos cardiacos, derrames cerebrales y severos cuadros de depresión. A esto se sumó la epidemia del cólera, que cobró la vida de cientos de niños y adultos. Los índices de mortandad y de morbilidad eran directamente proporcionales al hambre y la pobreza ocasionadas por el nuevo gobierno. Por esos años, la miseria y la enfermedad eran el común denominador en el país. Era también el año de su internado, y le tocó vivir esa amarga experiencia en las salas hospitalarias.

El sueño que tenía de montar un buen consultorio y asociarse con sus colegas le parecía inalcanzable. Una noche de Julio de 1992, salía del hospital luego de terminar su guardia. Caminó desde la avenida Alfonso Ugarte hacia la avenida Wilson para abordar el ómnibus que lo llevaba, todas las noches, a su casa en Barranco.

El invierno limeño es de por sí brumoso. Una ligera llovizna conocida como *garua* se precipita casi todos los días durante los meses de invierno. La luz cárdena de los alumbrados públicos da a la ciudad un cariz de tristeza. Cientos de personas iban y venían: preocupados, cabizbajos; los rostros amargos, de las amarguras que da la pobreza. Una señora llorando en la calle… un mendigo. Una sociedad disociada por los sistemas. Ómnibus repletos de pasajeros. Ansiosa espera por llegar a casa… ¡un emoliente! Mientras en su mente, tomaba cuerpo la idea de emigrar del país. Día tras día, pensó mucho para tomar esa decisión. Por las noches, cuando veía a su esposa y a sus hijos dormir, se le salían las lágrimas por el solo hecho de pensar que tendría que dejarlos.

Fue así que, una noche, se decidió y habló con Ana.

—Y creo que esa es la manera por la que podremos salir adelante. Las cosas están muy difíciles aquí. Tú ves el esfuerzo que hago, pero no puedo avanzar. Algunos de mis colegas están haciendo de taxistas, otros están pensando en emigrar a diferentes países; y yo, pues, como te dije, quiero irme a Estados Unidos. Recuerda que Ricky y Saúl están por allá, y podría tener un apoyo en ellos.

Ana caminó lentamente por el dormitorio mirando a sus hijos que dormían. Llorando, volvió hacia él.

—Tú sabes bien que no aceptaría que te alejaras de nosotros, pero tienes razón. Las cosas están muy mal aquí. Y si es por el futuro de nuestros hijos, lo aceptaré. ¿Cómo piensas hacer el viaje?

—Estaba escuchando de otros amigos que a veces es muy difícil obtener una visa, pero lo intentaré. Caso contrario, iré por tierra, como lo hizo Ricky.

—¿No te parece muy arriesgada esa manera de viajar? Recuerda todos los peligros que hay en el camino. La semana pasada los periódicos anunciaron que en un país de Centroamérica un camión lleno de inmigrantes se desbarrancó y murieron todos sus ocupantes.

—Lo sé, pero, ¿qué puedo hacer? Este gobierno del Chino también nos está llevando al abismo, y no me gustaría pasar otra etapa como cuando estaba Alan, haciendo largas colas para comprar un poco de carne y arroz. ¿Cómo puede haber gente tan mentirosa como estos dos tipos? Cada uno en su tiempo nos ha engañado. Vargas Llosa decía la verdad, diciendo que en su programa incluía un ajuste de precios, pero este Chino decía que no, ¡y mira lo que está pasando! ¡Fue lo primero que hizo! Bien dicen que los mentirosos son los dueños del mundo. ¡Qué ironía! ¡Un país rico lleno de gente pobre!

—Ya, olvídate de eso. Pareces un viejo cascarrabias —le decía mientras lo abrazaba cariñosamente—. Nadie va a poder remediar a este país, así es que tenemos que salir adelante por nuestro propio esfuerzo. ¿Cómo te va con los contratos del hospital?

—¡Tienes razón, Ana! ¿El hospital? Me han contratado con un sueldo mísero, solo por seis meses, por ser recién graduado. Y en la práctica privada, aunque tengo pacientes, no tengo el consultorio bien equipado. Wilfredo me estaba diciendo para irnos a la Argentina, ya que hay muchos médicos peruanos ejerciendo por allá, pero no sé... Ese país también está en malas condiciones. Déjame comunicarme con Ricky, y que me diga qué es lo que debo hacer. Mientras tanto, seguiremos trabajando hasta juntar todo lo que podamos para hacer el viaje. Tal vez tengamos que vender algunas de nuestras pertenencias.

—Sí, César, pero es que... ¡no sé!

—Tranquila, Ana… todo saldrá bien.

****

En diciembre de 1991, Ricky decidió irse del Perú. Las cosas en Lima no iban bien para él. No pudo tampoco continuar los estudios de Administración de Empresas en la universidad, debido a la inestabilidad económica reinante en el país. Su vida, como la de miles de personas, se desenvolvía en medio del caos del gobierno de Fujimori, alternando como vendedor ambulante y guardián de una empresa. Una noche, en un bar del barrio, conversó con César acerca de su idea de irse a Estados Unidos, de salir adelante en otro país que no fuera el Perú. Sabía que era difícil, pero contaba con el apoyo de Saúl.

—Esa es mi meta, César, aquí ya no puedo hacer nada… ¡tengo que largarme de aquí! Ya no puedo, ¡te juro que ya no puedo soportar todo esto! Anoche hablé con Saúl y prometió ayudarme, siempre y cuando me encuentre fuera del país. Mira cómo estoy andando: este pantalón lo tengo hace ocho meses, esta camisa roja ya es rosada de tanto lavarla, y mis zapatos, ¡mira!, tienen hueco… no puedo seguir así. El año pasado Saúl regresó de los Estados Unidos, ¿te distes cuenta cómo estaba vestido? Su vida ha cambiado desde que se encuentra allá… yo quiero hacer lo mismo —Le decía Ricky con el semblante entristecido.

—Voy a lamentar mucho que te vayas, pero creo que tu decisión es muy acertada. Parece que el destino nos va a separar, pero cada quien debe seguir su camino. Sí, hace cuatro años que Saúl está por allá, y le va muy bien. ¿Sabes? Yo también estoy pasando muchas dificultades económicas. La semana pasada no pude comprarles ropa a mis hijos, y Ana se molestó. ¡Imagínate hasta dónde hemos llegado!

—Debes de tener un poco de paciencia. Te faltan dos años para que culmines tu carrera. ¡Tienes que seguir adelante! ¡Tienes que terminarlo! El gobierno de García, ahora el de Fujimori, los políticos y los terroristas están mandando a la mierda al país. Durante los últimos dos años, he ahorrado un dinero destinado para mi viaje, y, para serte sincero, ya tengo todo listo para irme. Te voy a extrañar mucho, compadre... pero tengo que salir adelante, debo hacerlo, o no sé qué será de mí.

—Está bien, Ricky, te comprendo. Si pudiera estar a mi alcance ayudarte, créeme que lo haría con el mayor gusto, pero, conoces mi situación.

—No te preocupes. Tú tienes familia e hijos, yo no los tengo todavía. Puedo irme sin que nada ni nadie me detenga. Tu amistad y la de Saúl es lo más valioso que tengo en estos momentos. Dicho esto, se dieron un fuerte abrazo.

Así, dos semanas después, con una despedida previo a su viaje, César, amigos del barrio y los familiares de Ricky, lo acompañaron al terminal de buses. Robusto, un metro setenta de estatura, de buen carácter, buen jugador de pelota, y ni un pelo de tonto: por el contrario, él hacía tontos a los demás. Con esos atributos se iba a la más osada de sus aventuras. Un fuerte abrazo, muchos deseos de buena suerte, que se cuidara y un «algún día nos volveremos a ver», fue la frase de despedida de César.

Ricky había planeado hacer su viaje recorriendo América del Sur y del Centro, llegar a México y cruzar la frontera. Parecía una empresa fácil, pero no era así.

¡Cuánto sufrió! Le relataba en sus cartas todas sus penurias, hasta que, por fin, después de seis meses, vio coronados sus esfuerzos. Llegó a Los Ángeles y luego se trasladó a New Jersey, donde ahora residía.

Fue así que tomó contacto con él y le pidió que le enviara la ruta que había seguido.

Pasó el tiempo. Las cosas en su país iban de mal en peor. Fujimori, en un autogolpe, había cerrado el Congreso Nacional en abril de 1992, provocando la airada protesta de los ineptos e incapaces diputados y congresistas, pícaros personajes con licencia para hacer un festín de coimas, peculados, latrocinios, hurtos e impunes robos en contra del Estado y la población peruana. Esta medida, aunque bien merecida contra esa gente, era anticonstitucional y no se ajustaba a la de un gobierno democrático; sin embargo, el propósito de Fujimori parecía ser el de acabar con la corrupción de políticos tradicionales y el afán desmedido de poder por parte de esa lacra que tanto daño hace al país. También se encargaría de cambiar la Constitución Peruana en 1993. Sin embargo, años después, Fujimori entraría en una etapa dictatorial, con usurpación de poderes, corrupción y desestabilización de la democracia.

El pánico se apoderó de la población cuando tanques y patrullas militares tomaron control de la capital, haciendo recordar los terribles días de la dictadura militar. Grandes marchas de protestas eran cosa de cada día. Huelgas, paros de transportistas, paros de la clase obrera; familias enteras desfilaban por la ciudad con sus ollas vacías. Mucha gente de la zona periférica de Lima moría por desnutrición y severos cuadros de tuberculosis: prácticamente vivían a la intemperie. Desde el gobierno de García, la población se había agrupado formando las benditas y salvadoras «ollas comunes», alivio de mucha gente por aquellos terribles días de hambre. La captura del terrorista Abimael Guzmán, en septiembre de 1992, había pasado a segundo plano, pues los terroristas seguían dañando al país con sus ataques esporádicos, pero ocasionando muchas muertes y destrucción.

Una mañana de la última semana de noviembre de 1992, recibió una carta de Ricky, indicándole los caminos y los medios de transporte que debía seguir.

Volvió a hablar con Ana.

—Ricky me envió la ruta. Mira, está en forma de un mapa; menciona los países por donde pasó. ¿Qué querrán decir estos puntos? Después lo leeré en la carta.

—César, me da temor que vayas así, tú solo.

—No te preocupes, Ana. Muchos lo han hecho, incluido Ricky. Él me dice en su carta que se hacen amigos en el viaje.

—¿Por qué no intentas la visa? Tú eres profesional.

—Lo intenté en la Embajada de México y me la negaron. Me dijeron que debía esperar hasta el próximo año en que se iniciará un curso de especialización en pediatría. Les dije que yo no quería ir para hacer alguna especialidad, sino a pasear, pero me negaron la visa. Tengo entendido que en la Embajada de Estados Unidos exigen muchos requisitos.

—César, escúchame. A la tía de una amiga mía le dieron la visa hoy, sin que le pidieran ningún otro documento, solo su pasaporte.

—¿Solo eso?

—Sí, ella había llevado toda su documentación, títulos de propiedad, cuenta bancaria, pero no se la pidieron. Le preguntaron que para qué iba y por cuánto tiempo y nada más. Inténtalo.

—¿Tú crees que me vaya bien? Me han dicho que es tan difícil. Sin embargo, haré caso a tu intuición. Mañana iré a la embajada americana.

Al día siguiente, muy temprano, cogiendo sus documentos de la universidad y otros documentos personales, se dirigió a la embajada norteamericana, que en esos días, estaba localizada en Miraflores.

Cientos de personas esperaban su turno afuera de las instalaciones del edificio. Hizo amistad con algunos muchachos profesionales que también estaban con el anhelo de salir del país. La frase de moda de aquel tiempo era: *«El último que sale, que apague la luz».*

A las diez de la mañana, le tocó el turno. La persona que estaba adelante de él era un dentista: le negaron la visa.

—Buenos días.

—Buenas —le contestó la cónsul que le tocó en la entrevista, mientras leía la ficha que le dieron a llenar fuera de la embajada— ¿Es usted médico?

—Sí, me gradué hace unos meses y quisiera viajar a su país para adquirir algunos instrumentos médicos que necesito.

—Muéstreme su pasaporte, por favor.

Revisó el documento e hizo verificaciones en su computadora. Luego se quedó mirándolo fijamente. Había llevado un pequeño portafolio que contenía su diploma de la universidad y su currículum. La cónsul se lo pidió, pero ni siquiera lo abrió. Solo lo miraba fijamente a los ojos, y de pies a cabeza.

—Está bien, nos agrada que jóvenes profesionales

visiten nuestro país. Pero usted no tiene intenciones de quedarse, ¿verdad?

—No, señorita.

—¿Usted sabe que si se quedara ilegalmente estaría cometiendo un delito contra las leyes migratorias de los Estados Unidos?

—No lo sabía, señorita cónsul, pero, con su advertencia, me doy por enterado de ello. Sin embargo, le repito que no está en mis planes quedarme.

—¿Tiene usted hijos?

—Sí, dos niños, mi esposa y mi madre, que enviudó hace cinco años y a quien tengo a mi cargo.

—Muy bien. Entonces le daremos la visa, doctor. Espere, que lo volveremos a llamar. Tenga sus documentos.

—Muchas gracias, señorita.

Fue a esperar a una sala contigua al *hall*, donde había otro grupo de personas, muy contentos, aunque también se veía a otros salir decepcionados de allí.

Se encontraba muy emocionado. Nunca pensó que le resultaría tan fácil, por así decirlo. ¿Por qué no revisó sus documentos? ¿Por qué lo miraba tan fijamente? Sería los designios de Dios para con él.

Treinta minutos después lo llamaron y le entregaron en su pasaporte la tan codiciada visa. Jubiloso, retornó a su casa.

—Ana, Ana..., ¡mira!

—Dios mío, ¡no lo puedo creer! ¿Cómo fue?

—La verdad que ni yo mismo me lo creo. La cónsul me hizo pocas preguntas. Me preguntó si me iba a quedar, por mi familia y más nada. Sin embargo, me sentí mal por haberle mentido al decirle que no quería quedarme en Estados Unidos... En fin, ¡Aquí tengo la visa!

Luego de algunos minutos de alegría, ambos se tornaron tristes.

—¿Cuándo piensas viajar?
—Después de las fiestas de Navidad y fin de año. ¿Te parece bien?
—No sé.. es que... ¡Ay, Dios mío!
—No te preocupes, Ana, todo saldrá bien.

La voz del piloto lo sacó de sus recuerdos.

—Señores pasajeros, estamos sobrevolando la ciudad de Panamá. Luego que pasemos la franja panameña, estaremos atravesando el Océano Atlántico. La ruta de vuelo cubre la costa occidental de Jamaica, pasaremos luego por la costa oriental de Cuba antes de nuestro arribo a la ciudad de Miami. Nuestro personal servirá para ustedes el almuerzo de abordo y los tragos que tenemos a su disposición. Posteriormente, proyectaremos una película que esperamos sea de su agrado. Gracias por elegir nuestra compañía de aviación.

Al mirar a través de la ventanilla, lo único visible eran los impresionantes bancos de nubes. Al mirar hacia abajo: el mar y muchos puntos oscuros que tal vez serían islas. Cinco horas después, el avión empezó a descender. Comprendió que estaban llegando.
Como estaba sentado al lado de la ventanilla, pudo ver el clásico apéndice que representa en los mapas al estado de la Florida, el mar, de un ligero color verde esmeralda, muchas piscinas, hileras de casas, kilométricas carreteras, amplias vegetaciones y altos edificios, que

resplandecían con el sol de la tarde.

—Su atención, por favor, el capitán ha encendido las luces indicando que deben ajustarse los cinturones de seguridad. Todos los pasajeros deben permanecer sentados en sus respectivos asientos. En unos minutos estaremos aterrizando en el Aeropuerto Internacional de Miami. La hora local es una y cuarenta de la tarde, la temperatura exterior es de 32 grados centígrados. Los pasajeros con vuelos de conexión, sírvanse acercarse a las ventanillas de sus compañías de vuelos correspondientes, tengan sus pasaportes y boletas de entradas a la mano. Les deseamos una buena estadía. Gracias por elegir Faucett.

La nave seguía descendiendo, ahora con una vista real, en relación a lo que se veía desde lo alto, hasta que por fin tocó tierra. Un fuerte aplauso premió aquel placentero vuelo.

No bajaron del avión, sino que los hicieron pasar por una especie de túnel que conducía directamente a los interiores del aeropuerto y a los puestos de inmigración. Se despidió del muchacho brasileño, quien se dirigió hacia otra ventanilla, al parecer para ciudadanos y residentes americanos. Ahora se encontraba entre cientos de personas que venían provenientes de otros vuelos. Mientras esperaba el turno para que lo revisaran, estaba contemplando, sorprendido, aquel inmenso aeropuerto, compuesto de seis terminales, y que albergaba decenas de aviones.

Lo enviaron hacia la ventanilla de visitantes y había mucha gente en la fila. El oficial de migración era americano, pero hablaba un poco de español. Tenía gestos iracundos, se le notaba furioso y ofrecía mal trato a los hispanos que venían también de otros vuelos. Él no sería la excepción.

—Su pasaporte —le dijo en tono enérgico.

—Aquí lo tiene, señor.

—¿Tiene algún otro documento que lo identifique?

—Sí, señor —le dijo, entregándole su carné del colegio médico y su cédula de identidad.

—¿A qué ha venido usted?

—He venido para adquirir algunos equipos médicos que necesito y hacer algo de turismo por unos veinte días.

—¿Tiene usted algún familiar o amigo viviendo en Miami?

—No, señor.

—¿Dónde se va a hospedar?

—En el *Holiday Inn*.

—¿Cuánto de bolsa de viaje ha traído?

—Lo que indica en la ficha.

Revisó el pasaporte minuciosamente y tecleó en la computadora repetidas veces, tratando de encontrar alguna anomalía. Tenía una expresión de furia en su rostro. A pesar de tener todo en regla, apartó su pasaporte.

—Espere un momento —le dijo.

Lo obligó a esperar a un costado, mientras el sujeto atendía a otras personas.

Alguien, por detrás de él, lo llamó.

—Acompáñeme, por favor.

Era un detective que lo condujo a un salón con el emblema del Departamento de Justicia de Estados

Unidos. Había mucha gente detenida. Pudo observar cómo los policías separaban a las personas que habían sido detectadas con irregularidades y eran conducidas esposadas a vehículos de unidades especiales. La mayoría eran detectados con visas falsas, tráfico de drogas, e incluso por no tener el dinero completo manifestado en la ficha de ingreso. Se apenó mucho al ver que llevaban esposada en una de esas unidades a una de las personas que se despedía de sus familiares en el aeropuerto de Lima.

Estaba preocupado, esperando y pensando qué de malo había en su documentación, cuando otro oficial lo llamó.

Era un tipo de carácter agradable, que le habló en perfecto español y que antes de llamarlo estuvo revisando su pasaporte y su ficha I-94, que es la boleta de entrada y salida de Estados Unidos.

—¿Es usted médico?

—Sí, señor. Me gradué hace unos meses.

—¿Cuántos días quiere quedarse?

—Veinte días serán suficientes para hacer lo que me he propuesto.

—En su ficha dice quince.

—Pude ver que su compañero de la primera sección borró el número que escribí y puso esa cifra.

—¿Tiene dinero para su permanencia?

—Lo que indica en la ficha.

Otra vez, como sucedió en Lima meses atrás, el oficial se quedó mirándolo fijamente. César no le bajaba la mirada. Sonriendo, el oficial le dijo:

—Está bien, doctor. Le daremos la permanencia

que usted desea.

Cogió el pasaporte, lo pasó por la computadora, le puso un sello y se lo entregó.

—Que tenga buena estadía.
—Muchas gracias, señor.

Con paso apurado, salió de allí. Volteó para ver al oficial, quien lo miraba sonriente. Fue en busca de la pequeña maleta que trajo consigo y revisó su pasaporte: ¡seis meses de permanencia!

Salió del aeropuerto. Afuera, varios teléfonos que vio lo empujaron a llamar a su casa. Se encontró de pronto en medio de mucha gente que iba y venía, y él sin saber qué hacer. Buscó ayuda. Empezó a estudiar los rostros. Uno que terminaba de hablar por teléfono le pareció el indicado.

—Hola, ¿cómo estás? Quiero pedirte un favor.
—Usted dirá, amigo.
—Quisiera hacer una llamada al Perú. ¿Me puedes ayudar?
—¡Cómo no! Yo también soy peruano. Pero déjame decirte que la llamada será a *collect*; esto quiere decir que el cobro llegará a tu casa.
—Está bien, yo lo pagaré.

Al rato le pasó el aparato. El teléfono de su casa empezó a timbrar. La inconfundible voz de su madre, le preguntó:

—¿Aló?
—¿Mamá? Soy yo, te estoy hablando desde Miami.

—¡Dios mío! Hijo, me alegro que hayas llamado. Le agradezco a Dios que hayas llegado bien. Cuídate mucho; te pasaré con Ana.

—Está bien, mamá. Cuídese mucho; le escribiré.

—¿César?

—Sí, Ana, soy yo.

—Estaba segura de que ibas a llamar y estaba rezando mucho para que llegaras sin novedad. ¿Qué vas a hacer ahora?

—Iré a la estación de buses y si es posible salgo hoy mismo para New Jersey. Te escribiré contándote lo que me pasó. ¿Cómo están los niños?

—Están bien, no te preocupes. Cuídate mucho. Te quiero.

—Lo haré. Cuida bien a los chicos. Te volveré a llamar. Te quiero, Ana.

El joven que lo ayudó lo estuvo observando.

—¿Es la primera vez que vienes a Estados Unidos?

—Sí.

—No te preocupes, todo te irá bien si te lo propones. Deja tu corazón en casa y ve con tu mente en paz, solo así saldrás adelante. Aquí hay que tener el corazón duro para poder vencer los obstáculos que se te presenten y poder soportar la ausencia de tus familiares si has venido a quedarte. Yo estoy diez años en este país y mi lucha no termina.

—Gracias por tus consejos. Veo que percibiste mis sentimientos. Seguiré tus indicaciones, pues, como tú lo has dicho, tengo planes de quedarme.

—¿Vas a radicar aquí, en Miami?

—No, mi destino es New Jersey, tengo dos amigos que viven por allá y me quedaré con ellos.

—Miami también es una ciudad bonita, tiene muchos atractivos turísticos. Tallahassee es su capital, pero Miami es su ciudad más importante, por sus playas y por ser el primer puerto de entrada a los Estados Unidos. A parte de sus playas, se puede visitar el Parrot Jungle and Gardens, el Monkey Jungle, el Metrozoo, el Metro-Dade. Otras ciudades importantes de Florida son Orlando, Hialeah, Daytona, Boca Ratón, Cayo Hueso, Miami Beach y Tampa. Espero que cuando te estabilices en este país, vengas a visitar Miami. Te dejaré mi dirección y número de teléfono para que me visites cuando gustes.

—Tenlo por seguro que lo haré. No conozco nada por aquí, ¿puedes decirme cómo llegar a una estación de buses?

—Claro, con mucho gusto.

Minutos después, se despidió del joven con un fuerte abrazo y abordó un taxi. Llegando a la estación de buses, empezó a ver el itinerario.

—Deme un boleto a Newark, New Jersey.

Su destino era New Jersey, donde vivía un viejo amigo: Saúl.

César, Ricky y Saúl eran amigos de infancia. Habían crecido juntos, allá, en su querido barrio taurino de Acho en el Rímac. Pasaron cientos de aventuras, como es normal en esa etapa de la vida. Les gustaba practicar el fútbol, eran buenos nadadores en la playa o la piscina, palomillas, bromistas. Les gustaba fomentar la unión en el barrio y organizar fiestas en cada ocasión que se presentaba. Amigos en las buenas y en las malas.

Y, como designio de la vida, se volverían a encontrar otra vez en tierras lejanas.

Saúl emigró del Perú en 1986, cuando César aún era estudiante de Medicina. Íntimos amigos, era el más bromista de los tres. Imitador de voces, parecía como el hermano que nunca tuvo. La madre y las hermanas de César lo querían mucho.

Pero la idea de Saúl de emigrar al extranjero tampoco fue fácil. Conversó mucho con César al respecto, tenía también sus dudas y temores. Dejaría a su familia, a los entrañables amigos, su hogar. Al fin, vencieron sus deseos de superarse económicamente, y, visitando una agencia de viajes, compró su visa. Un día de verano de aquel año se fue vía México, fungiendo como un próspero comerciante de maquinarias pesadas hasta la frontera en Tijuana, y de ahí tuvo que pasar con la ayuda de los «coyotes» hasta San Diego. Luego se fue a New Jersey, donde actualmente reside.

Los «coyotes» son personas que tienen el negocio de pasar gentes provenientes de muchos países hacia Estados Unidos. Conocedores de los agrestes caminos de los desiertos y de las formas de cómo llegar a sus destinos, son los aliados de muchos emigrantes. Claro está, previo pago de sumas que a veces llegan a los dos mil quinientos dólares.

Muchos son delincuentes que, disfrazados de «coyotes», roban y dejan a sus víctimas abandonadas a su suerte. Se ha registrado la muerte de muchos «mojados», como también se les llama a los emigrantes, por tener que cruzar el Río Grande, que separa las fronteras de México y Estados Unidos.

Las muertes se producen por el excesivo calor —que otras veces llega a 110 grados Fahrenheit, por el extremo frío que llega a temperaturas congelantes o también por ahogamientos en el caudaloso río.

Previamente, había hablado con Saúl acerca de su viaje y habían acordado dónde encontrarse. Ahora iba al encuentro con aquellos queridos amigos.

Había llegado alrededor de las dos de la tarde a Miami. Pero por la demora en salir del aeropuerto y llegar a la estación de buses, le dio las cuatro de la tarde, y su bus salía a las seis. Se quedó esperando por las inmediaciones del terminal de buses. Hacía un calor sofocante y la humedad era alta. Desde su perspectiva, podía ver los edificios que en el avión veía resplandecientes, como si fuera una ciudad de cristales, diceñados con una moderna arquitectura. Inmensas palmeras de largas ramas daban sombra a muchas personas que se cobijaban del excesivo calor.

Al caer la tarde, el bus emprendió su camino, siguiendo la Interestatal, ruta 95 norte. Aprovechando los últimos rayos solares, iba observando más de aquella progresista ciudad.

Luego el sol del ocaso apareció en el horizonte de sus ojos, cual inmensa naranja suspendida en el espacio, ahora visto por él en otro punto. En los calurosos días de verano, en las playas limeñas, se quedaba hasta tarde con sus amigos para presenciar aquel hermoso espectáculo que es el ocaso.

Einstein tenía razón con su maravillosa teoría del espacio-tiempo y de los marcos de referencias, que define a «lo que pasa mientras una persona u otro observador está inmóvil». Un ejemplo clásico es el de la persona que está sentada en algún punto X: ese es su actual marco de referencia. Se sentirá que está estacionario, aunque sabe que la tierra se encuentra girando sobre su eje y orbitando al sol; por lo tanto, no hay lugar en el universo que esté completamente estacionario. Se está moviendo por espacio y tiempo simultáneamente, porque todo movimiento es relativo al marco de referencia.

Ahora él se encontraba en un marco de referencia distinto al de Ana y de su familia, separados físicamente por una distancia de cinco mil kilómetros aproximadamente, y con una hora de diferencia a la hora local de Lima.

En este punto, su marco de referencia se movía en razón de sesenta millas por hora (unos cien kilómetros por hora), que es la velocidad promedio permitida en las carreteras de Estados Unidos para cubrir una distancia de 2.755 kilómetros más, hasta llegar a su destino final, lo que hace un total de 7.755 kilómetros que los separaba de marco a marco, mientras que su familia permanecía en un «estacionario temporal».

El día anterior fue un marco referencial diferente, aquel que jamás regresa y que es conocido como el pasado. Estaba, ahora, ubicado solo en su mente y en el recuerdo de aquella mañana despidiéndose de sus amigos y vecinos de su querido barrio en el Rímac, para luego dirigirse a su casa en Barranco.

Abordando un taxi, se sentó adelante con Ana, mientras que el resto de su familia iba atrás.

En el trayecto, Ana empezó a llorar en silencio; recostó su cabeza en el hombro de él y le tomó de la mano fuertemente, mientras un ligero temblor sacudía su cuerpo.

¿Qué pasaría por su mente en esos momentos? ¿Qué dudas y temores recorrerían su organismo, que le producían ese temblor?

Él era consciente de que la dejaba con dos niños a quienes tenía que forjar: educarlos y alimentarlos. Iba a quedar sola en esa lucha y, aunque contaba con la ayuda de la familia de ambas partes, no iba a ser lo mismo.

Ambos quedarían en un estado de «libre albedrío temporal» y por eso él también tenía sus dudas y temores.

Años atrás, habían pasado cosas que desestabilizaron la arquitectura de su matrimonio. Pero lograron vencer, momentáneamente, esa marea. Había dos niños a quienes sacar adelante y esa fue una de las razones de su viaje.

Entonces, con el conocimiento y consentimiento de ella, se dispuso a realizarlo. Fue esperando el resto de la noche con una tensión terrible; se sentía como un reo a quien se le acercaba la hora de ir al patíbulo.

Esa noche no pudo dormir, pero pasó con ella una última entrega, unos últimos besos y caricias, y, también, fue momento propicio para el perdón. Así, dieron las cinco de la mañana y se dirigieron al aeropuerto.

Sentía una fuerte opresión en el tórax y una tristeza muy profunda. El recuerdo de sus hijos y de su familia lo tenía palpitante en su corazón.

La noche le cayó encima. Unos resplandores a la distancia, acompañados de una torrencial lluvia, le hicieron sentirse nostálgico; derrotado al fin por tan agobiante pena, el llanto le ganó.

Como la lluvia de esos momentos, las lágrimas corrían a raudales por sus mejillas mientras lloraba en silencio.

✳✳✳✳

El bus iba con pocos pasajeros. En una parada, un joven vino a sentarse a su lado. Al ver su aspecto latino, le preguntó:

—¿Hacia dónde te diriges?

—Me voy a Chicago.

—¿Llegaste a este país hoy?

—No, yo nací aquí. Mis padres son mexicanos. Hace un mes vine a Miami para trabajar en unas obras de construcción, ya terminamos la *chamba,* y ahora me voy para mi casa en Chicago.

—Entiendo. Yo acabo de llegar y estoy con mucha tristeza por haber dejado a mi familia.

—¿Es eso verdad? ¡Dios! En Miami conocí a muchas personas en la misma situación que la suya. Debe tener paciencia y seguir para adelante. ¿Sabes? Mis padres también fueron inmigrantes. Ellos llegaron hace treinta años a este país y se instalaron en Chicago. Pasaron muchas dificultades, como es de suponer en esa etapa de sus vidas, pero lograron salir adelante y ellos son ya ciudadanos americanos. Yo estudio en el *college,* pero tengo que trabajar para costear mis estudios; por eso vine a trabajar a Miami, y he ahorrado algo de dinero para pagar el próximo semestre. Mis padres son ahora prósperos, tienen un negocio de *groceries* (abarrotes) que les da buenas ganancias. Yo me independicé de ellos para forjarme un futuro por mi propio esfuerzo, pero frecuentemente los visito. Ten paciencia, tú has venido para algo mejor y debes lograrlo. Las cosas cambian con el tiempo.

—Tienes razón, muy bonita tu historia. Tú eres la segunda persona que me aconseja que siga adelante y eso es lo que voy a hacer. ¿Qué está diciendo el conductor?

—Que alrededor de las diez de la noche llegaremos a Jacksonville. Es allí donde yo bajaré para hacer mi trasbordo.

A la hora indicada el bus llegó a la estación correspondiente. Era un bus de colores azul, rojo y blanco, de la compañía *Greyhound*. La figura de un gigantesco perro galgo era el símbolo de esa empresa. Como tenían que esperar, decidieron comer algo en un restaurante de comida rápida llamado *Roy Rogers*. Una cena consistente en una hamburguesa, papas fritas, ensalada y una Coca-Cola, todo lo cual apenas probó.

—¿No va a comerse eso? —le preguntó el muchacho.
—No.
—Entonces, ¡pase para aquí!

Luego de un rato, era la hora de partir.

—Adiós, amigo, le deseo mucha suerte. Recuerde lo que le he dicho.
—¡Lo haré! Gracias. ¡Adiós!

Las horas corrían al igual que el bus que se dirigía hacia el norte. Él instintivamente volteaba mirando hacia el sur. Recordaba a sus hijos, Sandy, de diez años, y Nandito, de tres. La noche antes de partir los llevó a un parque: mientras ellos jugaban, él los observaba y se preguntaba cuándo los volvería a ver. Niños inocentes, que jugaban ajenos al drama que les iba a tocar en sus vidas.

Las lágrimas vertidas habían hecho su efecto reconfortante; se sentía resignado y pensaba en el futuro desconocido que lo esperaba y para el cual tan solo llevaba un equipaje de muchas ilusiones. Pero en esos momentos se sentía aferrado a la nada.

Un señor se había sentado a su lado. Todos dormían. Él, con los ojos cerrados, pensaba... Pensaba.

Alrededor de las seis de la mañana, el bus llegó a Carolina del Norte. Hizo una parada para que los pasajeros tomaran algo caliente, pues el clima había cambiado y ahora hacía frío.

Su nuevo compañero de viaje se acercó a él en la cafetería y le hizo una pregunta en inglés:

—*Hi! Where are you going?*
—Yo... no *speak English.*

Sonriendo, le volvió a preguntar.

—¿Y de dónde es usted? ¿Francés, alemán o portugués? —le decía, mientras le extendía la mano—. Mi nombre es Fernando, soy puertorriqueño y me dirijo a Connecticut.

—¿Cómo está? Yo me llamo César.

—¿Adónde vas?

—Estoy en camino a New Jersey.

—¿Es la primera vez que vienes a Estados Unidos?

—Sí, señor.

—Una de las cosas que debes aprender primero es el idioma inglés. Ahora, por ejemplo, te hice una pregunta sencilla. Teniendo como base el idioma, podrás llegar lejos. ¿A qué te dedicas?

—Hace poco me gradué de médico en mi país.

—¿Médico? Un doctor puede hacer muchas cosas aquí. Procura revalidar tu título y aquí, amigo, te irá muy bien.

—Eso espero, pero acabo de llegar y no sé nada del modo de vida de este país.

—Estoy seguro de que encontrarás personas que te ayudarán. Yo soy contador, pero me sacrifiqué mucho para poder terminar mi carrera. Este país también tiene sus niveles sociales. No todo es color de rosas. Espero que no te decepciones, pues para obtener algo hay que sacrificarse mucho. ¿Tienes familia?

—Sí, se quedaron en mi país.

—Comprendo cómo te debes sentir, pero ni hablar, tienes que seguir para adelante.

—¿Sabe, señor? Usted me recuerda mucho al profesor de inglés que tenía en la escuela secundaria.

—¿Tú crees?

—Absolutamente.

—Pues hagámosle un homenaje a ese profesor. Ahora te enseñaré a decir algunas palabras que te serán útiles. Por ejemplo, cuando quieras pedir cambio de alguna cosa, se dice: «*I need change*». Cuando estás tratando de buscar algo, se dice: «*I am looking for*». Cuando te encuentres en una situación apremiante, puedes decir «*I need help*». Cuando quieras pedir permiso, se dice «*Excuse me*». Esta moneda de veinticinco centavos es conocida como «*quarter*». Las malas palabras se aprenden rápido, pero no te las diré... ya las aprenderás cuando necesites...

El bus avanzaba veloz. La niebla dejaba ver, como figuras siniestras, los árboles que ahora lucían marchitos. El cielo oscuro le daba un tinte de tristeza a aquel día. Muchos vehículos corrían en sentido contrario por una carretera que parecía no tener fin. Atrás había dejado importantes ciudades de la costa este de Estados Unidos. A las tres de la tarde, llegaron a Virginia. Fernando se quedaba allí para hacer su trasbordo.

—Adiós, doc, espero que te vaya bien.

—Gracias, señor. Gracias por su compañía. ¡Adiós!

Unos minutos de espera, otro bus, otros compañeros de viaje. Un joven moreno vino a sentarse a su lado. Luego de unas horas más de viaje, el bus hizo otra parada para que los pasajeros pudieran comer algo. El moreno dormía. César le pidió permiso y el moreno, abriendo los ojos, lo inspeccionó y se hizo a un lado.

Bajó y pudo comer un sándwich y tomar algo de café. Nuevamente, al subir, el moreno seguía durmiendo.

—*Excuse me* —le dijo.

—Yo hablo español —le respondió.

—Disculpa, no lo sabía. Yo no hablo mucho inglés y pensé que tú...

—Soy haitiano, pero aprendí a hablar español en México, que es donde vivo y estudio.

—¡Qué bien! ¿Qué estudias?

—Soy estudiante de medicina de la Universidad Autónoma de México.

—¡Hombre, qué bien! Yo me gradué de médico hace pocos meses. Estudié en la Facultad de Medicina en una universidad en el Perú.

El haitiano lo miró sorprendido y le extendió la mano.

—Me llamo Ariel. Y tú, ¿cómo te llamas, adónde vas?

—Mi nombre es César y voy a New Jersey... ¿Y tú?

—Estoy en camino a Filadelfia, en donde se va a realizar un congreso sobre la situación política de mi país. Mi padre es miembro de un partido político que procura la independencia de mi patria. Mi pueblo sufre mucho por la dictadura que los tiene agobiados. Como debes saber, hace un año el general Cédras derrocó a nuestro presidente, el reverendo Jean-Bertrand Arístides, en un sangriento golpe militar del cual milagrosamente salió con vida. Yo tenía un programa radial en Puerto Príncipe. Soy evangelista y proclamaba la libertad de mi país. Por eso fui deportado. México me asiló, pude convalidar mis estudios y allí estoy... Háblame de ti.

—Como te dije, hace pocos meses me gradué de médico. Pero mi país vive una crisis económica muy aguda, por la cual me vi precisado a emigrar. Trabajaba en un hospital del Ministerio de Salud de mi país, pero mis ingresos eran muy bajos. Quise implementar un consultorio, pero no pude, debido a la inestable economía. Mis gastos eran superiores a mis ingresos. Mi país está pasando por una etapa muy difícil: mal gobierno, hiperinflación, miseria, terrorismo... Créeme que no fue fácil dejar mi país, mi familia, pero tuve que hacerlo... ¡No hablemos de eso ahora! ¿En qué año de Medicina estás?

—En el sexto año.

—Te falta poco para terminar.

—Así es, amigo... ¿Qué fue lo que pasó en tu país?

—Lo mismo desde hace más de dos décadas. La instauración de un gobierno con un programa económico ficticio nos llevó a extremos inimaginables. La verdad es que de alguna manera te podría decir que los dos primeros años del gobierno que empezó Alan García en 1985, a través de su partido político, el APRA, fue de bonanza; no con una inflación cero, pero sí controlada. Cuando los salarios reales aumentaron, se percibió una situación de mejoría general por aproximadamente dieciocho meses.

—¿Quieres decir que, al no poder controlar la inflación, explotó todo?

—Exacto.

—Pero, ¿qué esquema utilizó?

—Tú sabes que en los últimos años cada gobierno que ingresa al poder aplica un ajuste, según las expectativas de la persona al frente; en este caso, el presidente Alan García no fue la excepción. Al asumir la presidencia, realizó un ajuste de corte heterodoxo para frenar la inflación, contrario al gobierno del expresidente, llamado Fernando Belaunde Terry, que había aplicado una política de corte ortodoxo. Este nuevo programa económico había tenido buenos resultados en Argentina y Brasil, tanto así que, conforme bajaba la inflación en Argentina, la popularidad de García subía en el Perú. Lo que el gobierno aprista buscaba era la reducción drástica de la inflación, la reactivación de la economía y la recuperación de los salarios reales. Para alcanzar estos objetivos, adoptaron diversas medidas, porque en esos tiempos todo era una inflación de costos. Los costos, a su vez, eran determinados por la evolución de los cuatro precios básicos: salario, utilidades, tasas de interés y tipo de cambio. Esto fue lo que provocó que se aplicara un congelamiento de los precios tomados, el 27 de julio de 1985. Pero antes de que esto fuera dictaminado, se habían incrementado los precios públicos y hubo una devaluación de la moneda en aproximadamente doce por ciento.

Al congelar estos cuatro precios básicos, los precios no subirían. En caso contrario, sería una señal de aumento de margen de ganancia.

—Pero al efectuar una devaluación, el costo de los insumos importados aumenta —le replicó Ariel—, y eso es malo para un país.

—Tienes razón. El gobierno se vio en la necesidad de compensar a las empresas de tal manera que redujo la tasa de interés efectiva de aproximadamente un doce por ciento a un diez por ciento. Esta medida, que debió ser bien acogida por los empresarios, solo favoreció a los grandes, pero no a la mediana y a la pequeña empresa, debido a que no podían acceder al crédito bancario. Además, se veían desfavorecidas porque vieron acrecentados sus costos salariales sin percibir ninguna compensación. Negarse al pago al Fondo Monetario Internacional fue también un gran error. Sin embargo, esta medida le daría al gobierno un margen económico importante, pero que no fue aprovechado durante 1986, momento en el cual existía suficiente legitimidad política interna e internacional para forzar una negóciación favorable al Perú.

—¿En qué momento empieza la caída?

—Los empresarios, que en un primer momento apoyaron el programa económico, esto es, los grandes empresarios, decidieron no invertir en el país porque el gobierno no hizo un proyecto de inversión a mediano plazo. A medida que los límites del programa se hacían evidentes y los desequilibrios macroeconómicos se tornaban insostenibles, el gobierno se vio obligado a la adopción de correcciones, al menos parciales. En diciembre de 1986, se cambió la política de precios, ya no de un congelamiento o control general sobre estos, sino más bien reconociendo que el congelamiento de precios no fue totalmente efectivo. ¿Me estás comprendiendo?

—Perfectamente. Prosigue.

—Esto fue seguido de fuertes distorsiones en los precios relativos con mayores presiones inflacionarias y creciente deterioro de las cuentas fiscales y externas. El gobierno empezaba a sufrir las consecuencias del papel que tomó al principio. De hecho, el gobierno aprista siempre recurrió a los recursos del Estado para impulsar un funcionamiento privado a corto plazo, compatible con una baja inflación. Con esto el gobierno iba autodestruyéndose, la «Isla de la Fantasía» despertaba a una trágica realidad.

—Caray, amigo César, fue muy lamentable lo que pasó.

—Sí, esa es la realidad que vive mi país; una secuencia lógica de un mal manejo. Y no te cuento lo que pasó en noviembre de 1988 porque me trae amargos recuerdos... Pero esos reajustes en ese año sepultaron al Perú.

—¿Qué pasó luego?

—En agosto de 1990, el señor Alberto Fujimori nos dio el tiro de gracia. Muchos dicen que hizo lo que tuvo que hacer. Pero la verdad es que liquidó a gran parte de la población humilde de mi país.

—Mi país también es muy pobre, uno de los países más pobres del mundo, pero lo extraño mucho. ¡Ojalá algún día pueda volver!... Cuando ese dictador deje el poder... ojalá... ¿Cómo es la carrera en tu país?

—Catorce ciclos académicos, más un año de servicio rural, más las huelgas y motivos personales, son como ocho años y adiós a las aulas. Pero tú sabes que la Medicina nunca termina y en esa constante estamos sumergidos nosotros. Dios mediante, haré mi especialidad en cirugía. Y tú, ¿qué piensas seguir?

—Quiero ser ginecólogo. Me parece un campo muy interesante.

—Seguro que es interesante tener muchas mujeres en tus manos. Ja, ja, ja, ja, ja —Ariel lo miró con seriedad—. Disculpa, fue una broma. Tienes razón, toda la Medicina es interesante.

—Así es; y espero que se cumplan nuestros sueños.

—Que así sea.

Anochecía otra vez cuando el bus llegó a Washington. Ambos bajaron para hacer sus respectivos trasbordos. Cada uno tenía que abordar el bus que los llevaría a sus destinos. César llevaba unas revistas de literatura médica. Le obsequió una a Ariel y este la aceptó gustoso.

—Gracias, la llevaré siempre conmigo.

—Adiós, Ariel, y buena suerte. Quiera Dios que encuentres tu camino.

—Así como tú lo encontrarás... Adiós, amigo César.

Se quedó solo otra vez. El bus de Ariel partió primero. Él se fue a recorrer aquel moderno terminal de buses, muy bien iluminado y con muchos negocios en su interior. Hacía mucho frío y había poca gente caminando por la ciudad de Washington. Al este de su posición, una gran iluminación llamó su atención. Era el halo de las potentes luces de la Casa Blanca, y al otro extremo, lo que vendría a ser la iluminación del gigantesco obelisco. Veinte minutos después, el bus emprendió su marcha. Esta vez no habría trasbordo, iba directo a New Jersey. Después de treinta minutos, otra iluminada ciudad llamó su atención: la hermosa y solitaria (a esas horas) Baltimore. Quedó impresionado con la arquitectura del pueblo por donde pasaba. Un orden y limpieza extraordinarios. El bus tomó la entrada de un viaducto de cinco niveles, luego del cual continuó su ruta por la interestatal 95 norte.

Otra vez los recuerdos, sus pequeños hijos en su

mente y ese pesar hondo, muy hondo, comparado solo al que sintió cuando falleció su padre y al ver a su madre llorar por el esposo que nunca más tendría a su lado. ¡Qué terrible dolor en su corazón!

—Hijo, tu papá nos ha dejado... ¿Por qué, Dios mío, por qué?

—Tranquila, mamá, yo estaré a tu lado... Tranquila.

Su padre, un buen hombre. «Cómo quisiera darte la mitad de mi vida para que te recuperes», le decía cuando lo acompañaba en su lecho de agonía.

Dos días antes de su muerte, regresaba con su madre del hospital. Frecuentaban los cortes de energía eléctrica en la ciudad debido a la destrucción de torres de tendido eléctrico por parte de los terroristas de Sendero Luminoso; y esa noche estaba oscuro.

Estando parado con su madre en la puerta de su casa, un viento fuerte y helado los penetró.

—¡Ay, Dios mío! ¿Qué fue eso?

—No sé, mamá, pero yo también lo sentí.

Luego vendrían los días de tristeza tras el entierro de su querido padre.

Se sentía extenuado por tan largo viaje. Miró su reloj: las diez de la noche del día martes. Había salido de Lima el lunes por la mañana y aún no llegaba a su destino. Por la ventana, veía algunas luces mortecinas en la distancia y luego solo la oscuridad, tan inmensa como su pena.

Tres horas más tarde, un letrero que decía «*Welcome to Newark*» le indicó que, después de treinta y dos horas de haber salido de Miami, había llegado a su destino. Descendió del bus y empezó a buscar a Saúl. No estaba. Hacía mucho frío y veía mucha nieve alrededor de la ciudad. Luego de unos minutos, lo vio llegar. Al encontrarse, ambos se confundieron en un fuerte abrazo.

—¡César, compadre! ¡Qué gusto verte!

—Igualmente, Saúl, igualmente.

—¿A qué hora llegaste?

—Hace diez minutos. ¡Dios, que frío! En Lima hace calor y es por eso que no traje ropa adecuada.

—Vamos dentro de mi carro; ahí tengo la calefacción prendida. ¿Cómo te fue en Miami? ¿Cuánto tiempo de permanencia te dieron?

—En Miami pasé algunas peripecias por mi visa. Me hicieron muchas verificaciones, pero al final me dieron seis meses de permanencia. ¿Tú crees que pueda hacer algo?

—Depende, aquí hay muchas maneras de hacer dinero, trabajando, claro está, y siempre por el camino correcto. No me has dicho cuáles son tus planes futuros.

—De principio, me gustaría empezar a trabajar. Estoy consciente de que debo hacerlo a la mayor brevedad posible. No quisiera ser una carga para ti. Recuerdo que una vez que fuiste a Lima hablaste mucho sobre ese tema. Además, necesito mantener a mi familia, que es el motivo principal de mi viaje. ¿Sabes, Saúl? Me siento como aquel día cuando falleció mi padre, con esa tristeza y dolor tan inmensos... Hoy he sentido esa angustia.

—Tranquilo, compadre. Todos pasamos por esa etapa. Tienes que ser fuerte, ya te irás acostumbrando.

Me parece bien tu manera de pensar. El trabajo aquí es lo más indispensable para subsistir. ¿Cómo está la familia?

—Todos están bien, te mandan muchos saludos. Oye, ¿qué es de Ricky?

—No pudo venir, pero mañana haremos una reunión. Él está viviendo en un cuarto aparte.

—¿Por qué? Creí que vivía contigo.

—Así es, compadre. Eso quiere decir que se está avanzando en el camino. El independizarse, tener sus propias cosas y su privacidad, es muy importante en este país. Quiero decirte que el apartamento que tengo alquilado es chico y estoy viviendo con un amigo que duerme en el sofá. Por el momento, dormirás en el piso, como los chinos.

—No importa, compadre... Eso es bueno para la columna.

—Estás igual desde la última vez que nos vimos, hace dos años, cuando me fui a casar a Lima. Me alegré mucho cuando me enteré de tu graduación. Qué decepción que en nuestro país no se pueda hacer nada para progresar económicamente.

—Es cierto, Saúl, la situación está muy mala. El pueblo no sabe qué hacer. Hay mucha pobreza y los planes económicos del *chino* están fracasando. La gente está desesperada por salir de allá. Muchos están emigrando al Japón, apoyados por los vínculos raciales de Fujimori, pero se ha beneficiado solo a los descendientes de los japoneses. Dicen que allá está la nueva *mina de oro*. Es tanta la desesperación de la gente por salir del Perú, que muchos están comprando partidas de nacimiento de los japoneses que viven en los fundos de Huaral y cambiándose el apellido. Otros que ya tienen las partidas se están haciendo la cirugía plástica en los ojos para parecer más orientales. Y lo mismo de siempre... Las agencias que venden documentos, los tramitadores... ¡y los eternos estafadores!

—Sí, eso escuché. Aquí también viven muchos peruanos descendientes de japoneses, o sea, los *niseis*, la mayoría dedicados también al negocio de los restaurantes, y algunos han emigrado al Japón. Dicen que les va bien, pero aquí también se puede salir adelante.

Después de esa charla, Saúl puso en marcha su auto. Salieron del *Penn Station*, que así se llama el terminal de buses de Newark, y entraron a iluminadas pero vacías calles. Edificios de moderna arquitectura rodeaban a lo que parecía ser el centro de esa ciudad. Pudo distinguir unas grandes estructuras metálicas, parecidas a las de un puerto, en el borde de un río por el cual avanzaban hacia el lugar donde vivía Saúl. El cielo estaba despejado, pero hacía un frío congelante. La luna llena se reflejaba majestuosa sobre el oscuro río y sobre la nieve que cubría la ciudad.

Veinte minutos después, ingresaron a otra ciudad que lucía igualmente vacía.

—Ya llegamos, compadre... *Welcome to Passaic!*

Una amplia avenida se abría ante ellos. La iluminación no era tan potente como en la otra ciudad, pero pudo ver el nombre: *Main Avenue*.

Unas cuantas cuadras más e ingresaron a una calle llamada *Henry Street*. En la esquina, y a pesar del frío, había un grupo de personas, todas encapuchadas. En las casas ubicadas del lado derecho, los techos terminaban en forma triangular y se veía la nieve que estaba depositada en ellos. El lado izquierdo estaba compuesto por un conjunto de cuatro edificios.

—Esa gente son negros que venden droga. Muchos son adictos y las mujeres que a veces van por ahí son prostitutas. Hay que tener mucho cuidado, sobre todo por las noches. Desde que abrieron ese hotel de mala muerte, esto se ha vuelto peligroso. Allí vive ese grupo de gente y el gobierno les paga la renta.

—¿El gobierno qué?

—Te sorprenderás de todas las cosas que vas a conocer acerca del modo de vida de este país.

Había muchos carros parqueados alrededor de la calle y tuvieron que dar varias vueltas para conseguir un espacio. Caminaron más de una cuadra, acelerando el paso debido a un fuerte viento, muy helado, que los hacía tiritar. Elevó el rostro y pudo ver un impecable cielo estrellado... ¡Orión!

Llegaron al edificio signado con el número 53, y subieron hasta el cuarto piso. Estaba un poco maltrecho, pero los pasadizos eran amplios.

Entraron y pudo ver un apartamento compuesto de una sala grande, la cocina, al lado un baño. El dormitorio estaba situado al lado de la sala. En el sofá había una persona durmiendo. Le llamó la atención un agradable calor que provenía de unas estufas que estaban estratégicamente instaladas.

—Procuremos no hacer mucho ruido. Mi amigo está durmiendo. Aquí el descanso es sagrado, pero mañana te lo presentaré. Un día jueves, de hace dos meses, un pendejo vino a las dos de la mañana a despertarnos para tomarse unos tragos. Mi amigo casi lo mata a golpes por haberlo despertado. Mejor entre-mos a la cocina y ahí charlaremos un rato.

—Está bien, Saúl. Pero primero quisiera darme un buen duchazo. ¿Hay agua caliente?

—¡Claro! Aquí está el baño. Usa esta toalla. Mientras tanto, yo prepararé algo para tomar.

Al calor de un té caliente, charlaron un poco más sobre la situación del Perú y de los muchachos del barrio que aún estaban en Lima. Se sentía desubicado al hacer esos comentarios. Le parecía estar allá, pero estaba acá. Por esos días Saúl tenía programado un viaje. Volvería después de dos años al terruño, a la querida y añorada patria.

—Bueno, César, ya son casi las dos de la mañana —le dijo bostezando.— Más tarde tengo que ir a trabajar. ¡Así es que a dormir!

Le entregó dos frazadas, que tendió en el piso alfombrado del dormitorio de Saúl, cogió dos almohadillas y se recostó.

De cara a la ventana, notó que el tráfico aéreo era muy intenso por esa zona. Algunas estrellas todavía resplandecían en el oscuro firmamento de aquella noche. Rápidamente, Saúl se quedó dormido, emitiendo ligeros ronquidos.

Aún con los pensamientos puestos en su familia, después de dos días, se quedó dormido.

CAPÍTULO 2
DESPERTANDO A LA REALIDAD

Despertó con la sensación de estar en su casa, de tener a su mujer al lado... y nada, solo el vacío. No escuchaba el griterío de sus hijos. Había despertado a la realidad.

—Son las seis de la mañana —le dijo Saúl.

—Todavía está oscuro.

—Así es el invierno aquí, aclara tarde y oscurece temprano. Ya lo verás; también cae mucha nieve en esta época. Veo que no has traído ropa adecuada para esta estación, así es que te daré algunas casacas mías hasta que puedas comprarte ropa nueva. Me tengo que ir a trabajar. Cuando regrese, saldremos a buscar contactos para que puedas conseguir alguna *chamba*. Recuerda que esta noche viene Ricky. Necesito que te tomes algunas fotos. En la siguiente cuadra podrás hacerlo. Allí hay una casa fotográfica y hablan español. Les dices que es para *residencia*.

—¿Residencia?

—¡Tú diles así, no te preocupes! Tranquilo, compadre, ¿OK?

Al vuelo, le presentó al amigo que la noche anterior dormía en el sofá.

—¡Hola, qué tal! Por la noche hablamos. Tengo que ir a trabajar.

Los dos se fueron. Se quedó solo y apesadumbrado. ¡Cómo le dolía la ausencia de sus hijos, el cariño de su esposa, el calor familiar!

Ausente y lejano, solo y triste, así se sentía en esos momentos. Después de otro prolijo aseo personal y de prepararse un frugal desayuno, se dispuso a dar un paseo por las calles de la ciudad. A las ocho de la mañana, un resplandeciente sol prometía un excelente día. ¿Excelente? Fuertes ráfagas de viento helado, de aproximadamente treinta millas por hora, parecían congelar todo a su paso. Esta sensación de frío le hizo recordar al frío de la sierra central de su país, pero era distinto. Este frío era húmedo y el de la sierra es seco, corta la cara y revienta los labios. Es el responsable de la perpetuidad de las cumbres nevadas.

Los gélidos vientos provenientes del Canadá hacen que en la costa noreste de Estados Unidos las temperaturas alcancen niveles bajo cero, con la consiguiente precipitación de nieve. Por su extensión y por la variedad de su territorio, existe una diversidad de climas en Estados Unidos. Desde el clima tropical de Florida y Hawaii, hasta el subártico de Alaska; y desde el clima templado del sur de California, hasta el húmedo de los estados del noreste, las bajas temperaturas invernales son a veces mitigadas, en enero y febrero, por vientos cálidos que soplan desde las laderas orientales de las Montañas Rocosas (Rocky Mountains).

Ahora, pudo observar mejor la calle donde iba a vivir. Se componía de una avenida con cuatro cuadras y otras tantas transversales. A una cuadra de distancia se encontraba la avenida principal, llamada *Main Avenue*. Se paró en una esquina y pudo ver que la ciudad era grande. Mucha gente transitaba, convenientemente arropada con gruesos abrigos, gorros y guantes. Frente a él, otra esquina cortaba la calle principal formando un ángulo recto cuando de súbito un fuerte viento levantó a un tipo que justamente pasaba por esa esquina, haciéndole caer como un monigote; como si alguien invisible lo hubiera levantado en vilo y hecho caer de bruces.

Esta avenida albergaba muchos negocios en sus dos lados paralelos y a todo lo largo de la gran arteria. En su recorrido, vio a Burger King, McDonald's, Pizza Hut, Kentucky Fried Chicken, Dunkin' Donuts, Yo-Yo, Shout, Payless, Fabco, muchas joyerías, grandes almacenes de productos a 99 centavos de dólar, agencias de viaje y restaurantes. Después, llegaría a saber que esta avenida unía a tres pueblos de ese condado. Como en cualquier parte del mundo, el tránsito también era congestionado y, a pesar del inclemente frío, cientos de personas se movilizaban en busca de sus medios de transporte.

Sin duda era un gran cambio el ver la actividad de la vida diaria de un país desarrollado; la variedad de modernos carros, el transporte que es dirigido por un solo sistema estatal de transporte público, la gente de diferentes grupos étnicos, la construcción y diseños de las casas; en fin, todo era diferente para él. Sin embargo, al no tener una ropa apropiada para enfrentar el congelante frío, no pudo soportar mucho tiempo y retornó a casa.

Por la tarde regresó Saúl.

—Vamos al *supermarket* para hacer algo de compras y buscar algunos contactos. También necesitarás un *bambarén*.

—¿Qué es eso?

—Papeles falsos para que puedas trabajar. Sin eso no podrás hacerlo en ningún sitio. ¿Cuánto dinero tienes?

—Quinientos dólares.

—Está bien. Alcanzará para tus tarjetas y para unas dos semanas de tus gastos. Después hablaremos para arreglar tu situación con lo de la casa. Eso es otra cosa que deberás aprender.

Fueron a un *supermarket* llamado *President*. Saúl compró algunas carnes y otros comestibles, también habló con un señor.

—Por el momento no hay trabajo aquí, pero ese señor me dijo que intentáramos otro día. Ahora vamos por el *bambarén*. ¿Te tomaste las fotos?

—Sí, aquí las tengo.

Siguiendo en su carro, Saúl se dirigió al otro extremo de la ciudad. Llegó a unos edificios de construcción antigua y entró a uno de ellos. Después de treinta minutos, regresó.

—¡Ya está! Con esto podrás conseguir trabajo —le dijo, entregándole una tarjeta plastificada de color rosado (*Pink Card*, que años después sería cambiada por la *Green Card*) con su foto impresa, y otra azul y blanco, que decía «Social Security» en su parte superior—. Ahora vamos a la casa, que Ricky vendrá en una hora.

Al abrir la puerta, un agradable olor a carne guisada inundaba el ambiente. En la cocina se encontraba el amigo de Saúl, atareado en la preparación de la comida. Era un tipo de mediana estatura, pero muy subido de peso. Tenía facciones bonachonas y pícara sonrisa; su cara redonda destacaba sobre un cuello grueso, y sus ojos achinados le daban un toque de confianza. Encajaba en el tipo «pícnico» de la tipología de *Kretshmer*, con un comportamiento ciclotímico: abierto, espontáneo, de amistad rápida y con grandes oscilaciones en el estado del humor. Se presentó ante César con su sonrisa de oreja a oreja.

—¡Hola! ¿Cómo estás? Mi nombre es Pepe. ¿Qué tal el viaje?

—Fue un viaje muy largo. Imagínate, treinta y dos horas cambiando de un bus a otro.

—Eso es un consuelo. Yo demoré cinco días. ¿Tuviste algún problema en Miami?

—Me detuvieron para revisar mi visa y hacerme muchas preguntas. Dos veces inquirieron por mi bolsa de viaje, pero nada más.

—Tuviste mucha suerte. A algunos les exigen que lo presenten. Yo conocí a un amigo que en su primer viaje le pidieron que mostrara el dinero reportado, y como no lo tenía completo, lo devolvieron a Lima. ¿Tú tenías el dinero completo?

—¡Ni la mitad de lo que puse en mi ficha! Pero ahora que lo mencionas, y pensando todo lo que pasé estos dos días, sí, parece que la suerte me acompañó todo ese tiempo.

—¿Cuánto tiempo piensas quedarte?

—No sé, quizá los seis meses que me dieron de permanencia.

—Eso dicen todos, pero después nos acostumbramos a la vida de este país y nos quedamos, y aquí, compadre, los años pasan volando. Hace cinco años que estoy en este país. Dejé a mi hija de tan solo un año, ahora ella tiene seis... No la conozco ni ella me conoce a mí. A veces, venir a este país es perder todas esas cosas de vivir en familia y de ver crecer a los hijos. O de pronto la mujer nos engaña por allá... o uno mismo se hace de nueva familia por aquí. Saúl me dijo que eres médico.

—Me gradué hace unos meses.

—Un consejo: junta tu dinero y regresa a casa. Allá como sea eres médico. Aquí, sin residencia y sin hablar bien el inglés, disculpa que te lo diga, no eres ni mierda, y harás los trabajos que nunca pensabas hacer.

—Sí, Pepe, es verdad. Pero debes saber que las cosas por allá están muy malas.

—¡Ese es el problema! Yo era policía y...

En esos momentos alguien tocó a la puerta. Saúl fue a abrir. Ricky hizo su ingreso.

—¡César, compadre! ¿Cómo estás? —le dijo abrazándolo largamente.

—¡Ricky, mi hermano! ¡Tanto tiempo sin verte! Aquí me tienen, muchachos.

—Sabía que ibas a venir y estuve esperando este momento. Me alegro mucho de volver a verte.

—Bueno, bueno —dijo Pepe—, ahora que estamos los cuatro, vamos a cenar.

Sirviendo sendos platos de guiso, se dispusieron a comer.

—Uhmm, oye, Pepe, esto está bueno —le dijo César—; me has hecho recordar a mi mamá.

—Gracias, Doc... muy gracioso.

—Esta *chola* es nuestra cocinera —repuso Saúl.

—¡Ya empiezas a hablar tus huevadas! Como le decía, doctor, yo era policía y...

—A este le decían «*Tombo Loco*» —volvió a decir Saúl, mientras César y Ricky se reían a carcajadas.

—¡Cállate, Cholo! Como te decía, trabajaba en la Policía como ayudante del veterinario de la Guardia Civil en el *Potao*, curando a los perros, caballos y...

—Este es el que mataba a los caballos y vendía la carne en el Mercado Central. ¡Gordo pendejo! —volvió a decir Saúl.

—¡No jodas, Cholo, deja conversar! Ahí aprendí a curar a los animales. Estuve tres años en la Policía. Por esos tiempos mi esposa me ayudó mucho para el mantenimiento de la casa y para poder venir aquí. Tú sabes que los policías son mal pagados y ese fue uno de los motivos por los cuales salí del Perú. Además, todos mis hermanos están aquí. Dios quiera que este año pueda traer a mi esposa y a mi hija.

—Calla, Gordo desertor —le dijo Ricky.

—No jodas, Ricky, ¡déjame comer! —le respondió Pepe, mientras devoraba un trozo de carne.

—¿Cuánto estás pesando? —preguntó César.

—No lo sé, creo que ciento diez kilos.

—Hombre, ¡vas a reventar!

—Es que me da mucha hambre. Yo era así como tú, pero desde que llegué a este país, empecé a engordar.

—¡Cómo no vas a engordar si comes puro cerdo! Ya tienes doble cuello —le dijo Ricky. Saúl y César volvían a reír.

—Y tú... ¿cómo llegaste aquí, Gordito? —preguntó César.

—Yo vine a través de el *Padrino*, quien, a pesar de estar preso, seguía haciendo su negocio. Yo conozco a muchos que vinieron con una agencia de viajes que él tenía en Lima ¡Ese pendejo tiene una mafia del carajo! ¡Hasta ahora manda a su gente para cobrar a los que le deben! Nos planeó un viaje hasta Colombia en un bus. De allí nos llevaron hasta Nicaragua, donde nos iban a gestionar las visas para ir a México.

—¿Cómo hacían los pases?

—¡Puros contactos, compadrito! En México tuvimos problema para entrar, pero lo logramos. Luego, nos fuimos hasta frontera en Tijuana, donde teníamos que cruzar a USA. Con la ayuda de los «coyotes» llegamos a Los Ángeles. Allí nos compraron pasajes para New Jersey. Nos demoramos cinco días, como te dije, porque teníamos que quedarnos en los diferentes países que pasamos. Todo este pase me costó cinco mil dólares. Parece fácil de la forma como te lo dije, pero, compadre, ¡se pasa una de cosas! ¿Y tú?

—Me dieron visa en Lima.

—¿Cuánto te costó?

—Nada... ni un dólar.

—No te creo.

—Sí, así fue. Les contaré...

—Tuviste mucha suerte.

—César, ¿qué metas tienes? —le preguntó Ricky.

—No lo sé, me siento desorientado. En Lima me dieron muy poca información con respecto a poder practicar mi carrera en este país. Un colega me dijo que tenía un primo preparándose para unos exámenes en Boston, nada más. Particularmente, mi meta es tener un buen consultorio en Lima, en el cual poder ayudar a la gente. No sé cuánto tiempo me demandará este proyecto, pero, de prolongarse, espero contar con la presencia de mi esposa de aquí a un año. Creo que entre los dos será más rápida la cosa.

—Me parece bien que venga Ana. No es bueno es-

tar solo en este país, entre dos se avanza más rápido —
le dijo Saúl.

—¿Y qué de su profesión, doc? —volvió a preguntar Pepe.

—Como les dije, me gustaría ejercer en Lima, pero también quisiera tener una experiencia del *modus operandi* de la medicina americana. Sé que hay muchos médicos peruanos en el área y espero conocer a algunos de ellos. Sé también que hay que dar unos exámenes y...

—No es tan fácil el asunto —le dijo Ricky—, tienes que convalidar tu título, tener residencia o permiso de trabajo y saber muy bien el inglés.

—Tienes razón, en Lima me dieron esos datos. Pero... les digo otra vez: estoy desorientado. Veré cómo puedo obtener más información.

—Mientras tanto, mi querido doc, tendrás que trabajar de lo que sea para poder subsistir—le dijo Pepe, mientras César lo miraba atentamente. Estas últimas palabras retumbaron como un eco en sus sentidos.

—Bueno, muchachos, vamos a hacer un brindis por la llegada de mi compadre. ¡Salud! —dijo Saúl—. Ustedes saben que el sábado viajo a Lima, así que preparen sus cartas para llevar a sus familiares.

—Está bien —respondieron todos.

—Saúl, tú sabes que el sábado trabajo y no podré acompañarte al aeropuerto, pero ya nos veremos después, que tengas buen viaje... César, el fin de semana te enseñaré la ciudad y daremos una caminata, ¿está bien?

—De acuerdo, Ricky.

Saúl logró obtener su residencia americana gracias a una amnistía del gobierno de Ronald Reagan en 1989, que en aquel tiempo ofrecía a los inmigrantes que habían trabajado más de cinco años en los campos de cultivo en el estado de California. Para tal fin, se agenció de algunos documentos que certificaban haber laborado en ese estado. Gracias a ello, ahora podía viajar a Lima cuantas veces quisiera. En 1991, se casó en el Perú. Su esposa quedó embarazada y tuvo una niña. El motivo de su viaje era una carta en la cual le decían que su hija estaba muy mal de salud.

Llegó el día sábado. César acompañó a Saúl al Aeropuerto Internacional de Newark en compañía de otro amigo. Al regresar, se encontró con Ricky. Vestía un pantalón jean color negro, llevaba puesto un *suéter* y un *jacket* de cuero color marrón. Calzaba zapatillas *Nike* color negro, muy elegantes, y se podía notar alrededor de su cuello dos cadenas de oro. Un reloj *Seiko* de esfera blanca, adornaba su muñeca izquierda.

—Qué gusto me da verte nuevamente, César. Recuerdo el día que salí de Lima y nos despedimos. Pensaba cuándo te volvería a ver... Nunca imaginé que sería aquí.

—A mí también me dio mucho gusto volver a verte; y, para serte sincero, yo tampoco me imaginaba por estos lares. Veo que en parte has alcanzado las metas que tenías antes de salir del Perú, lo digo por la ropa que llevas puesta, y por todo lo que tienes ahora.

—Siempre recuerdo esa etapa de mi vida allá en Lima… gracias a Dios que llegué a este gran país… y pues, ¿estas cosas? Con el sudor de mi frente y mucho sacrificio, compadre, he podido hacerlo. Y seguiré luchando para tener más cosas para mí y la familia en el Perú.

—Sé que lo harás. Mira, aquí tengo las cosas que me dieron tus familiares. Me pidieron que te las entregara.

—Gracias, voy a guardarlo aquí. Vamos a dar una caminata por la ciudad.

Había nevado la noche anterior y, al ingresar a un gigantesco parque, el espectáculo que ofrecía era simplemente impresionante. Una gran cantidad de árboles ya secos, quizá de una especie silvestre, de aquellos que no dan fruto, y los gigantescos y eternos pinos, adornados con la nieve, se veían hermosos, como una foto de postal. Las casas de los alrededores lucían igualmente bellas, pero había una diferencia. Al parecer, esta era una zona residencial, pues las casas tenían otra arquitectura.

—¿Cómo está la gente del barrio? —le preguntó Ricky.

—Todos están bien y te mandan muchos saludos. Siempre nos acordábamos de ustedes. Víctor y Tito están por salir y van a seguir tu ruta. Yo les di el mapa que me enviaste, ¿recuerdas? También algunos muchachos de la *vuelta* están por salir. El *loco* Víctor, cuando estaba en tragos, cantaba imitando a José Feliciano: *«ya mis amigos se fueron casi todos, y los otros partirán después que yo...»*

—Víctor y sus locuras. Sí, estaba enterado de eso. Espero que tengan suerte... César, ¿por qué no me comunicaste que mi padre estaba muy mal de salud?

—Tu familia me lo prohibió. Tú recién habías llegado a este país cuando eso pasó y no querían que te regresaras en un arranque de desesperación. Con mucho sacrificio llegaste y ellos evitaban preocuparte. Pero, descuida, tu padre está en franco proceso de recuperación.

—¿Fue malo lo que le pasó?

—Un derrame cerebral siempre es grave y deja sus secuelas, pero ya no te aflijas, él está mejor. Cuéntame cómo llegaste.

—Te lo dije cuando te envié el mapa y la ruta que debías seguir.

—Sí, pero cuéntame en detalle.

—Aquella tarde de diciembre que salí de Lima fue muy triste para mí. Cuando estuve en Tumbes, pensaba en regresar a Lima y mandar todo al carajo, pero ya me había propuesto una meta. Además, si regresaba, todos se iban a burlar de mí, así es que decidí continuar. Tuve problemas con los policías de Ecuador para entrar y debí pagar para seguir adelante. Salí rápido de Ecuador y llegué a Colombia en el Año Nuevo de ese año. Tú sabes que viajé con poco dinero y en el camino se me iba terminando. Después, me encontré con una persona que me propuso hacer un negocio. Comprábamos mercaderías en la frontera con Panamá, en un pueblo que se llama Turbo, y regresábamos a Bogotá para venderlos. Estuve dos meses en Colombia. ¡Qué lindas mujeres tiene ese país! Yo estuve con una chica que quería casarse conmigo. De no ser porque tenía una meta trazada, lo habría hecho. Llegué a enamorarme de esa mujer, era muy bella, pero debía continuar mi camino. Colombia es un hermoso país, tiene ciudades y paisajes muy bonitos, sobre todo en Medellín y Bogotá, que fueron las ciudades donde estuve. Cuando ahorré un pequeño capital, volví a Turbo para pasar a Panamá en barco, porque la frontera está por esos límites, pero me cobraban cien dólares y me pareció muy caro. Entonces me encontré con otro grupo de viajeros y nos fuimos por la selva; caminamos siete días sin saber que íbamos en círculo. Un día nos encontramos con unos indios y les cambiamos nuestras ropas por comida, porque había veces que no comíamos. Al principio, nos asustamos porque pensábamos que podrían ser salvajes o algo por el estilo. Pero después nos dimos cuenta de sus buenas intenciones. Por las noches, con unas lianas o sogas largas, nos hacían subir a unos árboles bien altos. En la copa tenían sus casas, que eran como una especie de chozas.

—¿Viven en los árboles?

—Claro.

—¿Por qué?

—¿Cómo que por qué? Recuerda que es un área amazónica, los tigres, o no sé qué carajo, se comen a los *cojudos*. También hay otros tipos de animales salvajes, ahora no me acuerdo el nombre de esos pendejos, y por eso ellos viven así. Solo hay seguridad durante el día.

—Ah, ahora entiendo. ¿Qué pasó luego?

—Fueron los indios quienes nos llevaron hasta una carretera que era la Panamericana... ¡Ya estábamos en Panamá!

Seguían caminando. El frío se había acentuado. Entraron a una bodega y compraron dos vasos de café. Sorbiendo la aromática infusión, prosiguieron su marcha. Llegaron a un parque que tenía un lago en el centro. Vio a un grupo de niños jugando con la nieve y a pesar del agua congelada; había muchos patos silvestres en su interior. Este tipo de aves son oriundos de Estados Unidos y son considerados como patrimonio natural. Poseen gran capacidad de vuelo y son capaces de emigrar de costa a costa. Vuelan en grupos formando un triángulo, guiados por un líder.

—Oye, Ricky, hace un frío terrible.

—Esto no es nada; ya viene lo peor.

—Sigue con tu relato.

—En cuatro días salí de Panamá. Como tenía algo de dinero, bajaba de un bus y subía en otro y así iba avanzando. Llegué a la frontera con Costa Rica, y pasar al pueblo siguiente fue fácil. Allí tomé un bus a San José.

—Ricky, ¿cómo hacías con el dinero y cómo sabías qué bus tomar?

—Preguntando te dicen qué bus debes tomar para llegar a las fronteras. La gente sabe que aquel que pregunta por frontera norte es porque quiere ir al otro lado. Con respecto al dinero, cambiaba solo lo necesario. Cuando llegaba a la frontera del país que iba a salir, lo cambiaba por el dinero del país siguiente. Sin embargo, tuve unos altercados con gente que quería asaltarme. Tú sabes que cuando te ven solo y de aspecto forastero, te quieren agarrar de tonto, pero gracias a Dios salí bien librado. ¡En mi vida jamás pensé que iba a conocer tantos países!

—¿Viajabas solo?

—De Panamá veníamos siete, pero algunos se quedaron en el camino. En estos casos, César, cada uno salva su pellejo. Centroamérica es chico y pasé rápido esos países. Nicaragua se parece a Lima: más vendedores ambulantes que el carajo. Una vez me quedé sin dinero; le mandé un SOS a Saúl y me envió un giro. Cuando el dinero no me alcanzaba en esos países, me iba a las iglesias o a los bomberos y ahí les decía que era forastero de paso y me daban hospedaje y comida. Sufrí mucho, lloré bastante por el camino. Una vez, cuando me encontraba en Honduras, me dio deseos de regresarme a Lima, pero me dije: «He caminado tanto...

¡Debo seguir!». Así las cosas, llegué a Guatemala. Allí me quedé mes y medio porque no podía pasar la frontera. Es muy difícil pasar a México. En Guatemala tuve que trabajar ayudando a un mecánico y después trabajé en un hotel, porque necesitaba el dinero para seguir mi viaje. Noche tras noche intentaba cruzar, pero no podía. Hasta que una madrugada pude hacerlo. Pagando cincuenta dólares a un guía, pasamos diez personas. Tuvimos que atravesar unos cerros hasta llegar a un río. Al cruzarlo, estábamos en un pueblo del cual no me acuerdo el nombre. Luego nos separamos del grupo y tomé un bus para ir a la capital mexicana, a la que llaman el D. F.; estaba con la barba crecida y me parecía a los mexicanos, por eso, tuve la suerte de pasar todos los puestos de control. Desde el D. F. le envié otro SOS a Saúl y con ese dinero me fui hasta Tijuana, donde vive la suegra de mi primo Pipo. Estuve dos semanas por allí. La señora me consiguió dos tarjetas y con eso pude pasar por el mismo puente fronterizo de San Diego. Ella me dijo que tuve mucha suerte por haberme conseguido esas tarjetas, caso contrario, hubiera cruzado el Rio Grande. La señora me contó que mucha gente muere en el intento de cruzarlo, pero que hay temporadas en que el río disminuye su caudal y hace más fácil su paso. El problema es la policía fronteriza que siempre está vigilando. También me dijo que esas tierras, son *tierras de nadie*, asesinan a la gente sin piedad y las mujeres son cruelmente violadas. Por eso la gente siempre viaja en grupos para evitar ser agredidos.

Cuando llegué a Los Ángeles, me fui a vivir con mi primo Pipo, pero las cosas estaban duras por allá. Estuve casi dos meses sin conseguir trabajo y sin dinero. Otra vez le pedí ayuda a Saúl y me envió el pasaje para New Jersey. Aquí me fue mejor. Conseguí trabajo y junté dinero para pagarle a Saúl toda la ayuda que me prestó. Viví año y medio con él. Me presentó a muchos amigos y, los fines de semana, cuando nos reuníamos, nos acordábamos de ti. Ahora vivo solo en un cuarto que alquilé. Es bueno tener su privacidad. Así fue como pude llegar a este país, con mucho sacrificio y muchas lágrimas derramadas. También vi a mucha gente llorar en el camino; algunos se regresaban al no poder soportar la ausencia de sus familiares; otros se quedaban anclados en diferentes países por falta de dinero. De esta experiencia te puedo decir que el éxito depende de la habilidad y de la fuerza de voluntad de cada uno. En fin, como sea... ¡pude llegar!

—Así es, Ricky, y te felicito por eso. Me siento orgulloso de ser tu amigo. Tienes un valor a toda prueba.

—Yo también te felicito porque lograste culminar tu anhelo de ser médico. Me alegré mucho cuando me lo dijo Saúl. ¿Sabes? Creo que los tres hemos logrado parte de nuestros sueños.

—Sí, Ricky, y hay muchos años más para seguir adelante.

Por la tarde regresaron de la caminata. Pepe se encontraba en casa y había preparado algo para el almuerzo. A alto volumen, escuchaba la canción *«Un beso y una flor »* que interpretaba *Nino Bravo*. La letra de esa canción encaja para todos aquellos que han salido de sus países.

—¿Qué tal, doc? —le saludó Pepe—. ¿Se fue Saúl?
—Sí, Gordito, ¡y me dieron unas ganas de irme con él!
—Tranquilo, doc. Tenga paciencia y, como te dije

antes, junta tu dinero y regresa a Lima. Ojalá que esta semana encuentres algún trabajo. Ricky, ¿no hay nada en tu sitio?

—No hay nada, Gordito, sino hace rato... Tú sabes.

—Doc, ¿cómo están las cosas por allá? —preguntó Pepe.

—Muy malas. Fujimori, en su afán de arreglar el desastre que dejó García Pérez, hizo más daño al país. Soltó unos aumentos de precios que dejó a todo el Perú en la ruina. Dice que lo hizo para estabilizar la economía. Tal vez sea así, pero el plan fue desastroso.

—La culpa de todo la tiene Alan —dijo Ricky—. Cuando vivía en el Perú, ese *cojudo* tenía el país en malas condiciones. ¿Te acuerdas, César, cómo estábamos nosotros?

—Muy mal, Ricky.

—¡Claro! Porque había mal gobierno. Esos hijos de puta robaron con descaro y dejaban al pueblo morirse de hambre. Y con su política del «no te pago» al Fondo Monetario Internacional, malogró el crédito peruano. No había trabajo y se ganaba mal. Yo trabajé un tiempo en la cervecería *Cristal* y todos los días salía borracho de allí.

—¿Tú ibas a trabajar o a *chupar*? —le preguntó Pepe.

—¿Y qué querías, compadre, si el trago estaba al alcance de uno? Después me sacaron y me puse a vender *mercas*.

—¿Coca? —preguntó otra vez Pepe.

—¡Mercaderías, Gordo *huevón*! Compraba en el mercado mayorista productos de primera necesidad y los revendía en los mercados de los pueblos jóvenes. Estaba jodido. Usaba un par de zapatos para todo el año; los zapateros hacían negocio conmigo cambiando la media suela cada seis meses. Un día dejé mis zapatos para que alguien se los llevara y nada.

—Y qué se los iban a llevar si estaban con hueco —dijo César.

—Ja, ja, ja, ja, ja... Qué doctorcito más chistoso —empezó a reír Pepe—. ¿Y usted, doc?

—También trabajaba. Mi padre tenía un taller y se dedicaba a la fabricación de ductos. Trabajaba allí y luego me iba a mis clases. Cuando era tiempo de mis vacaciones, trabajaba a tiempo completo. En los últimos años de la universidad, me defendía con lo que recibía del Ministerio de Salud... Me ayudó mucho mi querido viejo.

—¿Qué pasó con tu papá, doc?

—Murió de un derrame cerebral, después del aumento de los costos en el gobierno de Alan.

—Caray, doc. Lo siento.

—Está bien, Gordito. Tú no lo sabías. Mucha gente murió por aquellos días. Le comentaba a Saúl acerca de nuestra realidad. Yo creo que este nuevo presidente, el que se fue y los que vendrán no harán nada por nuestro país. Parece ser que a nuestros políticos no les interesa el bienestar de la población, sino el de ellos mismos. El Congreso parece un circo, lleno de gente inepta y carente de sensibilidad hacia nuestro pueblo. Son mentirosos y corruptos, que solo piensan en aprovechar los cinco años del gobierno de turno para beneficio propio.

—Sí, ahora me acuerdo que esos *pendejos* iban borrachos y peleaban entre ellos mismos. Otros iban a dormir, pero no hacían nada por el pueblo. Recuerdo que una vez transmitieron por la televisión un debate de esos *hijos de puta*, y se decían de todo, ¡hasta se peleaban entre ellos! Yo me *cagaba* de la risa viendo esa *cojudez*. Después salían del Congreso y se iban a *chupar* al

Huaytapallana, que era una cantina por los alrededores de la plaza Bolívar —dijo Pepe.

—¡Sí! Yo también recuerdo eso. Pero, ¿sabes? Lo peor es que nuestras voces no pueden ser escuchadas. La voz del pueblo, una vez más, es callada por los sistemas corruptos. Yo he estado al lado de esa gente que lloraba por un pedazo de pan, que lloraba por no poder comprarse siquiera una aspirina, la gente humilde, la gente hecha pobre por unos cuantos degenerados y avarientos, locos por el poder y la corrupción. Imagínense, ¡subir los costos en un país pobre! Y después decir: «Si te comprabas diez panes, ahora cómprate cinco, ¡para qué más!». O después viene otro y dice: «Si el otro subió los costos, yo también tengo que hacerlo», después de haber prometido que no lo haría. Y el pueblo, ¿de dónde saca dinero para afrontar ese maremoto económico? Es realmente algo inconcebible, amigos. Cuando el *chino* cerró el congreso, esos desgraciados hicieron una revuelta del carajo.

—Tienes razón, doctorcito —dijo Pepe, otra vez—. Ese Alan era un hijo de p... A veces, cuando me tocaba servicio, me enviaban a cuidar la zona periférica del Palacio de Gobierno. Eran los tiempos de los famosos «paquetazos» y «*balconazos*»...

—¿«Paquetazos», «*balconazos*»? ¡Vaya! Ya me había olvidado de esa vaina —dijo Ricky.

—¡Es verdad! ¿Qué decía Alan en esos «*balconazos*»? —preguntó César.

—¡Puras incoherencias y disparates, o sea, *cojudeces*! Yo creo que salía borracho a hablar. A veces cantaba en los balcones de Palacio. ¡Era un loco de mierda! Otras veces ponía de cabeza a su escolta, cuando por las noches salía en una moto de los policías y regresaba por la madrugada... Al parecer, tenía un «*cuero*» por ahí, creo que una mujer que trabajaba en Panamericana Televisión o algo así.

—¡Noviembre de 1988! Fue un mal año para el Perú. Cuando estaba viajando en el bus hacia aquí, conocí a un haitiano y le estuve comentando acerca de la situación económica de nuestro país. No le dije lo de noviembre del 88 porque representa días muy trágicos para mí.

—¿Qué pasó, doc? —preguntó Pepe.

—Ya lo dije, el destructor «paquetazo» de esa fecha provocó el trauma cerebral, no solo a mi padre, sino a miles de personas en el país. Tú llegaste en 1986, ¿no es así, Gordito?

—*Yes, sir!*

—Por eso no viviste en carne propia lo que Ricky, yo y millones de personas pasamos en el Perú.

—¡Ya suéltala, compadre! —le apuró Ricky.

—La secuencia se parece a una novela de terror. Después del primer «paquetazo» de septiembre de 1988, los rumores de que se venía uno más severo habían producido una psicosis colectiva. Los ministros de Economía entraban y salían, nadie quería «*cargar con el muerto*», ninguno quería ser portador de tan terrible noticia. Pero uno sí se atrevió: el señor Abel Salinas.

—Más conocido como *Cara de Apache* —dijo Pepe riéndose a carcajadas.

—Ese mismo. Bueno, si bien el Banco Central y el Ministerio de Economía y Finanzas prepararon un programa lo bastante duro, el ministro Salinas terminó aplicando un ajuste fuerte pero insuficiente, según ellos. El tipo de cambio se devaluó en 227 por ciento para gran parte de la partida de importación y subieron los precios públicos. Es así que, después de muchas dudas e indefiniciones, ese setiembre se produce el primer «paquetazo» realmente drástico, pero, aún, insuficiente para ellos. Desde entonces, los rumores de un segundo ajuste, más fuerte, produjeron un sentimiento de rechazo hacia el gobierno. Toda la población era un caos. Era común ver largas filas de personas para adquirir los alimentos básicos; había huelgas, desabastecimiento, acaparamiento, violencia, especulación, robos y colapso de los pequeños y medianos empresarios. El 18 de noviembre, García hizo un anuncio, otra de sus mentiras: el 21 se dictarían nuevas medidas, que no serían muy traumáticas ni muy duras. Pero, como les dije, nadie quería hacer el anuncio. Lo postergaron para el 22 de noviembre. La madrugada del mismo 22, Sendero Luminoso derrumbó treinta y dos torres de alta tensión, dejando al país sin energía eléctrica desde Chiclayo, en el norte, hasta Marcona, en el sur, y, por si fuera poco, esa mañana el agua de la capital tenía un olor fétido.

—¿Agua fétida? —Recordó Ricky, haciendo el clásico gesto de la persona pensante—¡Sí! Es verdad. Recuerdo que esa mañana entré a la ducha para bañarme y en eso empiezo a sentir un mal olor. Yo pensaba que venía del *toilet*, o que se me había escapado un pedo sin darme cuenta, ¡pero era el agua de la ducha! Le dije a mi viejo y me respondió: «Estás loco, ¿cómo va a ser posible?». Se acercó con un vaso, sacó un poco de agua y... «Mierda, ¿qué es esto?», dijo sorprendido... ¡Sí, ahora lo recuerdo! ¿Qué había pasado?

—Dijeron que una falla técnica en la represa de la Atarjea, un aniego que se filtró en el sistema de agua potable. No sé, pero ese día fue signado para el desastre en nuestro país. Al mediodía, un halo misterioso apareció alrededor del sol. Por la tarde, ese sol pálido desapareció, dando paso a unas gruesas y oscuras nubes, seguidas de fuertes vientos que nunca se había visto en Lima. La población esperaba el anuncio con miedo, con desaliento. El día anterior, todos los comerciantes habían escondido sus mercaderías. La sombra de la hambruna empezaba a vislumbrarse. Hasta que esa fatídica noche del 22 de noviembre de 1988, el gobierno aprista asestó el peor golpe que gobierno alguno había propiciado al país. Aumentos de los productos de primera necesidad hasta en un cien por ciento. Aumentos de materiales y demás productos básicos hasta en un ciento cincuenta por ciento. ¡El fin del mundo! La población peruana había entrado en un estado de *shock*. Había rumores de levantamientos y golpe de Estado, conatos de saqueos en los conos norte y sur de Lima. Los militares patrullaban la ciudad con tanques y contingentes fuertemente armados. Los terroristas de Sendero Luminoso y el Movimiento Revolucionario Túpac Amaru (MRTA) planeaban hacer más estragos en el ya decaído gobierno. Los que tenían algo en ese tiempo se les redujo a la mitad, los que tenían la mitad se les redujo a nada, y los que nada tenían, al sepulcro. Para mí, como les dije, fue doblemente duro, porque ese día mi padre tendría el derrame cerebral que cinco días después le quitaría la vida.

Pepe y Ricky tenían el rostro apenado y movían la cabeza negativamente. También ellos, a su manera, habían pasado esos trágicos momentos.

—¿Cómo hizo la población para enfrentar ese problema? —preguntó Pepe.

—Nació un sentimiento de unión en el pueblo peruano, la ayuda mutua, y la aparición de las salvadoras «ollas comunes». Esto surgió como una opción para combatir el hambre de la población. En cada barrio se organizaban grupos de vecinos que reunían cierta cantidad de dinero y compraban lo más elemental para preparar algo de comer.

—¿Qué cocinaban?

—Se podía preparar algo ralo. Por ejemplo, papas guisadas y arroz, algunas veces acompañado con huesos de pollo o las alas; otras veces solo menestras. ¡De la carne de res, ni en sueños! El pescado también era carísimo. También es importante recalcar la ayuda del Club de Madres y del programa Vaso de Leche, que ya había implantado el señor Alfonso Barrantes años atrás. Después llegaría ese *Chino*, con la misma política de matar de hambre al pueblo. No había día siguiente en el que no dejara de subir los precios de los productos. Era insoportable el estilo de vida e inalcanzable conseguir cualquier producto elemental; los costos todos los días estaban por las nubes. El país seguía con las «ollas comunes».

—¿Qué pasó con Alan? —preguntó otra vez Pepe.

—Cuando Fujimori entró al poder, este quería apresarlo, pero Alan se fugó del país porque tenía acusaciones de apropiación ilícita de los fondos del Estado y de haber jugado con los dólares MUC, que él inventó en conjunto con su ministro de economía Vásquez Bazán, para beneficio propio y el de sus secuaces, así como de otras tantas acusaciones de peculado. Lo fueron a buscar en todas las casas que tenía en Lima, pero nunca lo encontraron. Después, el Perú se enteró de que estaba «exiliado» en Francia, diciendo a manera de disculpa que «esas cosas pasaron debido a su juventud e inexperiencia».

—¡Qué tal descaro el de ese *hijo de puta*! —gritó Pepe con un gesto realmente enojado.

—Sí... ¿Ustedes saben cuál fue la inflación acumulada durante el gobierno de García?

—No.

—Agárrense. Según los datos estadísticos, alcanzó la terrorífica cifra de 2.178.482 por ciento. Por ejemplo, en aquel tiempo, la moneda en el Perú era el Inti. Si en 1985 un pan costaba veinte céntimos de inti, en 1990 un pan llegó a costar mil setecientos intis. La devaluación era tanta como los ceros agregados a los billetes, que no servían para nada. Todos cargaban billetes con nominaciones de «millones de intis», todos éramos «millonarios», pero no te alcanzaba ni para comprar un kilo de carne. Por eso se hizo la conversión al nuevo sistema monetario que es el nuevo sol. Ojalá que dure. Desde entonces, todos en el Perú quieren salir de allí. No hay trabajos ni oportunidades para nadie. Es una bendición para todos los que han salido a diferentes partes del mundo poder trabajar y ayudar a sus familias.

—Tienes razón, César. Ojalá algún día aparezca gente visionaria en el Perú, que estén libres del germen de la corrupción, del egoísmo y de la ambición. Personas que realmente quieran a la patria y a su gente, y nos logren sacar de la miseria en que nos encontramos. Por eso estamos aquí, y desde este país ayudaremos a nuestra familia a salir adelante. En cuanto a Alan, me caía bien ese *cojudo*, pero la *cagó*. Ojala lo metan preso y pague por todo el mal que hizo al país. ¡Ladrón de mierda! —dijo Ricky.

—Esperemos que así sea —respondieron los muchachos.

Pasaron unos días más. Cada vez que César se quedaba solo en la casa de Saúl, le entraba una desesperación terrible. Había muchos cuadros en la pared de la sala. Pero uno en especial llamaba su atención: El Cristo en la escena de la transfiguración. Cuántas veces, al observar ese óleo, caía de rodillas y, orando entre lágrimas, pedía por la salud de sus hijos y de toda su familia... y también por su pronto retorno. Luego, se acercaba a la ventana del cuarto piso donde vivía y, observando la nieve caer, pensaba, lloraba, reía... Toda una gama de sentimientos se confundían en esos momentos.

Un viernes, Ricky le dijo que irían a la bodega de un señor a quien le decían el *Tío*. Caminando por lo que ahora era su barrio, llegaron a un amplio parque, todo cubierto de nieve y muy bien iluminado. Atravesando ese terreno, abordaron una bodega situada en la esquina de una avenida principal. Al entrar, pudo apreciar a un grupo de muchachos compuesto por peruanos y mexicanos riéndose todos por un chiste que el Tío recién terminaba de contar. Observó que encima del mostrador había una fuente de ceviche. El Tío servía los platos pesándolo en una balanza, a 250 gramos por persona. Decía que era para que todos comieran en la misma proporción. Era este un hombre de aproximadamente cincuenta años, delgado, estatura mediana, algo díscolo. Tenía una picardía innata. Ricky se encargó de presentarlo al grupo.

—Tío, aquí le presento a mi amigo César.
—¡Qué tal! ¿Cómo está, señor?
—Un momentito. Primero, sin ofensas. El Señor

está en los cielos. A mí me llaman el Tío —decía el hombre riéndose.

—Hace unos días que llegó del Perú —volvió a decir Ricky.

—¡Hombre, qué bien! ¿Y cómo te va?

—Bueno, acostumbrándome a mi nueva vida y en busca de trabajo también.

—Todos estos son los jugadores de mi equipo de fútbol —dijo, mientras le presentaba a los muchachos, quienes lo saludaban efusivamente—, y tenemos nuestra reunión semanal que consiste en una comida y, como tú ves, mucho trago. Tu llegada merece un brindis. ¡Muchachos, vamos a hacer un brindis por nuestro amigo César! ¡Salud!

—Gracias, y salud con todos.

Pasaban los días y César empezó a recibir las primeras cartas de su familia. Con avidez, leía las cartas de su esposa, en las que le comunicaba que sus hijos estaban bien de salud y que ella lo extrañaba mucho. A la vez le pedía que fuera fuerte y que continuara con sus proyectos.

No encontraba trabajo aún y se sentía preocupado. Un fin de semana, caminando con Ricky por la ciudad, se encontraron con otro amigo del barrio. Iba este caminando con una chica, al parecer en busca de trabajo también.

—Hola, César, ¿cómo estás? Pepe me dijo que andabas por aquí.

—¡Hola, Ángel! Sí, llegué hace diez días —le dijo dándole un efusivo abrazo.

La chica no le quitaba los ojos de encima.

—Ella es mi amiga. Le estoy ayudando a buscar trabajo. Hay una factoría por aquí y...

—Hola, me llamo Mercedes —interrumpió ella.

—Qué tal, mi nombre es César. ¿De dónde eres?

—De República Dominicana.

—Bueno, bueno... Vamos todos a ver si conseguimos algo —interrumpió Ángel.

Una noche estaba en casa conversando con Ricky y Pepe cuando Ángel fue a buscarlo.

—¿Te acuerdas de la chica dominicana?

—¡Sí, claro que sí!

—Aquí te envía esta nota. En esta dirección están recibiendo gente. A ella le dieron trabajo hoy. Me dijo que vayas, puede ser que tengas suerte y consigas algo.

—Gracias, pero no conozco el sitio. No sé cómo llegar.

—Ella te va a esperar en el paradero de la *Main*. Tienes que estar allí a las siete de la mañana.

—Gracias otra vez, Ángel.

Mercedes era una chica muy hermosa. Tenía piel color canela, y unos hermosos ojos acaramelados muy seductores. Dueña de una impresionante figura, corta cabellera y de carácter agradable. Puntual, fue a la cita. Tuvo que ir hasta la parada de buses muy cerca de donde vivía. A pesar del frío, mucha gente se desplazaba a esa hora para ir a sus centros de trabajo. César la reconoció inmediatamente de entre toda la gente que estaba en el paradero.

—¡Hola, qué tal! —le dijo Mercedes con su típico acento caribeño.

—Hola, buenos días.

—Pues, sí, ayer me aceptaron en la factoría donde vamos a ir. Ojalá que tengas suerte y consigas trabajo.

—Eso espero, Mercedes.

—¿Es cierto que recién llegaste?

—Sí, hace veinte días, aproximadamente. Y tú, ¿desde cuándo estás por aquí?

—Desde hace cinco meses. Actualmente vivo en la casa de mi hermana y tengo que trabajar para poder pagar mi estadía.

—¿Tienes novio?

—Soy casada. Tengo una niña de ocho meses que está en mí país con mi esposo.

—¿Por qué dejaste a tu niña?

—Es que tuve la suerte que me dieran la visa y decidí viajar. Tú sabes que aquí se puede trabajar y ahorrar. Nuestra meta es tener una casa propia.

—¿Tu esposo aceptó esa idea?

—Sí, él es muy comprensivo.

—¿Por qué no vino él a trabajar aquí?

—Tiene trabajo en mí país. Es contador y, además, tiene la facilidad de ir y venir pues también tiene la visa activa. Estuvo conmigo la Navidad que pasó. Oye, mira, ahí viene la guagua.

—¿La guagua? ¿Dónde?, ¿de quién?

—¿De quién qué?

—La guagua, el niño.

—¿El niño?, ¿qué niño? Oye, oye, espera... ¿Ustedes a los niños les dicen «guagua»?

—En algunas partes de mi país. ¿Y ustedes a los buses les dicen «guaguas»?

Ambos rieron de buena gana. Abordaron el bus y llegaron al sitio indicado. Pudo ver, antes de llegar, un letrero que decía «*Welcome to Clifton*». Mucha gente caminaba por los alrededores de la factoría, sobre todo hispanos y un grupo de blancos que después supo eran polacos. Subieron hasta un segundo piso y pudo ver una inmensa factoría dedicada al corte de telas por medio de computadoras. Unas potentes máquinas cortadoras, comandadas por unas chicas de aspecto europeo, daban cuenta de un grupo de telas con modelos de cortes de camisa, previamente programadas y agrupadas con anticipación. Pudo calcular que habría aproximadamente cien personas trabajando en ese sitio.

—Ese hombre gordo es el dueño. Habla con él —le dijo Mercedes.

Se aproximó hacia un tipo de más o menos ciento cincuenta kilos de peso, de aspecto europeo, que observaba detenidamente toda la factoría y a todos los trabajadores.

—Buenos días, señor. Estoy buscando trabajo.
—¿Qué sabe hacer usted? —le preguntó en perfecto español.
—Bueno, yo...
—Necesito gente para el empaque. Pago lo mínimo, 5 dólares con cinco centavos la hora. ¿Acepta?
—Sí, señor, acepto.
—Vaya a la oficina para que le hagan su tarjeta. ¿Tiene sus documentos?
—Sí, señor.

Mercedes se encontraba por ahí, observando.

—¿Qué te dijo?
—Me aceptó. Empiezo hoy.

—Qué bien, gracias a Dios —dijo Mercedes, muy contenta tomándole la mano—. Como tú no has traído almuerzo, te invito a compartir el mío.

—Gracias, Mercedes. Ese señor me dijo que tengo que ir a la sección de empaques; te veré luego.

Se trasladó hacia el otro extremo. Estaban en línea, trabajando en una mesa larga, un grupo de personas. Allí se acercó hacia un señor.

—Buenos días —se presentó.

—Qué tal, ¿usted recién empieza?

—Sí, señor. ¿Qué es lo que tengo que hacer?

—Organizar esos cortes de tela que vienen de la máquina y amarrarlos. Yo tampoco sé mucho de esto. Hace una semana que estoy trabajando aquí. ¿De dónde eres?

—Del Perú.

—¡Hombre! Yo también lo soy, qué gusto. ¿Desde cuándo estás en este país?

—Llegué hace tres semanas.

—Estás nuevecito. Yo llevo ocho años viviendo aquí.

—¿Está solo?

—¡Nooo, mi hermano! Aquí está toda mi familia. Tuve la suerte de venir con todos.

—¿Cómo fue eso?

—Soy economista y estuve amarrado con la gente del anterior gobierno. Fue a través de ellos que pude sacar visa para toda mi familia. Uno de los que me ayudaron fue... ¡Cuidado, ahí viene el dueño!... Menos mal que no se dio cuenta de que estábamos conversando, porque nos hubiera botado. Bueno, el muchacho que está al otro lado nos va a ayudar. Ve donde él para que te enseñe. ¡Ah, me olvidaba! Mi nombre es Mario.

Se acercó a un tipo joven que estaba de espaldas y trabajaba rápidamente.

—Hola, me llamo César. El señor Mario me dijo que me ibas a enseñar a hacer este trabajo.

—Así es, socio, yo te voy a enseñar a hacer esto. Mi nombre es Raúl. Pero antes tengo que decirte que aquí hay que estar alerta, sino el italiano dueño de este sitio te despide del trabajo, ese es un desgraciado. Cuando veas que se acerca, haces el ademán de que estás trabajando, amarra y desamarra esa *huevada* para que vea que estás en algo, ¿Ok? Entonces..., ¿empezamos? Socio, yo también soy peruano, de Arequipa.

En esos momentos pasó un hombre blanco de cabellos rubios. Empezó a hablar en inglés con Raúl y haciendo gesticulaciones con los brazos. Luego se retiró. César notó que cojeaba y caminaba lento.

—¿Quién es ese señor? —le preguntó.
—Karl, un polaco que trabaja hace muchos años en esta factoría.
—¿Qué le pasó?
—Hace tres meses tuvo un intento de suicidio. Se lanzó desde el tercer piso del edificio donde vive. Tuvo la buena (o mala) suerte de que un toldo amortiguara su caída. Se fracturó el fémur derecho y tiene rotas algunas costillas. Está en descanso médico, pero a él le gusta venir aquí.
—¿Por qué hizo eso?
—Su mujer, que todavía vive en Polonia, se fue con otro hombre. El pobre le enviaba todo su dinero sema-

nalmente y, sin embargo, su esposa se daba la gran vida con su amante. Cuando se enteró, entró en una severa crisis depresiva. Las mujeres de aquí trataban de alentarlo, aunque no las oía, paraba llorando. Pero no creas que es el único caso. Por donde yo vivo, a un muchacho que conozco le pasó lo mismo. También a otras personas les ha sucedido que, mientras mandaban dinero para la construcción de sus casas, sus esposas no hacían nada; por el contrario, disfrutaban del dinero con sus amantes. Todo eso pasa cuando hay una separación física prolongada. El amor deja de existir en esas parejas. Yo también dejé a mi mujer y... ¿quién sabe si me estará pasando lo mismo? Son cosas de la vida en este país... ¡Empecemos a trabajar!

Fueron pasando los días. Esa semana en que empezó, había mucho trabajo, y muchas horas de sobretiempo, conocidas en inglés como *overtime*. Muchas veces se quedaba hasta las ocho de la noche. Su trabajo consistía en amarrar un grupo de cortes de tela, embolsarlos, depositarlos en unos carritos, y llevarlos al almacén.

Al llegar a la casa, veía sus manos ampolladas por la fricción de la tela. Se sentía frustrado por no poder hacer algo relativo a su profesión, pero eso no importaba; lo importante ahora era ganar dinero para subsistir y ayudar a su familia.

Cuánta razón tenía Raúl: cuidarse de los arranques de furia del dueño de la factoría era lo que mantenía a todos moviéndose todo el tiempo. Ese tipo no tenía ni el más mínimo respeto con sus trabajadores. Al que encontraba siquiera tomando un poco de aire, lo sometía al más humillante trato. Los gritos estentóreos, frenéticos, lleno de gesticulaciones y con los ojos salidos de sus órbitas provocaba el temor entre sus trabajadores. Tenía una voz muy potente, que era escuchada por toda la factoría; la víctima era el centro de las miradas.

No obstante, y según le contaron, este sujeto fue víctima de muchos atentados en contra de su vida por parte de trabajadores que no permitieron ese mal trato. Y había una razón para este comportamiento: el ochenta por ciento de los empleados eran ilegales, motivo por el cual aceptaban resignados este atropello, en su afán de conservar sus trabajos para el sustento diario. Los polacos tampoco se libraban de esa regla.

Esa primera tarde, después del trabajo, regresó con Mercedes a Passaic. En el trayecto, ella le comentó que también, a su manera, había pasado dificultades para su llegada a los Estados Unidos. También había pasado problemas matrimoniales por infidelidades de su esposo, pero con el nacimiento de su hija, las cosas habían mejorado. Su país pasaba por una aguda crisis económica bajo el mando de Joaquín Balaguer, razón por la cual, decidió viajar al país de las oportunidades.

—Bueno César, entonces nos vemos mañana a las y treinta.
—¿A las y qué?
—Es decir, a las siete y treinta.
—Oh, sí, claro Mercedes… hasta mañana.

Por esos días, Saúl regresó de Lima.

—¿Cómo están por mi casa? —le preguntó.
—Todos bien, pero se siente tu ausencia. Tu mamá y tus hermanas están muy tristes.
—¿Viste a Ana y a mis hijos?

—Están bien. Tuve la oportunidad de verlos un día en la casa de tu mamá. A tu esposa se le salieron unas lágrimas cuando hablábamos de ti.

—¡Oh, Dios mío! Si se imaginara cómo estoy yo... ¿Y la gente del barrio?

—Ellos están bien, como siempre, y te envían saludos. Me alegró saber que ya estás trabajando. Vas a necesitar para tus gastos y para enviar a tu familia. También me dijeron que andas con una *dominican*.

—Solo es una compañera de trabajo, una chica muy respetable. El motivo principal para ambos es el trabajo… y en esas estoy.

—A propósito, César. Debes comprender que esta es una casa rentada. Tú has venido a ocupar un espacio y tienes que ayudarnos a pagar la renta. Dividido entre los tres, será menos pesada la carga.

—Con mucho gusto, Saúl. Estoy de acuerdo, y créeme que no representa ningún problema para mí. Por el contrario, te estoy muy agradecido.

—Me alegro que entiendas esto. Pero quiero que sepas que he hablado con Pepe y te vamos a dar todo este mes para que te estabilices en tu economía y puedas salir adelante.

—Otra vez te agradezco mucho, compadre.

Los fines de semana, los muchachos salían un rato por la noche para hacer sus compras o ir a comer a algún restaurante. Debido al inclemente frío, la nieve se congelaba formando resbalosas y peligrosas capas de hielo. Una de esas noches, César resbaló cinco veces, causando la risa entre sus amigos.

—¡Carajo, doc! A usted ni la migra lo va a botar —le dijo Pepe.

—¿Por qué lo dices?

—Hay una tradición que dice que quien se caiga involuntariamente en la nieve se quedará aquí para toda su vida.

—¿Ah, sí? Pues eso no va a pasar conmigo. ¡Yo no me quedaré mucho tiempo en este país! Si me estoy resbalando es porque estos zapatos no son adecuados para este terreno.

Se echaron a reír todos.

—¡No se rían! Más bien acérquense para sostenerme de ustedes y poder caminar —dijo César— Mientras los muchachos seguían riéndose.

Febrero suele ser el mes más frío del año. Fuertes precipitaciones de nieve, seguidas de impresionantes ráfagas de viento, hacían que la gente se abrigara en capas, es decir, con muchas ropas, gorros, guantes y abrigos. Especialmente los que, como él, usaban el transporte público. Recordó que, días atrás, había salido tarde debido a unas horas extras que tuvo que hacer. En el paradero, debió aguardar mucho tiempo para que llegara un bus. Mientras esperaba, un intenso frío empezó a atacarlo. En realidad, no estaba muy bien abrigado. Su rostro empezó a entumecerse con sensaciones parecidas a la anestesia, debido a la hipotermia que le estaba afectando en esos momentos. Sus labios no podían articular palabras, sus orejas empezaron a dolerle extremadamente y, debido al dolor, de sus ojos brotaron algunas lágrimas que increíblemente se congelaban en su ya frío rostro. Cuando el viento soplaba fuerte, sentía que su cuerpo era atravesado por filudos cuchillos. La providencial llegada del bus alivió este congelante calvario. El calor de la calefacción dentro del bus calmó los síntomas de hipotermia. Debido a esta experiencia, al día siguiente se compró un *jacket* más grueso y un gorro que cubría casi todo su rostro. Una mañana, cuando se encontraban laborando en la factoría, un fuerte pero seco ruido seguido de vibraciones de los vidrios de las ventanas del edificio, llamó la atención de todos los trabajadores. Se pensó que provenían de las máquinas cortadoras, pero era un ruido diferente. Por la noche, viendo el noticiero local, se enteró que se trató de un atentado terrorista en los sótanos del edificio del *World Trade Ce*nter. Una poderosa carga explosiva acomodada en cinco autos, detonaron causando cuantiosos daños materiales. La magnitud de la explosión fue tan fuerte que se sintió hasta donde él encontraba en la ciudad de Clifton, New Jersey. Este hecho después fue materia de investigación por parte del FBI.

Todos los días se encontraba con Mercedes en el paradero. Habían formado una bonita amistad. Él la respetaba mucho, debido a su condición de casada. Sin embargo, un día que se iban al trabajo, Mercedes resbaló con una capa de nieve que todavía había en la acera del paradero de buses. César, haciendo gala de rápidos reflejos, pudo asirla en sus brazos. Sin querer, juntaron sus rostros y se quedaron mirando unos instantes.

—César, tienes una mirada muy bonita.
—Esos ojos tuyos son para contemplarlos una eternidad. ¿Sabes?, a veces, una mirada es más elocuente que mil palabras.

Mercedes se ruborizó. El la soltó y abordaron el

bus. Luego continuaron con conversaciones triviales. Llegaron a la factoría y se dispusieron a trabajar. A la hora del *lunch*, volvieron a encontrarse.

—¿A qué te dedicabas en tu país? —le preguntó.

—Soy profesora. Trabajé en un colegio de niños durante cinco años y luego me promovieron a directora. Ese era mi trabajo hasta que me dieron la visa. Pero no ganaba bien y, con el nacimiento de mi hija, las cosas se nos complicaron. Como te dije, mi esposo venía aquí frecuentemente, trabajaba un tiempo y regresaba a casa. Cuando me dieron la visa, me propuse venir y hacer algo de dinero para continuar con nuestro proyecto de comprar la casa propia. ¿Y tú?

—Hace poco egresé de la universidad y...

—¿Cómo? ¿Estuviste en la universidad? ¿Y qué estudiaste? —le preguntó muy emocionada.

—Soy médico.

—Lo sabía, lo sabía —le dijo mirándolo fijamente— Sabía que había algo especial en ti. ¡Así es que tenemos un doctorcito! ¿Y qué haces aquí?

—El mismo motivo: un deseo de superación económica y personal.

—Dime, César, ¿tú eres casado?

—Sí, tengo a mi esposa y a dos niños en mi país.

—¡Ay, Dios! —suspiró ella—. Quién iba a pensarlo. Mucha gente deja sus profesiones por el deseo de probar suerte en este país.

—Tienes razón, Mercedes. Una vez leí algo que decía: «A menos que cambiemos de rumbo, llegaremos a nuestro destino».

—Yo también leí algo que decía que las grandes conquistas se hacen a través de los sufrimientos. ¡Y sí que se viene a sufrir aquí!

—Caray, creo que fue una suerte conocerte. ¡Eres una chica muy encantadora, Dios!... Sonó el timbre; se nos acabó la hora del descanso. Nos vemos luego.

Mientras avanzaba a su sección, pensaba en lo que había conversado con Mercedes, y recordó que Ana, en una ocasión, le había dicho algo parecido: «*Las cosas que obtenemos con sacrificio son las que más se valoran*».

CAPÍTULO 3

ACOSTUMBRANDOSE A UNA NUEVA VIDA

Pasaron tres meses desde de su llegada. A fuerza tenía que acostumbrarse a su nueva vida. Frecuentemente, se comunicaba con su familia, lo cual lo mantenía firme en sus propósitos. Había pasado su primer invierno en Estados Unidos, que fue muy intenso en tormentas de nieve. Gracias a Saúl y Ricky, conoció a muchos amigos, con quienes se reunían en casa los fines de semana, a manera de tubo de escape despúes de una ardua semana de trabajo: escuchando la melodiosa música peruana en todas sus variedades, recordando sus barrios, sus familiares, sus novias y algunos a sus esposas.

Con el aporte de cada uno, se preparaba abundante comida, hecha por las manos de Pepe, y, por supuesto, se compraba la infaltable cerveza. Cuando los vapores del alcohol embotaban sus sentidos, les producía una efímera alegría. Risas, lágrimas, melancolía, eso producía el licor cuando se prolongaba hasta altas horas de la noche. De madrugada, cuando se terminaba la cerveza, acompañaba a sus amigos que iban a comprar más licor en los bares de alrededor. La nieve cae en su estado licuado después de haberse generado en la atmósfera a bajas temperaturas. Estas se forman mediante la absorción de gotas de agua colisionando entre sí y formando los copos de nieve, que luego caerán por su peso. Incluso la temperatura no es tan fría cuando esta se precipita.

Pero cuando pasa la tormenta, llega el intenso frío con temperaturas que bordean los -15 grados Celsius, congelando la nieve y formando gruesas capas de hielo sobre las calles. Caminaban a tropel haciendo que el hielo crujiera debajo de sus pies. Le llamaba la atención ese sonido, por alguna razón lo hacía estremecer. En esos momentos no se explicaba por qué, pero con el paso de los años lo comprendería. Sonido que hasta hoy retumba en sus sentidos.

Algunos muchachos de la comunidad peruana habían organizado un campeonato de fulbol de salón en un local cerrado del YMCA, donde pasaban divertidos momen-tos. Pero la tristeza, una profunda tristeza, siempre se llevaba adentro.

Todos ellos trabajaban en factorías o almacenes. Vivían sus vidas de acuerdo a las variantes que se les presentaban en el camino, y la soportaban con estoicismo, sobre todo a la soledad, ya que muchos habitaban solos en cuartos alquilados. Por eso esperaban con ansias los fines de semana, para estar juntos, para acompañarse. Eran de diferentes barrios de Lima, pero aquí, lejos del hogar, habían formado una sólida amistad, un solo núcleo. El concepto de amistad era diferente a la que conocemos allá, pues, sabiéndose en tierras lejanas, sentían la necesidad de estar más unidos. Todos habían venido con sus propias metas, y el éxito dependía de la fuerza de voluntad de cada uno de ellos.

César había adelgazado considerablemente y se había hecho crecer el cabello hasta el punto de formar una discreta colilla, según él, para recodar su permanencia en Estados Unidos.

Un día, Ricky le comentó:

—César, ¿te gustaría estudiar inglés en la escuela? Van a empezar las clases nocturnas en la *High School* (escuela secundaria) —le dijo Ricky.

—¡Claro que sí me gustaría! ¿Cuándo vamos?

—Esta noche. Allí estudian casi todos los muchachos, y hay otros que quiero presentarte.

Esa noche fueron a la escuela, situada a poca distancia de donde vivían. Logró registrarse y, tras un pequeño test, lo ubicaron en un aula de nivel intermedio. Una señora de aspecto americano, muy amable y que hablaba castellano, lo había atendido. Sintió curiosidad de preguntarle algo.

—Señora, ¿tendré que pagar algo por este curso?

—No, joven, aquí no se paga nada. La enseñanza del inglés como segundo idioma es gratuita. El gobierno entiende la necesidad de los inmigrantes de aprender el idioma inglés como parte a su adaptación a este país, por eso tenemos este sistema de ayuda.

—Es una acción muy noble de su gobierno. ¿Y cómo se compone este sistema?

—Debe saber, joven, que a diferencia de lo que ocurre en muchos países latinoamericanos, el gobierno federal estadounidense no tiene injerencia en las actividades educativas de cada Estado. Las decisiones sobre reglamentaciones, estándares mínimos requeridos, calendario escolar y contrataciones de profesores corresponden enteramente a los Departamentos de Educación de cada estado. Estos toman el control de las escuelas, que está a cargo de la escuela distrital, que está gobernada por el consejo educativo, cuyos miembros son elegidos por la comunidad local. Aquí, en Estados Unidos, un estudiante promedio asiste a una *Elementary School,* luego a una *Middle School* o *Junior High School* y finalmente a una *High School,* luego de la cual puede asistir a un *College o University.* La educación elemental es gratuita, pero los *Colleges* y universidades no lo son.

—Qué interesante sistema. Ojalá algún día se implemente algo así en mi país. Pero, como usted sabe, todo es cuestión de política, ¿verdad?

—De política y economía joven.

—Tiene razón. Gracias por esa explicación.

Su aula estaba localizada en el tercer piso. Empezó a recorrer con su vista el interior de la escuela, que más bien le parecía la infraestructura de un hospital.

Al no empezar las clases aún, se acercó a las ventanas posteriores del local. Ricky fue tras él.

—¿Ves esos edificios altos y llenos de luces?

—Sí.

—Es New York, del lado de Manhattan. Cualquier día iremos por allí. Oye, ¿qué te pasa?

—Mis hijos, Ricky. Los extraño mucho. ¡Siento muchas ganas de regresarme!

—Tranquilo, César. Ellos estarán bien al lado de tu familia. Tú tienes que hacer lo tuyo desde aquí. ¡Mira! Ahí vienen los muchachos.

Iban hacia él cuatro jóvenes que lo saludaron efusivamente.

—Qué tal, compadre. Yo soy Canseco.

—¡Qué tal, amigo! Mi nombre es Francisco y este es mi carnal Beto.

—¿Carnal?

—Mi hermano, él es mi hermano... Somos mexicanos.

—¿Es mudo tu hermano?

—Claro que hablo, pinche güey.

—Más respeto con el doctor —dijo Ricky—. Él...

—Está bien, Ricky. Solo fue una broma. Disculpa, chato.

—Disculpe usted, doc.

Había uno que no paraba de reírse y su risa era contagiosa.

—Qué tal, causita. Mi nombre es...

—A este le dicen el Chino —cortó Canseco.

—Ja, ja, ja, ja, ja, ja... Así es, causa. Si no aprendemos el inglés, estamos jodidos, ja, ja, ja, ja, ja... Me dijeron que estás *fresco* por aquí. *Causa*, en este país primero tienes que ser tú y después podrás ayudar a tu familia. Yo llegué hace un año y vivo con unos dominicanos. Me dan pensión y me tienen a punta de arroz con gandules, plátano frito y...

—¡Huevo! —dijo Ricky.

—Ja, ja, ja, ja... No, causa: cerdo... Mucho cerdo come esa gente, pero qué voy a hacer. ¿Cómo está la patria?

—Muy mal, chino.

—Ese es el motivo por el cual muchos estamos aquí, causita. Y para poder salir adelante, debemos estudiar el inglés en esta escuela. Recuerda, *causita: english first*, primero el inglés; después, el resto es fácil.

Sonó el timbre que anunciaba el inicio de las clases y quedaron vacíos los pasillos de la escuela.

✳✳✳✳

En la factoría donde César trabajaba había muchos pedidos de cortes de tela para la confección de camisas y pantalones. Gracias a ello, pudo ahorrar dinero para enviar a su familia. Saúl se encargó de mostrarle dónde y le presentó a Luchito, secretario de la agencia de envíos de dinero.

—Así que tú eres el compadre de Saúl.

—Sí.

—Bueno, desde aquí podrás hacer tus envíos de dinero y cartas, todo seguro y rápido. Tu familia recibe el dinero al día siguiente y las encomiendas salen dos veces por semana.

—¡Qué bien! Quiero enviar esta cantidad para mi esposa y esta otra para mi madre. ¿Tú vives por aquí?

—Al frente del edificio donde vive Saúl, en la casa de un *perucho*, ¡un enano que jode como el carajo! Es tan enano, que cuando lo ven manejando su carro, parece que lo estuviera haciendo parado… ¡como los que conducían el tranvía! También es conocido como *«perro de yarda»*. Me he enterado de que se reúnen en la casa de Saúl los fines de semana. ¡Compadre, tengo una colección de música de la gran pu...! Tengo, por ejemplo, a Lucho Barrios y Pedrito Otiniano en un mano a mano *«mostro»*, a los *Shapis, Chacalón, Los Dolton's*, los Destellos, a todos los cantantes de música criolla, las salsas de Cartagena y Willy Rivera, huaynos, las mejores chichas, nueva ola, salsa, baladas y rock de los ochenta, con *Los Hombres G, Enanitos verdes, Soda Stereo* y toda esa gente de nuestra época.... ¡De todo, compadre! ¿Puedo ir este sábado a visitarlos?

—Con esos argumentos, ¡cuando gustes! Pero no te

102

olvides de la música.

Al rato llegó José, el dueño de la agencia.

—Qué tal, amigo. ¿Usted es el que acaba de llegar?
—Sí, señor —le dijo César mientras tosía repetidamente.
—¡Caramba! Tiene usted mucha tos. Tómese este *jarabe.*

Pasándole un vaso con whisky, se quedó con Luchito y José conversando hasta muy tarde.

****

—César, ¿qué pasó, dónde estuviste? Me tenías muy preocupado —le dijo Saúl.
—Estuve en la agencia de José y se me pasó la hora.
—Me hubieras dicho. Tú no conoces bien estos sitios. Hay muchos peligros por estas calles. ¿Regresaste solo?
—No, José me trajo en su carro y me dejó en la puerta del edificio.
—Está bien, pero ten cuidado otro día.

****

En abril es el inicio de la primavera en este país. La cálida brisa y un tenue sol hacían derretir la poca nieve que quedaba del crudo invierno.
Disfrutaba de la compañía de Mercedes con quien departía todos los días. En su trabajo era conocido por el nombre de su país: Perú. No era Pedro, sino Colombia, no era Bertha, sino Honduras, y así por el estilo.

Había notado una aburrida monotonía en su nueva vida: comer, dormir, trabajar. Solo los fines de semana llegaban los momentos de esparcimientos en casa de Saúl... pero eso era algo inevitable.

Un día hubo una reunión por motivo del cumpleaños de Saúl. Estaban todos los muchachos. Saúl le presentó a un señor que estaba algo embriagado.

—¿Y usted cómo llegó a este país? —le preguntó.

—Me dieron visa en Lima. Le contaré...

—Has tenido suerte, no has sufrido como otros para llegar a este país.

—Para mí no es suerte. Esa visa solo ha servido para separarme de mi familia. No habré sufrido como muchos para llegar hasta aquí, pero me siento orgulloso de esas personas. Me hubiera gustado experimentar esa travesía. Déjeme decirle que sufro más permaneciendo en este lugar que cualquier viaje que hubiera hecho, porque, a pesar de estar con mis amigos Saúl y Ricky, me siento solo, y tengo presente esa soledad no como un sentimiento, sino como algo sólido, que lo puedo tocar, lo puedo ver, puedo sentir que camina conmigo.

—Disculpe, amigo, solo era un punto de vista. ¿Y hasta cuándo piensa quedarse?

—No lo sé realmente, pero cada día que pasa siento deseos de largarme de aquí.

—Mi compadre tiene razón —dijo Saúl—. A todos nos toca sufrir en este país. Recuerdo cuando llegué. No conocía a nadie; el que me trajo me dejó aquí mismo en esta casa y se fue. Acá vivían otros muchachos que no conocía. Me hubieran visto en ese entonces, recostado sobre la pared viendo la televisión, ante la indiferencia de los demás. Me salía a la calle y me sentaba detrás de los carros a llorar mi soledad, a preguntarme por qué vine si allá lo tenía todo: mi familia, los amigos, la enamorada que dejé —Saúl estaba embriagado; gruesas lágrimas salieron de sus ojos al recordar aquellos momentos. Suspiró hondamente para continuar—Con el tiempo me fui ganando la amistad de aquellos muchachos y, a la vez, me iba acostumbrando a la nueva vida que a cada uno nos toca desarrollar en este país. Tuve que trabajar mucho para tener las cosas que ahora tengo. Después de tres años, logré hacer mi residencia, pude regresar a casa y allá me casé. ¡Las cosas que pasan cuando uno no está bien estabilizado! Tuve que dejar a mi mujer en Lima, pero la traeré cuando se me presente la primera oportunidad. Así fue, amigos. Los muchachos que vivían aquí se fueron a otros estados y me dejaron este departamento. De esa manera pude dar alojamiento a los nuevos que iban llegando y nos ayudábamos en el pago de la renta... Somos la imagen de los que vendrán en un mes, en cinco. Somos la imagen de los que vendrán en uno, tres, cinco años... somos la imagen de los que experimentarán el alejamiento de la patria y de la familia... y llorarán y sufrirán, como nosotros en estos momentos. —Saúl seguía llorando desconsolado, mientras el resto de los muchachos también expresaba tristeza en sus rostros.

—Tranquilo, Saúl, siempre hay uno que abre el camino —le dijo Ricky, tomándole del hombro.

—Sí, y me alegro que hayan sido ustedes.

Después de ese incidente, la reunión se tornó más amena. Saúl había recuperado su habitual entusiasmo, y, junto con Pepe, eran el *alma* de la fiesta. Ricky era imparable con sus bromas y ocurrencias; el resto de los muchachos también tenían su repertorio. *El Tío*, igualmente, poseía lo suyo y era uno de los protagonistas de inolvidables veladas. Tenía una agilidad mental increíble: era difícil (aunque él no tenía mucho) tomarle el pelo. Quien se atrevía era ridiculizado con sus rápidos reflejos.

La música que llevó Luchito puso melancólicos a todos... ¡Los recuerdos!

Las cosas que pasaban en cada reunión eran precedidas por aquella amistad, tan íntima y transparente, que cada uno se profesaba. De tal manera que las bromas y tomaduras de pelo eran bien aceptadas y celebradas por todos, sin que hubiera el menor resentimiento entre este grupo de amigos. De allí que Saúl y Pepe siempre bailaban, o bien una cumbia chicha, como un huaino rajatabla. Hubo oportunidades en que el inquilino del tercer piso, ordenado por su mujer a parar la bulla ante tanto alboroto, subía a llamar la atención a los muchachos. Pero al final, el inquilino también se quedaba en la reunión.

Así de unido era ese grupo. Así pasaban sus días y sus fines de semanas con el afán de romper el monótono círculo en el que se desarrollaban sus vidas. Y no había otra forma que buscarse uno al otro y compartir su soledad.

La vida transcurría. Habituado a hacer sus cosas, César hacía las compras semanales para su alimentación. A Dios gracias encontraba en los *supermarkets* productos provenientes de su país, infaltables en los deliciosos potajes que muchas veces eran preparados por Pepe.

Otro factor que a veces aliviaba la carga era la presencia de numerosos restaurantes peruanos en las ciudades de New Jersey. En ellos no podían estar ausentes el delicioso ceviche, la papa a la huancaína y el lomo saltado, que son muy apreciados por gentes de otras nacionalidades, así como los siempre solicitados, aunque no muy parecidos a los de Lima, pollos a la brasa de *El Chévere*, la exquisita comida china-peruana y todo lo que se podía imaginar de la variada comida del Perú.

La ropa de vestir y los utensilios de cama se limpiaban en lavanderías llamadas *laundries*, las cuales tenían máquinas lavadoras que funcionaban con un dólar cincuenta, y secadoras, llamadas *driers*, que funcionan con veinticinco centavos de dólar.

El pago de la renta era mensual. La energía eléctrica, el gas y el agua eran pago aparte. Las cocinas funcionaban con gas directo proveniente de un sistema subterráneo, lo cual excluía el uso de balones, como sucede en Sudamérica. La calefacción era esencial en tiempos invernales y corría por cuenta de los dueños de los apartamentos. Debido a la gran capacidad de adquisición, la compra de prendas de vestir y zapatos se hacía en forma periódica en tiendas del centro de la ciudad o en los grandes centros comerciales llamados *Malls*.

—Doctorcito, usted me cae bien. ¿Qué le parece si yo cocino para todos?

—Me parece bien, Gordito. Después de todo, tú eres el chef. ¿De qué parte del Perú eres?

—Yo soy del norte, de *Chepén*, la tierra de la buena cocina.

—Ya veo.

—Estoy contento, doc, porque dentro de unos días me va a salir un billete de un caso que tengo.

—¿Un caso? ¿Qué es eso?

—El año pasado tuve un accidente en la factoría donde trabajaba. Me fracturé una costilla y puse la demanda.

—¿Demanda?

—Sí, doc., aquí los accidentes de trabajo, de auto, de caídas y de mala práctica médica, son recompensadas por las compañías de seguros con fuertes sumas de dinero. Eso depende también de los daños que sufre la persona en los accidentes. Aquí muchas personas se lesionan en los trabajos, y otros los *fabrican* para sacar algo de dinero.

—¿Cuánto vas a recibir, *gordito*?

—No lo sé todavía. Tengo que ir a la corte y allí un juez decidirá mi caso. Quizá sea 10, 000 o 15,000 dólares.

—Ahí vas a tener un buen billete —le dijo Saúl—, pero como tú eres *duro*, lo guardas todo.

—¿Y qué quieres? —le respondió Pepe—. Solo así pude hacer dinero. En cinco años junté para comprar mi casa en Lima. Me ajustaba al máximo. Cuando llegué aquí, vivía con ocho mexicanos y el pago de la renta me salía barato. En ese tiempo trabajaba en un restaurante y la comida era *free*; no gastaba mucho dinero.

—¿Cuál renta barata? ¡Si te hacían dormir en el baño, Gordo huevón!

—¡No empieces a hablar cojudeces, Cholo! Me iba a trabajar a las siete de la mañana y regresaba por la madrugada, tenía *full-time* y *part-time*. Los sábados, cuando regresaba a esas horas, encontraba a los muchachos bebiendo y entraba en la rueda.

—Sí, pero no ponías nada, Gordo amarrete —le dijo Saúl.

—No, no, no... ¡Yo siempre ponía la mía! ¡No hables huevadas!

—¿O sea que no descansabas nada? —le preguntó César.

—Los domingos no estaba para nadie, doc.

—El descanso es muy importante cuando trabajamos en exceso. Muchas veces tratamos de comprimir varias horas de trabajo en un solo día. El descanso y el sueño son actividades indispensables para darles al cuerpo y a la mente el tiempo para recuperarse. Los médicos se quejan porque la población en general trata de manejar el presupuesto de las energías de su cuerpo y de su mente tal como maneja sus finanzas; o sea, gastan lo que no tienen por adelantado. Si acabamos las energías, las consecuencias serán inmediatas y se manifiestan en forma de un quebrantamiento nervioso, fallas orgánicas, fatiga, depresión, pérdida de la agudeza mental y otros problemas semejantes. Durante las horas del sueño, las baterías del cerebro y del sistema nervioso se cargan nuevamente. Cada célula del cuerpo tiene pequeñas porciones de sustancias químicas, como hormonas y aminoácidos, que se gastan en las actividades diarias y toma tiempo reponerlas. Las glándulas endocrinas tienen un papel muy importante en relación con el vigor corporal y el control del estrés. También el corazón durante el sueño se toma un descanso al reducir el ritmo de los latidos cardiacos.

—¡Caray, doc! Es bueno tener a alguien como usted a nuestro lado.

—Cuando quieran, muchachos.

Durante su asistencia a la escuela, conoció a Manolo, joven estudiante de Letras de la Universidad de Madrid.

—Así es, amigo César. Como todos, llegué con una

gran ilusión a este país, pero me encontré primero frente a la barrera idiomática y después frente al alto costo de la enseñanza universitaria. ¿Sabes? En Europa se está proponiendo la unificación de todos los países para emitir una sola moneda, que me parece va a ser denominada el euro. Se espera que esta alianza haga más fuerte el mercado competitivo, porque esa moneda estaría a la par con el dólar americano. De esa manera, el continente europeo sería tan fuerte como su competidor norteamericano. Aunque en la actualidad cada país, individualmente, posee su propia moneda de fuerte capacidad adquisitiva, esta propuesta no deja de ser atractiva.

—Eso quiere decir que se generaría una fuerte corriente migratoria hacia el Viejo Continente.

—Sí, aunque en los países que hablan otro idioma, como en Alemania, Inglaterra o Francia, el racismo es tan notorio como aquí, donde también el problema racial es muy frecuente. Nosotros, los inmigrantes, somos mal tratados en esta sociedad. Creen que somos bestias de carga que debemos producirles más de los que nos pagan.

—Tienes razón, Manolo. Créeme que donde trabajo se hace sentir lo que tú dices. Hago mi labor con mucho empeño, pero no me produce ninguna satisfacción. Las horas de trabajo que paso en ese sitio me hacen sentir decepcionado. La explotación está a la orden del día y la verdad que estoy en busca de algo mejor. Sólo espero que pase el tiempo para...

—¡El tiempo!... ¿Qué cosa es el tiempo, César? Un enemigo cerca de nosotros que nos ataca sin darnos cuenta, que suelta sus tentáculos y nos retiene a culminar nuestros anhelos, estacionándose en nosotros y dejando su huella imborrable. El tiempo... ¡El tiempo!

Manolo recitó un poema acerca del tiempo y sus efectos.

Cuando terminó de recitar aquella poesía, César lo quedó mirando. Moviendo su cabeza positivamente, le dijo:

—Hermoso poema, Manolo. Estoy seguro de que si cualquier persona te escuchara, advertiría que la vida es transitoria, que estamos sumergidos en el tiempo en un proceso de cambio continuo. El avance del reloj, el rostro mutable de las diferentes etapas de la vida, el deterioro implacable y hasta cruel que experimentamos en la vejez, la presencia indeseada y fatal de la muerte... Todo ello nos recuerda que somos criaturas finitas y mortales.

—¡Hombre, chaval! ¡Usted es más de lo que yo pensaba!

—No tanto como usted, poeta.

¡El avance del reloj y del tiempo! Ahora era mayo y primavera en esta parte del mundo, y también el Día Internacional de las Madres. Recordó los cálidos días de mayo en su país, que se abrigaban con el calor familiar.

Acostumbraban a celebrar esa ocasión haciendo carnes a la parrilla en su casa, asentadas con el delicioso vino borgoña. Eso fue motivo para que se comunicara con ellos.

—¿Aló, mamá? ¿Cómo estás?

—¡Hola, hijo! ¡Qué gusto de escucharte! Estoy bien y recordándote mucho.

—Mamá, te envié unos presentes y dinero para que disfruten de este día, como lo hacemos siempre.

—Sí, hijo, los recibí... Muchas gracias por acordarte

de nosotros.

—Siempre lo haré, mamá, cuídense... Pásame con Ana.

—¿Aló, César?

—Sí, Ana, ¿cómo estás?

—Estoy bien, ¿y tú?

—Extrañándote y esperando por ti. ¿Cómo te fue en la embajada? ... ¿Aló? ¿Ana? ¿Qué te pasa? ¿Por qué lloras?

—Es que me rechazaron la visa... ¿Y ahora qué voy a hacer?

—No te preocupes. Ten paciencia e inténtalo otra vez. En caso contrario, tú sabes que volveré pronto. Después que paguemos nuestras deudas, empieza a ahorrar y sigue el plan que nos trazamos. Para ti también envié unos regalos y dinero por el Día de las Madres. Espero que la pasen bien.

—Así será. La pasaremos todos en casa.

—Me parece maravilloso. ¿Cómo están los chicos?

—Están bien, te recuerdan mucho.

—Yo también los recuerdo. Cuídate mucho y cuida a los niños.

—Lo haré, tenlo por seguro. Te quiero.

—Yo también te quiero, Ana. Hasta la próxima. Pásame con mi mamá…

—¿Sí, hijo?

—Bueno, mamá, me despido. Por favor, cuídese y salude a todos los vecinos de mi parte, y de los muchachos también.

—Sí, hijo. ¡Ah, me olvidaba! La semana pasada llamó tu amigo, el doctor Wilfredo S., y me pidió que te agradeciera la carta que le enviaste. Te manda muchos saludos; se alegra de que hayas salido de aquí. Me dijo también que quizá pronto él tomará otros rumbos, porque dice que acá no hay nada que hacer.

—Lo sé, mamá. Trataré de llamarlo el próximo fin de semana. Tengo que terminar esta llamada. Cuídese, viejita.

Mirando por la ventana, apoyó su mano en el rostro y evocó a su madre con ternura. De baja estatura, ojos grandes, negros y tristes, hermosa nariz perfilada, labios finos.

Sus ojos tristes hacían contraste con su hermosa sonrisa, que producía en su rostro un semblante agradable y atractivo.

Por la ventana de la habitación vio pasar una paloma en vuelo y recordó una etapa de su niñez.

Su madre era muy acomedida a la crianza de animales, entre los cuales había un gallo moro muy altivo. A César le gustaba enfrentárselo con un palo de escoba, manteniendo a distancia al animal, que daba patadas en el aire.

Fue en una de esas peleas en que, retirándose, le dio la espalda al animal y este, pateándolo, lo derribó. Asustado, empezó a llorar. Su madre había visto la escena.

Era la víspera de un cumpleaños de su padre y estaban algunos de sus tíos en casa, ayudando en la preparación de la chicha de jora y adobando algunas carnes para cocinarlas.

—¡Agarre a ese gallo desgraciado, comadre! —exclamó la Julia.

La madre de César intentó capturarlo, pero no pudo. Su padre, apagando la luz del corral, sí lo atrapó.

Lo tenía ahora sujeto a la altura de su abdomen, para que el animal no pudiera picarle el rostro.

—¡Traiga un cuchillo, comadre! —volvió a decir la Julia—. Vamos a curar al niño del susto. ¡Agarre fuerte al gallo, compadre!

Cogiendo el cuchillo, y haciendo un corte transversal, la Julia amputó la mitad de la cresta del ave. Calentando el mismo cuchillo al rojo vivo, cauterizó la zona cercenada de la corona del animal, deteniendo la hemorragia. El gallo seguía impasible ante todo lo que sucedía a su alrededor. Luego el padre de César lo devolvió al corral, donde siguió caminando altivo.

Con la mitad amputada y sangrante todavía, la Julia hizo una cruz en la frente y luego otra en el pecho de César, pronunciando una oración. Acto seguido, hizo un agujero en aquel apéndice, le pasó una pita y se la puso en el cuello, a manera de medalla.

—En tres días se lo quita, comadre. Con esto el muchacho estará curado del susto —dijo la Julia, poniendo fin al ritual.

¡Tantas costumbres folclóricas perdidas en el tiempo!

Se encontraba también allí la abuelita Antonia, anciana robusta y de caminar ligero. Era su refugio ante el inminente castigo del papá.

Fortaleza infranqueable, el padre de César retrocedía al verlo en los brazos de la abuela. Abuelita Antonia, *abuelita milagro que sacaba pan de la nada*. Se acostó una tarde de noviembre, para no despertar en el mundo físico… pero sí lo haría en otros planos.

¡Qué hermosa y dulce muerte! Su rostro reflejaba una extraña sonrisa.

¡Abuelita Antonia, *abuelita milagro que sacaba pan de la nada*!

Y Victoria, Jorge, Pedro, querido Flavio, y el libro aquel…

Los recuerdos se desvanecieron al escuchar el tropel de los muchachos.

—Ya llegamos, doc. ¿Llamó a su casa? —le preguntó Pepe.

—Sí, Gordito. Hablé con mi mamá y mi esposa.

—Este aparatito —le dijo Saúl, mostrándole el teléfono— es el cordón umbilical que nos mantiene unidos con nuestras familias.

—Bueno, pues, Gordito, ¡ponte a cocinar por tu día! —dijo Ricky.

—¡Vete para el carajo! —respondió Pepe en son de broma.

Entre los amigos que conoció, había uno cuyo nombre era Germán, cabellera ondulada, rasgos parecidos a *Dustin Hoffman*. Le gustaban mucho el deporte y las diversiones del fin de semana.

—Así es, doc. Yo también soy de la misma universidad. Estudié en la Facultad de Economía.

—En la zona roja.

—Bueno, tú sabes que eso ya se había generalizado. Las raíces del senderismo se habían extendido en todos las facultades. Como yo estudiaba en el pabellón de Letras, iba con frecuencia a los mítines que allí se realizaban.

—Osea, que tú eras el que hacía bulla, quemaba llantas y todo ese laberinto —le dijo Ricky.

—Iba a las marchas, pero solo era de *sapo*. No les puedo negar que me estaba empezando a gustar esa ideología.

—¿Qué de bueno había en esa organización? —le preguntó César.

—Había algo en esos oradores que, con sus discursos te lavaban el cerebro, te convencían de que entraras al partido y luego a la militancia. Pero no te obligaban. Si aceptabas, estabas jodido.

—Germán, parece que tú sabes mucho de esta organización. ¿Cómo nace, en qué basa sus principios?

—Desde su fundación en mayo de 1980, Abimael Guzmán crea este partido fusionando las bases idealistas de Lenin, Marx y Mao Tze Tung. De Lenin tomó la tesis de la construcción de un partido de cuadros, selectos y secretos, una vanguardia organizada que impondría por la vía de las armas «la dictadura del proletariado». De Stalin aplica la sistematización simplificada del marxismo como materialismo dialéctico y materialismo histórico, además de la tesis del partido único y el culto a la personalidad.

De Mao Tse Tung recogió la idea de que la conquista del poder se tornaría, en los países denominados semifeudales, en una «guerra popular prolongada del campo a la ciudad». Tú debes saberlo, ellos estaban en todas las facultades haciendo reclutamiento y exponiendo sus ideologías.

—Sí, lo sé, pero déjame decirte que yo siempre me mantuve alejado de la política. Esa gente a menudo iba a la Facultad de Medicina a hacer sus arengas contra el gobierno y a instarnos a unirnos a su *lucha popular*. Nosotros nos preguntábamos: ¿cuál lucha?, ¿contra quién tiene guerra esa gente? Ellos confundieron la mente de muchos jóvenes al convertir su ideología en religión. ¿Tú crees que matar gente inocente, destruir propiedades y generar el caos en un país en bancarrota tiene sentido?

—Claro que no. La ideología de ellos es extranjera. La muerte y la destrucción tienen procedencia de las técnicas del comunismo internacional, que vienen del Medio Oriente, China, Cuba y Rusia. Ellos querían atacar al sistema o gobierno de turno, porque en el país solo quieren el poder para ganancia propia y tú lo sabes. Desgraciadamente, en toda revolución hay derramamiento de sangre y bajo esa sangre se construyen los cimientos para las nuevas generaciones.

—Ningún crimen es justificable. Quizá tengas razón al decir que los gobiernos de turno han hecho mucho daño al país, pero eso parece ser algo normal en Sudamérica. No pasa solamente en nuestro país, sino en todos. Pero el terrorismo ha hecho más daño que todos los presidentes que han pasado. A Dios gracias, un grupo especial de inteligencia de la policía nacional denominado GEIN, capturó a Abimael Guzmán en septiembre de 1992.

—Bueno, bueno —dijo Ricky—, déjense de hablar de política, que eso es lo que tiene al Perú hasta las *huevas*. ¡Miren! Ahí viene el Gordito y Saúl.

—¿Qué tal, muchachos? ¿Están listos? ¡Vámonos! —dijo Pepe.

—¿A dónde? —preguntó César.

—Usted síganos, doc. Es una sorpresa.

Abordando el auto de Germán, fueron al otro lado de la ciudad y entraron a un cabaret, que se conocían allí como *Go-Go*. Se instalaron alrededor de la barra: muchas luces multicolores, el humo de los cigarros se apreciaba como si fuera una densa neblina. En la pista de baile, tres hermosas mujeres de aspecto americano danzaban semidesnudas al compás de una música rock. Con movimientos sexys, contorneaban sus cuerpos entre tres tubos colocados verticalmente entre el techo y la pista de baile.

—Mira a este Gordo morboso. ¡Cómo se le salen los ojos! —dijo Ricky.

—Doctor, mire esto —decía Pepe mientras recorría con sus manos los voluptuosos senos de la mujer, a quien luego le daba una propina— ¡Ahora con este dólar le recorro el trasero!

—Así es aquí, César. Con la propina puedes agarrarles de todo a esas mujeres. ¡Mira a este Gordo desgraciado!

—Dime, Germán. ¿Tú fuiste terruco?

—¡No! Pero conocí gente que sí lo fue y me contaban cómo era todo el sistema.

—¿A qué te dedicabas en Lima?

—Trabajé en el hospital del Seguro Social Obrero. Empecé en el servicio de cocina, repartiendo la comida a los enfermos y a los médicos. ¡La pasé bien en esa sección! Como estudiaba en la universidad, me dieron un puesto en el centro de cómputo y a mis manos llegaban documentos importantes. Allí, compadre, conocí a muchos médicos que se hicieron amigos míos porque me pedían algún favor y se los hacía inmediatamente. Les hacía cartas de ascenso, los sacaba de vacaciones antes de tiempo, nombramientos, aumentos… ¡de todo! Debido a esto, yo paraba en los mejores lugares de Lima. Un día le hice un favor a una doctora que era toda una belleza. Eso fue lo más grande que pude hacer en ese lugar. ¿Y qué crees que pasó?

—Te pagó.

—Sí, me pagó. ¡Y de qué forma! Me llevó a su casa, estábamos solos y ahí, compadre, nos quedamos haciendo el amor toda la noche. Siempre recuerdo a esa mujer. Nunca lo imaginé de una doctora.

—Qué tiene que ver que sea doctora o una profesional cualquiera; es mujer al fin y al cabo. Al igual que los hombres que estamos encima a cada rato por factores de nuestra sexualidad, temperamento, erotismo o...

—¡Arrechura! —gritó Ricky, haciendo reír a los demás muchachos.

—*Yeah*, doc. Tienes razón.

—Germán, si te iba bien en Lima, ¿por qué estás aquí?

—Tú lo has dicho, me iba bien. A mí me pagaban en dólares los trabajos que hacía. Antes que Alan terminara su gobierno, empezó a botar a mucha gente de los puestos públicos. Como yo no era del partido, me sacaron de mi trabajo. A partir de entonces, me empezó a ir mal. La gente de ese gobierno empezó a cargar con todo... ¡Desgraciados! Mi hermano ya se encontraba aquí y, como yo tenía mis ahorros, me vine dejando a medio camino mis estudios.

—Tú también fuiste víctima del sistema de Alan, ¿no?

—Compadre, yo tengo amigos que saben todo, que lo han visto todo. Yo sé cómo fue el asunto de la venta de un avión en el que Alan y su amigo Zanatti estuvieron involucrados. ¿Sabes dónde hicieron la transacción? ¡En un taxi! Y te lo digo con certeza porque el chofer era un amigo de mi barrio y vio cuando Zanatti le entregaba un maletín a Alan. Alan le preguntó a Zanatti: «¿Está el *palo verde* (millón de dólares) completo, no?» Zanatti le respondió: «Sí». Después Alan le dijo a mi amigo: «*Cholo*, toma tu *ferro verde* (cien dólares), no has visto nada». Luego mi amigo los dejó por una calle en San Isidro.

Te puedo hablar de la coima que recibió de parte de los italianos que construyeron el tren eléctrico, de cómo más de quince mil apristas ingresaron a los puestos públicos, de las matanzas de los penales de *El Frontón y Lurigancho*, de la masacre de Aucayacu, de la fuga de Víctor Polay, que era su amigo, líder del MRTA, y de los homosexuales que eran los representantes en los altos cargos del gobierno aprista: uno de los más famosos es *L.A.C.* Te contaré la historia de todo esto.

La hermosa melodía del tema musical «*Young Hearts Be Free*» o «*Jóvenes turcos*», por su título en español, interpretada por *Rod Stewart*, inundó el ambiente. Las luces se hicieron más densas, para dar paso a otras dos hermosas mujeres, que, ataviadas de diminutas tangas de las llamadas *hilos dentales*, hicieron el relevo a las anteriores danzantes. La potente luz en el centro de la pasarela, donde ahora bailaban estas dos chicas de rubias cabelleras y curvilíneo cuerpo, se reflejaban en sus blancas pieles como algo mágico, seductor, provocativo.

El público, que había llenado el local, deliraba ante los movimientos sexy de esas bellas mujeres, y las lluvias de dólares no se hicieron esperar. Saúl, Ricky y Pepe miraban como hipnotizados la escena.

Germán apuró un buen sorbo de la fría cerveza *Heineken* que tenía en su mano, y empezó con su relato. Le contó detalle por detalle, con fechas, nombres y locaciones de los hechos. Este Germán en realidad sabía mucho. Habitante de un barrio del cono sur de Lima, sus informantes habían pertenecido o al Ejército o a la Policía. Muchos de ellos habían dimitido o simplemente pedido sus bajas porque estaban asqueados de tanta podredumbre en el interior del gobierno de

Alan. Otros fueron captados por la ideología senderista y habían pasado a sus filas; otros emigraron del país. ¿Pero, era Germán *terruco*? ¡Claro que no! Pero defendía sus ideologías y principios con una vehemencia que rayaba en lo obsesivo.

—Caray, Germán, ¿quién hubiera creído que en nuestro país pasaban todas esas cosas? ¡Hasta cuándo habrá tanta corrupción! ¿Entonces *LAC* es del *otro equipo*?

—¡Tremendo *«patazo»*, compadre! A ese le conozco una historia brava, un amigo mío me lo dijo. ¿Quieres que te la cuente?

—No, mejor déjalo ahí. Me imagino de qué se trata.

—También me dijo que había un tipo importante, de alto peso en el partido, a quien le decían *Charito*. Decía que ese era su nombre de *combate* cuando salían a *joder* por ahí. Traté por todos los medios de sacarle la información, pero no pude. Lo que sí me dijo era que al tipo, se le *«escapaba el aire»* como la gran puta.

—¿Quién sería?

—¡Sabrá Dios! Y tú, ¿a qué partido perteneces?

—Al mío, al de mi familia, al de mi futuro.

—Pero debes de tener alguna tendencia política.

—Mi padre fue aprista, de esos apristas viejos que creían en una revolución y renovación política en el Perú, guiados por el pensamiento de Víctor Raúl Haya de la Torre.

—¡Ahora me vas a venir con Haya de la Torre!

—Yo no soy aprista ni pretendo serlo, pero ese señor, Haya de la Torre, merece un gran reconocimiento, al margen del APRA, porque fue uno de los más grandes pensadores e ideólogos que haya nacido en el Perú. Una luminaria para su época. Un tipo muy inteligente, como también lo fueron José Carlos Mariátegui,

César Vallejo, Manuel González Prada y el mismo Luis Alberto Sánchez. El APRA nace como una necesidad de Haya de la Torre, para que sus pensamientos perduren en el tiempo. Lo que pasa es que esta nueva generación de apristas ha tergiversado sus ideas y he ahí los resultados.

—*Bullshit!* El APRA es una mierda y eso no hay quien lo niegue.

—Bueno, lo que quería decirte es que soy apolítico. No me interesa ninguna agrupación, ni política, ni extremista, ni sectarista. Yo solo lo decía porque admiro la capacidad intelectual de esas personas, al margen de sus ideas políticas.

—Ahora sí es diferente. Por lo pronto, yo debo hacer algo para salir adelante.

—¿Qué piensas hacer?

—El próximo año me voy a matricular en el *college* para continuar mis estudios. Esa es mi meta y no voy a parar hasta conseguirlo. ¡Salud!

—Espero que así sea, Germán. ¡Salud!

—Gracias, doc. ¡Salud! *Shit!* a este Gordo se le están saliendo las babas. *Take it easy! Calm down*, Gordito.

—¡Compadre! Estas hembras me han puesto caliente, estoy ardiendo. ¡Saúl, ahora te agarro, carajo! O hacemos un *«levante»* por ahí o me tiraré un *«económico»* —dijo Pepe, mientras los muchachos reían.

—Oye, Ricky, ¿qué es un *«económico»*?

—Usar las manos, César, usar las manos.

Los cuatro echaron a reír. El espectáculo había terminado.

A propósito de los *terrucos*, al día siguiente, que fue domingo, los muchachos se fueron a almorzar a un restaurante. Allí estaban unas personas, amigas de Saúl. A César le llamó la atención un hombre cuyo rostro era la verdadera efigie de las personas a quienes aquejan terrible congojas. Cuando tuvo la oportunidad, le preguntó a Saúl quién era y escuchó su historia. Se trataba de un ex-policía del Perú, un miembro del grupo llamado *«Sinchis»*. Un ex-comando que estuvo destacado en la selva peruana luchando contra los terroristas. Su *performance* fue impecable. Logró desarticular, con su grupo, varios focos terroristas y aniquiló a gran parte de ellos. Todas las medallas de honor que recibió no iban a significar nada ante la terrible tragedia que le deparaba el destino. Un grupo de inteligencia de Sendero Luminoso había estudiado todos sus movimientos y lograron descubrir dónde vivía su familia. Empezó a recibir cartas amenazantes en contra de su vida, pero fue al revés. Los terroristas empezaron a eliminar a cada miembro de su familia, dejándolo sin padres, sin esposa y sin hijos. Terrible venganza de esos infames, crueles y asesinos personajes. Luego empezaron una espantosa cacería en su contra, de la cual milagrosamente salió vivo. Su comando logró moverlo en Estados Unidos, con visa de asilado político. Ese era el motivo por el cual se veía a este señor tan acongojado. Secuela de una guerra sin razón, una locura generada en nuestro país por un minúsculo grupo de desadaptados a quienes los gobiernos de turno dejaron extenderse. Igualmente, Saúl también le contó que en el grupo había supervivientes del ataque de la calle Tarata.

El atentado en Miraflores, de 1992, consistió en una gran explosión en la cuadra dos de la calle Tarata, en la ciudad de Miraflores, en pleno corazón de Lima, realizada por el grupo terrorista Sendero Luminoso. La explosión fue parte de una campaña mayor de atentados en la ciudad de Lima durante la época del terrorismo. El lugar donde ocurrió el hecho es una zona comercial dentro de un distrito de clase media alta de Lima.

Dos vehículos, cada uno equipado con una tonelada de explosivos, detonaron en la mencionada calle a las 9:15 de la noche, matando a 25 e hiriendo a unas 200 personas. La onda expansiva destruyó o dañó 183 casas, 400 negocios y 63 automóviles estacionados en los alrededores de esa avenida. El atentado fue el comienzo de una serie de ataques senderistas contra el Estado peruano causando muchas muertes y manteniendo en zozobra a la capital.

Para ir a su trabajo, César usaba el sistema de transporte de buses del *New Jersey Transit*, que tenía el *exact fare* o pago exacto. El conductor no cobraba a los pasajeros; ellos depositaban el valor exacto de su pasaje en una máquina que luego expide un boleto. Dentro del bus viajaban grupos de gentes heterogéneas. Escuchaba toda una gama de acentos correspondientes a cada país. Así, por ejemplo, estaba el «qué hubo, qué más» de los colombianos, el «órale, cumpa, espere tantito» de los mexicanos, el «ehhh, coño..., ¡y es fácil!» de los dominicanos, el «bendito, nene... qué embuste» de los boricuas, el «pase usted, ¡bah!» de los centroamericanos, el «coño, chico, estás comiendo m...» de los cubanos, el «qué tal, ñañito» de los ecuatorianos, el «cómo estas, causita, claro, pe» de los peruanos y, por supuesto, el inglés, que es hablado con cierto acento por parte de los negros.

Los árboles, antes secos, estaban ahora en flor y se podían apreciar ya en toda su extensión, porque New

Jersey es conocido como el *Garden State* [Estado Jardín]. La profesora de inglés, en una clase, les había contado a groso modo la geografía y riquezas de New Jersey.

Está situado en la costa atlántica, y es uno de los más importantes estados del país, por su industria manufacturera, su avicultura y sus cultivos hortícolas. Fue colonizado por los daneses a comienzos del siglo XVII, siendo el escenario principal de la lucha por la independencia americana. El relieve se configura con una llanura costera al sureste y una zona montañosa al noroeste, con abundantes lagos. Hidrográficamente, destaca el drenaje del río Delaware. El clima es templado en la costa y frío en el interior durante el invierno. La actividad económica más importante es la industria de metalurgia, automotriz y las químicas de pinturas y barnices. Su agricultura es extensa; produce tomates, espárragos y frutas. Por el contrario, la ganadería no está muy desarrollada. Las ciudades más importantes son Trenton (su capital), Newark, Jersey City, Elizabeth y Paterson, que forman parte del área metropolitana de New York. Otras, como Camden, forman parte del área metropolitana de Filadelfia. También destaca ampliamente *Atlantic City*. Por si fuera poco, New Jersey tiene muchos lagos y playas para el deleite de la población.

El día lunes, volvía otra vez al trabajo.

—César, el dueño me dijo que tienes que ir a trabajar con Jesús —le dijo Raúl.

—Está bien, socio, iré con él.

Al acercarse, vio a un muchacho de origen mexicano que estaba acomodando las bolsas llenas de los cortes de tela en un tráiler. Él debía ayudarlo.

—Hola, me enviaron a ayudarte.

—Gracias, *carnal*. A ver si entre los dos terminamos pronto. ¿Tú eres nuevo por aquí, verdad?

—Sí, desde hace tres meses estoy aquí. Este trabajo no es nada fácil.

—*Pos* la verdad no, pero qué le vamos a hacer, de otra manera nos quedamos sin «*feria*» (dinero). He trabajado tanto desde que llegué a este país en 1988... Casi me costó la vida.

—¿Te refieres a la cicatriz que tienes en la cara?

—Sí, carnal. Unos *hijos de la chingada* casi me matan en la frontera y todo por defender a una mujer de la que estaban abusando. La pobre no tenía dinero para pasar y esos malditos la estaban obligando a tener sexo, amenazándola con un cuchillo. Al escuchar sus gritos, fui hacia donde estaba ella y al verme me atacaron. Un rápido movimiento hizo que no me dieran en el pecho, pero me cortaron la cara. Al pasar a San Diego, tuve que curar mis heridas yo mismo. Por eso me quedé con tremenda cicatriz. La gente me dice muchos apodos, pero a mí *me vale madre*.

—Sin embargo, tu gesto fue algo heroico. Expusiste tu vida por alguien que no conocías, y eso ya nadie lo hace.

—¡*Pos* sí! Gracias a eso, la chica pasó conmigo hasta el otro lado y después nos separamos en Los Ángeles. Tiempo después, pasé otro susto cuando en una factoría donde trabajaba, en Paterson, *la migra* (policías de Inmigración) fueron a hacer una redada, en donde muchos fueron capturados. El lugar era una fábrica de fardos de tela y se empleaban unos cilindros grandes para el almacenaje. Yo me escondí en un cilindro vacío y me cubrí con unas bolsas que estaban llenas de basura. Otros muchachos hicieron lo mismo. Al rato escuchaba los pasos de los policías. Empecé a sudar frio y mis manos temblaba, mientras recordaba todas las cosas que me contaban cuando te atrapa la *migra*. Me contaban que meten presos a la gente durante seis a ocho meses como si fueran delincuentes comunes para luego enviarlos a su países de origen. Los policías gritaban en inglés quién sabe qué. Cuando se fueron, después de treinta minutos, salimos del escondite. Los dueños nos preguntaron qué hicimos para que no nos capturaran y les contamos lo de los cilindros. Después nos dijeron que se habían llevado a treinta y cinco compañeros. Ellos no se explicaban por qué pasó eso ni por qué eligieron su local. Tal vez un soplo de que en ese lugar trabajaban muchos ilegales... ¡Así pasó, *cumpa*! Y aún sigo de ilegal. Este lugar tampoco es seguro, así que hay que estar *abusados* (atento, alerta), sino nos lleva la migra.

—¿Qué pasó con los que capturaron?

—*Pos* dicen que a algunos los deportaron y a otros, que tenían dinero para pagar una fianza de mil dólares, les dieron un plazo de dos semanas para presentarse y arreglar su situación. Pero es de suponerse que se irían a otros lugares a trabajar con nombres falsos.

—Sí que es difícil la situación en este país.

—*Pos ni modo, cumpa*. Ya estamos aquí, hay que tirar para adelante y ni un paso para atrás.

—Tienes razón.

—Mira *carnal*, he traído algunos «*taquitos*» que me preparó mi esposa. Vamos a compartirlo en el «*lonche*».

—Gracias amigo. ¡Cuidado, ahí viene el dueño! —advirtió César.

Como el clima estaba templado, todos los fines de semana se reunían en el parque grande, conocido como el número 11, que en el invierno lucía cubierto de nieve. Ahora servía para la práctica del fútbol, conocido en Estados unidos como *soccer*. Se jugaban interminables cotejos en los cual corría una suculenta apuesta de dinero, que luego servía para la comida de todos. En un intermedio del partido, César se sentó a descansar.

Recordó que ya se acercaba la fecha para que su permanencia legal caducara. Había conversado con Germán, quien sabía muchas cosas referentes a estos temas, así como de los casos de impuestos (*income tax*). Germán le aconsejó que hiciera una extensión aduciendo una enfermedad, cosa que le pareció fuera de foco, pues no tenía a quién pedir certificados de salud. Además, los trámites en inmigración para estos casos eran muy estrictos. Se encontraba en esas cavilaciones cuando Saúl se acercó a él.

—¿Qué pasa, compadre?

—En dos semanas se vence mi permanencia. No sé si regresar al Perú o quedarme. Recuerdo que la cónsul en Lima me advirtió al respecto. No me ayudaría en nada quedarme de ilegal. Germán me estaba diciendo para presentar unos certificados médicos, lo que no me pareció muy congruente, aunque sí, técnicamente via--ble.

—¡Muchos papeleos con esa gente de inmigración! A esa gente no les importa nada ni nadie... ¡Son unos desgraciados! Si tienes que irte, te vas o te botan. Tampoco te ayudaría que regreses. Tú sabes cómo están las cosas por allá. No se puede hacer nada. ¿No te va bien en tu trabajo?

—Me va de lo más bien. Nunca pensé que trabajando aquí de empacador ganaría en una semana lo que en el Perú haría en un mes.

—Entonces, ¿cómo se te ocurre pensar en irte? Hay miles de ilegales aquí. Mira a Ricky, ya se va para tres años. Está de ilegal, es un indú...

—¿Indú?

—¡*Indu*cumentado, pues, compadre!... pero consciente de que se encuentra en el país que le va a resolver sus problemas.

—Pero, ¿y mi familia? ¡La extraño mucho!

—Justamente, por ellos debes continuar. Tres o cuatro años, ahorra, ahorra mucho y te vas si así lo deseas, pero no ahora. Ten paciencia. Ya te irás acostumbrando.

—Perderé mi permanencia legal.

—¿Quién se va a dar cuenta? No serás ni el primero ni el último.

—Y si algún día quisiera arreglar mi situación como tú lo has hecho, ¿no tendría ningún problema?

—Ahora sí estás pensando en grande. Si algún día lo haces, será beneficioso para ti. Podrás traer a tu familia y trabajar de lo que eres. Y no creo que tengas ningún problema.

—Gracias por tus consejos, Cholo. Ni hablar, me quedaré, como quiera estaba en mis planes. Conversaré con Ana y le explicaré acerca de la decisión que he tomado.

—Me parece bien... ¿No vas a jugar?

—No, me quedaré a descansar un poco más. Me está doliendo el tobillo.

Saúl se fue, pero otro muchacho, llamado Jorgito, se sentó a su lado.

—¿Qué pasa, César? ¿Te cansaste? ¡Estás jugando, bien compadre! ¡Volviste loco a Germán con esos «*amagues*»!

—Lo que pasa es que tengo un ligero dolor en el tobillo

—Ufff, qué bueno es venir aquí y divertirse —le dijo extendiéndose en el *grass*.

—Jorgito, ¿cuánto tiempo llevas en Estados Unidos?

—Han pasado siete años desde que dejé mi querido Huancayo, mi querida e incontrastable ciudad del centro—suspiró profundamente, contemplando el cielo azul de aquella tarde—. Allá dejé a mi familia y a mis tres niños.

—¿Vivías en Huancayo?

—Antes de venir aquí, sí. Pero estuve en Lima durante año y medio buscando trabajo.

—¿Dónde trabajabas?

—Durante el gobierno de Belaunde, trabajaba en las oficinas del Ferrocarril Central en Huancayo. Cuando entró Alan, muchos apristas ingresaron a los puestos públicos. Recuerdo que entró un nuevo gerente y este preguntaba a los empleados: «¿Tú eres del APRA?». «Sí». «Tu carné». «OK, pasa». Iba a otro: «¿Tú eres del APRA?». «No». «Afuera». Después a otro: «¿Tú eres del APRA?». «Sí». «Tu carné». «No lo tengo». «Afuera». Así eran las cosas, así me echaron de mi empleo. Después, como te dije, me fui a Lima, pero no conseguí ningún trabajo. Por el contrario, estuve laborando durante tres meses como vendedor ambulante... Como tenía el dinero que me dieron de mi despido y algunos ahorros, hice el proyecto de venir aquí. Mi esposa lo aprobó y compré mi visa por seis mil dólares. ¡Cómo recuerdo mi tierra! ¡El aroma del eucalipto en el valle del Mantaro, sus cerros, su clima, una infusión de retama, un *quemadito* en el invierno! ¡Cuando regrese, lo primero que voy a hacer será comerme un *picante de cuy huancaíno*, carajo!

—¿Tienes planes de regresarte?

—Si Dios me ayuda, en dos años más me regreso. Ya ahorré lo necesario para hacer lo que tenía planeado... ¡poner un negocio! Espero que me vaya bien. Extraño mucho a mis hijos y me hace falta mi mujer...¡Vamos a jugar, carajo!... ¡Te necesitamos en el equipo!... ¡Ven!

—No, ahora no. Me está doliendo el tobillo. Además, con este edema maleolar que tengo no creo que...

—¿Cómo dijiste?

—Nada, que descansaré otro rato más.

Lo vio alejarse, corriendo de una manera muy peculiar. Era extraño, pero había notado que las personas con las piernas *genus varus* los conocidos como «*chuecos*», tienen un alto índice de ser buenos jugadores de pelota. Por ejemplo, la historia del fútbol registra a un jugador brasileño llamado *Garrincha* como uno de los más grandes jugadores de todos los tiempos. Este hombre era *chueco* y para colmo tenía una pierna más corta que la otra. Sin embargo, a pesar de ese defecto, fue grande en el fútbol, jugando incluso al lado del legendario *rey* Pelé.

Una ligera lluvia empezó a caer, la suficiente como para producir ese característico olor a tierra mojada. Incluso ese aroma despertaba sus recuerdos. A propósito de la conversación con Jorgito, César recordó a Jauja, la primera capital histórica del Perú. Un día de lluvia y ese olor a tierra mojada. Su padre pertenecía a esa región del centro. Iban con la familia en las vacaciones escolares de medio año, aprovechando el tiempo de las cosechas, ¡y de las pachamancas! Desde temprano, acudían jubilosos a la vieja estación ferroviaria de Desamparados de Lima. No había nada que le encantara más que viajar en tren y disfrutar del espectacular paisaje serrano. Esta línea ferroviaria es la más alta del mundo; alcanza su pico más alto en la localidad de *Ticlio*, situado a 4,350 metros sobre el nivel del mar. Este inhóspito lugar está rodeado por una cadena de montañas cubiertas de nieve perpetua. Debido a su altitud, los viajeros son atacados por el mal de altura o soroche; mismo que él había experimentado durante sus viajes a la sierra. Tiempo después, en la escuela de medicina comprendería mejor este cuadro clínico que es producido por un estado de hipoxia (déficit de oxígeno), a causa de la disminución parcial del oxígeno a medida que se asciende más sobre el nivel del mar. Se originan así dos alteraciones en el sistema de transporte de este elemento: la caída de la presión parcial del oxígeno y la disminución de las posibilidades de obtención de oxígeno a partir de la sangre arterial. Los síntomas se manifiestan con dolor de cabeza, vértigos, vómitos, dificultad para respirar y tos seca. El tratamiento consiste en brindar oxígeno y reposo al afectado y descenderlo a una altitud inferior.

La ruta del tren es ascendente. El tren, cual inmensa serpiente, trepaba las portentosas cordilleras. Había un punto en que el tren atravesaba un precipicio que salvaba pasando por un puente llamado *Infiernillo*. Obra maestra de la ingeniería peruana, que fue dañada por un ataque terrorista dejando inútil este servicio de transporte.

Cuando llegaban a Jauja, se instalaban en casa de

sus familiares, para luego hacer un recorrido por los más bellos sitios de esa región, como la hermosa y legendaria *Laguna de Paca*, la antigua ciudad de Concepción —con su atractivo turístico: el criadero de truchas de Ingenio— y finalmente la hermosa capital de Huancayo. La ciudad minera de La Oroya es otro de los puntos estratégicos de la sierra central, como lo es también Tarma, la *Perla de los Andes*.

Estos gratos recuerdos fueron interrumpidos por el escandaloso saludo de un muchacho hondureño, que pasó por su lado.

—¡Hola, *perucho*! ¿Cómo estás? —casi le gritó, más que le saludó, y se fue raudo hacia el campo de juego.

Perucho, apelativo que dan a los peruanos residentes en Estados Unidos. Ya lo había escuchado y le llamaba la atención esa palabrita. Todos los inmigrantes tenían sus apelativos de acuerdo con su lugar de origen. Por ejemplo, a los colombianos les dicen *colochos*, los hondureños son *catrachos*, los ecuatorianos son *ecuatorios* o *ñañitos*, los venezolanos son conocidos como *chamos*, a los mexicanos les dicen *mejías*, a los salvadoreños *salvatruchos* o *guanacos*, los dominicanos son conocidos como *dominicans*, los argentinos son *ches* o *boludos*, los puertorriqueños son los *boricuas* o *potorros*, los guatemaltecos son *chapín*, los cubanos son *cubiches* y a un grupo de bolivianos que había en el equipo le decían *boliches*. A los negros afro-americanos les dicen *molletos*. Desconozco el significado de esa palabra, pero presumo que proviene de la palabra *molleja*, que es el órgano digestivo de las aves de corral, por su color marrón, una vez cocinados. Ellos saben el significado despectivo de esa palabra, y se enojan sobremanera cuando algún hispano la menciona.

También se diferencian en las palabras y acentos de uso diario. Algunas palabras que para los peruanos son buenas y de uso frecuente, para ellos son malas y viceversa. Por ejemplo, la palabra *pendejo* es usada en el Perú para referirse al pillo, al pícaro. Pero desde el Ecuador hasta México y el Caribe, ese vocablo significa lo contrario, o sea el tonto, el estúpido. La palabra *pincho*, de fuerte connotación sexual en el Perú, es usada por los centroamericanos y caribeños para referirse a la carne ensartada en palitos; los *anticuchos* para nosotros. Los colombianos les dicen *chuzos*. En México, los *mandilones* son los *saco largos* peruanos. En el Caribe les dicen *gobernados*, *pariguayos* o *mamaos*. En otros sitios también les dicen *pendejos* o *huevas*. Para las cubanas, el nombre de la fruta *papaya* es malo, se sonrojan sobremanera cuando la escuchan, pues denota al aparato genital femenino. Por eso a la papaya, a la verdadera, le dicen «fruta bomba». Los dominicanos le dicen *lechosa*. La palabra *coño* también es mala para todos. El dinero también sufre cambios en su denominación de acuerdo a cada país. Los mexicanos les dicen *feria*, para los dominicanos es conocido como *cuartos*, los boricuas les dicen *chavos*, para los cubanos son los *kilos*. Después son conocidos de las más variadas formas: *lucas*, *gambas*, *maracas*, *mangos*, *billegas*, *pesos*, *marmaja*, *mula*, *etc.*

En relación con la comida, están las arepas, las pupusas, las enchiladas, los huevos estrellados, el mangú, la ropa vieja, el arroz con gandules, el mole, el arroz moro, el tasajo, el pozole (plato mejicano parecido a la Patasca peruana), el arroz con habichuela y carne, y la bandeja paisa. Los gentilicios de cada país son largos de enumerar.

El parque era frecuentado por muchas gentes. Le

llamó la atención, una vez, un grupo de negros que frecuentaba el lugar. Saúl le contó que era gente desamparada —o vagos, en el mejor sentido de la palabra— que vivían a expensas del gobierno. Recibían mensualmente unos cupones para alimentos y un cheque para el pago de sus rentas. Este sistema, llamado *Welfare*, consiste en la ayuda a determinado grupo de la población con dinero proveniente de los pagos de impuestos de todos los trabajadores, el cual es descontado de los cheques que uno percibe semanalmente. De allí que si un trabajador recibe doscientos dólares, le descuentan un promedio de treinta dólares que sirven para este sistema y para otros, incluido el descuento del Fondo Federal, de salud y de retiro, que es devuelto a fin de año. El monto depende de la cantidad acumulada durante un periodo y de la cantidad de hijos que la persona tiene, llamados *dependents* (personas que dependen del padre). Ellos reciben anualmente un dinero del *income tax*, que es el retorno de los impuestos o reembolso sustraído de los pagos de cada persona, que a veces asciende a cantidades arriba de los tres mil dólares. Por el contrario, las personas solteras, que no tienen *dependents* y que ganan más de treinta mil dólares al año, están sujetas a devolver entre el dos y el cinco por ciento del valor acumulado. Los profesionales y dueños de empresas pagan exorbitantes sumas cada año, en un caso que a veces parece injusto.

La realidad es que este país se mueve a base de sus impuestos y por eso Estados Unidos es lo que es. Evadir o dejar de pagar los impuestos es un delito y está penado por las leyes federales con pena de cárcel.

Los sistemas de seguro social y salud están sujetos por el gobierno y son otorgados a los niños y personas incapacitadas o en edad de retiro; son los llamados

Medicare y Medicaid. Estos seguros cubren un amplio margen de los gastos a las visitas médicas, laboratorio, medicinas y consulta en todas las especialidades. Aunque el pago es muy poco para los médicos, el volumen de pacientes que atienden es recompensable. Los servicios por cirugía también son cubiertos por este sistema, y, gracias a Dios, porque cada operación cuesta un ojo de la cara en este país. Por ejemplo, una apendicetomía cuesta diez mil dólares; la extirpación de la vesícula, dieciocho mil dólares; de las operaciones coronarias ni hablar, y ni qué decir de las neurológicas.

Existe también una gran cantidad de seguros privados, que son entregados en algunos centros de trabajo, con amplia cobertura. El salario mínimo era de US$5.05 dólares por hora en las factorías, pero en los *warehouse* (almacenes) los pagos asccendían a US$7.50 dólares. Los que trabajan en oficios menores y de construcción tenían buena remuneración, como es el caso de los gasfiteros, pintores, albañiles, técnicos en aire acondicionado y demás mano de obra calificada, pueden ganar hasta quince dólares la hora. Los conductores de camiones y tráiler también tienen un ingreso que bordea los dieciocho dólares la hora. Las profesiones de mando técnico son mejores; los que más ganan son los que trabajan en el área de la salud, con un pago mínimo de hasta veinte dólares la hora, que se incrementa anualmente. Ni qué hablar de los profesionales, quienes obtienen, en algunos casos, ingresos de hasta cien mil dólares anuales (médicos, abogados, arquitectos). También, existe un grupo de personas ilegales que se apostan en las inmediaciones de una compañía de ventas de materiales de construcción llamada *Home Depot* en busca de trabajo al destajo, son los llamados *«jornaleros»*.

CAPÍTULO 4

EL VERANO EN NEW YORK

—Saúl, esta semana me voy a mudar —dijo Pepe— Voy a rentar un departamento en el tercer piso porque este fin de año vienen mi mujer y mi hija. Ya hice los arreglos para que les tramiten sus pasaportes y la visa. También di un adelanto de dinero. Quiero comprar mis cosas y tener algo con qué recibirlas.

—Está bien, Gordito, no te preocupes. Ahora voy a tener que buscar a alguien para que ocupe tu lugar y que nos ayude a pagar la renta.

—Y tú, ¿por qué no traes a tu mujer? Te fuiste a casar a Lima y la dejaste. Eso no tiene sentido. ¡Mira cómo estamos viviendo!

—Tienes razón, pero yo también estaba pensando en eso. ¿Cuánto te costó la jugada?

—Siete mil dólares por las dos. Conocí a un tipo en la agencia de José que tiene contactos en Lima para tramitar las visas; me dijo que era con garantía. José me lo recomendó.

—¿Es seguro el asunto?

—¡Claro! Había dos personas en la agencia que recién habían llegado de Lima y estaban con el tipo que les hizo los trámites. Al parecer, tienen contactos dentro de la embajada de Estados Unidos. Me dijo que los mismos funcionarios son los que venden las visas.

—Eso sí que es buen negocio. ¡Siete mil *maracas*!

—Sí. La corrupción está por todos lados. Por eso te

digo que es con garantía de que no va a fallar.

—Me parece bien. Te voy a pedir los datos para hacer lo mismo. Yo traeré a mi mujer, pero no a mi hija, todavía no. Trabajaré con mi mujer dos años más y me regreso a casa. ¡Ya estoy harto de toda esta cojudez!

—Hazlo, Saúl. Así saldremos de esta situación... ¿A qué horas viene el doc?

—No sé, quizá está haciendo *overtime*.

En efecto, estaba haciendo *overtime*. El dueño de la factoría tenía un último pedido de materiales y les dijo que trabajaran unas horas más. Estaba en un descanso, sentado con Raúl, el *Characato,* en una mesa larga. Los demás trabajadores hacían lo mismo. César había observado en muchas oportunidades que el dueño gritaba a Raúl con todos sus gestos y ademanes, y él, sumiso, solo le obedecía.

—Raúl, ¿por qué te dejas gritar por el dueño?

—Eso no es nada, socio. ¡Qué vamos a hacer! No hay trabajos afuera y mi situación no está muy establecida. No tengo documentos como para ir a otro sitio. Además, no creas que por gusto estoy aquí. ¿Tú ves esos cortes largos de tela que sacan las mujeres?

—Sí, ¿qué pasa con eso?

—Yo me los saco, socio, y los vendo por yardas a un fabricante de camisas. Ya tengo acumuladas casi mil yardas. A dólar cada yarda, tengo mil dólares. Desde que llegué a este país estoy trabajando en esta factoría. Ya me acostumbré a este ambiente, soy amigo de todas estas polacas y de toda la gente que trabaja aquí... ¡Oye, mira! Mercedes no te saca los ojos de encima... Socio, ¿y tú qué hacías en Lima?

—Yo era... digo, soy... ¡Bah! Ya no sé ni lo que soy.

Bueno, estudié Medicina.

—¿Terminaste tu carrera?

—Sí, me gradué hace unos siete meses. ¿Y tú qué hacías allá?

—Soy ingeniero metalúrgico, ese es mi título. Trabajé en la Siderúrgica del Sur como jefe de planta por muchos años, y por ese puesto que tenía pude conocer muchos países. Incluso viajé a Turquía cuando se realizó una conferencia sobre una nueva técnica de aleación de cierto tipo de metales. Pero cuando llegó el aprismo me empezaron a mover el piso y, como yo no era del partido, me sacaron del trabajo. Mi economía se fue deteriorando y con la compra de mi casa, gasté casi todos mis ahorros.

—¿Tú también eres víctima del aprismo? ¡Caray! Yo siempre he considerado que la vida del hombre está regida por los hechos cronológicos, hechos que marcan una historia. Lamentablemente, este señor es parte de esa etapa de nuestras vidas y no tenemos la culpa de que en el futuro sea considerado como el peor presidente del Perú. Seguirán habiendo nuevos presidentes en nuestro país, como tanta gente seguirá emigrando, y esos nuevos mandatarios formarán parte de esas nuevas tragedias, en tanto que en el Perú no se cambie radicalmente de pensamiento.

—Tienes razón, socio. Fue un trago muy amargo el que nos tocó vivir. Pero después de tanto buscar, obtuve una pequeña plaza en la Siderúrgica del Norte, pero ese puesto no cubría mis necesidades. La crisis iba en aumento y decidí probar suerte viniendo aquí. Yo llegué a través de una visa que me dieron en la Embajada de México. Tengo un primo que vive en Queens y actualmente me hospedo en su casa. Él me convenció de venir a este país cruzando la frontera. Salí de Lima antes de una Navidad de hace cuatro años y la Nochebuena me sorprendió caminando por la calles del Distrito Federal de México. Es triste todo esto, socio, pero este diciembre que viene, ¡me voy de todas maneras!... Extraño mucho a mis hijos y a mi esposa. Tengo un dinero ahorrado para mantenerme en Lima hasta que vuelva a ejercer mi profesión.

—Bien pensado, Raúl, y te felicito por tu empeño. Entonces, tú vives en Queens, New York. ¿Y desde allí vienes todos los días?

—Sí, socio. Tú sabes que el dueño nos da transporte, pero estoy buscando un lugar cerca del trabajo para mudarme. Si sabes de alguien que alquile un cuarto, me pasas la voz. ¡Ah, César! Me olvidaba decirte que el trabajo se está poniendo lento y es posible que el dueño empiece a sacar gente. Quizá te despidan a ti y a Mercedes porque son nuevos. Esta factoría no da para más.

—Gracias por el dato, Raúl. Empezaré a buscar otro trabajo. Mañana hablaré con Mercedes.

Al día siguiente, después de terminadas las labores, habló con ella.

—¡Ay, Dios mío! ¿Qué vamos a hacer ahora?

—Empezar a buscar otro sitio donde trabajar. ¡Qué más da!

—Sí, pero es que en este tiempo todo se pone difícil —dijo ella muy preocupada.

—Tranquila, Mercedes, ya encontrarás algo. A mí también me preocupa quedarme sin trabajo, y también buscaré en otro sitio. Creo que es el momento preciso para decirte que el haberte conocido ha sido lo mejor que me ha pasado hasta ahora.

—César, yo también quería decirte que... si yo...

—Te comprendo, Mercedes. Yo también siento lo mismo —le decía acariciándole el rostro—. Pero no puede ser. Lo nuestro fue una bonita amistad que germinó un gran cariño. No debemos confundir las cosas.

—Tienes razón, yo también quiero agradecer tu amistad y compañía, fuiste un apoyo para mí. Cuídate, que Dios te bendiga y cumplas tus metas.

—Cuídate tú también, Mercedes. Voy a extrañar tu presencia. Que Dios te bendiga también y te de prosperidad. Adiós, Mercedes.

—Adiós, César.

Se abrazaron fuertemente. Besaron sus mejillas y se separaron. Dándole la espalda, se retiró. «¡Qué hermosa mujer! ¡Qué fantástica! Pero imposible», pensó.

Esa noche se enteró de que Pepe iba a dejar la casa y se preocupó al igual que Saúl en buscar a alguien para cubrir el pago de la renta.

Tal como se lo dijeron, ese fin de semana fue despedido del trabajo y luego fue a hablar con su amigo.

—Raúl, el dueño me dijo que solo hasta hoy trabajo.

—¿Qué vas a hacer, socio?

—Ya tú sabes; empezaré a buscar. Si sabes algo, me pasas la voz. Oye, a propósito, un amigo mío está buscando a una persona para que viva en su departamento.

—¿Tú vives allí, socio?

—Sí.

—Entonces, ¡yo mismo soy! Pero primero déjame chequear el lugar. ¿Qué te pasa, socio? ¿Acaso tú y Mercedes...?

—Sí, Raúl... Mercedes. Es increíble como uno se

puede acostumbrar a la compañía de otra persona. ¿Sabes? Si yo no hubiera tenido un compromiso, ni ella tampoco, hubiéramos hecho una bonita pareja.

—Tranquilo, socio. Son cosas de la vida de este país. Pero debes sentirte orgulloso de que ella haya sido tu amiga. Todos los tipos de aquí le habían echado el ojo, con malas intenciones, por cierto. Pero te tuvo a ti como amigo, y esa gente respetaba eso. Bueno socio, a voltear la página, la vida continúa… ahora que tenemos tiempo, vamos a chequear la casa. Abordando el bus, se dirigieron a la ciudad de *Passaic*.

****

Cuando César abrió la puerta, se encontró con Pepe.

—Hola, Gordito, ¿cómo estás?

—Hey, doc, ¿qué tal? He venido a visitar al Cholo Saúl.

—¿Dónde está?

—Ha entrado al baño. Ya debe salir.

—Mira, te presento a mi amigo Raúl. Es de Arequipa.

—Hola, *Characato* —le dijo Pepe esbozando su franca sonrisa.

—¿Cómo estás, socio? He venido a chequear el lugar y a ver si vengo a vivir con mi socio en este departamento.

—Pepe, ¿tanto demora Saúl?

—Ese cojudo ha entrado hace rato... ¡Corta la soga carajo!

—¿Qué te pasa, gordo pendejo? ¡Déjame hacer mis necesidades!... ¡Ahhh, qué rico! —salió diciendo Saúl.

—Oye, Saúl, este es mi amigo Raúl y quiere vivir

con nosotros.

—¡Compadre! Llegaste preciso. Aquí pagamos 450 dólares por la renta, que dividido entre los tres nos saldría a 150 dólares cada uno. ¿Qué dices?

—Me parece bien, pero... ehhh... ¿Aquí hay dónde divertirse?

—¡Carajo, compadre! —respondió Pepe—. De aquí nos vamos a todas partes. Todos los buses pasan por esta ciudad. Tenemos el *supermarket* cerca de nosotros, las barras están por todas partes, más arriba de esta calle está el parque donde jugamos fútbol los fines de semana.

—Está bien, socio, acepto. Mañana regreso y traigo mis cosas.

—Oiga, doc. Te cuento la última —dijo Pepe.

—¿Cuál es, Gordito?

—Voy a compartir mi departamento con Ricky.

—Lo va a llevar para que lo *clave* todas las noches —dijo Saúl.

—Tú siempre hablando cojudeces, Cholo. Va a ir para que me ayude con el pago de la renta. Además, estará solamente hasta que llegue mi familia.

—Bueno, muchachos, entonces, nos vemos mañana —dijo Raúl.

—OK, *Characato*, nos vemos —dijo Pepe—. Yo también me voy. Nos vemos, Cholo. ¡*Bye*, doc!

—*Bye*, gordo... Saúl, tengo que decirte algo... Me echaron del trabajo.

—¡Caray! Qué mala suerte... ¿Qué vas a hacer?

—Tendré que buscar en otro sitio. Les diré a los muchachos que me ayuden a buscar un trabajo. Si tú sabes de algo, me lo haces saber.

****

Pasó una semana y no encontraba empleo. Se comunicó con su esposa por teléfono.

—Mala suerte, Ana... Me quedé sin trabajo.

—No te preocupes. Tengo algo ahorrado de lo que me has enviado, y con lo de mi mensualidad podré afrontar las situación.

—Está bien, Ana. Hace dos semanas hablamos de que me quedaría un tiempo más con la esperanza de que vuelvas a tramitar tu visa y vengas aquí. Con tu ayuda podría regresar a casa lo más pronto posible.

—No he podido hacer nada con los trámites de la visa por falta de tiempo, pero, en cuanto pueda, volveré a las oficinas de inmigración

—Está bien... ¿Cómo están los niños, cómo van las cosas por allá?

—Por aquí todo está tan igual desde cuando te fuiste. Más bien diría que peor. La semana pasada despidieron a tres chicas que trabajaban en la oficina. A veces me pagan la mensualidad a tiempo y otras tengo que esperar una semana más. Los niños van bien. Nando está en el nido y Sandy está asistiendo a su escuela normalmente. Ambos te extrañan mucho y preguntan por ti.

—Diles que yo también los recuerdo con todo mi corazón y espero verlos pronto. En cuanto consiga trabajo te seguiré enviando dinero para que no pases ningún apuro. Cuídate, Ana. Te recuerdo mucho.

Se acercaba el verano en la costa este. Las cálidas mañanas invitaban a salir temprano de las casas. César también aprovechaba el tiempo para ir en busca de empleo.

Caminando por las calles de la ciudad pensaba en su suerte. Pasó por el sitio donde se despidió de Mercedes. Nostálgico, se retiró de allí.

En esas circunstancias, sentía unas ganas terribles de regresar a su casa, pero también recordó que alguien por allí había dicho: «Solo los cobardes se regresan, tirando la toalla». Y la verdad que era aplicable. Regresarse después de haber radicado en Estados Unidos sin haber logrado un propósito, era visto mal por la comunidad. Si regresaba ahora, intempestivamente, le preguntarían: «¿Por qué regresaste? ¿Acaso no tuviste el valor suficiente de quedarte y progresar? ¿Qué harás aquí, ahora?» ¿Qué dirían sus familiares, quienes lo despidieron con la esperanza de que el querido, hijo-sobrino-primo, progresara en otro país? Todas estas preguntas giraban como un vértigo en su cabeza.

Ahora, caminando por la ciudad y el calor que sentía le hizo recordar a su universidad, los primeros años y los cursos de ciencias. «El hombre mantiene constante la temperatura corporal alrededor de los 37 grados centígrados. La producción de calor tiene lugar en el curso de las reacciones biológicas que catabolizan los principales nutrientes con la ayuda de un carburante: el oxígeno. Estas reacciones producen energía, la mayor parte de la cual se convierte en calor».

Luego vendría la emoción de los cursos de facultad, las primeras prácticas de disección en el Anfiteatro de Anatomía. El cadáver que les tocó a disecar era el de un joven de aproximadamente veintiocho años. ¿Quién sería?

Antes de iniciar la primera práctica, el profesor les dijo: «Quiero que guarden respeto por este cadáver, porque de él aprenderán cómo es el cuerpo humano en su interior. También, el debido respeto por este ser humano que por razones trágicas está en este lugar. En anatomía hay una axioma: De la sabia del cadáver aprendemos a conservar a los vivientes». Ahora, elevemos una oración por el alma de este joven».

Recordó a todos los amigos de su grupo. ¡Las bromas que hacían en las aulas!

Cuando estuvieron en las prácticas hospitalarias, hicieron gran derroche de su compañerismo y humanidad hacia los pacientes. En 1990, hubo una epidemia de cólera en Lima, falleciendo muchos niños y adultos de alto riesgo en las salas hospitalarias. ¡Cuánto dolor hubo en ese tiempo! El cólera es una enfermedad infecciosa epidémica aguda humana causada por el *Vibrio cholerae*. Esta bacteria elabora una toxina soluble en el tracto intestinal, alterando la permeabilidad de la mucosa, causando diarrea profusa, gran pérdida de líquido y electrolitos, y un estado de colapso, seguido de fuertes cólicos abdominales. Se producen también fuertes calambres musculares debido a la hipokalemia o pérdida de potasio. El tratamiento se realiza a base de antibióticos y rehidratación.

—Wilfredo, este niño se encuentra muy grave y está deshidratado. Vamos a abrir una vía intravenosa. Tiene taquicardia, hipotensión y en cualquier momento puede hacer un *shock* hipovolémico. Michael, ¿cuál es el resultado de los análisis de laboratorio?

—Tiene un incremento de los leucocitos en veinticinco mil, con aumento de abastonados, sugiriendo desviación a la izquierda.

—¡Dios mío!

—¡César, entró en paro cardio-respiratorio!

—¡Listo, muchachos! Masaje externo y respiración artificial. Quince compresiones con dos respiraciones por minuto. ¡Enfermera! ¡Prepare el equipo de resucitación y adrenalina! ¡Vamos, niño, vuelve! ¡Dios mío, haz que vuelva! ¡Es solo un niño! ¡Vamos, regresa, regresa!...

—César, César, es tarde... Déjalo...

—¡No! ¡David, hagámoslo otra vez!

—Déjalo, muchacho, está muerto —le dijo el médico jefe—. No fue culpa de ustedes. Lo trajeron demasiado tarde. Ustedes siguieron bien los procedimientos. ¡Alumno César, le estoy hablando!

—Sí, doctor, disculpe —le respondió muy consternado.

—Ahora, vayan a la otra sala, que hay más niños con posibilidades de salvarse que esperan por ustedes... ¡Muévanse!

Nacimiento y muerte, rutina del hospital. Fragilidad humana, herencia ancestral. Se retiró apenado mirando el cuerpo inerte del infante. ¡Cuánto sacrificio, cuánta dedicación!

Ahora se encontraba en tierras lejanas haciendo cosas que nunca pensó. Sin duda, aquí no era nadie, pero tampoco era el único. Como él, había muchos profesionales en empleos muy por debajo de sus niveles de educación

Pasó otra semana y no hallaba trabajo. Saúl recibió otra carta en la que le decían que su hija había vuelto a recaer y se encontraba muy enferma. Decidió hacer otro viaje a Lima.

—Te vas a quedar cuidando la casa. Procura hallar trabajo; vas a necesitar para tus gastos.

—Está bien, Saúl. Espero encontrar algo esta semana. Ricky me dijo que tal vez en el transcurso de esta semana me tenga alguna información, veremos qué pasa. Por favor, entrega estas cartas a mi familia y que tengas buen viaje.

Una mañana fue a la oficina de empleos. Había mucha gente esperando su turno. Conoció allí a una pareja de esposos.

—¿Usted es peruano, verdad, joven?

—Sí, señor, ¿cómo se dio cuenta?

—Por nuestra forma de hablar. ¿Desde cuándo estás sin trabajo?

—Hace dos semanas. ¿Y ustedes?

—Hace poco que llegamos y desde entonces no hemos podido conseguir dónde trabajar. Estoy desesperado porque el dinero que traje se me está acabando. Con tanto sacrificio pudimos venir... Tuve que vender mi pequeño restaurante que tenía en Lima para hacer el viaje y la verdad que me arrepiento de todo esto. ¡Ese Chino también la está *cagando* en el Perú! —Decía, con marcado acento provinciano.

—Sí, joven —continuó la señora—. Ojalá que consigamos un trabajo que nos permita recuperar lo que hemos perdido y nos regresamos a casa. Le contaré a la gente que aquí no es como se piensa en nuestro país, que el dinero no está colgado de los árboles.

—Tranquila, señora, no se altere —decía César, al ver que la mujer se tocaba de los nervios—. Encontraremos un lugar para trabajar y así ustedes recuperarán su dinero perdido. Mientras tanto, esperemos nuestro turno.

Ahora, con la llegada del mes de julio, se sentía la

llegada del verano en New York. Un fuerte calor, seguido de un incremento en la humedad relativa, producía un efecto *"sauna"* en las ciudades del área triestatal. Temperaturas altísimas que bordeaban los 101 grados Fahrenheit (aproximadamente cuarenta grados centígrados) hacían de este calor húmedo y sofocante a la vez un peligro para niños y ancianos, en algunos casos produciendo asfixia y deshidratación.

El agua de los mares, al evaporarse, formaba gigantescas nubes de las llamadas cúmulonimbo, produciendo fuertes pero esporádicas lluvias, seguidas de poderosas tormentas eléctricas que eran muy comunes de ver en esa época del año.

Un día de excesivo calor, estaban los muchachos en el parque disfrutando de otro partido de fútbol. Ese día hubo un grato acontecimiento, pues un reconocido salsero peruano estaba jugando pelota con los muchachos. Se encontraba alojado en casa de unos de los amigos del grupo, y Willy Rivera no perdió la oportunidad de ir a practicar su deporte favorito; aunque la verdad, cantaba mejor de lo que jugaba al fútbol. Antonio Cartagena también andaba por allí, pero era más presumido que Willy. Por ese tiempo, sus canciones eran escuchadas constantemente por los muchachos en sus reuniones semanales, despertando los recuerdos del Perú en todos ellos.

La conocida salsa que interpretaba el *Gran Combo*: *"Un Verano en New York"*, en la voz de Andy Montañez, se dejaba escuchar por todos los lados del parque. La gente abría las bombas de agua (que es de uso exclusivo de los bomberos) en varios parques de la ciudad para refrescarse del excesivo calor. El poderoso chorro de agua se erguía alto para luego caer, como una ducha invertida, sobre hombres, mujeres y niños, cual si fueran los juegos de carnaval de febrero en Lima.

En un descanso, César se sentó en los límites del parque. Se refrescaba bebiendo una soda bien helada cuando, al volver el rostro, se encontró con la figura de una chica que pasaba detrás de él, dándole la espalda. Cabello largo, caderas sintomáticas, caminar muy femenino. Aquel estímulo visual reprodujo en sus recuerdos la figura de una chica, la del primer amor.

Despertaba ella sus impulsos masculinos al inicio de su juventud. Su larga cabellera emanaba una exquisita fragancia. Cuando caminaba, solo su pie derecho hacía una rotación externa de cinco grados, tan femeninos, tan rítmicos; sus pasos eran inconfundibles para él, podía contarlos sin querer.

Hermoso rostro, ojos marrones y grandes, sonrisa traviesa. Un lunar cerca del labio inferior, dientes inmaculados. Los mismos que mordían sus labios hasta hacerlos sangrar. Sangre y placer fusionados en el momento sublime. Voz inconfundible, el sonido de su voz cautivaba sus sentidos.

Pero, ¿por qué esos recuerdos? ¡Ah, sí! Hacía calor como ahora. El calor como percutor del recuerdo.

Llegaba ella a Lima desde el norte del Perú con toda su familia al inicio de las vacaciones escolares. Se alojaba en casa de una tía vecina del barrio. Se sentía privilegiado de que ella lo hubiera preferido de entre todos los muchachos de el vecindario. De esa manera, durante cinco años, fue su enamorada. La esperaba con ansias después de las fiestas de fin de año. Ella le traía de regalo una caja de jugosos y aromáticos mangos de su tierra; él la esperaba con una caja de chocolates. Y pasaban así los más hermosos tiempos de su adolescencia y juventud. Días de playa y de carnaval.

Esos carnavales de entonces eran espectaculares. No había malicia de ninguna clase. Era puro como el agua que usaban para jugar. Por la noche, el fragante talco *Reutier* envolvía el ambiente con su característico aroma. ¡Máscaras y serpentinas! Los mayores organizaban una fiesta en la casa de la inolvidable Kika, que después derivaba en el patio del barrio, ante el jolgorio general de los vecinos y de la música típica de los carnavales. ¡Qué bellos momentos!

Al final del verano, ella regresaba a su tierra dejándolo sumido en la más profunda pena. ¡Que inolvidables tiempos! Era la época de las mejores canciones de verano. Los Iracundos, Los Gatos, Leonardo Favio, Los Ángeles Negros, Fórmula V, Raphael, Nino Bravo, Leo Dan, Nicola di Bari, y muchos más, cuyas canciones quedaron grabadas en su memoria.

A los diecisiete años, ya habían terminado la secundaria y ella, con el permiso de sus padres, se quedó en Lima para tentar los estudios superiores. Más tiempo para estar juntos y disfrutar de su amor.

Una noche de verano, él se había quedado solo en su casa, cuando ella fue a visitarlo. Había un muchacho en el barrio, tendría doce años de edad, siempre seguía a César para todos lados y era muy querido en su casa, pues era ahijado de su hermana mayor. Esa noche estaba con él cuando llegó su enamorada.

—*Mono*, anda afuera a ver si está lloviendo.
—No César, no llueve.
—¡Vete carajo!

Se quedaron solos. Hermosa blusa rosada. Asomaban sus senos por el amplio escote. Recordado pantalón color marrón, las pretinas ajustaban sus anchas caderas. Conversaron. Partió una tajada de sandía y ella empezó a comerla con provocativos movimientos de su boca. Él se acercó y ambos comieron de la jugosa fruta. La abrazó y aspiró su inolvidable perfume *Ramillete de Novia*. Sus labios se unieron produciendo jugosos y dulces besos. Una canción de moda, que interpretaba el cantante español Django, «*Cuando quieras, donde quieras*», y que era en ese tiempo un *hit* musical en las radios limeñas, empezó a sonar en el ambiente.

Se besaron apasionadamente despertando el erotismo juvenil en ambos; sentía que una nueva fuerza despertaba en su ser. Sus besos se fundían en aquella manifestación de deseo compartido, de amor puro.

Iban conociendo sus anatomías palmo a palmo, beso a beso. Aquel acento norteño, ahora alterado por el placer, penetraba más en sus sentidos.

Sin embargo, ella se avergonzaba ante cada tentativa de él. Finalmente, escuchó el ansiado *sí*. Sus largos cabellos cayeron horizontales sobre la línea de su cintura, majestuosos, radiantes. Su lengua chocó en sus dientes. Se transfiguró su rostro. Ayes de dolor... y de placer. Comulgó de sus senos, bebió de su néctar y descansó en la cima de su monte. Suya eternamente. En el tiempo, en su piel, en su mente, en su conciencia. Una noche tibia de verano, una sandía... Ella.

Al fondo, como un eco, las letras de esa canción quedaban impregnadas en sus sentidos:

Cuando quieras, donde quieras
el sitio que mejor prefieras
con todo nuestro amor los dos
cuando quieras, donde quieras
tú sabes que yo te diré
quiéreme.....

Pero aquello acabó como acaba todo. Una noche de los últimos días del verano del año siguiente, se fue para no volver más. Lo abrazó y besó larga y apasionadamente antes de irse. Ella lloraba, lloraba mucho. Ni una sola palabra. Luego: «Adiós, te amaré por siempre». De nada sirvieron sus preguntas sin respuestas. De nada sirvieron sus ruegos ni sus lágrimas. Años después, se enteró de que la familia decidió que ella se casara con otro hombre. Al parecer, guardaban ellos las viejas costumbres de su pueblo. Ella estaba destinada a pertenecer a otra familia, aún en contra de su voluntad. Pruebas de virginidad (demasiado tarde), y sábanas manchadas de sangre post-coito... Increíble.

Dicen que el primer amor nunca se olvida, y es verdad. Porque, en ese instante, otra vez se hizo presente en sus recuerdos.

De vuelta a la terrible realidad, se vio sentado en el parque. De pronto, un poderoso trueno, precedido por un destellante rayo, desencadenó una torrencial lluvia que los cogió por sorpresa. No había chance de dónde cobijarse, así que se quedaron en el medio del parque, dejándose mojar por el aguacero. Extendiendo los brazos, César empezó a dar vueltas y a saltar y gritar, de tristeza, de alegría (quizá, en el fondo, en esos momentos, sus lágrimas se habrían confundido con la lluvia).

Sus amigos se contagiaron de su emoción, y luego todos empezaron a hacer lo mismo. Cinco minutos después, la lluvia había cesado, y todos mojados decidieron quedarse en el parque hasta altas horas de la noche.

Un fin de semana, César fue invitado por los muchachos para ir a New York, la ciudad de los rascacielos. Abordando el auto de Germán, se dirigieron a la capital del mundo.

—¿En cuánto tiempo llegaremos? —preguntó.

—Más o menos, veinte minutos —respondió Ricky.

—Entra por esta ruta, llegaremos más rápido —le dijo Pepe a Germán.

Entraron a una carretera signada con el número 3 East, donde pudo divisar el *Giants Stadium* (Estadio de los Gigantes). Minutos después, vio las siluetas de los grandes edificios de esa gran metrópoli.

—Mira eso, César —le decía Germán—. Ahí está New York o *la gran manzana,* como también se le conoce. Ahí se encuentra la más variada mezcla de habitantes, incluyendo inmigrantes de muchos países. Algunos vecindarios, como el *barrio chino, la pequeña Italia* y el *Harlem español,* todavía reflejan la rica herencia de sus habitantes. ¿Sabías que Albany es la capital de New York, y es la ciudad más grande de Estados Unidos?

Asombrado, miraba aquella ciudad de enormes edificios en las que sobresalían, al norte de su posición, el Empire State y al este, los edificios del World Trade Center, más conocidos como las Torres Gemelas.

—Ahora vamos a pasar por debajo de este río —continuó Germán, señalando el río que separa New Jersey de New York: el río Hudson.

—¿Por debajo? ¿Estás bromeando?

—No, compadre. ¡Mira!

Le señaló, ahora, la entrada de un túnel.

—Este es el Lincoln Tunnel, que nos llevará directo a la ciudad de Manhattan —prosiguió Germán.

Cuando salieron de aquel kilométrico túnel, vio los grandes edificios que sobresalían en la ciudad. El auto de Germán se abría paso entre aquella selva de acero y cemento. Germán parqueó el auto y se fueron caminando por las principales calles de la gran urbe. Llegaron a la Quinta Avenida, al Time Square, cerca de la no menos famosa avenida Broadway y del Rockefeller Center. Bajaron luego al Empire State y fueron al Central Park, donde recorrieron parte de aquel gigantesco lugar. Después, en el auto, se dirigieron al famoso Barrio Chino y a las cercanías de las Torres Gemelas, desde donde divisaron la Estatua de la Libertad y las gigantescas estructuras del puente George Washington. Más tarde, llegaron al terminal de buses en Manhattan, donde bajaron hacia el *subway*, que es el tren subterráneo que conecta con todas las ciudades de New York. En sus instalaciones, pudo apreciar mucho del comercio ambulatorio, grupos de gente tocando instrumentos musicales y ofreciendo lo mejor de su repertorio, así como a personas de todas las razas.

Anochecía cuando regresaron a casa. Antes de despedirse, César habló un rato con Ricky.

—¿Qué te pasa, César? Te noto preocupado.

—Estos últimos días las cartas que estoy recibiendo de Ana son... ¿cómo te explico? Frías, como si hubiera un cambio en ella.

—¿No hablan por teléfono?

—Sí, cada dos semanas.

—¿No te dice nada?

—Me habla de mis hijos, que están bien y que van a la escuela, nada más.

—¿Y qué supones?

—No sé, me parece prematuro pensar en un engaño, pero sabrá Dios.

—Deben de ser tus nervios.

—Sí, eso debe de ser.

Una semana más y César no encontraba trabajo. Todo lo que había ahorrado lo estaba gastando en sus gastos personales y en el envío de dinero a su familia.

Ese sábado César y Raúl estaban en casa y Pepe llegó a saludarlos.

—¡Qué tal, muchachos! ¡Hey, Characato! ¿Qué estás cocinando?

—Aquí, socio, unas papitas con carne.

—Characato, ¿tú sabes hacer el *cuy chactado*?

—¡Claro, pues, socio! Te voy a explicar. Pero primero quiero decirte que el cuy se come tambén en las zonas andinas de Bolivia, Ecuador y Colombia, donde es conocido como Curí. Aquí en Estados Unidos se les conocen como Hámster. Se les usa también para rituales mágico-espirituales. Los brujos dicen curar a los afectados con estos animales. Su carne, aunque pobre, es baja en colesterol y alto en proteínas.

Una vez que matamos al cuy, le sacamos el pellejo y las vísceras. Aparte, hacemos un preparado a base de ají panca, pimienta, cominos, ajos, etcétera, y una salsa en punto de maní. Dejamos al cuy en infusión hasta el día siguiente. En Arequipa tenemos unas pailas especiales para freírlos. En aceite bien caliente, ponemos a los cuyes en la paila, y el secreto, socio: ponemos encima del cuy unas piedras escogidas del río, más o menos grandes, para que hagan presión y salga bien frito... ¡Y a comerrrr, socio!

—Ohhh, ya veo —dijo Pepe—. Entonces el plato debería llamarse «cuy chancado», pero, como ustedes no hablan bien el español, dicen «chactado». ¡Ja, ja, ja, ja, ja!

—Cómo me jodes, socio, cómo me jodes.

—Bueno, muchachos, déjense de bromas y vámonos para el campo, que ya va a empezar el partido —cortó César.

Llegaron al campo de fútbol en Clifton, un lugar muy bonito y rodeado de árboles, lo cual proveía de frescura al ambiente. Se encontraron con los demás muchachos del grupo y se dispusieron a jugar.

César se quedó a un lado de la cancha con el Tío, que era el entrenador.

—Tío, ¿cuántos años lleva en este país?

—Veinticinco años. Cuando llegué aquí, estuve viviendo en California y trabajaba en una planta de productos químicos. Estuve diez años por allá. Luego vine para New Jersey y trabajé haciendo *deliveries* por mucho tiempo. Después de todos esos años, regresé al Perú. Para ese entonces, ya había logrado obtener mi residencia. Cuando estuve en Lima, conocí a la que ahora es mi esposa. Fue un amor a primera vista; a los dos meses de habernos conocido, nos casamos. Yo tenía que regresar a Estados Unidos, y con mucha pena tuve que dejarla. Pero cuando llegué, lo primero que hice fueron los trámites para traerla, y al año siguiente estuvo conmigo. Ahora tenemos dos hijas y la bodega que instalé con mucho sacrificio. Esa es mi historia a grosso modo; no te la cuento completa porque después te hago llorar. En Lima me gradué de profesor en Educación Física y en New York seguí algunos cursos para entrenador de fútbol. Estoy ampliando mi currículum para postularme como entrenador de algún *college*; esa es mi meta. También estoy escribiendo un libro acerca de la realidad de nuestro pobre, paupérrimo fútbol peruano, que, como tú sabes, está de capa caída. Yo sé muchas cosas secretas acerca de esa realidad. Ya verás cuando lo publique. Es el colmo que equipos de fútbol considerados chicos son ahora superiores a nosotros. Ya estoy cansado de celebrar triunfos pírricos. Ya casi estamos eliminados del mundial del 94, en la Copa Libertadores fuimos un fracaso, en la Copa América dimos pena, con goleadas humillantes. Los llamados equipos grandes en nuestro país no son nada cuando juegan con equipitos de otros países. A nivel de selección, a esa gente le faltan cojones, no tienen amor al equipo ni a la patria, juegan con un estado mental deplorable. Se sienten derrotados antes de jugar, y esa es la parte fundamental que se debe cambiar en nuestro país. Pero la maldita «argolla» existente en nuestro fútbol nos está dejando en los límites inferiores del *ranking* mundial de fútbol. Gran parte de este fracaso en nuestro país la tienen esos malos dirigentes que gozan de tanta autonomía que ni el presidente de la República puede intervenir... En mi libro revelaré todos esos detalles. Una de las propuestas que hago es la no participación de ningún equipo peruano en torneos grandes como los que mencioné, ni en las eliminatorias mundialistas, hasta que no se haga una depuración de los malos dirigentes que nos están llevando al colapso, hasta esperar el nacimiento de nuevos talentos, porque los que están actualmente no sirven para nada. Hay que crear un torneo interno regional para descubrir a estos nuevos talentos, gente joven y de mente sana, que quiera sacar adelante el fútbol peruano.

—Tiene razón, Tío. La última buena generación de futbolistas fue la que participó en el mundial de España 82... Ya van a ser tres mundiales en los que no participa nuestro país. Muy lamentable, en realidad.

—Sí, es una pena lo que pasa en el Perú. Por eso decidí venir a Estados Unidos. Con el paso de los años, me compré mi casa, puse mi negocio, mis hijas van a buen colegio... En fin, creo que me realicé en este país.

—Lo felicito, Tío.

—Gracias, César... ¡Ricky, abra esa punta! ¡No descuiden el medio campo! ¡Germán, cubre esa zona! ¡Esa delantera... avancen! ¡Buen pase! ¡Patea, Totó! ¡Goooooooool, carajo! ¡Esos son mis muchachos!

—Bueno, Tío, ya ganamos. ¿Y ahora qué? —preguntó un defensa.

—¡Vamos al club! ¡Comida y trago para todos!

—Pero, Tío, ¿no vamos a guardar el dinero ganado?

—¡La mitad nos la comemos y la otra nos la *chupamos*!—dijo el Tío, mandando a otro muchacho a comprar comida china para todos.

—¡Que viva el Tío! —gritaron todos al unísono, mientras se dirigían al club.

****

«Uhmmmm, ¡qué rico huele eso, mamá! Usted, como siempre, cocinando delicioso. ¿Cómo están, queridas hermanas? ¡Carambas, qué bien se les ve! ¡Sandy, hija mía, qué linda estás! ¡Déjame abrazarte y llenarte de besos, cómo te he extrañado! ¡Nandito, hijo mío! ¡Cómo has crecido! ¡A ver, mírame! ¡Ojitos! ¡Boquita!... ¡Ajá! Estás vestido de militar, ¿eh? ¡Descanso! ¡Firmes!

159

¡Atención! Ja, ja, ja, ja... Ana..., ¿pero qué haces? ¿Por qué estás desnuda? Y ese tipo... ¿quién es? Tú eres solo mía... ¡saca a ese tipo de aquí! Tengo que regresar. Perdóname mamá, por dejarte sola, pero tengo que regresar... ¡No, Ana, no te me acerques! ¿Qué haces? No, Ana... ¡Anaaaaaaa!».

Raúl lo movió para despertarlo.

—¿Qué te pasa, socio?

—¿Ehhhhh? ¡Oh, Dios mío! Nada... tuve un mal sueño.

—Debe de ser por los tragos de anoche. Yo también me siento mal.

—Sí, eso debe de ser.

Mientras se duchaba, pensaba en el sueño que tuvo. ¿Qué pasaba? ¿Por qué sintió temor de la presencia de Ana? Se preocupó.

Al día siguiente, Ricky lo llevó a la factoría donde trabajaba. Era un lugar que se dedicaba a la fabricación de muebles de dormitorios y de oficinas. Ahí se atareaban muchos de los amigos que él conocía. Lo aceptaron para trabajar.

—¿Qué onda, doc?

—¿Qué tal, *chato*? ¿Cómo estás?

—Aquí, empezando otra semana en esta «*chingadera*». Qué bueno que lo hayan aceptado, doc.

—Sí, compadre... ¿Y qué es lo que tengo que hacer?

—¡Quién sabe! Creo que colocar esas puertas en aquel lugar. Paciencia, doc, ya encontrará algo mejor. Lo bueno es que aquí trabajan todos los muchachos del club.

—¡Qué tal, doc! ¿Cómo estás, compadre? ¡Saludos, amigo!

—¿No ve usted, doc? Todos le saludan.

—¡Vaya consuelo! Cómo me gustaría hacer algo relativo a lo mío, ¡pero en fin! Creo que debo esperar. Y tú, ¿de qué parte de México eres?

—Del Distrito Federal. Mire, doc, ahí viene Ricky.

—César, ¿Qué pasó? ¿Por qué no fuiste a la casa de Pepe? Ayer se preparó mucha comida en el almuerzo y estuvieron todos los muchachos.

—No me sentía bien.

—Bueno, ya se acercan las Fiestas Patrias en nuestro país y aquí se realiza un desfile patriótico.

—¿Un desfile, aquí?

—Sí, empieza en Passaic y termina en Paterson. Ya hablaremos después y nos pondremos de acuerdo. Ahora tengo que ir a mi puesto. Nos vemos luego.

—Está bien, Ricky. Yo me tengo que ir a la sección del Chino. Creo que voy a trabajar con él.

Se acercó hacia donde se encontraba su amigo.

—Doctor, usted es una luz en el fondo de la oscuridad. Aquí muchos no somos nada.

—No digas eso, Chino, que todo trabajo dignifica. Yo tampoco soy nadie en este país.

—Pero tú tienes estudio, profesión. ¿Sabes, doc? Yo era camarógrafo en Lima y trabajaba en América Televisión. Recuerdo una filmación que hice cuando los terrucos tomaron la Ciudad Universitaria. Uno de ellos me vio y, cuando me di cuenta, me estaban apuntando con una pistola. ¡Tremendo susto que pasé! Ja, ja, ja, ja, ja... Luego se me acercó y me dijo: «Dame el vídeo o te matamos». Sin pensarlo dos veces se lo entregué. Había filmado, sin saberlo, a los líderes de esa organización que desde adentro de la Ciudad Universitaria hacían los disparos. Esa vez estaba con dos compañeros filmando el asunto. Uno de ellos no podía tener hijos y le decían «*Arbolito de Navidad*».

—¿Por qué?

—Porque tenía las bolas de adorno, ja, ja, ja, ja, ja, ja... Y al otro le decían «*arena fina*», porque no tenía *piedra*, ja, ja, ja, ja, ja, ja, ja.

—Oye, Chino, buenas bromas, pero ya, ¡cálmate!

—Disculpa, doc. Pero es que me da risa. Y así, filmé muchos casos, como accidentes, atentados, hice muchos reportajes... y era el camarógrafo del nuevo presidente.

—¿Por eso te dicen *Chino*?

—Ja, ja, ja, ja, ja, ja... Sí, por eso. A pesar de estar trabajando en el ambiente de la televisión, ganaba poco dinero. Tengo una hija, pero me separé de mi mujer por motivos personales. Me estaba perdiendo allá en Lima con la vaina de las drogas, ¿comprendes? En el ambiente artístico corre mucho esa porquería. Mi primo, que vive en New York, me ayudó a llegar hasta aquí. Sufrí mucho en el camino, como todos.

—Sí, Chino, como todos.

Por esos días, Saúl regresó otra vez del Perú.

—Aquí traigo las cosas que me dio tu familia. No te traigo nada de parte de Ana porque ni siquiera la vi.

—¿Por qué?

—No lo sé. Fui varias veces a tu casa, pero no la vi.

—Está bien, Saúl, después lo averiguaré. ¿Cómo están los muchachos del barrio?

—Esos están mejor que nosotros, se divierten de lo más bien. Te envían muchos saludos. Antes de regresar me despidieron con una borrachera del carajo. Yo no sé cómo pueden decir que están mal si todo es parranda para ellos.

—Al país y a su gente no los cambia nadie. En fin, después hablaremos de eso. Saldré a comprar algo. Ya regreso.

César se sintió mal. Se preguntaba por qué Ana tenía esa actitud. El sueño de aquel día volvió a su mente. Se dirigió a las casas de llamadas telefónicas y se comunicó con ella. La compañía telefónica AT&T, dueña de las telecomunicaciones, tenía este monopolio y cobraba sumas elevadas por las llamadas al exterior.

—Saúl acaba de llegar y no me has enviado nada con él. ¿Por qué?

—Es que no tuve tiempo de hacerlo —le respondió ella.

—Es eso o es que tienes a alguien que te quita el tiempo.

—No sé... quizá...

—¿Qué quieres decir? Será mejor que seas sincera conmigo.

—César, yo te voy a escribir y aclarar el asunto. No te lo puedo decir por teléfono.

—Está bien. Solo quiero que tengas presente el sacrificio que hago estando en este país. Esperaré tu carta.

Nuevamente, se sintió mal. No podía creer que estuviera en una situación de *cuernos*, aunque, después de reflexionar bien, concluyó que si Ana hacía cosa semejante, tendría más de una razón para disculparse.

Y así era. César recordó el dolor que le causó a su esposa aquella vez que la engañó.

Siendo un estudiante del quinto año de Medicina,

captó la atención de una compañera de estudios. Eran pareja en las prácticas hospitalarias. Al principio, él lo tomó como una aventura y advirtió a la chica sobre su estado civil. Pero no tuvo en cuenta que la mujer se enamoraría perdidamente de él, tomando el caso perfiles trágicos.

Fue tarde para salir del lío en que se había metido. Muchas veces lo intentó, pero solo lograba enfurecer a la mujer, que en arranques de celos amenazaba atentar en contra de sus hijos y su esposa. Tuvo que dejar un semestre para alejarse de esa nefasta mujer, quien finalmente decidió dejarlo.

Demasiado tarde. Ana estaba enterada de todo. ¡Cuánto lloró! ¡Qué lastimeros llantos! Trataba en vano de consolarla. Le había matado el gran amor que por él sentía.

Ahora ella se encontraba sola, rodeada de mucha gente y quizá cediendo ante alguien. Ojo por ojo... No hagas a otros... «Toda causa tiene su efecto, todo efecto tiene su causa; todo sucede de acuerdo con la Ley. La suerte no es más que el nombre que se le da a una ley no conocida. Hay muchos planos de casualidad, pero nada escapa a la Ley. Absolutamente todo lo que estamos viviendo en el presente ha sido generado en algún momento. Lo hemos creado, ya sea, consciente o inconscientemente en esta o en otra vida. Cuando decimos que algo «nos sucede por casualidad» solo estamos refiriéndonos a una ley que desconocemos, pero en realidad era un evento que nos tocaba vivir porque lo habíamos generado de alguna manera.» Ley de causa y efecto... El Karma.

—¡Ahhhhhhhh, esto es vida, el resto es mentira! —decía Ricky mientras consumía una lata de cerveza bien fría—. Qué bueno es venir a este parque y relajarnos un poco después de una ardua semana de trabajo. Más tarde van a venir los demás muchachos para beber unos tragos. No te imaginas cuánto deseo regresar a casa, pero tengo que ir con dinero para tener un negócio y quedarme por allá. Este país es muy bonito, pero el ritmo de vida es muy agotador. Somos esclavos del tiempo. Por eso, cuando reúna lo que me he propuesto, ¡me voy de aquí!

—¡Yo también tengo unos deseos de regresarme!

—Pero tú todavía no puedes. Estás recién llegado y debes cumplir con lo que te propusiste. Tienes que seguir para adelante... Te contaba el otro día que aquí se realiza el desfile por Fiestas Patrias. De nuestro país vienen muchos artistas y escogen una figura representativa del deporte, negocios, política o del espectáculo y lo nombran Mariscal del Desfile. Te dije también que este desfile termina en Paterson, que es el pueblo donde vive la mayoría de los peruanos residentes en New Jersey. También vienen muchos de otros estados, como New York, Chicago y Connecticut.

—¿Cuándo va a ser?

—El próximo domingo. ¡Mira! Ahí viene Saúl.

Saúl se acercó con un señor que denotaba una edad muy superior a los cincuenta años, muy subido de peso, y con una calvicie avanzada. Se le notaba cansado y nostálgico.

—¿Cómo están, muchachos? Aquí les presento a mi

amigo, el señor Julio.

—¿Qué tal? ¿Cómo están, sobrinos? —dijo el hombre, que tenía una voz muy gruesa.

—César, ¿tú no vas a jugar? —preguntó Ricky.

—No, hoy no.

—Entonces te dejamos con el señor Julio —le dijo Saúl.

Se quedó sentado en los límites del parque. A su espalda se encontraba una escuela pública; al frente, una avenida principal llamada *Paulison,* y al fondo se divisaban las estructuras del Passaic General Hospital; a su costado, estaba flanqueado por unos conjuntos habitacionales. Hacía mucho calor y uno de los muchachos de nacionalidad hondureña le había dejado unas latas de cerveza. Le gustaba ir a ese sitio porque se relajaba con la compañía de sus amigos. Un grupo de niños jugaba por ahí. Pensó en los suyos y la nostalgia invadió su ser. ¡Qué deseos de tenerlos a su lado! ¿Pero, cómo? Utopía.

Le pareció irónico que, siete meses después, estuviera sentado en un parque de tierras lejanas, un país con diferentes costumbres y lenguaje. Se preguntaba qué habría sido de él si hubiese estado en esos momentos en su tierra natal. ¿Lo habrían contratado en algún hospital? ¿Estaría trabajando dignamente y bien remunerado, después de tanto sacrificio? ¿O estaría *pateando latas,* como tantos profesionales en su país? Por otro lado, aquí tampoco había logrado hacer mucho en tan poco tiempo. Había escuchado de alguien decir, que debía *«pagar derecho de piso».* Tiempo después, entendería el porqué de esas palabras. Alzó su mirada hacia el límpido cielo azul, solamente para recordar a sus hijos.

—¿Te pasa algo, sobrino?

— No, señor. Solo pensaba.

—¿Cuánto tiempo llevas en este país?

—Siete meses.

—Estás nuevo. Yo tengo aquí trece años.

—¡Trece años! ¿Y vive solo?

—Sí, sobrino, estoy solo en este país. Toda mi familia está en Lima, tantos años. ¡Mis hijos están grandes, carajo! Pero tengo que mandarles su *platita* semanalmente.

—¿Qué edad tienen sus hijos?

—El mayor ya tiene veinticinco años; el segundo, veintidós; y mi hija, veinte.

—¿No le parece que están muy crecidos como para seguir manteniéndolos?

—Sí, pero, ¿qué puedo hacer?

—¿Por qué no se regresa a Lima?

—¿Qué voy a hacer allá, sobrino? Durante veinticinco años trabajé en la Metalúrgica de Lima y con el dinero que me dieron de mi liquidación pude venir hasta aquí. Tengo la esperanza de que algún día me voy a ganar la *lotto* (lotería), y cuando eso suceda, podré regresarme a casa y poner algunos negocios. Mientras tanto, quiero traer a mi hijo mayor para que me ayude. Las cosas que tiene la vida: los que están allá lloran por venir y los que estamos aquí lloramos por regresar. Parece que fue ayer cuando llegué a este país, aquella noche de verano en que tuve que cruzar la frontera nadando por ese caudaloso Río Grande. El guía nos advirtió de los peligros, pero a nadie nos importó eso. La meta era pasar a los Estados Unidos. ¿Sabes? Yo tuve que esconderme detrás de unos troncos que flotaban por allí, porque en esos momentos llegó una patrulla, vio a otro grupo de gente y empezaron a bordear toda la rivera del lado donde estábamos nosotros. Cuando veía que se acercaban, me sumergía dentro del agua y me quedaba debajo del tronco, soportando todo lo que podía. A Dios gracias, no me pasó nada malo. Al llegar a San Diego, otro guía nos esperaba para conectarnos en el vuelo a New Jersey, pues yo había pagado para llegar hasta aquí. En New Jersey estaban unas amistades de mi barrio. Ellos me dieron hospedaje hasta que pude conseguir un trabajo y poder pagar mi renta. ¡Trece años! ¡Cómo extraño al Perú! Sus comidas, las calles de mi barrio, el *lonchecito* de las cuatro de la tarde con su pancito caliente. Los paseos con mis hijos... Hoy ellos están grandes y el mayor me reclama por qué los dejé. Lo siento resentido, molesto conmigo, como si el haber venido a trabajar aquí por el bien de ellos hubiera sido algo malo. ¿O tal vez lo es?

—¡No se ponga nostálgico! La verdad, no sé qué decirle. Yo también he dejado a mis dos hijos y no sé cuándo los volveré a ver. Espero que sea pronto.

—Es verdad. Te deseo suerte, sobrino. Para lograr nuestras metas, hay que sacrificarse y trabajar duro en este país, ya que en el nuestro no se puede hacer nada. Yo salí del Perú cuando se iba a producir el cambio de gobierno entre Morales Bermúdez y Belaunde. La crisis económica era terrible por esos días, y hasta ahora no ha cambiado nada. Como recordarás por nuestra historia, viví la etapa de la dictadura en todo su apogeo y fracaso. Eran tiempos de expropiaciones, de abusos, de mordaza en la prensa y televisión... y tiempos de crueles crímenes. ¿Te acuerdas de eso?

—Yo estaba en la secundaria cuando pasaba todo aquello. Recuerdo que había muchos militares en mi colegio, en eso de la instrucción premilitar. También recuerdo que había racionamiento de los combustibles, la carne y otros alimentos.

—¡Exacto! Cuando trabajaba en la metalúrgica formé parte del sindicato. Allí aprendí muchas cosas de la vida. Aunque no pude seguir estudios superiores, era un autodidacta, leía mucho. En esos tiempos era joven y podía disponer de mi tiempo para esas actividades.

—¿Actividades?

—Sí. Nuestra lucha por los derechos laborales. Era necesario ponerle un freno a tanto abuso por parte de los grandes empresarios y el gobierno. En el periodo de los militares, que, como te dije, era de represión, vivíamos a salto de mata.

—Eso se parece mucho a los comportamientos de los comunistas.

—En ese tiempo, un partido político hablaba mucho de la unidad de los trabajadores manuales, con una sociedad sin diferencias de clases ni de razas, y creación de riquezas para los que no lo tienen.

—Ahora me está dando unos conceptos que son del marxismo.

—Los sindicalistas adaptaban lo sustancial del marxismo a la realidad espacio-tiempo de nuestro país, dándole un sentido filosófico a sus luchas políticas, con concepciones y planteamientos propios.

—Me parece haber escuchado esas palabras a un conocido político de nuestro país. Para mí, todas esas ideologías carecen de fundamento en estos tiempos, en que la tecnología va a la vanguardia de los adelantos de los pueblos. Yo comprendo que tanto a usted como a mí, en diferentes épocas, las crisis económicas y los malos gobiernos nos hicieron salir de nuestro país, pero no comulgo con esas ideas. Cuando era muchacho, también me dejaba llevar por esos pensamientos y parece ser que la mente de la juventud es buena carne de cañón para el reclutamiento a las hordas comunistas, toda vez que nos gusta el laberinto, fomentar desorden y todo lo demás. Ahora, pienso diferente. Creo que el bienestar de los pueblos va en proporción con la educación del ciudadano. En este caso, cada uno es dueño de su destino. Aunque, para el caso, así uno sea profesional, nunca triunfará en un país como el nuestro, actualmente gobernado por personas incompetentes.

—Como quiera, pasé bien esa etapa de mi vida, luchando por un ideal. Hoy ese ideal se ha concentrado en el futuro de mis hijos. No sé si fui comunista, marxista o aprista. Lo cierto es que luchaba por algo justo.

—En eso no le puedo refutar. Si, como usted dice, hizo un cambio de una lucha por un ideal político, a una lucha por la superación del futuro de sus hijos, eso tiene mucho sentido. Lo haría cualquiera.

—Tienes razón... ¡Mis hijos!

Centró su mirada en el grupo de niños que seguían jugando, ajenos al tiempo. Por un momento, sus ojos se pusieron vidriosos, conteniendo sus tristezas y sus lágrimas. Encendió un cigarro. La conversación prosiguió en medio del bullicio reinante en el parque.

—¿Te sirves uno?

—No, gracias. Yo no fumo.

—Me pareces un muchacho muy culto. Quiero hacerte una pregunta. ¿Has pensado alguna vez en la muerte en forma seria?

—¿Por qué me lo pregunta?

—No sé. Un estado de ánimo, tal vez.

—Sí, he pensado y deseado morirme. Pero, como usted dice, solo por un estado de ánimo. Cuando falleció mi padre, tuve esa sensación. ¿Por qué me lo pregunta?

—Un sueño que tuve anoche. Una nostalgia... un presentimiento... no sé.

—Será tal vez que la muerte no nos posee de golpe. Siempre está al acecho y cada día que pasa nos aproximamos más al destino final. Pero, por un regalo divino, no sabemos cuándo ni cómo moriremos. La muerte es el principio de todas las cosas. Es un estado de transición de la materia inerte a la libertad del espíritu eterno.

—Muy bonito ese concepto. Tienes razón, nunca morimos de golpe. La muerte se incuba cada día durante nuestro tiempo de vida, aunque el corazón se detenga bruscamente. Hace cinco años, un amigo mío murió de un paro cardíaco mientras dormía.

—Me parece que no hay motivo para hacer de la vida y de la muerte conceptos antagónicos. Ambos fenómenos se complementan, como todo, en un ciclo biológico: salud y enfermedad, bueno y malo, blanco y negro, amor y odio, etc. Lo que dignifica es la lucha que cada uno hace por su destino.

—¡Ya ni sé por qué te pregunté esas cosas!

—Nos estamos poniendo sentimentales.

—La muerte afina los sentimientos últimos, incluso los políticos.

—¿Es una premisa sindicalista?

—No, es un pensamiento propio. La muerte duele más allá de la carne.

—Y del tiempo… Dígame, señor: de no haber estado aquí, ¿qué estaría haciendo en el Perú?

—No sé... Tal vez habría regresado a mi querido Lurín. Vivir en mi pequeña hacienda. Disfrutar de una patriarcal vejez, rodeado de hijos y nietos, y de la naturaleza, que no engaña.

—Tampoco la fe. Y es esa fe la que nos impulsa a seguir en esta verdadera lucha, en un país lejano y sin la familia que nos acompañe.

— Tus palabras me alientan. Sin embargo... ¡no sé!

—¿Desea tomarse una cerveza?

—No, sobrino. Yo no bebo porque sufro de la presión alta —le respondió mientras tosía de una forma que llamó su atención.

—¿Cuántos cigarros fuma usted durante el día?

—Más de una cajetilla diario. ¿Por qué?

—El sonido que emite su tos no me ha gustado. ¿Sufre usted de alguna dolencia cardíaca?

—No me lo han dicho. Solamente lo de la presión alta.

—¿Está tomando sus medicinas? ¿Se está haciendo controlar?

—Sí, pero últimamente me estoy sintiendo un poco mal. Me dan dolores de pecho, de cabeza y, a veces, me siento fatigado y me falta la respiración. Las medicinas no las tomo con frecuencia, porque cuestan muy caro.

—Por lo que me refiere, parece que tiene algunas arterias coronarias obstruidas, por eso se siente fatigado y con dolor torácico. Tiene que hacer algo, ¡como ir a su doctor ya mismo! Hacerse algunos exámenes de sangre y un test cardiológico. Tengo entendido que hay un servicio médico de atención gratuita, llamado *charity care*. ¿Por qué no va y se hace chequear?

—Hablas como médico.

—Lo soy. En Perú…. aquí no soy nadie.

—¡Aja! Ahora lo entiendo. Qué bueno saberlo; sabía que había algo especial en ti.

—Por eso le pido, señor, que se haga evaluar con su médico.

—Pero aquí no es fácil ir al doctor; además, no tengo residencia para ir al *charity care*. Iré a ver un doctor particular la próxima semana, ya no tengo dinero por haber hecho el envío a Lima. Bueno, me voy. Me alegra haber conversado contigo. Espero verte en otra oportunidad. Me despides de Saúl.

—Hasta luego, señor. Cómprese Aspirina y tómela mientras espera ir a su médico. Ha sido un placer conversar con usted. Tiene mucha experiencia de la vida… cuídese.

Días después, víctima de un infarto cardiaco, encontraron muerto al señor Julio, en su cuarto, con un gesto de desesperación en el rostro. Cuando César se enteró, sintió profunda tristeza. Recordó la conversación con aquel señor. La nostalgia, sus recuerdos... ¡Claro! El síndrome *peri-mortem*. La lucidez mental y todo eso. El preámbulo a otros ámbitos. La lucha por un ideal.

Pobre hombre, venir a morir tan lejos, y, junto con él, todos sus sueños. Se hizo una recaudación de dinero para repatriar sus restos.

La vida continuaba. El mundo seguía girando.

CAPÍTULO 5
EL AMOR Y LA DUDA

Las Fiestas Patrias llegaron en días laborables para los residentes peruanos en este país. Nunca pasó por su mente que en esta parte del mundo existía una organización llamada *Peruvian Parade*, que es la responsable de difundir nuestros valores patrios a través de un gigantesco desfile de aproximadamente diez kilómetros de recorrido, seguido por numerosos carros alegóricos con artistas que difunden nuestra música y costumbres peruanas. Esta organización fue fundada en 1985 por un ciudadano peruano radicado en los Estados Unidos, llamado Guillermo Callegari.

Durante todo el mes de julio, se celebran las fiestas patrias de muchos países sudamericanos, los cuales son celebrados por sus ciudadanos con fiestas y desfiles propios de sus países. También, el 4 de julio se celebra la independencia de los Estados unidos, con impresionantes despliegues de fuegos artificiales al borde del río *Hudson*, entre los límites de *Manhattan* y el área de *Hoboken*.

Tiempo después, formaría parte de la junta directiva, haciendo buenas amistades con gente muy importante de la comunidad peruana.

Llegó el día domingo, en que se celebraban las fiestas patrias del Perú. Los muchachos, desde muy temprano, estuvieron por la *Main* de Passaic para esperar el paso de los carros alegóricos. Centenares de personas vestidas de blanco se encontraban apostadas por la avenida principal. César escuchó el comentario de un compatriota que había asistido a una fiesta de gala la noche anterior.

—¡Hermano, qué tal fiestón! El local quedó chico... Esos *Shapis* hicieron un *show* espectacular. Lo máximo fue cuando iba a terminar la fiesta. El conjunto interpretó un corrido de música folclórica que hizo bailar a la gente como no tienes idea. Yo empecé a gritar: «¡Viva el Perú, carajo!», ¡y me emocioné hasta las lágrimas! Ahora he venido para seguir gritando el nombre de la patria —decía, buscando una mejor posición.

—¡Hey, César, mira! ¡Ahí vienen la madrina y el mariscal! —dijo Saúl.

—¿Quiénes son?

—Héctor Chumpitaz y Lucha Fuentes.

Los muchachos se pusieron en primera fila para ver el paso de estos dos campeones del deporte peruano.

Los invitados lucían una banda blanca y roja en el pecho y se veían felices ante los vítores del público. Les seguían a su paso los directivos de la *Peruvian Parade*, líderes comunales, políticos y autoridades policiales de la ciudad, decenas de carros alegóricos con diferentes representaciones del Perú, conocidos artistas nacionales y cientos de compatriotas, que, desafiando al excesivo y sofocante calor del verano, acompañaban a la caravana con banderas en las manos.

El recorrido era largo, pero el ánimo era superior. A la entrada de Clifton, se unió otro contingente de representantes. El número de personas crecía conforme avanzaba el desfile. Al llegar a Paterson, el público, que había aumentado en gran proporción, aglomeraba las calles de esa ciudad.

El espectáculo era impresionante. Ni siquiera en Lima había visto tal manifestación de patriotismo. Era, en realidad, algo grandioso, fantástico, increíble, pletórico de nostalgia... Sintió el corazón contrito.

Lluvia de papel picado, grandes voces dando vivas al Perú y flamear de banderas fue el saludo del público para los campeones y su comitiva a la entrada del centro de la ciudad.

Chumpitaz fue invitado a subir al estrado. Cuando se entonaron las notas de nuestro himno nacional, la emoción se hizo notar en todos los presentes y luego el grito que salía del alma: ¡Viva el Perú, carajo! César pudo ver a mucha gente llorar de la emoción (incluido él), recordando a la patria lejana.

Cuando inició su discurso... No lo pudo terminar. El llanto por tantas emociones vividas venció a este granítico hombre del fútbol peruano, un gran ejemplo para el deporte nacional.

Terminado todo el espectáculo, los muchachos se dispusieron a regresar a Passaic. En el camino se encontraron con el Chino, que estaba acompañado de Canseco.

—¿Qué tal, muchachos? —saludó el Chino.

—¿Cómo estás, *causa*? —le respondieron ellos.

—Doctor, mire, me he comprado mi filmadora.

—Qué bien, Chino, te felicito. ¿Qué harás con ella?

—Hoy he filmado el desfile y esta grabación la enviaré a la televisión de Lima para el noticiero de la próxima semana. Con mi cámara haré reportajes y los enviaré al Perú. No hay duda de que llevo esto en la sangre.

—Espero que sea solo eso.

—Ja, ja, ja, ja, ja, ja... No sea malo, doc.

—Oye, Chino, ¿puedes filmarme haciendo una porno?

—Ja, ja, ja, ja, ja, ja... Este conch... Ja, ja, ja, ja, ja, ja... Cuando quieras, causa.

Todos los muchachos rieron con la ocurrencia de Ricky. Abordaron el auto de Saúl y se dirigieron a casa.

Al día siguiente, después de su trabajo, fue a la agencia a recoger una carta que Ana le había enviado, donde le decía que no debía desconfiar de ella, pues lo único que deseaba era que continuara adelante por el bien de sus hijos. Ese mensaje lo llenó de calma. Se encontraba ahora más animoso para todo, incluso en el trabajo que realizaba, pero...

—Este trabajo no me gusta —le decía a Canseco.

—Y a quién le va a gustar esta porquería.

—Nunca pensé al llegar a este país, que sería para sacarle el polvo a estos muebles.

—Tranquilo, doc. ¡Ah, me olvidaba decirte! En esta dirección vive un amigo mío que es ecuatoriano, y me dijo que en su trabajo están necesitando a una persona. Inténtalo, quizá tengas suerte. Yo no voy porque en dos meses me voy a ir a vivir a Virginia con mi esposa. Ella tiene a toda su familia por allá y tendremos más facilidad para conseguir trabajo y no pasar dificultades, como a veces pasa en estos casos.

—Caray, que lástima que te vas a ir. Te vamos a extrañar por acá. De todas maneras, gracias, Canseco.

Iré esta misma tarde.

Terminando sus horas de trabajo, se dirigió a buscar al amigo de Canseco. Tocó la puerta.

—Qué tal. Soy amigo de Canseco y me dijo que...

—Adelante, pase. Así es, están necesitando a una persona para ocupar un puesto en el sitio donde trabajo. Pagan seis dólares la hora y hay mucho *overtime*. Si usted trabaja bien, se queda, pero tiene que ir mañana. El trabajo es fácil y no molestan mucho como en otros sitios.

—Sucede que estoy trabajando en una factoría y me gustaría terminar la semana ahí, ¿comprende?

—Bueno, eso depende de usted. Si no va mañana, pierde el chance. ¿Tiene papeles?

—Falsos.

—Eso no importa, no se preocupe... ¿Qué dice?

—Está bien, acepto. Mañana iré con usted.

—Ok. Mi nombre es Eduardo.

—Yo soy César.

Fue así que empezó en un nuevo trabajo, un almacén de artículos de computadoras e impresoras. Trabajaban solo seis personas, cuatro americanos y dos hispanos (contado él). Logró pasar la prueba de las tres semanas de entrenamiento y el gerente lo contrató como trabajador permanente.

Sin embargo, como había estado sin trabajo por un buen tiempo, y el pago que recibía en esa factoría era insuficiente, sus ahorros se habían acabado. Pasó mucha hambre aquella primera semana. Por un estúpido orgullo, no se atrevía a pedir ayuda a sus amigos. A la hora del almuerzo, se iba a la parte posterior del almacén y se sentaba en los bordes de un pequeño bosque. Sus amigos lo llamaban, pero él se excusaba diciendo que prefería estar afuera. Un día, estaba envuelto en sus recuerdos e invocando una oración mística que aprendió de un maestro esotérico (esta oración nos ayuda a ponernos en contacto con la Divina presencia espiritual que todos llevamos dentro. Invoca a las fuerzas espirituales superiores para que nos ayuden a sobrellevar las cargas físicas y aliviar las calamidades síquicas que afectan al ser humano. La oración pertenece a una orden hermética. Es muy efectiva si la hacen con fe y devoción), cuando unos golpes secos detrás de él llamaron su atención. Al voltear, no vio a nadie. Unos segundos después, el mismo ruido volvió a repetirse. Volteaba y nada. Luego los ruidos se hicieron más seguidos, y esta vez sí pudo ver que se trataba de unas manzanas que caían por inercia (por asociación de ideas, evocó la primera ley de Newton). Sin darse cuenta, se había sentado a la sombra de un manzano. El resto de esa semana la manzana fue su salvación, una salvación que vino del cielo.

La estabilidad en el trabajo le dio la oportunidad de practicar más el inglés y rápidamente logró acomodarse en el aspecto económico. Fue entonces que habló con Ana.

—Como te decía, me va bien en este nuevo empleo.

—Qué bien, César, me alegro. Así podré superar muchas cosas pendientes.

—Ana, ¿qué pasa que no me escribes con más frecuencia?

—Nada, es que no tengo tiempo. Tú sabes, la casa, los chicos...

—Está bien, Ana, entiendo.

—¿Qué me vas a enviar por mi cumpleaños?

—Será una sorpresa. Ve ahorrando todo lo que puedas. Te estoy haciendo envíos de dinero semanalmente. Quiero regresar a casa.

—Pero, César... No has hecho nada en el poco tiempo que estás ahí. Tienes que quedarte un poco más. ¡Tú mismo lo dijiste!

—Es que tengo una terrible indecisión. Luego veremos eso, Ana.

Un domingo se levantó temprano debido al fuerte calor. Fue al parque para dar algunos trotes, cuando vio la bodega del *Tío* abierta y decidió visitarlo.

—¿Cómo estás, muchachón?

—Qué tal, Tío. Pasaba por aquí y quise saludarlo. Está haciendo mucho calor, como para quedarme dentro de mi cuarto. Veo que usted se está refrescando.

—¡Siempre! Unos traguitos para el calor no son malos... ¿Te sirves uno?

—No, gracias. Es muy temprano para mí.

—Dime, César... ¡Ahhhhhhh, qué rica está la cerveza helada!... ¿Fuiste al desfile?

—Sí, fui con todos los muchachos.

—¿Qué te pareció?

—Allá, en Lima, las Fiestas Patrias eran para mí unos días para el relajo, o sea, la cena familiar, los amigos, los paseos por la ciudad. Pero aquí, en medio de una multitud de efervescencia patriótica, ¡sentí una nostalgia!

El recuerdo de mi familia se hizo presente y no fui inmune a las lágrimas de emoción que todos derramamos ahí. Muy emocionante, en realidad. Nunca lo olvidaré.

—¿Tú eres médico o es un apodo?

—Me gradué... ehhhhh... hace un año.

—Háblame de lo que tengo en mis manos, el trago o el alcohol —le dijo el Tío en forma retadora.

—¿Está seguro? Después no vaya a decir que por mi culpa dejó de beber.

—No, no, explícame.

—Está bien, pero antes déjeme decirle que se lo diré con palabras comunes, para que pueda entenderme. El alcohol es considerado como un depresor del sistema nervioso central y sus efectos ejercen una influencia inhibidora sobre la corteza cerebral. Cuando un individuo ingiere bebidas alcohólicas, ve bloqueado estos centros nerviosos y se comporta de una forma más espontánea, pero también más infantil. Esta falta de autocrítica le da al sujeto una sensación de euforia. Lo impulsa a hablar y a actuar.

—Un momentito, doctor. Déjeme tomar asiento... OK... Puedes continuar.

—Gracias. Hay cuatro periodos que diferencian el grado de concentración de alcohol en la sangre. En el periodo uno, la atención, la asociación de ideas y el juicio están perturbados. Hay liberación del tono emocional y la falta de autocrítica lleva a un exceso de confianza. En el periodo dos, las alteraciones funcionales son evidentes para el observador y aparecen los síntomas objetivos: ebriedad manifiesta, palabra exagerada, confusa e incoherente, y postura y marcha sin coordinación. En el periodo tres, hay sueño profundo, inconciencia, estupor y se puede llegar al coma semejante a la anestesia general. En el periodo cuatro, el coma es profundo, la piel está húmeda y fría, el pulso acelerado y las pupilas dilatadas. La muerte se produce por parálisis respiratoria. Como ve, todos llegan al periodo dos, salvo algunas excepciones. En mis prácticas hospitalarias, en el servicio de emergencia, vi llegar a personas en el grado tres y cuatro de intoxicación alcohólica debido al consumo de licor adulterado con metanol, el conocido alcohol metílico.

—Tengo entendido que el alcohol también afecta a otros órganos.

—En efecto, le sigo explicando.

—¡Espera! Voy a atender a esta gente y mejor cierro la puerta... OK, continúa. *Wait! Wait!* Déjame tomarme otro trago... ¡Ahhhhh, qué rico, carajo! Ahora sí, continúa.

—Gracias, Tío... En el sistema digestivo, la acción del alcohol sobre el estómago depende de su concentración y de la presencia o ausencia de alimentos en el mismo, ya que estos protegen la mucosa gástrica, disminuyendo la concentración de alcohol. En el hígado, la ingestión continua de alcohol es capaz de llevar a la cirrosis hepática. En el riñón, produce un evidente aumento de la secreción urinaria. Esta diuresis se debe a la inhibición de la hormona antidiurética. En el sistema cardiovascular, produce un ligero aumento de la frecuencia cardiaca y de la presión arterial. A dosis moderadas, el alcohol produce vasodilatación cutánea, dando lugar a una piel roja y caliente, tal como se ve en las mujeres: se ponen *chapositas*.

—Ja, ja, ja, ja, ja, ja... ¡Tienes razón! ¡Hombre, qué interesante lo que me has explicado!... Ejemmmm, uhhhh... ¡Salud, doctor!

—Sírvase, Tío.

El tiempo seguía su curso imparable. Ocho meses después, César tomó la decisión de rentar su propio cuarto. Quería su privacidad y comprarse algunas cosas que necesitaba. Saúl aprobó su decisión. Después de todo, se iba a vivir cerca de allí y se verían con frecuencia.

Fue así que rentó un pequeño cuarto en el tercer piso de una casa, un lugar conocido con el nombre de *attic* (ático). Carecía de cocina, pero había una nevera toda destartalada. Vio una inscripción en la pared: «*Asta aquí te recuerdo Patrisia inolbidable*». El que la escribió tenía mala ortografía. Llevó sus pertenencias y se instaló allí. Arregló su cuarto convenientemente a su gusto, poniendo las fotos de su familia al lado de la cama. Un espejo y un viejo armario de procedencia desconocida, una pequeña mesa de centro y una silla conformaban todo el mobiliario. Semanas antes, se había encontrado un pequeño televisor de 12 pulgadas y un radio estereofónico de tamaño mediano con casetera incorporada que alguien había tirado a la calle para el reciclaje. Ahora, había pasado a ser de su propiedad para entretener sus días. «*Me mata la soledad en este cuarto: las paredes, una radio, el abanico y el sofá….*» (*Tito Rojas*)

Vivían otras personas más en ese piso: un muchacho hondureño y una pareja de boricuas. La mujer parecía muy voluptuosa. Por las noches emitía fuertes gemidos de placer, despertando sus naturales instintos masculinos. Se cubría con las almohadas para amortiguar la intensidad de los gritos, pero era inútil. «Cuándo podré»... Circuito del deseo. La sangre se agolpaba en la zona más erógena. Un día, el hondureño no tuvo reparos en decirle al boricua que debían hacer sus cosas con más prudencia, porque «no lo dejaban dormir».

Ahora se alimentaba comprando comida enlatada o de los *chinitos*, un tipo de comida cantonesa muy común en Estados Unidos, pero diferente a la deliciosa comida china-peruana.

Solo los fines de semana, en casa de Saúl, cuando se reunían los muchachos, se preparaban algo suculento para comer.

—Bueno, muchachos, ¿qué quieren comer hoy? —preguntó Pepe.

—Prepara una parihuela (sopa de pescado y mariscos) —le contestó Ricky.

—Claro, socio, a ti te sale bien esa comida —insistió Raúl.

—Entre los cinco ponemos el dinero y tú cocinas —dijo ahora Saúl.

—Está bien. Vamos a comprar las cosas —contestó Pepe.

Fueron al *supermarket* haciendo dos grupos, uno en el carro de Germán y otro en el de Saúl, y compraron todo lo que necesitaban. Cuando regresaron...

—Ya pues, gordito... ¡Empieza! —le dijo Ricky.

—¡Estás huevón! ¿Ustedes no van a hacer nada? ¿Creen que soy su mujer? ¡Qué tal concha! ¡Ayúdenme, carajo! —refunfuñó Pepe, en medio de la risa de todos los muchachos.

—¿De qué parte de Ecuador eres? —le preguntaba a su amigo Eduardo.

—De Guayaquil, mi querida tierra.

—¿Tienes mucho tiempo en este país?

—Llegué hace ocho años. Mi padre fue el que pidió a toda la familia. Él vive aquí desde hace quince años. Yo fui el primero que vino y tuve que trabajar mucho para traer al resto de mis hermanos. Sin mentirle, profesor, durante un año trabajé dos turnos para comprar los pasajes de mis hermanos. Pero me valió el sacrificio. Hoy tengo a toda mi familia aquí. ¿Tú qué hacías en tu país?

—Soy médico.

—¿Cómo? ¿Y qué haces en este lugar?

—Un deseo de superación económica me trajo hasta aquí. Por otro lado, no puedo hacer nada relativo a mi profesión, porque me falta hacer muchos trámites, incluido una residencia, y me dicen que todo esto es muy costoso.

—¿Sabes cómo puedes solucionar ese problema? Te casas con una ciudadana americana y tienes tus papeles más rápido que el carajo. Te cobrarán arriba de los cinco mil dólares.

—¿Matrimonio? Sí, ya me habían hablado de eso. Pero con esa cantidad, volvería a mi país inmediatamente.

—No es la solución, César. Nuestros países son de economía pobre. Nada podrás hacer con cinco mil dólares.

—Tienes razón, pero la verdad que eso de casarse, sin haber ningún sentimiento de por medio, no va conmigo, ¡así sea por esa residencia! Ya veré qué hago para salir adelante.

Ese fin de semana se comunicó con su familia.

—Aló, mamá... ¿Cómo estás, viejita?

—¡Hola, hijo, qué tal! ¡Qué gusto escucharte otra vez! ¿Cómo estás de salud, hijo?

—Bien, mamá. ¿Y ustedes?

—Aquí todos estamos bien, gracias a tu ayuda económica, hijo. Los vecinos preguntan por ti y te mandan saludos. Hoy tus hijos están en casa. Te pasaré con

Nandito.

—Alo, papi, ¿cuándo vas a regresar? —se escuchó la voz infantil de su hijo.

—Muy pronto, hijito. ¿Cómo estás tú?

—Bien, papito. ¡Ya voy al colegio!

—¡Qué bien, hijito!

—Papi, mándame más juguetes!

—Está bien, hijo, todos los que quieras. Pero estudia mucho, ¿Ok? Pásame con Sandy... ¿Alo, hija? ¿Cómo estás?

—Bien, papá, gracias por el regalo de mi cumpleaños. Papi, ¿cuándo vas a regresar? ¿Para la Navidad?

—No lo sé, hija. Tengo que reunir más dinero para poder regresar.

—No, papá. Yo quiero que vuelvas ya... ¡Te extraño mucho!

—No llores, hijita. Lo intentaré, te lo prometo. Yo también los extraño mucho, con todo mi corazón, ¡pero tienes que esperarme! Pásame con tu mamá.

—Sí, papito. Cuídate mucho.

—Aló, Ana, ¿cómo estás?

—Hola, César. Estoy bien, ¿y tú?

—Más o menos. ¿Qué novedades hay?

—Todo tranquilo.

—¿Qué te pasa, Ana?

—Nada... nada.

—Te siento extraña. ¿Por qué te has alejado de mi familia?

—Tengo muchas cosas que hacer en el trabajo y en la casa.

—Entiendo. Espero que sea eso. Tampoco me escribes con la frecuencia de antes. ¿Ya no tienes interés por sacar la visa?

—César, después te escribiré.

—Está bien, Ana, esperaré tu carta.

El verano llegaba a su fin. El último domingo de la estación, los muchachos se fueron al Orchard Beach, en el Bronx.

Hermosas mujeres en diminutos bikinis eran la atracción de los ojos de los muchachos. Se divirtieron aquel día como adolescentes en vacaciones. Pepe era el más galán con las mujeres.

—¡Compadre, tenemos que hacer algo! ¡Estas mujeres me vuelven loco! ¡Mira a esa desgraciada! —decía frotándose las manos—

—Ya, gordo, déjate de tonterías. Uno de estos domingos nos vamos a la 42th, tú sabes para qué —dijo Germán ante la risa de los demás muchachos.

—Sí, *cuñao*, sí, *cuñao*... ¡Vamos!

Al día siguiente, conversó con su mamá por teléfono. Su madre le recordaba que se cuidara mucho, pues aún tenían muchas cosas por hacer. Una semana antes de partir del Perú, su madre le pidió que la llevara a su querida tierra en Ancash en cuanto tuviera la primera oportunidad de retornar. César nunca había viajado al pueblo de *Pomabamba*, de donde era oriunda su mamá. Ella les relataba acerca de los verdes y fértiles campos de su tierra, que al fusionarse con el azul del cielo producía un paisaje de pintura. Las deliciosas y naturales comidas que preparaban en su tierra no tenían comparación. Con razón ella guisaba dulzuras cuando la mesa era pletórica con la presencia del papá. Les contó que cabalgaba a caballo, y esa era una de las cosas que más emocionaban a César. Nunca había montado a caballo y esperaba, sí, hacerlo algún día.

Ahora empezaba el otoño, con su suave y refrescante brisa. Era la estación preferida de César. En ocasiones, el viento soplaba más frío de lo normal.

Una tarde regresaba de su trabajo, cuando, justo en esos momentos, empezó una ligera lluvia que luego se tornó torrencial. Llegó a su cuarto, se sacó el *jacket*, prendió la radio y sintonizó una emisora hispana, muy popular en New York, llamada *La Mega*. Desde la ventana de su cuarto, veía a la gente pasar protegidas con sus paraguas y la nostalgia volvió a él. Una canción que le gustaba mucho («Canción de otoño», de José Luis Perales) se empezó a escuchar:

Cómo sopla el viento en la ventana
cómo llueve hoy, cómo arrastra el viento
aquellas hojas, cómo muere el sol.
Estos días grises del otoño me ponen triste
sentado al borde de la noche…..te recuerdo hoy.

Cogió la foto de sus hijos y la estrechó fuertemente en su pecho, mientras unas lágrimas rodaban por sus mejillas y una serie de recuerdos pasaban por su mente. Los alumbrados públicos emitían una tenue luz que ingresaba hacia su cuarto, haciendo que sus lágrimas se tornaran de un color plateado.

Recordaba a sus hijos y a Ana; sentía la ausencia de ellos como una espada que laceraba su corazón. Se desesperaba al saber que no podía compartir el desarrollo de sus hijos, pero no había nada que hacer. Ya estaba en Estados Unidos y debía seguir adelante, con dolor, con llanto. Tenía que seguir.

✳✳✳✳

—Como te decía, César, la vida en este país no es fácil —le comentaba José—. Cuando yo llegué aquí, tenía mi título de contador y estaba recién egresado de la Universidad en Lima. Los primeros años son duros. Primero, por la pena de abandonar la patria y a los familiares que dejamos en casa; después, por la frustración que experimentan los profesionales al no poder ejercer sus carreras. Por un buen tiempo, yo trabajé de *dishwasher* (lavador de platos) en un restaurante para subsistir, y por las noches iba a la escuela para mis clases de inglés. Después conocí a la que ahora es mi esposa, y fue una gran ayuda para mí. Su hermano tenía una agencia de envíos de dinero. Fue uno de los pioneros en este tipo de negocios y me ofreció trabajar con él. Ahí empezó mi despegue. Años después, en unión con mi esposa, abrimos esta agencia. Hay muchas en esta parte del condado, pero el público tiene su preferencia. Ahora me va muy bien, soy ciudadano americano, me compré mi casa en una zona residencial, mis padres vienen periódicamente... En fin, me siento un triunfador.

—Admiro esa labor que haces, José, pues a través de tu agencia cumples una labor social. Te explico por qué. La comunicación es un medio muy importante entre los que vivimos aquí y nuestra familia que se encuentra en nuestro país. Y eso es lo que tú haces: mantenernos comunicados. Cuando enviamos el dinero o alguna encomienda, ¿te imaginas la felicidad que deben sentir nuestros familiares al recibir esas cosas que con tanto sacrificio les enviamos? Luego, cumples una labor social.

—Tienes razón. Pondré más empeño en ese asunto.

Llegó el día domingo tan esperado por Pepe. Al mediodía los muchachos enrumbaron a Manhattan. César los miraba y pensaba en las necesidades que tienen las personas que viven solas, y la que ellos iban a satisfacer ahora era una de esas.

Confundidos entre miles de personas que transitaban por la gran urbe, llegaron a la 42th Street e ingresaron a un local ubicado en un segundo piso.

La luz roja y violeta característica de esos lugares enmarcaba a varias mujeres que, vestidas con diminutos bikinis, se exhibían en las puertas de sus cuartos. Rápidamente, los muchachos eligieron sus parejas. César, más tranquilo, vio a una chica que le llamó la atención.

—Hola.

—Hola, papi —le respondió ella muy coqueta.

—¿Cuánto cobras?

—Veinte dólares, mi amor.

—Con protección, ¿verdad?

—Claro que sí, papito. Sin eso, ¡nada!

—Me alegro.

La chica lo llevó a su habitación.

—¿De dónde eres? —le preguntó él.

—De algún lugar del mundo, mi amor.

—¡Caray! Eres realmente muy bonita. ¿Por qué estás metida en esto?

—Es la manera más fácil de hacer dinero.

—¿Tú crees?

—Sí, ya probé muchos empleos y me moría de hambre. Aquí gano más.

—¿Pero no temes contagiarte de alguna mala enfermedad? ¿El sida, por ejemplo?

—Yo hago el sexo con protección y cada seis meses me hago chequeos médicos. Hasta ahora estoy bien, gracias a Dios.

—¿Tienes familia en este país?

—No, yo vivo sola... Bueno, mi amor, ¿empezamos?

Luego de un determinado tiempo, que ellos previamente habían acordado, se volvieron a encontrar. Después fueron a dar una vuelta por la ciudad y degustar de los famosos *hot dogs* que venden en las calles de Manhattan.

—¿Qué tal te fue, doc? —le preguntó Germán.

—Me fue bien. Escogí a una chica muy bonita que estaba por ahí. La verdad que me hacía falta. Pero tú sabes que es algo mecánico y carece del amor que se le puede tener a una pareja. Supongo que debes de saber que la esencia del sexo radica en el amor entre una pareja, y es ese sentimiento que hace que los sentidos literalmente exploten durante el acto sexual, causando incluso la liberación de algunas hormonas como las endorfinas, que producen ese placentero relajo después del acto sexual. También, creo yo, el amor es el mejor afrodisíaco. Lo que hemos hecho ahora es como una necesidad fisiológica, como si quisieras saciar tu hambre o tu sed, o...

—O como cagar, que también es un placer —dijo Ricky, haciéndolos reír.

—Tienes razón, doc, pero qué vamos a hacer, es justo y necesario. Yo conocí a un tipo que era bien «*amarrete*» y para desfogarse no quería venir aquí, sino que iba a su cuarto y se masturbaba. ¿Sabes cómo hacía? Ponía en el piso veinte dólares y empezaba a mover la mano. Cuando terminaba, los recogía y decía que había hecho el amor... Ja, ja, ja, ja, ja...

—Es una broma, ¿verdad, Germán?

—No, doc. Yo conocí a ese tipo, le decían *«paja brava»* o también *«cinco dedos de furia»*—le dijo ahora Pepe— y es verdad. En este país suceden cosas increíbles. Yo no sé por qué la gente que viaja a nuestro país no cuenta la verdad de las cosas; les pintan pajaritos y, cuando llegan aquí, ¡se entierran, carajo!... Cuando algún día regrese a Perú, les contaré cómo se sufre en este país, las necesidades que pasamos, el mal trato que recibimos por ser inmigrantes. Y si después de lo que cuente alguien quiere venir, ¡que se joda!

—No puedes hablar así, gordito. Cualquiera es libre de venir a este país —le replicó Saúl.

—Seguro, cualquiera es libre de hacerlo. Lo que quiero decir es que la gente que va a salir de su país debe saber lo que le espera. Nosotros sabemos que aquí nada es fácil. Entonces, que sepan lo que les va a pasar, para que tengan una idea de dónde agarrarse y no pasen las cosas que nosotros ya hemos pasado. ¿Qué dice usted, mi doc? ¿Sí o no?

—Tienes razón, Pepe, y todo esto obedece a una falta de orientación. Para un hombre o mujer solteros, puede ser una oportunidad de incluso formar hogares con un futuro muy prometedor. En el campo de los profesionales, el asunto tampoco es fácil, toda vez que deben seguir rigurosos trámites para obtener un permiso de trabajo o bien una residencia temporal, y esto lleva años. Mientras tanto, el profesional debe verse sumido en trabajos ajenos a su capacidad. Otro aspecto muy importante de todo esto es el de los padres que dejan a sus hijos. Quizá la madre sea un consuelo o un soporte en la crianza de los hijos, pero la presencia del padre es primordial en el desarrollo del niño; es una figura muy impactante dentro del hogar formado. El mundo del niño es muy frágil por eso hay que cuidarlo para que no se rompa. La ausencia paterna puede provocar desequilibrios psicológicos en el niño, muy similares a los que ocurren en el caso de padres divorciados o fallecidos: el niño se ve de pronto en medio de una lucha de la cual él no tiene la culpa. Estos niños son tímidos, introvertidos, tienen celos del compañero cuyo padre está presente en su vida, y también tienen problemas en el aprendizaje y conducta. La psicología le ha dado unos términos a estas situaciones familiares como: *«familias rotas»*, *«familias disociadas»* o *«situaciones familiares inhabituales»*. Es irónico, pero hemos llegado a este país con el fin de sacar adelante a nuestra familia y, sin embargo, a veces la perdemos. Cosas, como tú bien lo dijiste, Pepe, increíbles.

—Doctor, me quito el sombrero ante usted—dijo Pepe, haciendo una reverencia— Eso es lo que yo quería dar a entender... Si este año no puedo traer a mi familia, me regreso a casa. Cinco años sin ver a mi esposa y a mi hija son suficientes.

Llegaron a Passaic y uno a uno se fue despidiendo. César conversó un rato con Saúl y Ricky.

—¿Qué pasa, compadre? ¿Sigues preocupado por lo de Ana?— le preguntó Saúl—. ¿Ya has conversado con ella por el asunto que me contaste la vez pasada?

—¿Hasta ahora no te da ninguna explicación? —preguntó también Ricky.

—Hemos hablado, pero siempre me deja con una duda. A veces me desespera esta situación y me dan ganas de regresar.

—Tienes que conservar la calma. Esperemos que todo se solucione —le dijo Ricky.

—Sí, muchachos, trataré de calmarme. Nos vemos el próximo fin de semana.

Luego se fue a su cuarto. Lo primero que hizo fue tomarse un buen baño. Mucho jabón y agua caliente. Empezaba a caer la noche con su tinte de tristeza. Se acercó a la ventana para contemplar la calle solitaria. Recordó a la chica con quien estuvo y se sintió sucio.

Ese lugar hedía. Una mezcla de alcohol, perfumes y semen. La luz roja y violeta por su baja frecuencia camuflarían, sabría Dios, qué inmundicias. Dos hileras de cuartos alineados simétricamente albergaban a decenas de personas de diferentes nacionalidades. Por ahí pasó uno de aspecto tuberculoso. Una mujer sentada en la puerta principal fungía de *disc jockey*, repitiendo una y otra vez una canción de moda que interpretaba Tito Rojas: *«señora de madrugada, qué buen empleo, mordí muy bien su carnada y fui un deseo; señora de madrugada, qué desperdicio, en vez de ser bien amada…. ama su oficio… señora de madregada, sin dueño alguno….».*

Las palabras de Germán sonaron atinadas: «Es justo y necesario». Parafraseando a la liturgia. Pero aún se sentía sucio. Un acto fisiológico, «o como cagar, que también es un placer». Pero aún se sentía sucio. ¡Ese Ricky y sus jocosas ocurrencias! ¡Pero no, Ricky! ¡Es al revés! El placer posee a la fisiología; el espíritu, al sexo. La esencia del verdadero amor, un amor lejano de su ser.

Comió algo. Se recostó en su cama, cogió una almohada de las tres que tenía, y la abrazó. Nadie en particular en su mente, solo el deseo de abrazar algo (o alguien). Para el día siguiente, estaba programada una agotadora jornada de trabajo. La noche había caído, cubriendo con su negro manto las fascinantes luces del atardecer.

Una estrella solitaria de magnitud mediana apareció en el firmamento. Probablemente una estrella caliente (por su color azul). Una estrella fría es de color rojo, como, por ejemplo *Antares*, perteneciente a la constelación del *Escorpión*. Otra estrella fría es *Betelgeuse*, perteneciente a la constelación de *Orión*. Viene a ser el brazo derecho de Orión, fácilmente visible durante el invierno en el hemisferio norte. Las estrellas se conforman de enormes aglomeraciones de gas principalmente de hidrógeno y helio, cuya temperatura es extremadamente alta debido a la fusión de estos elementos, originando una reacción nuclear que irradia luz a lo largo de todo su espectro electromagnético. Poseen diferentes temperaturas, que varían desde los 2,000 hasta los 5,000 grados Celsius. En astronomía, se utiliza la escala Kelvin, para indicar temperaturas donde el cero absoluto es -273 grados Celsius. Se cree que cada estrella tiene un sistema planetario probablemente habitados por otras inteligencias, caso contrario, las galaxias no tendrían razón de existir. Nuestro sol es la estrella más cercana que nuestros ojos han podido contemplar.

Esta visión le hizo recordar, con mucho afecto, a su maestro Rosacruz. Paralelo a sus estudios de medicina, se había cultivado en el fascinante mundo del ocultismo. Con el correr de los años, había acumulado extraordinarios conocimientos de las ciencias esotéricas, metafísica y cosmología, pasión de su vida. Había logrado hacer un perfecto complemento entre su profesión y las ciencias esotéricas. Por la primera, ayudar a sanar a los enfermos, y por la segunda, ayudarles a comprender que todo no terminaba allí. Que la vida continuaba en otras esferas…Y que hay un regreso. El cuerpo humano no solo está compuesto de carne, sangre, músculos, nervios y huesos, sino de siete cuerpos o vehículos vitales que son los que realmente nos dan la vida. Los alquimistas trataron de hacer comprender a la humanidad, a través de metáforas, que una piedra común y corriente podría transformarse en oro: la famosa *«piedra filosofal»*. Pero en realidad trataban de expresar que la piedra común y corriente era el cuerpo humano, y que el espíritu o ego, a través de ciertas virtudes espirituales y sucesivas reencarnaciones, podría ascender a niveles del más precioso oro. Es decir: la transformación del hombre de *«plomo»* en un nuevo hombre de *«oro»*. Conociendo las Leyes Universales, se puede lograr ese objetivo. «Nacer, morir, renacer, y progresar sin cesar, tal es la ley.» (Edgar Cayce)

Esto mismo vino a decir Jesús hace más de dos mil años. Sus mensajes fueron profundamente esotéricos, pero incomprensibles para las gentes de aquella época. Sin embargo, el propósito de dejar esos mensajes en tiempos remotos, tenían por finalidad, que el hombre evolucionara y surgiera a través de sus propios medios hacia las diferentes etapas de la cadena espiritual ascendente. Pero apareció la mano del hombre, esa mano negra y malévola que trató de destruir todas estas enseñanzas, que cambió todo el concepto de Dios, del Universo y del destino de la humanidad. Jesúscristo cumplió el plan cósmico de redención luego de la caída del hombre. Lo hizo con el más profundo amor hacia una de las más apreciadas creaciones del Padre Universal: la raza humana. La misma que lo flageló, lapidó y crucificó. Jesúscristo vino para instaurar un nuevo mundo, a hacer nuevas todas las cosas, a hacernos comprender que Dios existe en cada uno de nosotros y que todos sin excepción somos sus hijos.

Llegará un día en que nosotros comprendamos que este es un mundo sin fronteras, un mundo en el cual no deberían existir el odio, la violencia, los crímenes, la corrupción, ni todos los males actuales que aquejan a la humanidad. Solo así tendremos un mundo digno de ser habitado, en el que la sonrisa sea símbolo, y el apretón de manos clave de fraternidad.

El sábado de la primera semana de octubre, un conocido suyo, apodado el *Cojo*, fue a buscarlo a su cuarto. Dos tipos más lo acompañaban.

—Doc, ¿Cómo estás?

—Qué tal. ¿Cómo te va? ¿En qué te puedo ayudar?

—Estos amigos míos necesitan que les hagas un favor. La mamá de uno de ellos está enferma y desean que vayas a ponerle un suero que necesita.

—¿Por qué no la llevan al hospital?

—Los hospitales aquí son muy caros y no están en condiciones de pagar.

Los quedó mirando. Aceptó, pero una mala espina empezó a picarle por dentro.

—Está bien. Iré por mi *jacket*.

Abordando el auto de uno de ellos, se dirigieron a un suburbio de la ciudad de Paterson. Lo hicieron ingresar a una casa toda maltrecha. En su interior, había otras personas. Pudo contar un total de trece, incluyendo a algunas mujeres que estaban allí. Luego, otra persona lo llevó a un dormitorio. Estaba postrado en la cama, un tipo en malas condiciones. Una joven mujer lo atendía.

—Me dijeron que era una señora la que estaba enferma.

—Esa fue una excusa para que pudieras venir —le dijo uno que parecía ser el jefe—. La persona a quien queremos que ayudes es un buen amigo nuestro. Disculpa la forma como te hemos traído, pero era la única manera.

Se acercó para examinar al enfermo.

—¡Tiene una herida de bala!

—Así es. Accidentalmente se hirió y no sabemos cómo controlar la hemorragia.

—No puedo ayudarles. Esto va en contra de mis principios, y tal vez esta situación tenga connotaciones policiales y no quisiera involucrarme en nada delictuoso. ¿Por qué no lo llevan al hospital?

—No podemos. Tú lo has dicho... La Policía. Además, usted como médico, tiene el deber de ayudarnos.

—Sí, pero no de esta manera. ¿Se hirió acaso en un tiroteo contra ellos?

—No. Ya te dije que fue un accidente.

—¿Desde qué distancia fue el disparo?

—No sé... Quizá de cuatro o cinco metros.

—¿Cómo pretenden que pueda hacer algo si no tengo los instrumentos necesarios para estos casos?

La chica que atendía al enfermo se levantó.

—Aquí tenemos muchas medicinas que nos llegan de nuestros países. Como ves, hay muchas cosas que puedes utilizar. Además, tengo un pequeño equipo de disección, bolsas de suero, antibiótico, analgésico, anestesia y equipo de venoclisis. Yo soy enfermera graduada en mi país y puedo ayudarte.

Con mirada penetrante se dirigió al Cojo.

—¿Por qué me has hecho esto?
—Recordé que a ti te dicen el doc. Porque tú eres médico, ¿verdad?
—¿Y qué pasaría si te digo que no lo soy?

El Cojo se quedó mirándolo sin contestar. Se sintió presionado al notar que tres sujetos parecían rodearlo por detrás de él.

—Está bien, los ayudaré. Pero solo con la condición de que me dejen con la señorita en esta habitación.

El que parecía el jefe ordenó que los demás salieran.

—Bueno, vamos a empezar. Pásame los guantes estériles, ve poniéndole el suero y haces una buena asepsia en el área afectada. También le tomas los signos vitales. Como ves, tiene una herida de bala en la porción anterior de la clavícula derecha. No hay orificio de salida. ¿Cuándo fue el disparo?
—Fue en la madrugada. Había una fiesta aquí y alguien disparó accidentalmente. La pistola es calibre 22. El ruido de la música disimuló el disparo. Parece que la bala chocó en esta viga de concreto y rebotó hacia él.

—Eso disminuyó la velocidad del disparo, por eso no hay perforación. Ya debe de haber perdido mucha sangre y es posible que tenga trastornos hemodinámicos. podría entrar en shock. La bala parece estar impactada en el borde inferior de la clavícula. Por lo tanto, puede estar comprometida la arteria subclavia o algún colateral. Al retirar la bala, podríamos hacer que el sangrado sea más profuso, así que debemos tener mucho cuidado. No creas que lo que voy a hacer ahora aliviará sus males. Por el contrario: si todo va bien, deberá hacerse controlar porque esto podría derivar en serios problemas arteriales. Esa arteria se puede *fibrosar* y cortar la comunicación con los vasos adyacentes. ¿Me estás comprendiendo?

—Sí, doctor.

Luego de anestesiar la zona afectada, empezó a hacer su trabajo, el cual parecía disfrutarlo a pesar de las circunstancias. Afortunadamente, la bala estaba en un lugar superficial, pero había roto un vaso. La bala, al rebotar en la pared, hizo el efecto de esquirla. En Lima ya había visto algunos casos parecidos en las salas de emergencia. Con una pinza hemostática, muy lentamente, pudo remover el pedazo de plomo que había lesionado el vaso. La chica tenía un pequeño cauterizador desechable, que sirvió para cauterizar el vaso dañado.

Mientras proseguía con su curación, empezó a observar la habitación. Había muchas bolsas negras, grandes, que al parecer contenían ropa. Vio una abierta y por ella asomaba un traje de lujo, así como un terno para hombre de tela brillante, muchas cajas de zapatillas de marca, equipos electrónicos y algunas joyas.

También notó que todos eran de diferentes nacio-

nalidades. El tono de sus voces los delataba. La chica le
habló.

—Disculpe, doctor, que lo hayamos hecho pasar
por este mal momento...

—Pásame el cloruro de sodio y una jeringa.

—Le decía que nos disculpe. Este señor es mi hermano. Supongo que se habrá dado cuenta de a qué nos
dedicamos. Esto es el medio de vida de ellos.

—¿Tú también haces lo mismo?

—No, yo trabajo en una factoría. Pero algunas veces vendo las mercancías para ayudarme. No todos
viven aquí. Algunos han llegado desde California y Chicago, por el cumpleaños de mi hermano. Pero, ya ve,
pasó esta desgracia.

—Bueno, ya casi estoy terminando, no necesita su-
tura. Todo ha salido bien. ¿Sabes si tiene alergia a alguna medicina?

—No, a ninguna, y puede tomar cualquier antibiótico.

—Entonces, vamos a aplicarle este antibiótico vía
intravenosa y luego pondremos esta compresa en la
herida. También este analgésico ayudará. Debes continuar con el suero, el antibiótico intravenoso y limpieza
de la herida por unos días más y darle de beber y comer
mucho cuando despierte. Los signos vitales están esta-
bles. Yo creo que eso es todo lo que puedo hacer. Te
dejaré por escrito el tratamiento para su recuperación
posterior. Llama al encargado de todo esto.

Entraron todos a ver al enfermo. Su respiración se
había hecho más calmada.

—Gracias, doc. Nosotros nos encargaremos de pagarle por su servicio.

—No se preocupen. No me deben nada.

—Eso no puede ser, doc. Usted tiene que recibir lo que le vamos a dar.

Ordenó que la chica le diera un sobre.

—No, gracias. No lo necesito.

—Por favor, doctor. Acéptelo —le dijo la chica.

—No.

La mujer lo llevó a un privado.

—Esto es dinero limpio. Son de mis ahorros, de mi trabajo. Acéptelo, por favor.

—Está bien, lo aceptaré —le dijo, luchando entre la honestidad versus la necesidad.

—Gracias. Al margen de las circunstancias, usted se lo merece.

—Bueno, me disculpan, pero ahora, ¿pueden llevarme a mi casa?

El que parecía ser el jefe ordenó que lo llevaran, no sin antes agradecerle por toda la ayuda prestada en beneficio de su amigo herido.

Tres horas después, estaba en camino a Passaic. Se sentía extraño por haber participado de algo ilegal. Nunca pensó que se vería en semejante situación, vilmente engañado para participar en algo antiético. Sin embargo, ese tipo se salvaría. Cuando la chica le entregó el sobre, percibió algo sustancioso en su interior.

De rato en rato, miraba al Cojo con mirada penetrante.

Al llegar a su cuarto, se sintió liberado. Sentía que

las manos le quemaban por el hecho de haber tenido contacto con ese sobre. Pero la chica dijo que era dinero limpio.

Abrió el sobre y pudo comprobar que la cantidad era en realidad sustanciosa. Se debatía entre lo moral e inmoral. Pero también debía ser práctico. Tenía muchas necesidades económicas y ese dinero serviría para salir de muchos apuros (*«es dinero limpio»*). Finalmente, la necesidad venció, pero no tocó ese dinero hasta una fecha apropiada, tiempo en el cual nada de lo que había hecho tuvo repercusiones.

Dos semanas después, se encontró con el Cojo.

—¿Cómo está tu amigo?

—De lo más bien. Hiciste un buen trabajo. Ya se regresó a Chicago y dentro de poco se irá a su país para seguir su recuperación.

—Me alegro. Pero otro día no confiaré en ti, así me digas que alguien se esté muriendo.

—Descuide, doc. No volverá a pasar.

—Tenlo por seguro que no.

Para finales de octubre, el frío se había acentuado y oscurecía más temprano de lo normal. Una de esas noches, visitó a Saúl y le contó lo sucedido.

—Ese *Cojo* hijo de p... es un ladrón de mierda. No confíes en ese tipo.

—Está bien, Saúl. No pasó nada, gracias a Dios. No lo he vuelto a ver desde entonces.

—¿Ya cenaste?

—No, iba a ir a comprar algo antes de ir a mi cuarto.

—Aquí tengo un guisado que hice hoy. Ven, vamos a cenar.

Mientras cenaban, conversaron de muchas cosas importantes y triviales también. Uno de esos puntos era qué pensaban hacer con sus vidas. Tenían que sacarle ventaja y aprovechar que todavía estaban jóvenes, pues bordeaban los treinta y tres años de edad. César, Saúl y Pepe tenían hijos en Lima; Ricky y Germán eran solteros. Pero ese no era el tema. En Estados Unidos el tiempo vuela, de verdad que sí. Por eso era imprescindible para él, ver la manera de traer a Ana lo más pronto posible y salir adelante al lado de ella.

Con el mes de octubre también llegó una antigua tradición de nuestro país, llena de fervor y de religiósidad. La colonia trajo muchas costumbres peruanas. La procesión del Señor de los Milagros era una de ellas, así como tantas otras que se celebraban con mucho cariño.

—Hay dos sitios por donde el Señor de los Milagros hace su recorrido: New York y Paterson. Y como estamos cerca de Paterson, nos vamos para allá —dijo Ricky.
—Sí, doc. Y, abríguese, que hace mucho frío. ¡Apúrate, Cholo Saúl!
—¡Espérate, Gordo huevero!

Llegaron a Paterson y otra vez lo que vio le pareció increíble. Cientos de personas seguían la imagen, más pequeña, de nuestro santo patrón. Parecía Lima en miniatura.
El místico olor del incienso llenó su ser. Recordó a su querida Lima... Tantos años asistiendo a la pro-

cesión. Primero con sus padres, después con sus amigos. ¡Avancen, hermanos!... Después con Ana y sus hijos

La procesión debía pasar por la *Main Avenue*, para llegar a la *Market Street*, que es centro de reunión de los peruanos residentes en Paterson. Previamente, hizo su salida de la Catedral de Paterson, conocida también como la iglesia de St. John, donde las autoridades de la ciudad le rindieron un cálido homenaje.

Luego de interpretar los himnos nacionales de Estados Unidos y del Perú, la banda de músicos empezó a entonar las conocidas melodías de las marchas que acompañaban al anda del Señor por su corto pero emotivo recorrido. Algunos artistas locales también le brindaban su homenaje a la manera que ellos saben hacerlo: cantando nuestra hermosa música criolla.

El comercio ambulatorio es prohibido en Estados Unidos, pero para algunas actividades, como esta procesión, el vendedor debe adquirir un permiso especial del City Hall o municipalidad. De esa manera, un grupo de vendedores ambulantes peruanos ponía en venta los deliciosos potajes que se expenden para esta ocasión: los tradicionales turrones de *doña Pepa*, los anticuchos y los picarones. Algunos vendedores tenían los vídeos de los mejores programas de la televisión peruana, como, por ejemplo, el querido y recordado *Trampolín a la Fama*, de don Augusto Ferrando; los inolvidables de *Risas y Salsa*; los informativos de *Cuarto Poder* y *Panorama*; algunas películas peruanas como, *Juliana*, *La ciudad y los perros*, *Alias la Gringa*. También había CD de todos los artistas peruanos. Chistes de *Melcochita y Chato Barraza*. Ver toda esta constelación de estrellas nacionales, en multicolores etiquetas, lo llenó de nostalgia.

—Ya terminó la procesión, doc. Ahora vamos a comer unos anticuchos y la asentamos con nuestra bebida de sabor nacional. ¡Una Inca Kola, carajo!

—¡César, mira! Ahí viene José —dijo Saúl.

—¿Cómo están mis tigres de la ciudad? ¿Cómo está, maestro? —le decía a César—Te ha llegado una carta.

—¿Es de mi esposa?

—Creo que sí.

—Gracias por el aviso. Iré mañana, después que salga del trabajo.

CAPÍTULO 6
CONTEMPLANDO EL SENTIMIENTO

«Tú fuiste lo primero para mí, pero después que pasaron todas esas cosas, ya no fue lo mismo. Al principio, cuando te fuiste, me hacías mucha falta. Pero ahora he comprendido que no es así. He pensado mucho para tomar esta decisión. Por eso te pido que hagas tu vida por allá, porque yo estoy saliendo con alguien que me comprende y...».

Con manos temblorosas, leía la carta enviada por Ana. No podía creer lo que estaba leyendo. Su corazón dio un vuelco.

Todos sus sueños, sus ilusiones, todo se vino abajo como un castillo de naipes. Desesperado, salió de su cuarto para tratar de comunicarse con ella. No la encontró. Debió esperar cuatro interminables días para poder hablarle, días que fueron la peor etapa de su vida, consumiéndose en la desesperación y el dolor.

—¿Aló, Ana?

—Sí, soy yo.

—Quiero que me expliques lo de tu carta.

—¿Qué más te puedo decir? —le respondió en tono burlón.

—Pero, Ana, los niños, ¿qué va a pasar con ellos? Yo estoy solo aquí, no tengo a nadie.

—Tú también me hiciste sufrir, ¿recuerdas? Ahora me toca a mí —le dijo ahora en tono despectivo.

—Ana, la próxima semana estaré llegando a Lima para...

—Si tú vienes, no te acerques a la casa. No te quiero aquí.

—Ana, ¿qué te pasa?

—¡No! Es definitivo. Haz tu vida por allá.

—Ana, tenemos un hogar bien constituido y dos niños que no deben pagar las consecuencias de nuestros errores. Nuestra meta nunca fue llegar a esta situación. Nuestros planes fueron otros.

—No, César, ya no. Es definitivo.

—¿Estás segura?

—Sí. Nunca estuve tan segura.

Ambos se quedaron callados por algunos minutos. Luego, César le dijo entrecortadamente:

—Está bien, será como tú quieras. Sé que tengo una falta contigo y, por lo que dices, me doy cuenta de que nunca pudiste perdonarme ese error que cometí. Solo quiero decirte que tengas presente el gran dolor que me has ocasionado y las penas que llevarán nuestros hijos, serán una carga que siempre llevarás contigo.

—Como quieras, pero tienes que seguir mandando el dinero que...

Compungido, tiró el teléfono. No podía creer que su matrimonio terminaría de esa manera.

Cabizbajo, caminaba por las calles de la ciudad. Una ligera lluvia empezaba a insinuarse. En su mente estaba la decisión de regresar. Fue a casa de Saúl para hablar con él. Ricky se encontraba allí.

—Tengo un problema. Quizá regrese a casa la próxima semana.

—¿Es una broma? ¿Qué pasa? —le preguntó, sorprendido, Ricky—

—Es algo... personal.

—¿Alguien en tu familia se enfermó, compadre? —le preguntó ahora Saúl.

—Algo así.

—Envía dinero y solucionas el problema.

—César, si quieres irte, ¿tienes dinero suficiente para hacerlo? —lo acosó Ricky.

—No mucho, pero...

—Entonces, ¿por qué quieres irte tan apresuradamente?

Se sintió acorralado por sus amigos. Quiso aliviar su pena y les contó lo sucedido.

—¡No lo puedo creer! ¡Qué mala suerte! Ana no reconoció todo el sacrificio que haces aquí. ¡Cómo es posible que te haga eso! —le dijo Ricky.

—Compadre, la última vez que estuve en Lima, había escuchado algunos rumores al respecto, pero no quise decírtelo porque consideré que...

—Me lo hubieras dicho, Saúl. Quizá hubiera podido... ¡Tengo que regresar!

Se levantó intempestivamente tratando de salir, pero Ricky lo contuvo, mientras Saúl se paraba tras la puerta, evitando que saliera. Trataba en vano de zafarse de Ricky, quien, más alto y corpulento, lo sujetaba fuertemente.

—¡Cálmate! Recuerda que tienes muchos proyectos por hacer y debes realizarlos. No regreses derrotado, sino triunfante. Esa será tu venganza.

—Ricky tiene razón. Ahora tienes que hacerlo por tus hijos y tu mamá. Debes seguir adelante. ¡Perdóname, compadre!

Se calmó. Pidió a Ricky que lo soltara y se acomodó en el sofá. Respiró profundamente y bebió un sorbo de agua.

—Tienen razón, amigos. Disculpen, pero ustedes no se imaginan cómo me siento, y de esto nadie tiene la culpa. Es el destino.

—Tienes que estar tranquilo. Piensa en tu mamá y en tus hijos —le dijo Saúl.

—Está bien, no pasará nada, no se preocupen... ustedes tienen razón. Déjenme ir a mi cuarto. Quiero descansar.

—Yo te acompañaré —le dijo Ricky.

«*Asta aquí te recuerdo...*», fue lo primero que vio al entrar a su cuarto. Luego una foto que Ana le había enviado meses atrás. Ahora comprendió por qué ese extraño rictus de felicidad en su rostro. Quiso hacerla pedazos, pero se contuvo. Solo la apartó a un lado. Tomó en sus manos las fotos de sus hijos y de su madre, y los contemplaba con la mirada perdida.

Caminaba como un autómata por los tres metros cuadrados de su habitación. Recordaba los mejores momentos al lado de su esposa. Su desesperación era agobiante. ¿Cómo pudo ser? ¡Tantos años juntos! Desde jóvenes compartieron sus vidas. «Tú también me hiciste sufrir». El recuerdo de su voz lo hería. Se acercó al espejo y pudo ver su rostro desfigurado por el dolor y sus ojos, que, sin que se diera cuenta, estaban bañados en lágrimas.

Abrió la puerta y salió desesperadamente.

Hacía mucho frío afuera. Las calles solitarias que le abrían el camino eran testigos de su dolor; sus lágrimas se confundían con la lluvia que ahora caía torrencial. Los pensamientos lo atormentaban atrozmente. Los recuerdos eran agobiantes. Si fuera esto un sueño.

«El hoy se deshace, el futuro se evade». «Papá, si pudiera darte la mitad de mi vida»... «Papi, mándame mis patines». «No llores, mamá... tranquila». «Te voy a extrañar, papito». «Yo también quiero ir». «Debes tener el corazón duro». «Perdóname por dejarte mamá... pero tengo que regresar». «El crujir del hielo». «Ojo por ojo». «Morir en tus brazos». «Ven a mi Divina Presencia». «La muerte es solo el principio»...

> *Mi padre duerme. Su semblante augusto*
> *figura un apacible corazón;*
> *está ahora tan dulce...*
> *si hay algo en él de amargo, seré yo.*

Padre mío, ¿por qué nos abandonaste? ¿No ves que dejas sola a mamá?

—Tranquilo, papá, ya llegamos.
—Hi... hi... jo, ¿tu... tu... mamá?
—Está afuera. Tranquilo, papá.
—Me... me... duele... mi cabeza, me... due... le…

César revisó la cabeza de su padre. No había ninguna herida. Luego, muy preocupado, vio que del interior del oído izquierdo salía un hilillo de sangre. Seguía auscultándolo.

—Oiga, ¿qué hace? —exclamó el interno de turno.

—Disculpe, compañero. Yo...

—¿Qué es eso de compañero? ¿Quién es usted para tutearme?

Se disculpó y le presentó su carné de la Facultad de Medicina.

—Disculpe, colega. No lo sabía —le dijo el interno.

—Le ofrezco a usted mis disculpas, pero este señor es mi padre.

Llevándolo a un lado, el interno le explicó.

—Tiene un accidente cerebrovascular. Por los signos, parece una hemorragia, muy grave, que ha comprometido la *subaracnoidea*. Ha tenido vómitos y convulsiones alternando con fuertes dolores de cabeza, y ya presenta algunos déficits neurológicos. Le hemos aplicado *Dexametasona y Fenitoina*. Esperemos a ver cómo evoluciona. Ahora mismo, tiene un cuadro de hemiplejia.

—Hi... hi... jo... ¿tu... mamá?

—Ya viene, papá.

Su madre ingresó al cuarto de la emergencia. Al ver a su esposo en ese estado, rompió en llanto.

—Esposo, esposo, ¿qué le ha pasado? —exclamaba bañada en llanto.

Levantó el brazo del lado no afectado, mirando al vacío... ¡Estaba ciego! Ella cogió su mano y la estrechó fuertemente. Gruesas lágrimas salieron de los ojos de él, como presagiando el final, mientras le sobrevenían las convulsiones y se retorcía de dolor.

—Mamá, será mejor que vayas afuera. Yo me quedaré aquí.

Ella tomó otra vez la mano de su esposo. La estrechó entre su pecho, le dio un beso en la frente y salió muy quebrantada de allí.

—Hi... hi... jo, cui... da a tu... ma... má... Cuí... cuí... da... la...
—No digas eso, papá. Pronto saldrás de aquí.

Al día siguiente, su padre entró en estado de coma.

—No podemos hacer nada por tu padre —le dijo el neurólogo residente, explicándole lo grave y complejo del caso—, parece que tuvo un aneurisma en una de las arterias cerebrales que colapsó, quizá debido a un aumento de la presión arterial, y se produjo un derrame intracraneal comprometiendo al polígono de Willis. Quisimos controlar el edema cerebral y las convulsiones con las medicinas, pero progresó rápidamente al grado cinco de la escala *Hunt-Hess*. Debido a tu condición de estudiante de Medicina, le hemos brindado la mejor atención, pero más nada podemos hacer. Como tú sabes, no tenemos la infraestructura adecuada para estos casos y, como quiera, si lo derivamos a otro hospital especializado, no podrá llegar. En la sala de operaciones, los chances son nulos. Todo está en manos de Dios. Prepara a tu familia.

En los pasillos del hospital, dio rienda suelta a su dolor. Su hermana María lo encontró en ese trance.

—César, ¿papá se salvará, verdad?
—Sí, hermana. Se salvará.

No obstante, su querido padre falleció.

Nunca tuvo idea de cuántas vueltas dio por la misma calle. Tampoco tenía conciencia para darse cuenta de que, completamente mojado, retornaba a su cuarto. Con el llanto interminable por los recuerdos, se acostó en su cama.

—¡César! ¿Qué haces aquí? ¿Eres tú o es un sueño?
—No, Ana, no es un sueño.
—¿Por qué volviste?
—No lo sé. Me lo he preguntado cientos de veces y, sin embargo, estoy aquí a tu lado y sin saber qué decirte.
—¿Por qué lo hiciste?
—Ya te lo dije. No lo sé. ¿Te molesta mi presencia?
—Me haces daño, me haces sufrir.
—¿Sufrir? Sí, un sufrimiento que estamos pagando los dos, pero también es distinto, porque tú me tenías a tu lado. Yo estuve solo, aferrado a una ilusión que me daba el valor para estar separado de ti, padeciendo de interminables noches de insomnio y recordándote a cada momento.
—Yo también sufrí por tu culpa. Adiós, César... Te quiero. Nunca dejé de ser tuya... Te quiero.
—Ana, espera. No te vayas... Ana... ¡Anaaaaaaaaaaaa!

Corrió tras de ella, pero no podía alcanzarla y se detuvo. Alguien se acercaba hacia él; no le veía el rostro, pero su figura era familiar. Al pasar por su lado, le dijo:

—El mejor momento de mi vida fue mi muerte.
—¡Qué! ¿Quién es usted? —preguntó, mientras la

figura seguía su camino.

—Cuida a tu mamá.

—¿Papá? ¿Eres tú, papá? Espera, no te vayas. Por favor, papá. No te vayas. ¡Espérame!

Corría tras la figura de su padre, pero no podía alcanzarlo. Mientras más corría, más se alejaba. Le daba la impresión de estar corriendo hacia atrás. Sin embargo, podía escuchar su voz.

—No me sigas, hijo. Aún no es tu tiempo. Cuida a tu mamá y no te olvides de quién eres tú. Siempre estaré a tu lado.

—Papá, no te vayas. ¡Ayúdame!

De pronto, se encontró solo en una región helada. Tiritaba de frío y a la vez se encontraba bañado en sudor.

—Dios mío, ¡ayúdame!... ¿Qué es todo esto? ¿Qué está pasando?

Recitó un extracto de un salmo que había leído cuando era joven y que siempre conservaba en su memoria: «*E invócame en el día de la angustia, yo te ayudaré y tú me darás Gloria*». Cayó de bruces sobre un manto de nieve.

Se encontraba ahora en su dormitorio de la casa paternal, en su cama juvenil. Seguía tiritando de frío y bañado en sudor. Alguien se acercaba.

—¿Mamá? ¿Eres tú, mamá?
—Sí, hijo, soy yo. Pero, ¿qué te pasa?
—Tengo mucho frío.
—¡Dios mío, estás todo mojado! Ven para sacarte

esta camisa y secar tu cuerpo... ¡Pobre hijo mío! ¡Mira cómo estás!

—Mamá, ¿dónde está mi papá?

—Tu padre duerme.

—¿Duerme?... Pero si él...

—No hables, hijo. Descansa. Tienes mucha fiebre. Ahora te frotaré con este ungüento, así... mira. Ponemos esta vela prendida debajo de la cuchara para que se derrita... ¡Ya está caliente! Ahora frotaré tu pecho y espalda... ¡Listo! Ahora te abrigaré bien, hijo mío.

—Mamá, no te vayas, no me dejes... ¡Me siento tan solo!

—Tu papá y yo siempre estaremos a tu lado, ¡siempre!

—¡Sí, mamá, siempre! Nos iremos a *Pomabamba*, para cortar el oro del trigo, contemplar el verde de nuestra esperanza y...

—Sí, hijo mío, lo haremos. Ahora duerme, duerme... Duerme...

Algo brilló a su alrededor. Se sentía relajado y en paz. De pronto, le pareció ver la figura de una mujer. Su rostro no estaba muy bien definido, se veía borroso, Se acercaba a él con una actitud amorosa, como queriendo consolarlo. Notó que sus cabellos revoloteaban con un ligero viento. Parecía hablarle, pero no escuchaba nada audible. Por el movimiento de sus labios, parecía decir: «Despierta», pero él se mantenía aferrado a ese *lugar*. Otra vez, los labios de la mujer se movieron. A la vez que un fuerte ruido, parecido al del paso de un tren, se escuchaba en ese ambiente.

No!... Wait!... Don't let me wake up

Finalmente:

—¿Quién es usted?

—Yo seré... la que esperabas.

—¿Cómo dice?

—¡Sí, yo seré la que esperabas! ¡Despierta! —le dijo dándole un soplido.

****

Una tenue luz y una suave brisa ingresaron por la ventana de su habitación, que se hallaba un tanto abierta. Un fuerte ataque de tos lo hizo despertar. Respiraba dificultosamente en busca del vital elemento, mientras su cuerpo se estremecía por efecto de los escalofríos.

Sentía el cuerpo adolorido. A duras penas se incorporó de su cama. Tenía las imágenes nítidas de aquella noche de sueños. Le parecía sentir las manos de su madre en el cuerpo y sentía una calidez en el rostro que atribuyó a la fiebre, pero era distinto. Y el rostro de aquella mujer, ¿quién sería?

Sentado al borde de su cama, veía las fotos con la mirada perdida. En esos momentos alguien tocó a su puerta. Lentamente se incorporó y fue a abrir.

—César, qué bueno que te encuentro. Vine a...
¡Dios mío! ¿Qué te ha pasado? Tus ropas están húmedas —exclamó Pepe al verlo.

Levantó la mirada hacia su amigo. Qué expresión le
habría visto que hizo a Pepe soltar algunas lágrimas.

—Te ayudaré a vestirte. ¿Dónde está tu ropa? ¡Yo
te ayudaré!
—Gracias, Gordito, no te preocupes. Tuve un exceso de fiebre y sueños extraños. Pude sentir la presencia
de mi padre ya fallecido, la de mi madre, que acudía en
mi ayuda, el rostro de una mujer… y el tren…
—¿Qué tren? Por aquí no pasa ningún tren. Tranquilo, mi doc. Quizá tuviste algunos delirios. Dios ha
permitido que no te haya ocurrido nada grave... ¡Estás
temblando! Saúl me contó lo que pasó, pero, por lo que
más quieras, no te abandones... ¡Mira cómo estás!
—Nunca lo haré. Son etapas difíciles de la vida y
tengo que superarlas... ¡Qué le vamos a hacer! Me duele
mucho el cuerpo... Mira, en esa pequeña maleta tengo
algunas medicinas. Alcánzame las que te voy a pedir.

Pepe seleccionó las medicinas y se las alcanzó con
un vaso de agua.

—Gracias por tu ayuda. Te estoy muy agradecido.
—Cuando quieras, estoy a la orden. Ahora ve a ducharte y afeitarte; luego vamos a mi casa, que ahí están
los muchachos. Prepararé un caldo de gallina para que
te reconfortes.
—Está bien, Pepe, gracias.

En casa, se encontraban Saúl y Ricky. Cuando Pepe

terminó de cocinar, se sentaron a almorzar. César a duras penas pudo comer algo.

—Como te seguía diciendo —dijo Pepe—, no eres el primero ni serás el último a quien le ocurren estas cosas. No cometas ningún error. Recuerda que tienes una familia que está esperanzada en ti. También recuerda tus proyectos y...
—Ya córtala, Gordito. No hablemos más del asunto —le dijo Ricky—
—Sí —replicó Saúl—, el tiempo se encargará de borrar este mal momento. ¿Verdad, compadre?
—Sí, queridos amigos. El tiempo se encargará.

Dos semanas después, con la ayuda de algunos antibióticos que consiguió de la agencia de Falen, César se había recuperado de la afección broncopulmonar que lo aquejó, y también se sentía más tranquilo. Sin duda que la oración que aprendió de aquel maestro fue una fuente de energía reconfortante en esos momentos. Lo mismo pasó cuando falleció su padre: su hogar quedó quebrantado por tan terrible pérdida y fueron las oraciones las que sirvieron de bálsamo en aquellas aciagas horas. Decidió que era tiempo de hablar con su familia.

—Ana me comunicó que ha decidido separarse de mí.
—¡Será posible! —exclamó su hermana mayor.
—Sí, hermana. Dice que está saliendo con alguien que la comprende y... ¡Tú sabes!
—¿Qué vas a hacer ahora?
—Bueno, al agua hay que dejarla correr. Yo tengo que seguir con lo planeado.
—Ahora me explico su actitud.

—¿Está mamá?

—Sí, te paso con ella.

—¿Aló, hijo? ¿Cómo estás?

—Me siento mejor, mamá.

—Hijo, nosotros sospechábamos algo de eso, pero no queríamos decírtelo por temor a que reaccionaras desesperadamente. Además, no estábamos seguras de nada. Pero me parece bien que ella misma te lo haya dicho, porque con nosotros está muy alejada. Como excusa, anda diciendo por ahí que tú la abandonaste y fue por eso que tomó esa decisión.

—¡Qué tal descaro! Pero, ¿sabes, mamá? Al menos debo reconocer que fue honesta conmigo. Me duele que no haya olvidado errores pasados, toda vez que antes de venir aquí hablamos al respecto y nuestros planes eran otros.

—Lo siento mucho, hijo, pero no podrás remediarlo y, por lo que más quieras, no vayas a cometer errores. Piensa en tus hijos y en mí. Tú eres lo único que tengo.

—No te preocupes, mamá, no haré nada precipitado. Usted me conoce. Estoy muy dolido y todas las noches le pido a Dios que me dé valor para salir de esto. Mamá, le quiero pedir un favor. Quiero que haga algo por mí y tiene que hacerlo tal como se lo pediré.

—Sí, hijo, te escucho.

—Dejen tranquila a Ana. Déjenla que haga su vida. Si alguna vez va a visitarlas, trátenla como en nuestros mejores tiempos. Ella no tiene la culpa de todo esto. Yo le hice perder el gran amor que me tenía y debo pagar las consecuencias de mis actos. Es el destino, mamá. Todo esto hará que me quede más tiempo del que pensaba, y te pido que estés más cerca de mis hijos. Dejaré que pase un poco más de tiempo para hablar con ella y resolver legalmente esta situación.

—Está bien, hijo. Será como tú quieras.

—Gracias, mamá. Te quiero mucho.

—Que Dios te cuide, hijo. Hasta la próxima.

El tiempo se sucedía rápidamente. César se sentía mal en ese pequeño cuarto y recordó el ofrecimiento que Pepe le había hecho, acerca de ir a su casa para compartir la renta. En la casa de Saúl no podía, porque había dos inquilinos más.

—Con mucho gusto, César.

—Solo por dos semanas, hasta que me sienta mejor y consiga otro cuarto.

—Todo el tiempo que quieras, doctorcito.

Un viernes fue a la agencia para hacer un envío de dinero y se encontró con Luchito.

—¡Compadre, la última! Logré traer a mi novia. Llegó ayer y nos casaremos el próximo año.

—Te felicito.

—Me dijeron que estás buscando un cuarto. Donde yo vivo hay uno en el *basement* (sótano), pero, ya tú sabes, está ese enano *sapo* que es el dueño de la casa. Si quieres, ve a hablar con él.

—Está bien, Luchito. Iré a verlo este fin de semana.

Todas las tardes, después del trabajo, caminaba por las calles de la ciudad y pensaba en lo absurdo de todo esto. Mala suerte la suya, tener que pasarle esto. Ahora estaba solo... y ella, ¿bajo qué brazos estaría?

Se había logrado recuperar a medias de este episodio en su vida. Era un ser humano común y corriente, no un santo. La recurrencia en los cambios de estado de ánimo era inevitable y notoria. A veces se alimentaba a la fuerza y lograba dormir con la ayuda de somníferos que conseguía de la agencia, pero en su rostro se advertía el terrible sufrimiento que lo consumía. Los recuerdos no se alejaban de su mente.

—Come, César, necesitas hacerlo.
—No tengo apetito, Ricky.
—¡Bueno, mi doc! Coma un poco, se toma un vaso de leche y se va a descansar —le dijo ahora Pepe.
—Está bien, Gordito.

Al rato, Saúl fue a visitarlo. Ricky y Pepe se habían ido a dormir. Se quedó conversando con César.

—¿Qué va a pasar ahora, compadre?
—¿A qué te refieres?
—Es decir, ¿qué vas a hacer?
—Seguir para adelante, como es lo usual. No se puede detener el flujo del destino, además son retos que ofrece la vida. Lo que más me duele es el hecho de saber que mis hijos van a crecer en un ambiente que yo nunca hubiera querido para ellos, pero, qué vamos a hacer... ¡Así es la vida! Es curioso, pero esto da pie a algo que te voy a relatar y que probablemente tú no lo recuerdes... Habíamos ido a la playa de La Herradura. Estaba solo en el mar, porque ya ustedes se habían retirado hacia la orilla. Estaba distraído, cuando, al voltear, me encontré con que una enorme ola empezaba a desplazarse hacia mí. Dos cosas me quedaban por hacer. Correr hacia la orilla o enfrentármela. Razoné rápidamente. Si corría hacia la orilla, había el riesgo de que la ola, al romper, me revolcara y quizá me ahogara. Así que opté por el segundo chance y me la enfrenté...

Corrí hacia la ola y pude romperla. Era tan grande que su misma fuerza me ayudó a salir hacia la orilla, no sin antes pasar un fuerte susto y unos cuantos revolcones... Me impactó mucho ese episodio de mi juventud, tanto así que hasta en mis sueños siempre se me presenta el suceso. Ahora entiendo que la vida es una constante marea a la que hay que enfrentar... y tengo tres razones para hacerlo.

—Tienes razón, compadre. Me alegra tu decisión y estoy seguro de que lo lograrás, porque conozco tus tres razones.

Los últimos jueves de noviembre, se celebra en Estados Unidos el Día de Acción de Gracias, uno de los feriados más simbólicos para los habitantes de ese país, conocido en inglés como *Thanksgiving*. Esta historia también fue narrada por la profesora de inglés durante los seis meses en que asistió a la escuela. Cuenta la historia que esta costumbre nació cuando los primeros peregrinos europeos llegaron a Plymouth (Massachusetts), el 11 de diciembre de 1620. El primer invierno fue muy duro para ellos, pero el siguiente otoño obtuvieron una buena cosecha por las semillas que sembraron. Decidieron celebrar con una gran cena e invitaron a los indios, quienes los habían ayudado a sobrevivir ese primer año. No se sabe a ciencia cierta si los *turkeys* (pavos) de la región fueron parte de la cena, ya que los peregrinos usaban el término *pavo* para referirse a cualquier clase de ave silvestre. El Día de Acción de Gracias no se celebró los años siguientes, sino hasta junio de 1676. La fiesta fue proclamada oficialmente por el presidente Abraham Lincoln en 1863, para ser celebrada los últimos jueves de noviembre.

Otra fiesta tradicional de los americanos es la de la noche de Halloween o Noche de Brujas, que tiene su origen en las fiestas paganas de los celtas, cuando dominaban los territorios de lo que ahora son Francia y Gran Bretaña. Cuenta la historia que esta gente sacrificaba a caballos y algunas veces a humanos para ahuyentar a las brujas y espíritus malignos, pues resulta que en la costumbre celta los muertos volvían en la noche de *Samhain* (palabra que significa el final del verano) a pedir alimentos a los asustados pueblerinos, a quienes maldecían y hacían víctimas de conjuros. Con el paso del tiempo, los romanos conquistaron a los celtas e influenciaron en el mundo céltico con sus festividades a la diosa romana *Pamona*. Más adelante, los cristianos convirtieron la fecha en un acto religioso.

Esta tradición se ha mantenido en el tiempo, convirtiéndose en lo que ahora es el *trick or treat* (trato o truco), cuando los niños, disfrazados con trajes de los personajes de las tiras cómicas o personajes de terror, van de casa en casa a pedir dulces, convirtiendo a las calles en centros de jolgorio.

Así, la noche del 31 de octubre se convirtió en la víspera del Día de Todos los Santos (*All Hallow's Eve*). De ahí, la frase sufrió las contracciones gramaticales del inglés para ser conocida como el día de *Halloween.*

El día fue motivo para que los muchachos del club y el famoso Tío, guitarra en mano, estuvieran presentes.

Todos llevaron algo a la casa de Pepe para celebrar la ocasión. Se prepararon dos pavos horneados, al estilo *perucho,* vinos y cervezas.

—Bueno, socios. La próxima semana me regreso a

Perú —dijo Raúl en voz alta.

—¡Qué bien, *Characato*! —le respondieron en coro.

—Te comes un cuy chancado en mi nombre —le dijo Pepe.

—¡Cómo me jodes, socio!

—Bueno, entonces vamos a hacer tu despedida y también a celebrar el feriado.

Las horas pasaban, los tragos se sucedían rápidamente. César se abstuvo de beber, pero compartía la alegría de los muchachos. Raúl estaba embriagado cuando se acercó hacia él.

—Socio, para mí ha sido un gusto el haberte conocido. Eres un buen amigo. Olvídate de todo lo que pasó y sigue para adelante. Y recuerda, socio: «Todos vuelven al lugar donde nacieron / al embrujo incomparable de su sol / todos vuelven al rincón donde vivieron / donde acaso floreció más de un amor»... Socio, «*Everybody goes home!!*»...

Cuando terminó de cantar esa pequeña estrofa de tan conocida canción popular, empezó a llorar. Pero, esta vez, era un llanto de alegría, de saber que pronto estaría con su familia.

Fue así que Raúl, *Characato*, se despidió de Estados Unidos una mañana de diciembre.

****

Empezaba otra semana en el trabajo. Un señor de edad mediana había ingresado a la compañía. Hizo rápida amistad con César porque también era de origen peruano. Llevaba una gran tristeza a cuestas. Una semana después, Alberto, que así se llamaba ese señor, le contó el motivo de sus penas.

Dos meses atrás, había sufrido la pérdida irreparable de su madre. Le relató que un día sábado por la mañana, recibió la mala noticia de que su madre había sufrido un infarto cardiaco. Compró su pasaje para viajar un día miércoles. Durante los días siguientes, su madre se encontraba en una condición estable, pero la mañana del día martes, sufrió un infarto masivo, perdiendo la vida en ese trance. Su hermana le comunicó la trágica noticia, no quedándole más remedio que esperar su viaje del día miércoles previsto. No supo explicar el sentimiento desgarrador que sentía. Pasó el día acompañado de sus hijos, viviendo horas de indescriptible angustia. A la mañana siguiente, ya dentro del aeropuerto, esperando su vuelo, se sentó de espalda a todos y el llanto inconsolable no tardó en llegar. Era un viaje diferente el que ahora realizaba. Años atrás, había ido a su país en múltiples oportunidades, para llegar al hogar materno, ser recibido con los brazos abiertos por el ser que le dio la vida y disfrutar de su magnánima presencia. Ahora le esperarían brazos yertos, tristeza eterna. Ya no estaría esa mujer que sufría por el hijo ausente a quien recibía con la luz de su amor, ya no estaría la alegría y la sonrisa de su dulce rostro, ya no estarían los deliciosos manjares en la mesa.

Su vuelo a Perú llegó por la noche. Ya no sintió esa felicidad que precedía a su llegada a Lima. La angustia retornaba al saber que ya no la encontraría. Gruesa lágrimas emanaron de sus ojos al recordar esos momentos que nunca volverían…. y al ver las luces de su ciudad, ahora bajo otras circunstancias, su pesar fue más profundo. Cuando llegó se dirigió inmediatamente al local donde la estaban velando….y allí la encontró; rígida en un ataúd de caoba. Su rostro denotaba una

paz y serenidad desconcertante. Incluso, le pareció que
había disfrutado de ese momento en que desencarnaba
de este mundo, para encontrarse al lado del esposo que
se había adelantado años atrás. Sus hermanas y familiares lo rodearon para demostrarle sus pesares por la
pérdida de la querida madre/abuela/tía. El entierro fue
muy concurrido, acompañados por cierto de terrible
congoja.

Y así pasó cuatro semanas en casa acompañado de
sus hermanas. Debían seguir el ritual de deshacerse de
las cosas íntimas de la madre, ver las pertenencias y
demás haberes que ella dejó; y consolándose mutuamente con el único amor fraternal y filial que les quedaba como efecto de transmisión de la madre, ahora
ausente.

Un mes después, regresaba a los Estados Unidos, a
la realidad. Tenía que seguir viviendo, sacar adelante a
los hijos, a la familia. Había hecho la formal promesa
delante de la tumba de su madre, de que iba a seguir
ayudando a sus hermanas. Nada cambiaría. La luz del
recuerdo de su madre lo guiaría por estos senderos del
dolor… más allá de la vida y de la muerte.

> *«Así, muerta inmortal,*
> *entre la columnata de tus huesos*
> *que no puede caer ni a lloros,*
> *y a cuyo lado ni el destino pudo entrometer*
> *ni un solo dedo suyo.*
> *Así, muerta inmortal.*
> *Así.» (CV)*

****

—¡Muchachos, me sucedió algo maravilloso! —dijo Pepe entrando a la casa, lleno de felicidad—. ¡Le dieron la visa a mi mujer y a mi hija! Dentro de quince días estarán por aquí. ¡Por fin pasaré Navidad con mi familia! Voy a tener que arreglar la casa y... este... ehhh...

—Te comprendemos, Gordito —le dijo César—. Yo hablé con una señora que me va a alquilar un cuarto en su *basement*. ¿Y tú, Ricky?

—No sé, voy a tener que chequear.

—Luchito va a ir con su novia a otro sitio y dejará su cuarto. Otro señor que también vive ahí, se va a mudar. Aprovecha para que hables con la señora. Quizá los dos nos vayamos al *basement*. Pepe, quiero felicitarte porque has cumplido el sueño de traer a tu familia. Te lo mereces. Eres un buen amigo.

—Gracias, doc, pero nosotros siempre estaremos juntos.

—Anda nomás, Gordo «*pisado*» —le dijo Ricky.

—ja, ja, ja, ja, ja, ja, —echó a reír Pepe.

****

—¿Así que eras tú? —le dijo don Rafael, dueño de la casa donde ahora ocupaba un cuarto—Yo creí que era otro fulano.

—¿Cómo está, señor? Disculpe, pero su esposa fue la que me hizo el contrato del arriendo.

—Está bien, está bien, muchacho. Yo te conozco. Te he visto muchas veces por estas calles. Ayer llegué de nuestra querida patria.

—¿Cómo están las cosas por allá?

—¡Jodidas, compadre! ¡Ese Chino la está cagando

230

toda! Hay un desorden del carajo. Allá no se puede hacer nada, todo es pérdidas. Ojalá que las cosas cambien en el Perú. Un familiar mío trabaja en el Ministerio del Interior, y me que dijo que hay un *hijo de puta* llamado Montesinos que es el que gobierna al país. Dicen que es un asesino de mierda, tiene un cuartel que creo le dicen el SIN. Ahí está mandando a matar a cualquiera que se le interponga en sus manejos del gobierno. El *Chino* es solo un títere de ese maldito. Montesinos es quien gobierna el Perú, y lo está haciendo malamente.

—Sí que están malas las cosas por allá. ¿Cuántos años tiene en este país?

—Compadre, yo llegué en 1977, cuando los militares gobernaban en el Perú. Recuerdo que hubo una gran revuelta con saqueos en la ciudad, creo que en el 75. Yo estaba en el Mercado Central cuando empezó la vaina, y luego aparecieron los helicópteros artillados disparando a toda esa gente que estaba por ahí. Te juro, compadre, que vi caer muertos a por lo menos veinte ese día. ¡Estaba más asustado que la *granput*a! Me escondí en unos callejones y, después de cuatro horas, salí de allí y pude llegar a mi casa en medio de unas balaceras infernales... ¡Tantos años de eso! ¡Criminales!... Todos mis hijos nacieron aquí, pero, para serte franco, compadrito, yo quiero regresar... ¡Cómo jala la patria, compadre! Pero no puedo por mis hijos; ellos ya se acostumbraron a este país. Una vez los llevé a Perú y a los tres días me hicieron regresar... ¡Estaba más enojado que el carajo! ¡No me dejaron disfrutar de nada! ¡Ni una cerveza me pude tomar!

—¿Usted vino solo?

—Sí, hermano. Yo vivía así como tú, en un cuartito. Trabajé duro y parejo para progresar. Llegué aquí en tiempo de invierno, salía temprano a trabajar, cuando todavía estaba oscuro, regresaba y seguía oscuro. Yo me preguntaba: «Dios mío, ¿no hay sol en este país?». Así, hermano, sufrí mucho. Después de tres años, pude traer a mi esposa y con ella el asunto fue diferente. Los dos trabajamos y así salimos adelante. ¿Y tú?

—Bueno, yo recién tengo once meses en el país y...

—¿Qué hacías allá?

—Soy médico.

—¡Compadre! ¿Qué hace usted aquí? No, no, regresa a Lima.

—Aún para un médico, las cosas están malas por allá, señor.

—Ya sé, no me lo digas. No tienes papeles, no puedes ejercer tu profesión y estás trabajando en una factoría, ¿verdad?

César le respondió encogiéndose de hombros.

—Amigo, dígame una cosa. ¿Qué le ha pasado que tiene usted una mirada muy triste?

Se quedó mirando al diminuto hombre. Luego le respondió.

—Nada, señor. Así son mis ojos —le respondió tratando de salir.

—¡Espera! Disculpa si dudé de ti, pero, ¿en realidad eres médico?

—Lo soy.

—Mira, muchacho, me has caído bien y quisiera ayudarte. Yo también tengo hijos y me gustaría que fueran profesionales como tú. Cuando era joven, también tuve aspiraciones, pero nunca pude concretarlas. Ahora, viéndote a ti que eres joven y médico, pienso que he desperdiciado mi vida.

—Todos hemos venido con una meta y yo tengo la mía. Cuando tenga algún problema de salud, no dude en consultarme.

—Gracias, muchacho. ¿Tienes algún familiar aquí?

—No, señor. Solo amigos del barrio.

—¿Dónde pasarás Navidad?

—¿Navidad? —preguntó sorprendido.

—Sí, faltan apenas tres días.

—No lo sé, señor.

—Flaco, si quieres...

—César, mi nombre es César.

—Disculpa, si no tienes donde ir esta Nochebuena, puedes pasar con nosotros. Serás bienvenido.

—Gracias, señor, pero no le prometo nada. Ahora, con su permiso, iré a hacer algunas compras.

—¡Espera! Quiero hacerte otra pregunta.

—Diga usted —le respondió, ahora un tanto disgustado.

—¿Cuánto te dijo mi esposa que ibas a pagar por la renta?

—Cincuenta y cinco dólares semanales.

—¿Y, le diste la garantía de la renta?

—Sí, señor. En total le di ciento diez dólares.

—Es que, tú sabes, algunas veces se van sin pagar y he tenido malas experiencias.

—No se preocupe. Eso no pasará conmigo.

—Te creo, muchacho. Me inspiras confianza.

—¿Eso es todo?

—Sí.

—Entonces, con su permiso, iré a comprar algo.

—Pase usted, doctor César.

CAPÍTULO 7
UNA SEGUNDA OPORTUNIDAD

Llegó la Navidad, la primera de su vida que pasaría solo y lejos de su casa. Con anticipación había enviado muchos presentes para sus hijos y su madre, y también algunos regalos para sus hermanas.

Del mismo modo, llegaron para él muchas cartas y tarjetas, saludándolo por las navidades y alentándolo para seguir adelante con sus proyectos. Le llegó también la carta de una querida amiga de él, Carmen. Ella era prima de Ana, pero hicieron buena amistad, comprartiendo gratos momentos en casa, los fines de semana, en reuniones familiares. Enterada de alguna manera de su problema, le daba ánimos para continuar adelante.

Sus grandes ojos reflejaban la bondad de su corazón
como la luna se reflejaba en el mar
aquella noche de verano.

Trabajó mediodía la víspera de Nochebuena. Al término, el gerente de la compañía invitó a todo el personal a un almuerzo en un lujoso restaurante de la zona. Después de hacer el pago respectivo, cada uno se fue a su casa.

—César, ¿qué vas a hacer esta noche?
—No lo sé, Eduardo. Tal vez dormir.

—Hoy es Nochebuena y hay que celebrarlo como debe ser. Te invito a mi casa y allí cenaremos. Prepararé un lechón para la cena.

—Gracias, pero tampoco te prometo nada.

Llegó a la ciudad, a la *Main Avenue*, la calle principal. La Navidad es igual en todo el mundo: las calles llenas de luces y de gente en busca del regalo pascual, melodías de villancicos por todos lados, Santa Claus en cada esquina. Por un momento le pareció estar en su ciudad, pero le dolió la realidad.

Caminaba nostálgico pensando en sus hijos, viendo cantidad de juguetes en las vidrieras. Hacía mucho frío. Entró a una galería y se compró algo de ropa... ¡Feliz Navidad, César!

Luego, fue a su cuarto, se recostó en la cama y nuevamente los recuerdos. El recuerdo de una Navidad lejana al lado de Ana.

Era víspera de Navidad en Lima. Como siempre, fueron a hacer las compras para obsequiar a los familiares. Al retornar del céntrico jirón de la Unión, debían cruzar el puente de Piedra para dirigirse a casa. Allí, en medio del puente y confundida entre cientos de vendedores ambulantes, se encontraba una anciana que no lograba vender nada de su mercancía. Apenado, César se le acercó.

—¿Qué vende, abuelita?

—Estos dulces, joven.

—Veo que no ha vendido mucho. ¿Tiene familia?

—¡Ay, joven!... ¡Dónde estarán mis hijos!

—Quiero unos dulces. ¿Cuánto es?

—Tanto, joven.

—Tenga, abuelita —le dijo, dándole una buena cantidad de dinero—. Y vaya a su casa.

—¡Gracias, joven! —le dijo la anciana, sorprendida y emocionada a la vez— ¡Que Dios te bendiga, hijo! ¡Gracias!

La vio alejarse llevando su canasta a cuestas, muy contenta. De pronto, vio a Ana, que lo miraba con ojos llenos de ternura.

—Te amo —le dijo.
—Yo también te amo, Ana.

Regresaron a casa muy contentos y pasaron una bonita Nochebuena aquella vez, con su padre sentado en el medio de la mesa, el pavo horneado, las botellas del aromático vino borgoña, los regalos al pie del árbol y la incomparable dicha de estar todos reunidos: ¡papá, mamá, hermanas y amigos mil!

****

Habían pasado dos meses desde la noticia de Ana, y trataba en vano de olvidar el asunto y llevar una vida normal, pero era imposible. Ya no era ella el problema, que, como cualquier persona, al fin y al cabo, decidió rehacer su vida. Sino por un conjunto de circunstancias: el saber que sus hijos crecerían al lado de otra persona, la impotencia de no poder desarrollarse personalmente y el hecho de estar viviendo un futuro incierto. Ese día, con el recuerdo de navidades pasadas, el sentimiento navideño le hizo brotar algunas lágrimas, mientras planeaba pasar la Navidad en su habitación.

—César, César, ¡abre!

237

—Qué hay, Ricky.

—Saúl nos ha invitado para ir a su casa. Ahí está Germán esperando por nosotros. Vamos a comprar algo para cocinar antes que cierren las tiendas... ya son casi las ocho de la noche... ¿Qué te pasa?

—Nada... Estuve durmiendo. No tengo ánimo para salir.

—¡Es Nochebuena! Debes sentirte tranquilo. ¿Has cumplido con tu familia o no?

—Sí... Estoy tranquilo. Es que... son los recuerdos.

—Tienes razón. Yo me sentí igual la primera Navidad que pasé lejos de casa. ¡Vámonos, que se hace tarde!

Después de comprar lo que necesitaban, se reunieron en casa de Saúl. ¡Doce de la noche, Navidad! Los cuatro se quedaron mirando a los rostros que reflejaban la tristeza de cada uno. Reaccionando, se pusieron en pie y se abrazaron mutuamente, haciendo un círculo de amistad.

César se asomó a la ventana. Las calles vacías, silenciosas. ¡Qué diferente al bullicio de la gente y de los fuegos artificiales de Lima! Los recuerdos de Navidades pasadas lo transportaron hasta su casa. Le pareció sentir el delicioso aroma del caliente y sabroso chocolate navideño —potencia evocativa que le hacía sentir que le quemaban los labios— y luego el inconfundible aroma del pavo horneado, copas de champagne y el *panetón*. Una indescriptible nostalgia se apoderó de él. Empezó a caer una ligera nevada. Pensó en su familia: feliz Navidad, mamá, Sandy, Nandito, hermanas... ¡Feliz Navidad, Ana!

Saúl se encargó de servir la cena, y así, entre los cuatro, se quedaron charlando y bebiendo hasta el amanecer.

Decidió quedarse en casa de Saúl, durmiendo en el sofá. Al medio día de Navidad logró comunicarse con su familia. Después de saludar a su mamá y a sus hermanas, habló con su hija.

—Papá, ¿cuándo vas a regresar?

—No lo sé, hijita —Sandy empezó a llorar.

—Yo quiero que regreses, papá. Te extraño mucho.

—No puedo hacerlo aún, pero te prometo que algún día, tú y Nandito estarán conmigo. Yo también los extraño mucho y me hacen mucha falta.

—Papi, mi mamá dice que tú no vas a vivir con nosotros... ¿Por qué? ¿Qué ha pasado?

—No te preocupes, hijita. Tú y Nandito vivirán conmigo. ¿Te gusta esa idea?

—¡Sí, papá!

—Entonces ten un poco de paciencia. No llores y sé valiente. Cuida mucho a tu hermanito y visita siempre a tu abuelita, ¿OK?

—Está bien, papá. ¡Feliz Navidad!

—¡Feliz Navidad, negrita!

Colgó el teléfono. Había nevado toda la madrugada. Desde la ventana del cuarto piso observó la ciudad cubierta por la nieve. Con razón los americanos dicen *"blanca navidad"*. Impresionante espectáculo.

Los muchachos dormían. Suspiró lastimero pensando en sus hijos. ¡Cómo deseaba tenerlos a su lado!

El Año Nuevo de 1994 pasó sin trascendencia para él. Con el primer mes, cumpliría un año en Estados Unidos. Pepe tenía razón: el tiempo pasa volando en este país. Mirando por la ventana, pensaba en regresar a casa en la primera oportunidad que tuviera durante el nuevo año que iniciaba. Sin embargo, se sentía frustrado con su situación. Sabía que se estaba produciendo un cambio en su psiquis, que posteriormente le causaría estragos físicos. Empezó a ser un problema que se le escapaba de las manos.

Debido al intenso frío del invierno, ya no se reunían como en el verano, y retornó el monótono círculo de comer-dormir-trabajar.

Le pasaba con frecuencia que, siendo un día en que no trabajaba, se despertaba desesperadamente mirando el reloj.

—¡Cielos! ¡Las diez de la mañana! ¡Eduardo ya se habrá ido al trabajo! —se vestía rápidamente, para luego reflexionar—: Pero, ¿qué estoy haciendo? ¡Hoy es domingo! —y se volvía a acostar.

Una mañana, se encontraba sentado en el pasadizo del sótano donde vivía, que a la vez era la lavandería del dueño, cuando bajó el hijo de este.

—Buenos días, señor.

—Hola, ¿cómo estás? —le contestó César—. Oye, tu papá me contó que una vez te llevó al Perú y lo hiciste regresar en tres días. ¿Es verdad?

—Ehhhh, sí... es verdad.

—¿Qué edad tienes?

—Diecisiete.

—Nuestro país es muy bonito. Sus tres regiones son maravillosas. Siempre hay algo nuevo que descubrir en nuestra patria. ¿Tú sabes algo de nuestra historia?

—No... Mi papá me hablaba de su barrio, de futbolistas, y me dijo que trabajaba en el mercado...

¡¡no sé qué!

—Ven, vamos a sentarnos aquí... Te hablaré un poco de nuestra historia. Empieza con el Imperio de los incas, poderoso reinado que se extendía por casi toda Sudamérica y tuvo una duración de poco más de cinco siglos. Estos hombres dejaron como testimonio de su cultura impresionantes monumentos, como *Machu Picchu y Sacsayhuamán*. Con el descubrimiento de América, empezó la época de la Conquista. Los españoles, al mando de Francisco Pizarro, vencieron la resistencia de Atahualpa y terminaron así con el poderoso Imperio incaico. Al fundar Lima, Pizarro estableció lo que se conoce como Virreinato o también época colonial, haciendo del Perú la cabeza de ese reinado. Por eso Lima era conocida como la Ciudad de los Reyes. El virreinato se extendió hasta territorios que son hoy los de otras Repúblicas. Ese periodo significó la explotación del indio y del negro, y estableció niveles sociales que hasta hoy perduran. En medio de esa opresión, del abuso y la explotación, surgió la figura del primer revolucionario: Túpac Amaru II. Quisieron matarlo usando la fuerza de cuatro caballos, pero no pudieron hacerlo. Finalmente, después de muchas torturas, el virrey Agustín de Jáuregui mandó a descuartizarlo y colgó sus restos en los cuatro puntos de la plaza central del Cusco en 1781. Pero no pudieron matar sus ideas revolucionarias, y surgieron así grandes hombres que fueron precursores de nuestra independencia.

En esa etapa resaltan la figura del general José de San Martín y de Simón Bolívar, libertadores de muchos países sudamericanos. Don José de San Martín fue el que proclamó la independencia del Perú el 28 de julio de 1821. Después de nuestra independencia, siguió la etapa que se conoce como República. Caracterizan a ese periodo los gobiernos militares que se sucedieron a cada instante, costumbre que rigió los destinos de nuestro país, hasta hace quince años, cuando acabó el último gobierno militar. Es en esta época, a finales del siglo XIX, que nuestro país vivió la etapa negra de su historia: la Guerra con Chile, llamada también la Guerra del Pacífico. Esa es una historia larga de contar y que no viene al caso, debido al vínculo de amistad que une a todos los países sudamericanos. Te la referí solo por historia. En aquella guerra se inmolaron grandes hombres que hoy son el orgullo de nuestra patria.

Con respecto al ultimo gobierno militar, este fue presidido por el General Juan Velasco Alvarado y posteriormente por el General Francisco Morales Vermúdez. Velasco implantó un gobierno nacionalista basado en un capitalismo de Estado, llamado Gobierno Revolucionario de las Fuerzas Armadas. Buscaba la democracia social de participación plena. Nacionalizó los recursos, reformó el agro, la educación, expropió las empresas, los bancos y los medios de comunicación, y puso mucho énfasis en la reforma agraria. Decía que la tierra era para quien la trabajaba, y tenía como lema: «Campesino, el patrón no comerá más de tu pobreza». Reformó la comunidad industrial con la participación de los trabajadores en la gestión y la propiedad de las empresas, la movilización social y el sistema prioritario de propiedad social como base del futuro autogestionario de la sociedad peruana. Pero desafortunadamente, ese sistema no funcionó en nuestro pais y fue llevado al fracaso.

—¡Caray, qué bonita historia! Le pediré a mi padre que me consiga un libro acerca de la historia del Perú.

—¡Claro, léelo! Pídele las *Tradiciones peruanas*, de Ricardo Palma. ¡Te van a encantar!

—¡Sí, César, lo haré!

El muchacho subió corriendo las escaleras, quizá para hablar con su padre. Pero él se quedó solo con sus pensamientos, sentado al borde la escalera del *basement*, con la mirada perdida.

En el almacén donde trabajaba, las cosas no andaban bien. Había poca producción en el invierno y por lo tanto no ganaba bien. Su trabajo consistía en revisar los cartuchos de las impresoras. Si estaban en buenas condiciones, los separaba para el reciclaje en unas paletas, que luego eran envueltas en plástico.

Había un hindú llamado Hamet, que era el supervisor, un tipo de buen carácter y que siempre estaba al lado del trabajador, apoyando en todo lo posible.

—César, this thing is very important, every fucking day! Very important for us. Take this shit out!
—OK, Hamet, but is cold outside.
—New Jersey not cold! The cold is on your mind!
—In my mind?... Ja, ja, ja, ja...

Era tiempo de invierno. Las tardes son cortas y al promediar las cuatro de la tarde es ya prácticamente oscuro. Una fría pero despejada *tarde-noche* tuvo que salir para botar los cartones en el contenedor de basura. De pronto, el ruido de las turbinas de un avión que pasaba por el lugar llamó su atención. Se quedó contemplando su paso por unos minutos. Luego sintió una mano que se posó sobre su hombro derecho y las palabras en inglés: «*Some day, César... some day*».

Volteó y vio a su amigo; muy en su interior pensó:

«Sí, Hamet, algún día».

Por esos días llegó un nuevo empleado a formar parte de la planilla, y que se convertiría también en uno de sus mejores amigos.

—Hola, ¿cómo estás? ¿Tú eres peruano, verdad?
—Sí, mi nombre es Augusto. ¿Qué es lo que tengo que hacer?
—Yo te enseñaré a hacer este trabajo. Me llamo César. Hace unas semanas, se fue un señor que al parecer llegó a caer en un cuadro depresivo.
—¿Qué le pasó?
—Tres meses atrás había fallecido su madre, y eso lo devastó.
—Caray, qué tristeza… es de comprenderse. ¿Y a ti, que te pasó que también tienes una expresión de amargura en tu rostro?
—Algo personal, posiblemente algún día te lo pueda comentar.
—Disculpa la indiscreción. ¿Empezamos a trabajar?
—Sí.

En el verano anterior, había encontrado en el parque, una pequeña pelota de *baseball*, algo afelpada, de color verde. Por las noches, se sentaba, recostando su espalda en el borde de la cama, y rebotaba la pelota del piso a la pared para regresar nuevamente a su mano. Lo hacía 20, 50, 60, 100 veces, horas tras horas, con los pensamientos viajando entre el tiempo y los recuerdos. Solo el sonido monótono de el rebote de la pequeña pelota lo devolvía a la realidad. Esa pelota se le perdió en la noche de los tiempos. Sin embargo, siempre recordaba a esa pelota con mucho cariño.

✳✳✳✳

—¡Qué rápido pasa el tiempo! —le decía Ricky mientras ordenaba su cuarto—. Ya pasaron dos meses de este invierno y todo sigue igual. ¡Excepto este *fucking* frío!

—Oye, no sé qué voy a hacer. Mi amigo Eduardo se fue del trabajo y me dejó sin movilidad.

—¿No puedes ir en bus?

—No hay bus que pase por esa zona.

—¿Qué vas a hacer?

—Tendré que hablar con mi amigo Mike para que me lleve al trabajo. Sé que no se opondrá, pero tendré que ir hasta su casa.

—¿Vive lejos?

—En Clifton. El bus me deja a diez bloques de su casa. ¿Pero sabes qué? El hombre vive en una zona que es una colina.

—Se te va a hacer difícil en este tiempo, con tanto frío y nieve.

—¡Ya me imagino, compadre!

Caminaba colina arriba, con la nieve que le llegaba a las rodillas, esforzándose para poder subir. Lo hizo todos los días que iba a trabajar, hasta que Augusto se compró su carro y le alivió el problema.

Sábado, marzo de 1994, 11:00 p.m. El insomnio lo agobiaba. Apagando la luz, notó a través de una pequeña ventana que el cielo estaba claro. Eso significaba el preludio de una nevada. Escuchó el crujido del hielo. Alguien caminaba afuera. Se estremeció. Los ojos le ardían terriblemente. Hacía tres noches que no había

245

podido dormir. Sintonizó *La Mega*, y la melodiosa voz de una locutora anunció una salsa romántica interpretada por Rey Ruiz «*No me acostumbro*». Mirando en la oscuridad de aquella noche, su mente se fijó en el recuerdo de una chica que conoció en un local donde se realizaba un evento al que asistió. Esta chica representó para él, en aquellos días, una especie de bálsamo luego de lo que le pasara con Ana. Se había dado cuenta de la atracción que le producía a la joven. Sus amigos también se dieron cuenta de ese detalle y lo alentaban para que la conquistara. Pero él era consciente de la diferencia de edades entre ambos. Sin embargo, la chica tenía esa semblanza de la mujer de su gusto. Era realmente muy agraciada. Poseía una hermosa cabellera rizada. Su sonrisa era tierna y sincera. Sus miradas lo penetraban. Caminaba de una forma que a él, particularmente, le gustaba mucho. También parecía haber tenido una decepción, pues sus ojos, al igual que los de él, lucían tristes. Tal vez, por eso, sintieron una recíproca atracción. Aunque nunca se contaron sus problemas. En ocasiones habían tenido contacto, como una vez en la que ella se acercó a entregarle unos folletos y sus manos inexplicablemente se entrelazaron. La chica se estremeció y se acercó a él. Pero César cortésmente, se retiró. La recordó intensamente aquella noche. Deseó que ella hubiese tenido siquiera seis o siete años más, así quizá otra habría sido su historia. Tres meses después, no la volvió a ver por aquel lugar y quedó sumido en una profunda pena.

Adiós, ilusorio ensueño de mi vida. ¡Quedarán grabadas estas letras en recuerdo del gran amor que me inspiraste!

Finalmente, llegó el sueño, y también los absurdos

oníricos: La chica y Ana se desplazaban hacia César con largos brazos semejantes a tentáculos para envolverlo en medio de una atmósfera gaseosa. De pronto, dos entes con figura de hombres y lenguaje de hombres hablaron incoherencias. Se consternó. Acto seguido, dándole las espaldas, ambas fueron arrastradas por esas presencias en medio de un mar efervescente. Ondeando sus brazos, como despidiéndose, desaparecieron. Su madre apareció en la escena. Su cabellera estaba más blanca y de sus ojos vio caer lágrimas vivas; al hacer contacto con el suelo, producían un sonido conmovedor. Luego ella también lo abandonó. Sintió que se quedaba en el más absoluto desamparo.

Despertó con la sensación de estar acumulado de tiempo y soledad. Percibió las mejillas húmedas por algunas lágrimas que brotaron durante el sueño. Abriendo los ojos, vio, por la pequeña ventana del sótano, que estaba nevando. Empezó a analizar las imágenes que tuvo. Sin duda, era un presagio de que a ambas jamás las volvería a ver. Pero, con respecto a su madre, tuvo la urgente necesidad de ir a llamarla por teléfono. Afortunadamente, todo estaba bien por su casa en el Perú. Aquel día comprendió que la vida debía continuar. A pesar de ellas. A pesar de todo.

Al mediodía, el sol empezó a resplandecer y, junto con él, la esperanza de que algún día las cosas fueran a cambiar en su vida.

El invierno llegaba a su fin, otra vez. Ahora, en primavera, se reunían en la casa de Saúl. Así, entre reuniones, nació el club de fútbol que sería una fuente de distracción para él y el resto de los muchachos. Se estableció oficialmente con el nombre de «*Amigos FBC*» y fue dirigido por los hermanos Ruiz. Este club de fútbol llegó a ser muy famoso en *Passaic*.

Otro cumpleaños lejos de la familia, pero manteniéndose cercano a través de la comunicación por teléfono.

Desde que Ana había decidido romper con la relación, le escribió muchas cartas que él se encargó de devolver. Solo abrió la primera, que era la rectificación de ella acerca que lo de ambos era cosa del pasado.

Saúl celebró su cumpleaños invitando a todos los muchachos a su casa. Ahí les dio una buena noticia.

—¡La próxima semana llega mi mujer, carajo!
—Buena, Cholo, ¡la hiciste! —le dijo Ricky.
—Te felicito, compadre. Por fin estarás acompañado, y te deseo muchas felicidades. Tú también te lo mereces —le decía César abrazándolo.

Así, entre muchas latas de cerveza y abundante comida, el Cholo Saúl celebró su último cumpleaños de «soltero» acompañado por sus amigos.

A la semana siguiente, Día de las Madres, llegó la esposa de Saúl, la compañera de aquel noble amigo con quien formarían un buen hogar en esta parte de Estados Unidos.

El 1994 pasó lleno de angustia y desconsuelo para él. La soledad y su situación económica le producían fuertes estados de ansiedad. Agregado a ello, la inmensa frustración que sentía de no poder practicar su profesión y saberse lejano de su familia, terminaban por destruirlo. Durante ese año, se refugió en el alcohol.

Esperaba con ansias la llegada del fin de semana para encontrarse con sus amigos, quienes se dieron cuenta de que algo malo estaba pasando con él. No era gran bebedor como parecían ser los demás muchachos, que esperaban el fin de semana para divertirse. Él lo hacía para enmascarar su pesar. Por eso, ese comportamiento atípico llamaba la atención de sus amigos. También se acercó el tiempo en que una pelota convulsionó al mundo, el Mundial de Fútbol Estados Unidos 1994, que solo fue un pretexto para consumir más alcohol.

El día del partido final entre Brasil e Italia, que se realizó en el *Rose Bowl Stadium*, ubicado en la ciudad de *Pasadena* en los *Ángeles, California*, todos los muchachos del club se reunieron en la yarda de la casa de Rubén. El día transcurrió entre el consumo de grandes cantidades de cerveza. Cuando anocheció, todos se encontraban ebrios. César, con los sentidos embotados por el alcohol, se dirigió a su cuarto. Se sentó en el piso de su habitación con la espalda recostada en el borde de la cama. Cogió la *pelota verde,* pero no tenía coordinación para rebotarla. Encendió el televisor. Se transmitía un show ofrecido por tres grandes tenores, como cierre del campeonato mundial de fútbol: Luciano Pavarotti, Plácido Domingo y José Carreras, quienes protagonizaron un espectacular duelo musical. Cuando llegó el turno de Pavarotti, empezó a vocalizar la hermosa canción

«Nessun Dorma».

Al escuchar tan sentimental tema, empezó a derramar lágrimas. Su sistema nervioso simpático empezó a hacerle acelerar el corazón rápidamente. Su respiración aumentó, el llanto también. El tórax se expandía y se contraía en inconsolable llanto. *«Land of free, home of braves». «Somos la imagen de los que vendrán… y sufrirán… y llorarán».* Por el mismo mecanismo, una profusa rinorrea brotaba de su nariz, a la vez que la secreción de saliva se hacía constante. En su mente: sus hijos, su madre, su desolación. Llanto incontenible. Llanto y secreción, conjugados. Pavarotti, con su potente voz, finalizaba su tema musical con un estremecedor y desgarrador final, modulando su más alto registro vocal: *«vinceró… vinceró»*!!! (venceré… venceré).

Percibió un intenso vértigo. Sintió que se abismaba. Se quedó dormido.

Afuera: algarabía general. Fuegos artificiales por doquier anunciando el final del certamen mundial de fútbol. Agobiante calor.

La vida continuaba, el mundo seguía girando.

****

Pasaba el tiempo entre semanas de trabajo y fines de semana de juergas. Afortunadamente, no tenía el gen del alcoholismo en su sistema.

Un día, algo extraño aconteció. Había bebido en exceso un domingo por la tarde, cuando de pronto se dio cuenta de su estado. Se levantó de la silla de un bar donde estaba con sus amigos y salió de allí. Ya en la calle, aún a pesar de su embriaguez, se daba perfecta cuenta de todo lo que acontecía a su alrededor. Miró su imagen en la ventana de un carro y empezó a razonar acerca de su situación. ¿Qué dirían su madre y sus hijos si lo vieran así? ¡El dolor que les causaría! ¿Estudiar medicina para terminar de esa manera?

Empezó a derramar lágrimas. Un grupo de gente empezó a reírse de él. Se quedó mirándolos. Caminaba errático, agarrándose de las paredes; las lágrimas no cesaban, tampoco las carcajadas de esa gente… el crujido del hielo… eternas. Sin embargo, en su mente retumbaba: «no más… no más»

Pasó la navidad de 1994, en medio de una nostalgia terrible. El inicio del año nuevo de 1995 le fue indiferente. Se comunicaba con su familia fingiendo estar bien. Sin embargo, su madre presentía lo contrario.

No volvió a beber desde aquella fecha, pero tampoco había cambios en su vida, todo seguía igual. No había ningún progreso, ningún cambio positivo, ninguna estimulación, ninguna voz amiga que lo animara. Sus amigos reclamaban su presencia en las juergas, pero él las rechazaba y se quedaba en su cuarto. Solo las horas de trabajo lo sacaban del monótono círculo en que se desenvolvía su vida.

Acurrucado en posición fetal, con los nervios hechos trizas, pasaba las horas acostado en su cama. Cambiaba de posición solo para cruzar las piernas y extender los brazos, como un crucificado… crucificado por la vida. (El perdón tiene un precio: es el sufrimiento que se tiene que experimentar por haber causado daño a otra persona y así expiar la culpa del error. El perdón no cambia el pasado, pero sí agranda el futuro).

✳✳✳✳

Un viernes por la tarde del invierno de 1995, que ya era de noche por la oscuridad, retornaba del trabajo a

251

en medio de una nevada que casi obstruía la visión. Las calles estaban vacías. Caminar por las calles en invierno, siempre con el crujido del hielo, estremecedor, era agobiante para él. Al llegar a la esquina de la casa, una chica apareció de súbito.

—Hola —le saludó ella.

—Hola, ¿te puedo ayudar? —le respondió, mirando a todos lados.

—Solo quería saludarte. No te asustes, yo te conozco. Te he visto muchas veces por estas calles. Siempre te he observado desde la ventana de ese tercer piso—le decía mientras le señalaba uno de los edificios de esa cuadra.

—¿Sí? ¿Qué deseas?

—Conversar contigo, nene. ¿Me invitas a tu cuarto y ahí platicamos? Está haciendo mucho frío.

Le hizo ingresar a su cuarto, previa advertencia de que tuviera un buen comportamiento y no tratara de hacerle algún mal. La chica se despojó de su abrigo, se sentó al borde de la cama y le preguntó:

—¿Qué te pasa? Veo mucho sufrimiento en tu rostro.

—Cosas de la vida.

—Te sientes solo, ¿verdad? Yo también siento lo mismo. He tenido muchas decepciones en mi vida que me hicieron cambiar, me volvieron una mujer más dura. Desde que el padre de mi hijo me abandonó, mi vida se convirtió en un calvario. Pero eso me sirvió para seguir adelante en medio de muchas penurias y problemas económicos. Hace un año que estoy viviendo en esta ciudad, en la casa de mi hermana, pero últimamente he tenido problemas con ella.

—¿Porque has venido a mí?

—Pues, la verdad, mi hermana me corrió de su casa hoy, y no tengo dónde quedarme. Afortunadamente vi que llegabas y me acerqué a ti. Mañana me iré a Pennsylvania donde está mi madre y mi hijo; allí me quedaré y trataré de rehacer mi vida. Además, tú me gustas y me inspiras mucha confianza. Te veo como una persona honesta. Tú sabes, nene, que uno siempre tiene preferencias por alguien, y pues… quiero que me permitas quedarme esta noche contigo. Mirándote por estas calles, pensaba: «qué bueno sería tenerte» y, ya vez, se presentó la oportunidad. Mírame, este cuerpo ha sido deseado, pero solo mi cuerpo, no yo como persona (decía mientras tocaba sus senos y palmoteaba sus prominentes nalgas). Eso me causaba mucho enfado. Me hubiera gustado tener un hogar estable, con hijos y esposo llevando una vida normal. Mírame, nene, ¿qué hubieras hecho si tú me hubieras visto con los ojos que yo te miraba?

—Tal vez hubiera hecho lo mismo. ¿Te me estás ofreciendo sin conocerme?

—¿Crees que soy mujer fácil? Pues te equivocas. Se valorarme, pero también tengo sentimientos y necesidades, como cualquier ser humano. Así, como tú también los debes tener en estos momentos, ¿o, no? Tú no te imaginas la cantidad de gente que se me ha ofrecido en este *Henry Street!* Ofreciéndome dinero por sexo, pero yo tuve la fuerza necesaria para mandar al carajo a esos *hijos de puta.* Por si no te diste cuenta, yo trabajaba de cajera en el supermercado *President.* Allí también te vi algunas veces y tú no te dabas cuenta de mí. Aprovechemos esta noche, baby; déjame que te acompañe. Mañana será otro día, ¡quién sabe! Supongo que tú también necesitas de alguien, ¿verdad?

—Pues, sinceramente, sí. Pero…

—No digas más nada, nene, deja que pasen las cosas. ¡Mírate cómo estás! Las uñas crecidas, las cejas muy pobladas, y ¡esos pelos de la nariz! Pero, ¿sabes? Me gusta tu cabellera. Ven, vamos a ducharnos.

Sintío afecto por ella. Parecía también estar, en parte, en la misma situación que la de él. Se ducharon juntos en ese pequeño baño. El agua caliente, reconfortante. Ella empezó a lavar los cabellos de él con *shampoo* y a refregarle todo su cuerpo con una esponja. El agua caía sobre el cuerpo de ella como una torrencial lluvia, extendiendo su lacia cabellera. Regresaron al cuarto cubriéndose ambos con largas toallas. Secaron sus cuerpos.

La chica sacó de su bolso un kit de depilación. Empezó a trabajarle las uñas de manos y pies dejándolas bien recortadas, los pelos de la nariz quedaron imperceptibles y las cejas bien delineadas. Luego empezó a limpiarle el cutis y a sacarle espinillas de la espalda y pecho, y también, le aplicó una loción de olor agradable. Empezó ahora a darle masajes, mientras lo besaba apasionadamente.

Finalmente, lo amó hasta el cansancio. Toda la noche lo amó en una demostración frenética de placer y deseo. Se quedaron dormidos.

Despertó súbitamente aquel sábado por la mañana. Había dormido profundamente. Miró a su alrededor, pero la chica no estaba. Se sentía confundido, pensó que tal vez todo eso fue un sueño, pero al mirar sus manos, vio las uñas bien recortadas, al igual que la de los pies. Al mirarse al espejo: las cejas bien arregladas y no pelos visibles en su nariz (costumbre que hasta hoy conserva). Todo fue real, esa chica había pasado la noche con él. Se sentía desconcertado y vacío («un acto fisiológico»). No le preguntó siquiera el nombre. Simplemente se fue, tal como apareció. Se fue en busca de su destino, dejándole un grato recuerdo que solo sería completamente olvidado en otra etapa de su vida.

****

Julio, 1995. Nuevamente se vio en la necesidad de cambiar de habitación y fue así que empezó su búsqueda de otro cuarto.

Al parecer, la esposa del propietario de la casa sentía fuerte atracción por él; por eso concluyó que lo mejor sería irse antes de que fuera causante de serios problemas. Afortunadamente, la madre de uno de sus queridos amigos estaba alquilando una habitación. Fue así que se trasladó a ese domicilio donde estaría por espacio de cinco años. Con un dinero, que había recibido del reembolso de los taxes, le permitió comprarse un televisor moderno, para la época , y otros accesorios.

Periódicamente lo visitaban *amigas con derechos* para satisfacer sus necesidades masculinas. Tomando las precauciones del caso, y una vez satisfecho, las echaba de su cuarto. Acción que luego le producía la sensación de haber comido algo que le hizo mal.

Un año y diez meses después de aquellas amargas experiencias, y sin darse cuenta, César se había convertido en un ser solitario, refugiado en sí mismo. Las cosas que pasaban a su alrededor no tenían importancia para él. Todo lo que había pasado y la inestabilidad económica también habían empeorado su estado de ánimo. Había dejado de beber de esa manera tan exagerada. En ocasiones lo hacía social y moderadamente, o simplemente, se abstenía. Consideró que eso no era el problema. Eran otros, del tipo psicosomático.

Se le notaba frustrado y la depresión había hecho su efecto silente, pero perceptivo. Caminaba dentro de su cuarto como un preso en su celda. Frecuentemente cambiaba de posición los enseres de su habitación: cama, armario y todo lo demás, 360 grados para ver las cosas diferentes y romper la monotonía. Muchas veces se sentaba en el piso de su habitación para leer, escribir sus cartas, o simplemente meditar.

La escena de la despedida de su familia aquella mañana de 1993, se repetía una y otra vez como una pesadilla, haciéndole despertar con una angustia terrible, y con deseos de salir corriendo, pero lograba controlar esos impulsos. Por aquel entonces, ¡cuántos llantos ahogaron sus noches!

Calificada por la ciencia médica dentro de los trastornos del comportamiento, esta enfermedad afecta el estado del ánimo o del humor y se desencadena por factores genéticos, bioquímicos, ambientales o del medio ambiente donde se desenvuelve un individuo, y encierra un conjunto de signos y síntomas.

Un incremento en la producción de un neurotransmisor que interviene en la sinapsis del sistema nervioso central, denominado serotonina, parece ser el encargado de propiciar este desorden puramente funcional, reversible y recurrente.

La depresión como síntoma es una afección del estado de ánimo que engloba sentimientos negativos, como melancolía, tristeza, desilusión, frustración, desesperanza, debilidad o inutilidad, y puede formar parte de la clínica de otros trastornos psíquicos. Como síndrome, agrupa un conjunto de síntomas psíquicos y somáticos, como tristeza patológica, inhibición, sentimientos de culpa, minusvalía y pérdida del impulso vital, que configura el diagnóstico clínico y psicopatológico. Como enfermedad, la depresión configura una entidad nosológica, definida a partir del síndrome clínico y en la que puede ser delimitada una etiología, una clínica, un curso, un pronóstico y un tratamiento específico.

Presenta también una fase llamada *distimia* o neurosis depresiva, que es un trastorno del ánimo, un tipo de depresión menos grave. Los síntomas se mantienen a largo plazo, pero no evitan la actividad de las personas. También puede ser recurrente, es decir, aparecer más de una vez en la vida.

Como era de su conocimiento, sabía que las personas que se alejan de sus familias, como en el caso de los inmigrantes, los que sufren la pérdida de algún ser querido o la pérdida de un trabajo, pueden ser susceptibles de padecerla.

Él era consciente de que algún día se le iba a presentar ese cuadro. Semanas antes de su partida del Perú, había conversado con Ana al respecto y le había instruido que la comunicación entre ambos iba a ser de vital importancia para su salud física y mental. Las cosas que tenían que pasar en su vida... pasaron. Era médico, sí, pero humano al fin y al cabo. Susceptible de enfermarse, de sufrir, de llorar y de ser feliz.

Sin embargo, un buen día reflexionó sobre el asunto y se dijo que él no había estudiado una carrera tan sacrificada y larga para estar deambulando por esta parte del mundo sin ningún beneficio. Las cosas estaban hechas y no había vueltas que darle. Además, había dos razones para seguir adelante. Tras esta reflexión, algo en su interior le tocó y su espíritu se engrandeció. Su mente empezó a brillar con nuevos proyectos y decidió en la medida de sus posibilidades, cambiar y encontrarle un sentido a su vida.

Se refugió ahora en unos libros de medicina que encontró en una librería llamada *Barnes & Nobles,* pues se dio cuenta de que su inglés no estaba tan mal en cuanto a la pronunciación, gramática y lectura (con el tiempo, perfeccionaría su inglés como segundo idioma). De esa manera, empezó a ayudar a sus amigos en cuestiones de salud, muy discretamente, haciéndose muy conocido por la zona donde vivía. Y para cambiar de aspecto, se hizo recortar el largo cabello que tenía.

Así retornaron los calurosos días de verano, las distracciones al aire libre, días de playa, y de las clásicas parrilladas al mismo estilo de Lima.

Otra vez, la naturaleza siguió su camino, y así terminó el verano.

****

Octubre, 1995. Dos años después de todo lo acontecido, en un sábado del otoño de ese año, Ricky fue a visitarlo a su cuarto.

—César, ayer me encontré con Luchito y me dijo que estamos invitados para el bautizo de su hijo, que es esta noche.

—No sé si ir, Ricky. No tengo ánimos de salir.

—¡*Come on, César!* Todo el tiempo estás encerrado en tu cuarto, la semana pasada tampoco quisiste ir al campo de juego. Un momento de distracción te hará bien. Ya es hora que te repongas de tus heridas.

—Está bien... Tienes razón, Ricky... ¡Iremos!

—Entonces, paso por ti esta noche. ¡Y deja de

rebotar esa pelota, que ya me tienes *huevón*!

Cuando llegaron al sitio, un local de los Veteranos de Guerra, localizado en el pueblo de Garfield, vieron a los demás muchachos del club, que también habían sido invitados, y se ubicaron en una mesa, donde charlaron animadamente.

Había buena música, ambiente agradable, bebidas y mucha comida. Saúl y Pepe habían ido también con sus respectivas esposas.

César empezó a escrutar detenidamente el local. Así, se dio cuenta de que una joven señora lo miraba detenidamente. Al rato, ella se acercó a su mesa y lo llamó a un lado.

—Disculpe que lo moleste, pero me parece que a usted lo conozco.

—Tal vez me haya visto por la zona donde vivo.

—¡No, no! Lo conozco desde nuestro país... Le haré una pregunta sin temor a equivocarme. Usted es médico, ¿verdad?

—Sí, ¿pero cómo lo sabe? —preguntó muy sorprendido.

—Porque usted me atendió en el parto que tuve. Yo vivía en el Perú en ese tiempo.

—¿En qué año fue eso?

—En 1990.

—Sí, ese año estaba haciendo mi internado en la Maternidad de Lima. ¡Vaya coincidencia!

—Lo recordé porque nunca olvidé su rostro ni su sonrisa cuando tenía a mi niña en sus manos. Yo estuve muy temerosa, pero, cuando lo vi sonreír, comprendí que todo había salido bien. Nunca pude agradecerle porque no lo volví a ver... hasta hoy.

—Bueno, señora, no tiene nada que agradecerme.

—Venga, para presentarlo con mi familia. Ahí están mis padres, mi hermana, mi esposo y mi hija.

Se acercó a una de las mesas y fue presentado a un grupo familiar. Había una chica que estaba de espaldas al grupo, acompañada de una niña.

—Mire, ahí está mi hija. La que está con ella es mi hermana Adriana.

Al escuchar su nombre, ella volteó. César se quedó atónito. Sorprendido, miraba a aquella chica, que al parecer también sufrió el mismo impacto. Ambos quedaron prendidos de la mirada.

—Doctor, ¿le pasa algo? —le dijo la señora.

—¿Eh? Oh, no, no... no pasa nada.

—¿Y tú? ¡Hey! —le dijo a Adriana, moviéndola por los brazos.

—Nada, nada, hermanita.

—Dígame, doctor, ¿qué hace por aquí?

—Le contaré, pero llámeme por mi nombre.

Les contó el motivo de su viaje y de sus propósitos por salir adelante. Habló también de sus hijos y de que se estaba divorciando.

Mientras relataba la historia, César y Adriana no dejaban de contemplarse.

—Ojalá Dios lo ayude a realizar sus proyectos.

—Gracias, señora…. ¿Cuál es su nombre?

—Elena. ¿No se toma un trago?

—No, gracias señora Elena. No me apetece.

La fiesta continuaba alegremente y los muchachos notaron el cambio de actitud de su amigo.

Durante la cena, el DJ, que era un muchacho del club, dándose cuenta del estado de ánimo de César, se encargó de poner música suave. Había muchas parejas que querían bailar algo romántico y pidieron una balada. Ante una bella y suave melodía, interpretada por Nelson Ned («Quién eres tú»), la invitó a bailar. Sus amigos lo miraban sorprendidos.

—¿Me permites este baile?

—Con gusto.

—Estoy contento de haberte conocido. Tienes un hermoso nombre, Adriana.

—A mí también me ha alegrado conocerte, César.

—Me gustaría invitarte uno de estos días a cenar a algún lugar para conversar. ¿Crees que pueda ser posible?

—¿Por qué no? Pero tiene que ser después que terminen mis clases en la universidad o en un fin de semana.

—¿Estás estudiando en la universidad?

—Sí, estudio *International Business*, en *Bergen County College*.

—Qué interesante. Pero yo no tengo auto todavía y no sé si...

—No te preocupes, iremos en el mío. Te daré mi número de teléfono, así nos mantendremos en contacto.

—Disculpa que yo todavía no tenga algunas cosas que considero importantes, pero mi situación migratoria no me lo permite. Aún no.

—*Take it easy, don't worry...* ¡Espero que en el inglés estés bien!

—*Yes, I do*. ¡En eso sí me defiendo!

Se quedaron mirando fijamente. Luego ella le preguntó:

—¿Nos hemos visto antes? No sé porque me da la

impresión de que te conozco.

—Eso mismo estaba pensando. Trataba de recordar dónde te he visto anteriormente. Tal vez haya sido por las calles de la ciudad. No sé......

—Tal vez sea eso.

—Bonita canción, ¿verdad?

— Sí… y muy apropiada.

El tema musical seguía su curso. Se percató de que sus amigos, muy contentos, lo observaban y le hacían gestos para que siguiera adelante. Un solo de saxo con bellas melodías envolvía el ambiente. Había más personas bailando alrededor de ellos. Aprovechando el momento, reclinó parcialmente su rostro sobre los cabellos de ella. Aspiró su fragancia y percibió la suavidad de esa hermosa cabellera. Ella, sintiendo la buena vibración que emanaba de él, alzó la vista y le dio una mirada de aprobación. De pronto, la potente voz de *Nelson Ned* entonó unas letras muy sugestivas para los dos:

¿Quién eres tú?
que de repente apareciste en mi vida
haciendo revivir la ilusión perdida
que hace ya tiempo adormeció dentro de mí.
¿Quién eres tú? que como estrella alumbraste mi camino…
yo que vagaba por la vida sin destino, ahora estoy amando
a alguien que no conozco.
¿Quien eres tú? y cual secreto tienes tú tan escondido
de algún milagro tú debes haber venido…
o una bendición que Dios me regaló.

Después de terminar de bailar aquella hermosa balada, salió un rato del local para tomar un poco de aire fresco. Otras personas también habían salido para refrescarse. El cielo se encontraba despejado y tachonado de estrellas. Una hermosa luna llena enmarcaba ese bello espectáculo nocturno y el cántico de los grillos ponía la nota musical a ese momento inolvidable para él. Otra vez sus hijos en su mente. De pronto, la inflexión de la voz de Adriana lo sacó de sus pensamientos.

—No sabía que te gustaba contemplar las estrellas.

—Sí, me fascina hacerlo, es uno de mis pasatiempos favoritos. Estaba recordando una noche como esta, cuando estaba viajando al norte del Perú. El bus hizo una parada, creo que fue en el pueblo de Supe, y se estacionó en una fonda, de las muchas que hay en el camino por la Panamericana Norte. El lugar estaba alumbrado por una bombilla de poco voltaje. Y el paisaje era más bien oscuro. El cielo estaba decorado por una miríada de estrellas. Avancé hacia una posición que me permitiera ver mejor aquel hermoso cielo y fue entonces que sentí algo muy, cómo te explico, raro. Era como una satisfacción, un gozo o quizá un privilegio de estar presenciando aquel bello espectáculo. Era como una presencia... ¡Sí, eso fue! Una gran presencia en esa inmensidad, y agradecí y bendije a Dios por haberme dado la oportunidad de dejarme ver Su creación.

— ¿En quién crees?

—Creo en Dios con todo mi espíritu y corazón, y en la relatividad de las cosas materiales.

—Yo también creo en Él, y también he sentido su presencia en muchas oportunidades.

—Una chispa de Él está presente en todos nosotros. Adriana, ¿tú tienes algún compromiso? Es decir, ¿tienes a alguien actualmente?

—No, no tengo a nadie... ¿Y tú?

—También estoy solo. Pero ahora estoy acompañado de ti.

—¿Sabes los nombres de las estrellas?

—Algunos... Déjame ver. ¿Ves aquellas brillantes al norte de nosotros?

—Sí.

—Es la constelación de Leo, con *Regulus* en su mitad elíptica; la que está al este se llama *Draco y la Osa Mayor*, y aquella más brillante es la estrella Polar, que está muy cercana al Polo Norte: esa es la estrella clave de los navegantes. Ahora, al sur de nuestra posición está *Sirio*, que pertenece a la constelación del *Can Mayor*, aquella que parpadea como tus ojos. Recuerdo que el primer día que llegué a Estados Unidos estaba *Orión*, con *Rigel* brillando como una joya. Ahora debe de estar acercándose a este hemisferio, puesto que ya se observa al *Can Mayor*, anunciando el solsticio de invierno en este continente. Ellos andan juntos.

—Me has dejado sorprendida. ¿Tú crees que soy una estrella?

—La más radiante de todas.

—Eres muy galante. ¿Qué más sabes?

—De todo, un poco.

—¡Así que eres médico! —le dijo mientras lo miraba fijamente—. Estaba escuchando tu historia y la verdad que no es fácil la vida en este país... Pero, ¿cómo es que tuviste el valor de dejar a tus hijos?

—Ni yo mismo lo sé. Pero unas ansias de salir adelante y cumplir mi promesa de traerlos, es lo que me mantiene en la lucha.

—¿Los extrañas?

—Con todo mi corazón. Y tienes razón, no es fácil. ¿Sabes? La noche del cumpleaños de mi hijo, fui a llamarlo por teléfono para saludarlo. Al contestarme, lo primero que me dijo fue: «Papá, ¿dónde estás?». Yo le respondí que estaba lejos, trabajando, y me dijo: «Yo quiero que vengas. Toma un taxi y ven a mi fiesta». Le dije que no podía, que algún día estaríamos juntos, y se molestó. Me dijo: «Ven, papá, quiero verte». Recliné mi cabeza sobre el teléfono público de donde llamaba y le dije que me perdonara. «Perdóname, hijo, pero no puedo». Empecé a llorar y después no lo escuché; solo el bullicio de muchos niños... Cómo olvidar la noche en que mi hija me pedía que regresara para la Navidad, y le decía que no podía por el momento. Escuchar su llanto y sus ruegos... No es fácil. Semanas antes de venir aquí, le rogaba a Dios que cambiara mi suerte, que me contrataran en cualquier hospital del Perú, que no se me parara de mi familia. Todos los días, después de dejar a mi hija en su colegio, debía llevar a mi hijo, que aún no cumplía los tres años, a la casa de mi mamá, para que me lo cuidara. Lo llevaba en mis brazos, siempre, y le decía: «No te quiero dejar, hijo... Dios mío, ayúdame. Te quiero, hijo mío. Te quiero». Muchas veces pensé en regresar a casa, pero después razonaba y me decía: "no volveré derrotado".

—Disculpa que te haga esta pregunta, hace rato quería hacerlo, pero no me atrevía. ¿Por qué tienes ese gesto de amargura y sufrimiento en tu rostro?

—Cosas que me ocurrieron durante estos dos últimos años. El desarraigo, la soledad, la falta de oportunidades con un futuro incierto, la ausencia de mis hijos, mi madre... los recuerdos.

—¿Qué pasó con tu esposa?

—Eso te lo contaré en detalle en otra oportunidad. ¿Tú crees que los errores son voluntarios?

—Yo creo que los errores voluntarios podrían generar problemas involuntarios.

Haciendo un gesto de aprobación, César le contestó:

—Sin duda pensamos de la misma manera. Eso fue lo que pasó conmigo. Un error que cometí siendo estudiante precipitó que con los años ella decidiera dejarme. Actualmente, estamos en los trámites del divorcio. Ella ya tiene pareja... y un hijo. Pero yo extraño a los míos con todo mi corazón.

—Te admiro por ser como eres, pero tus ojitos están húmedos.

—Disculpa, siempre me pasa eso cuando recuerdo a mis hijos. Te llamaré para poder ir a algún lugar la próxima semana.

—Dime, César, ¿qué es lo que estás haciendo ahora?

—Bueno, actualmente estoy trabajando en una factoría de repuestos para computadoras —le respondió un tanto avergonzado.

—No te preocupes, algún día las cosas cambiarán para ti. Sé cómo te debes sentir al no trabajar en lo que es tu profesión, pero debes tener paciencia.

—Sí, lo sé. Esa palabrita la he escuchado muchas veces, pero, tú sabes, las circunstancias... y...

—¡No te apenes! Saldrás adelante —le dijo tomándolo de los hombros—Quiero pedirte una cosa: a partir de hoy, ten valor para aceptar los retos de la vida, confianza para poder enfrentarlos, y paciencia para que todo lo planeado se realice. A partir de hoy, puedes contar conmigo. Siempre me tendrás a tu lado para ofrecerte mi mano amiga, y te prometo que no te sentirás solo nunca más. ¿Sí?

—Ok. Adriana, así lo haré, Te agradezco de todo corazón esas palabras. Me han conmovido profundamente, gracias. ¡Dios, qué hermosa eres!

—¿Ya cenaste?

—Todavía no.

—¿Qué te parece si vamos a cenar? Toda esa comida se ve buena.

— Sí, vamos.

Ambos rieron tímidamente. Se miraban con dulzura. Las palabras pronunciadas por Adriana se quedaron fuertemente impregnadas en su conciencia. Se sentía aún conmovido. También sintió como si un gran peso había sido removido de encima de él. Ella secó con sus manos unas lágrimas que rodaron por las mejillas de César. Era extraño. Recién se conocían y parecía como que se habían tratado antes. El aire empezaba a enfriarse y entraron otra vez al local. Cenaron juntos en una mesa alejada de los demás. La noche transcurría, así la fiesta llegó a su final. Se acercó para despedirse.

—Señora Elena, señores, Adriana, ha sido un gusto haberlos conocido. Ahora tengo que retirarme.

—Espero volver a verlo pronto.

—Lo mismo digo yo, señora Elena.

— ¡Sí, César! Ojalá sea pronto —dijo Adriana.

—Oye, ¿qué te pasa?

—Nada, hermanita. Nada... O, más bien, no sé.

Mientras abandonaba el local, volteaba para verla y se dio cuenta de que ella no despegaba la mirada de él. En el camino pensaba: «No puede ser, es increíble. Pero mejor lo dejo ahí. Sí, será lo mejor». Pero, también sintió como que una nueva fuerza empezaba a generarse en su ser.

—¿Qué tal, doc? ¿Cómo estás? —lo saludó Germán cuando fue a visitarlo a su cuarto.

— ¡Hombre! ¿Qué fue de tu vida? ¿Te perdiste?

—Estuve dando unos exámenes en el *college*. Hoy estoy libre y vine a visitarte. ¿Qué haces?

—Leyendo este periódico con noticias de nuestro país. Este *Amauta* es bueno, ¿no? Siguen los altos costos de los comestibles. Escándalos en el partido político de Fujimori. La miseria y el hambre están en su punto más alto. Al equipo peruano de fútbol le sacaron la mierda, ¡como siempre!... ¡Y pensar que pagamos veinte dólares para ver a esos malos! Y los *terrucos* siguen haciendo de las suyas, aún a pesar de que Abimael Guzmán está preso.

—Ese problema nunca va a terminar. Hace tiempo te conté cómo era el asunto y ahora que veo este reportaje me he acordado de otro igual de verídico. El amigo al que le pasó esto que te voy a relatar es de mi barrio. Esto sucedió cuando capturaron a Edith por la sierra de Huancavelica. Los policías que la arrestaron no sabían quién era y empezaron a maltratarla. Mi amigo, que pertenecía a la Sanidad de las Fuerzas Policiales, tenía que atenderla, pero sus compañeros le decían: «Deja a esa hija de puta... Estos son una basura. No les des ni agua a estos desgraciados». Sin embargo, mi amigo a escondidas se acercaba a curarla y a darle de beber un poco de agua. Edith solo lo quedaba mirando.

—¿Edith? ¿Te refieres a Edith Lagos?

—Sí. Tres días después, los terroristas cercaron la comisaría y se enfrascaron en una balacera infernal con los policías, que finalmente fueron vencidos, muriendo en ese intento muchos civiles. Una vez capturados los policías, los enterraron uno por uno, dejando solo sus cabezas al descubierto. Y cuando Edith pasaba por su lado, les decía a los terroristas: «A este», y lo mataban con tiros en la cabeza. Cuando le tocó el turno a mi amigo, Edith dijo: «A este no. Todavía no está contaminado. No lo maten, porque él me ayudó». No lo mataron, pero lo masacraron. Lo dejaron tendido por los cerros, hasta que unos campesinos lo encontraron y lo llevaron al pueblo más cercano. De ahí lo trasladaron a la capital, ¡y lo ascendieron de grado!

—¡Germán, tú como siempre tan espectacular!

—¡Fue verdad, doc!... ¡Fue verdad! Tan verdad que ella fue considerada como una de las primeras *«mártires de Sendero Luminoso»*. Estudiaba Derecho, y fue una de las cuatro dirigentes más importantes de esa facción terrorista. Tenía a su cargo la dirección logística de la ciudad de Ayacucho. Participó en muchos atentados y asesinatos como el que te comenté.

No sé si tú sabrás que el 3 de septiembre de 1982, Edith Lagos y un senderista fueron abatidos por la Guardia Republicana en una carretera de Apurímac. Tenía diecinueve años cuando murió. Los periódicos de la época reportaron que más de treinta mil personas acudieron a su funeral.

—Está bien, Germán, olvidémonos de eso... Hace tres semanas fue el bautizo del hijo de Luchito. ¿Por qué no fuiste?

—Estuve trabajando esa noche.

—Me pasó algo curioso en la fiesta. Una señora me reconoció y me habló de un parto en la que participe cuando era interno en la Maternidad. Me sorprendí mucho, pues me dio detalles del asunto con fecha y todo lo demás. Me presentó a sus familiares que estaban con ella, y cuando vi a su hermana sentí algo que, no sé, fue increíble. Nunca pensé que me volvería a pasar... Se parecía a, su mirada, su sonrisa...

—¡Hey, doc! ¿Qué te pasa?

—Nada, nada. Conversamos mucho y todo el tiempo que estuvimos allí no nos quitábamos la mirada. Todo pasó tan rápido. Hace tiempo tuve un sueño. Estaba en un estado febril muy intenso y lo último que recuerdo es que una mujer se acercaba a mí. No recuerdo su rostro, solo su cabellera que parecía revuelta por el viento… y el ruido del paso de un tren. Fue un sueño muy extraño. Pero déjame decirte que después de ese encuentro con ella, he sentido como que mi corazón apagado ha vuelto a encenderse, me siento diferente, con un poco de una inusual alegría… y una sensación de esperanza…

—¿No te estará pasando lo mismo, como con la chica de aquellos eventos?

—Eso fue diferente. Yo era muy consciente de nuestras diferencias de edad. Como recordarás, casi le duplicaba la edad.

—El amor no tiene edad.

—Eso, mi querido Germán, es pura retórica, eufemismos, poesía. Hay que ser prácticos y sinceros con uno mismo.

—¿Qué quieres decir?

—Pongamos un ejemplo clásico. Una persona de cuarenta años se enamora de una chica de veinte. A los sesenta años, esa persona habrá tenido una pérdida gradual de sus energías, tanto en lo físico, como en lo sexual. Tendrá enfermedades primarias como la hipertensión, la diabetes y algunas enfermedades articulares, que complicarán su estado general. Por el contrario, la mujer, a sus cuarenta años, estará en todo su apogeo físico y sexual. Sobrevendrá luego lo que todo el mundo sabe y teme pasar. Claro que estoy hablando desde un punto de vista particular. He tenido pacientes con estos casos.

—Cuando alguien ama, debe amar de verdad.

—Por eso te dije, no estoy generalizando, pero esas cosas pasan.

—Es verdad, no te refuto. Pero, ¿estás tratando de decirme que la pareja debe envejecer paralelamente?

—Tener una pareja de la misma edad, o algo menos, marca una significativa diferencia. Gozarán ambos de toda una vida llena de vigor y lozanía. Envejecerán habiendo conocido ambos lo más íntimo de su ser. Habrán logrado ambos, al final, una meta espiritual y material.

—*Yeah, that's right.* ¿Y esta chica qué edad tiene?

—Tres años menos que yo. Es un buen promedio.

—Y, ¿cómo es ella?

—Cabellos castaños, largos y suaves como el terciopelo, hermosos ojos, también castaños y enmarcados por unas bien delineadas cejas, sus labios sensuales, finos y carnosos a la vez, el timbre de su voz me cautiva. Su frente amplia, su sonrisa angelical y su cuerpo muy bien cuidado, le dan un atractivo extraordinario.

—¿Qué esperas, doc? Quizá sea tu segunda oportunidad.

—Sí, quizá sea mi segunda oportunidad, pero aún tengo fresca una herida y no quisiera sufrir otra decepción. Además, el amor, como el azar, es sin pedir.

—Eso depende de ti, doc.

—Sí, Germán. Depende de mí.

Había pasado la «*blanca navidad*» de 1995, y el inicio del Año Nuevo de 1996 fue algo diferente. Ahora transcurría el invierno con su inclemente frío y tormentas de nieve. César dejó que el tiempo siguiera su curso. Se comunicaba con Adriana telefónicamente y tuvo con ella otros encuentros rápidos en reuniones sociales, pero no profundizaba el asunto.

Los dos se atraían, de eso no había duda, pero él aún tenía fresca una herida... y no quería otro fracaso.

Ven, calma tu sed en mis lágrimas.
Mira el vacío de mi corazón que te ofrezco
Para que lo llenes con tu amor.
Cobíjame en la sombra de tu dulzura.
Quítame este dolor
Ven... calma tu sed en mí.

—La vas a perder, César. La vas a perder. Sigue cortejándola —le decía Augusto, su compañero de trabajo.

—No lo creo. Hasta ahora, como amigos, nos llevamos bien. La semana pasada nos fuimos a cenar a un *dinner* en Garfield y conversamos ampliamente.

— ¿Qué conversaron?

—Me preguntó mucho sobre mi vida en el Perú, mis estudios, mi familia y cosas más profundas de las que le dije la primera vez que la conocí. Inquirió a fondo sobre mi fracaso matrimonial.

— ¿Y le dijiste toda la verdad?

—Sí, no quise ocultarle nada. Ella escuchaba atenta todo lo que le decía. Además, eran otros tiempos, otro lugar.

—A veces es bueno ocultar algo de nuestro pasado. Aún cuando uno quiera ser sincero, siempre hay culpas que nos marcan.

—Tienes razón, Augusto. Muchas veces la mentira se impone ante la verdad, pero tengo mi conciencia tranquila. En el fondo, fui diáfano con ella, no quise ocultarle nada que pueda estropear una futura relación y tener mi segunda oportunidad. Sé en mi corazón que esa noche ella me comprendió. Pero también hablamos de otras cosas que no te voy a comentar esta vez. Hace un mes, fuimos a un show cómico-musical. ¡Cómo nos hemos divertido, compadre! Hacía tiempo que no me divertía de esa manera. Pero a veces me entra el temor de volver a fracasar... En fin, veremos qué pasa.

—A propósito de perder, César, siempre me arrepiento de haber perdido la oportunidad de seguir trabajando en el cargo que tenía antes de venir aquí. Como tú sabes, yo era funcionario público, pero, ilusionado por las cosas que me contaban de este país, lo dejé todo. A veces me dan ganas de coger mi maleta y partir en el primer avión que salga para casa. Estoy harto de todo esto, de pensar que tengo que trabajar solo para mantenerme, de llegar a mi habitación y sentarme a comer solo, a reírme solo. ¡Ya estoy harto de todo esto!

—Tranquilo, Augusto. Tenemos que seguir trabajando para cumplir nuestros propósitos de progresar y regresar a casa algún día. Oye, ¿no has intentado recuperar tu antiguo puesto de trabajo?

—Hace unos días mandé una carta a unos contactos. En la primera respuesta positiva que tenga, ¡me voy de aquí! Si alguien en nuestra patria me hubiera dicho cómo es la vida en este país, ¡ni loco venía!

—Qué le vamos a hacer, Augusto. Ya estamos *en la olla*. Yo también pienso lo mismo ahora. Mientras tanto...

—Mientras tanto debemos trabajar en lo que sea —dijeron a coro—Augusto, tú eres residente legal, ¿verdad?

—Sí, compadrito. Mi padre me hizo la petición hace

un año. Él vive aquí desde el año 1980, y durante todo ese tiempo trabajó para darnos educación y estabilidad económica en Lima. Aquí, él hizo su vida y se casó con otra mujer; afortunadamente le fue bien con ella y compró tres casas en Paterson. Dice que va a dejar una para mí, pero actualmente estoy viviendo solo en un cuarto, en el *basement* de una de sus casas.

Por mi parte, yo también quiero hacer algo y poder darle profesión a mi hijo, él quiere ser médico como tú, y haré hasta lo imposible para que lo sea… espero tener las fuerzas necesarias para hacerlo. No te olvides de la chica, compadre. Tienes derecho a rehacer tu vida, después de lo que te ha pasado. Todavía estás joven, ¡puedes hacerlo!

—Siempre la tengo en mi mente. Me gusta mucho esa chica, tiene un carácter muy especial. A su familia le he caído muy bien, aunque nuestra relación es de amigos, hasta ahora. El hecho de tener a su familia de mi lado es algo que me estimula. De momento, empezaré a alejarme de todas las cosas que puedan frustrar una relación con ella… tú sabes, esas «amigas» que tengo. ¿Sabes, Augusto? Tengo el buen presentimiento de que ella será la que me acompañe el resto de mi vida.

Desde su llegada, el contacto con su familia fue en extremo constante. Habían intercambiado múltiples cartas y fotos. Nunca se imaginó que vivir lejos de la patria sería tan doloroso. Constantemente, los recuerdos de los días vividos en su país volvían a su mente. Las fiestas del barrio con los muchachos, las clases en la universidad y sus compañeros de estudios, los paseos por las calles de Lima, el delicioso cebiche de *Rolando*, una cerveza bien helada en la playa cuando hacían los paseos a las playas del sur. Recordó con nostalgia a

Puerto Viejo y *León Dormido*. El recuerdo de un tallarín con pollo en trozos del chifa *Unión* en el Rímac le hizo agua la boca. Una buena copa de vino Borgoño, su preferido. Ni qué hablar del dominguero escabeche que su mamá preparaba la noche anterior y que era devorado en el desayuno. Algunas chicas que compartieron su vida, antes de casarse por supuesto. Sus queridos primos, incluso a los que no había visto hacía tiempo, eran evocados en sus recuerdos... ¡Los mínimos detalles! ¡Las más bellas vivencias!

Una noche, revisando su álbum, encontró una foto de su hijo, que estaba con otros niños, sobrinos no conocidos. Se le veía triste, pero su carita seguía siendo la misma. Lo recordó en aquella mañana que tuvo que dejarlo. «¡Yo también quiero ir!». ¡Dios! Cada vez que recordaba esa escena su alma se fraccionaba en pedazos. Muchas veces, nuestro amado Dios le había concedido la bendición de tener a todos reunidos en sus sueños, disfrutando del calor de sus hijos y familiares, paseando con ellos por su querida ciudad. Una fiesta familiar, un cumpleaños... Pero al despertar lo hacía bañado en lágrimas.

«¡Espérenme! Volveré a ti, y a todos. Los abrazaré y besaré. Los cubriré con mi amor acumulado por años, y lavaré sus penas con mis lágrimas. Me estremezco.... de pensarlo nomas. Pequeño mío, ¡cuándo te tendré otra vez en mis brazos! »

¿Adónde vas, carita triste,
con tus ojos negritos y tu sonrisa bonita?
¿Quieres un juguete? Ven, yo te lo daré
seré tu amigo.
No te pongas así, carita triste.
Caminaremos juntos,

te enseñaré el mundo.
¿Te gusta ese osito?
Yo te lo daré.
Yo también fui como tú.
Me gusta el mar, el río..., ¡ese osito!
Vamos a jugar pelota,
yo te enseñaré.
Espera..., ¡no te vayas!
Seré tu amigo.
¡No te vayas, carita triste!
No me dejes,
seré tu amigo. Te amo.

Ahora empezaba otro verano. La compañía donde trabajaba se había trasladado a California y otra vez se quedó sin trabajo. Nuevamente empezó la búsqueda. Junto con Augusto, que tenía auto, todas las mañanas se iban en busca de empleo. Una tarde estaba con los muchachos en el parque jugando pelota, cuando, de súbito, fue atacado por dolorosos cólicos abdominales. Uno de sus amigos se dio cuenta.

—¿Qué te pasa, César?
—Me duele mucho el estómago.
—¿No te parece que deberías ir a un médico?
—Sí, eso haré.
—Mira, en el *downtown*, frente al *City Hall*, hay un doctor que es peruano. Hace poco ha abierto ese consultorio. ¿Por qué no vas ahí?
—Sí, le dices a Ricky que ya regreso.

Se fue caminando por las calles de la ciudad hasta las oficinas del médico. Cuando llegó, se anotó y esperó a que lo llamaran.

Minutos después, un hombre alto lo llamó. No había mucha gente. Observó un local con tres cuartos de consulta muy bien implementados. El señor alto le hizo ingresar a uno de ellos.

—Buenos tardes.

—Buenos tardes, doctor Tejada.

—Yo no soy el doctor Tejada, pero te voy a atender. Soy el doctor Medina, asistente del doctor Tejada.

—Ah, disculpe usted.

—No hay problema. ¿En qué te puedo ayudar?

—Tengo un fuerte dolor epigástrico con severo espasmo abdominal, asociado con pirosis y reflujo. He notado *dispepsias* y es más frecuente en *post-prandial.*

—¿Eres médico? Hablas con mucha propiedad.

—Sí, doctor, yo también lo soy.

—Qué gusto me da. Hace tiempo que estaba esperando a alguien con quien conversar sobre Medicina. ¿Dónde estudiaste?

—En San Marcos. ¿Y usted?

—En la Villarreal. ¿Tienes mucho tiempo por acá?

—Dos años y medio. Llegué en enero del 93.

—Yo vine en agosto de ese año. ¿Qué estás haciendo ahora?

—Hace poco, la compañía donde trabajaba se trasladó a California y desde entonces no encuentro trabajo. Hace dos años y medio me olvidé de que soy médico.

—No digas eso. Yo también pasé por muchas penurias antes de llegar a este consultorio. ¿Dónde trabajabas en Lima?

—Estuve seis meses en el hospital Loayza y luego busqué reubicarme en hospitales de Lima y provincias, pero no encontré respuesta. Después tuve la «suerte» de que me dieran la visa y me vine para aquí. Nuestra economía estaba por los suelos, usted lo sabe.

—¿Por qué dices *«suerte»* de esa manera?

—No sé si considerarlo bueno o malo. Me han pasado cosas que tal vez, de no haber salido de Lima, no me hubieran ocurrido, obvio. Pero estoy tratando de asimilarlas y de salir adelante. ¿Y usted, doctor Medina?

—Yo fui agregado en la Marina. Soy pediatra y tenía el grado de teniente. Estuve muchos años en ese servicio y llegué a ser jefe de piso. También fui enviado a la selva, donde viví muchas experiencias médicas y personales. Una de ellas fue tener que enfrentar a los terroristas en muchas oportunidades. Sin embargo, no me sentía muy bien remunerado y mis superiores no reconocían mi trabajo. Y de aumento de sueldo, ¡ni hablar! Por eso, decidí venir a este país, y tuve la suerte de traer a mi esposa e hija. Como te dije, trabajé en muchas cosas. Desde que llegué a Long Island, tuve que trabajar y lo hice en una factoría de ventanas. ¿Sabes lo primero que hice en ese lugar? ¡Limpiar los baños! Las lágrimas se me salían cuando me veía en esa situación. Me sentía denigrado. «¡Cómo es posible!», pensaba, pero no tenía otra alternativa. Había que mantener a la familia. Regresar al Perú... ¡Ni hablar! Una prima de mi esposa, que vive en Paterson, nos dijo que en New Jersey había más oportunidades. Ella ya había hablado con el doctor Tejada y por esos días necesitaba un asistente. Felizmente me dio el empleo.

—Algo parecido me ocurrió a mí, pero hasta ahora no encuentro mi camino. Ojala algún día se me presente la oportunidad y cambie mi vida.

—No te preocupes. Yo hablaré con el director de la clínica y veremos qué pasa. Ahora déjame examinarte.

Luego del reconocimiento, le dijo:

—Parece que estás con una infección, *Helicobacter pylory* tal vez. ¿Comes en los restaurantes?

—Con mucha frecuencia.

—De ahí es donde te infectaste. Te inyectaré diez miligramos de *Diciclomine* para relajar los espasmos abdominales. Y vas a tomar estas medicinas para la infección. Te haré un examen de sangre para confirmar el diagnóstico.

—Gracias, doctor Medina. Ya había escuchado acerca de esa bacteria. Es muy selectiva y coloniza el epitelio gástrico, produciendo gastritis y una respuesta inmune sistémica y es actualmente una de las infecciones más comunes por su fácil transmisión, sobre todo en la manipulación de los alimentos. Ya veo por qué ese agudo dolor abdominal. Supongo que me está dando el tratamiento convencional de dos antibióticos y un inhibidor de la secreción de ácido de la bomba de protones.

—Pues, sí… Dime… ¿Te gustaría venir como observador?

—¿Lo dice en serio? —le preguntó muy contento.

—¡Claro! Así podremos discutir algunos casos y aprenderás cómo es la práctica de la medicina en Estados Unidos. Mientras tanto, toma estas revistas médicas y un libro de Farmacología americana para que te pongas en forma. Me has caído muy bien.

—Gracias, usted también me ha caído bien. Vendré tantas veces pueda. Hasta luego… ¿Cuánto tengo que pagar por la consulta, doctor?

—Nada, no te preocupes. Aquí es usted bienvenido, doctor. Cualquier cosa que necesites, todo está a tu disposición.

—Gracias, doctor Medina.

Un fuerte apretón de manos selló el inicio de una gran amistad. Salió muy alentado de ahí. Sintió que había encontrado la oportunidad que estaba anhelando, pero debía tener paciencia. El tiempo le daría la razón.

Empezaba otra vez su estación preferida: el otoño. La caída de las hojas y la fría brisa le fascinaban. Cuando las hojas caídas, eran levantadas por el viento y golpeaban su cuerpo, le daban la impresión de ser acariciado por el espíritu de la naturaleza. De cierta forma, se sentía reconfortado.

Los fuertes vientos provenientes del Canadá, que soplan a razón de hasta 30 millas por hora (unos 45 kilómetros por hora) revoloteaban todo a su paso.

Estados Unidos es un país realmente grande. Alberga en sus tierras a un promedio de treinta millones de inmigrantes de diferentes nacionalidades. Cada uno de ellos trajo sus culturas, sus gastronomías, sus costumbres y religiones, sentaron sus bases y formaron colonias.

Así se ven en Estados Unidos todo tipo de fiestas, comidas, religiones, festejos, y credos. Occidente, Europa y Oriente, todos reunidos en un solo país.

Con una población total estimada de 260.800.000 de habitantes y una superficie de 9.372.143 kilómetros cuadrados, Estados Unidos ocupa el tercer lugar en el mundo en población y el cuarto en extensión. Está constituido por un distrito federal y 52 estados.

El estado más extenso es Alaska, el más pequeño es Rhode Island, y el más poblado es California. Las ciudades más grandes son New York, Los Ángeles y Chicago.

El país está dominado por las cadenas montañosas al este y al oeste, los Grandes Lagos al norte y una gran región de llanuras al centro, la mayoría de las cuales presenta una pendiente hacia uno de los mayores sistemas fluviales del mundo: el Mississippi, con sus tributarios el Missouri y Ohio.

Al este, los Apalaches, antigua cadena montañosa, se extiende desde el Canadá hasta Alabama. Al suroeste de estas montañas se encuentra la zona del golfo y las planicies costeras del Atlántico. También están las Montañas Rocosas, que van desde New México hasta el Canadá y Alaska. Más al este se encuentra la cascada Range, con sus picos volcánicos, la Sierra Nevada y las Coast Range, que se abaten sobre la estrecha Coastal Plain y sobre el Pacífico.

No es raro encontrar a muchas personas que buscan consuelo en las palabras del Divino Maestro Jesús: *«Llevad mi yugo y aprended de mí, por cuanto mi alma desbordase de paz, y en él hallarán vuestras almas su patria y sus necesidades cumplidas. Porque mi yugo es fácil y ligera mi carga».*

Del mismo modo, en sus días de angustia y soledad, rezaba el verdadero *Padre Nuestro*, que le fue enseñado de unas escrituras *apócrifas* que conservaban en la escuela esotérica. De acuerdo con esos documentos, esta fue la oración que pronunció Jesús cuando se encontraba predicando por los montes de Galilea. Como es de suponerse, las autoridades eclesiásticas a través de los siglos, manipularon esta oración cambiándola totalmente a sus conveniencias. Esta oración es netamente esotérica, congregando a la tierra y al universo entero en adoración al Padre Eterno:

Padre Nuestro, que estás en la tierra y en los cielos,

santificado sea tu Nombre.

Acompáñanos con tu voluntad, tal como está en el Cosmos.

Danos de tu pan, lo suficiente como para nuestros días.

Perdónanos con tu bondad y clemencia y aumenta nuestra comprensión para perdonarnos unos a otros.

Condúcenos hacia ti y extiéndenos tu mano en nuestra oscuridad; porque tuyo es el Reino y por Ti es nuestra fuerza y nuestra perfección.

****

Se encontraba un domingo caminando por la ciudad cuando vio una iglesia que recién abría sus puertas. Decidió entrar. Una niña le salió al encuentro.

—¿Qué desea, señor?

—Vengo a... ¿No hay nadie más aquí?

—Todos están en el curso de lectura bíblica, pero puede pasar. Adentro está el pastor. El culto empieza en unos minutos.

Entró y tomó asiento. El olor de las flores y el silencio místico de los templos lo hicieron sentirse bien. Un señor de cabellos blancos se le aproximó.

—¿Busca a alguien, joven?

—¿Es usted el pastor de la iglesia?

—Sí, yo soy. Pastor Fernández, para servirle.

—Mi nombre es César y vine... Pues, verá usted, pastor...

No pudo continuar. El pastor lo tomó del hombro y ambos se sentaron. Le pidió que le contara su problema y César lo hizo, paso por paso.

—¿Se siente usted culpable de su fracaso matrimonial?

—Sí, pastor, en parte tengo la culpa.

—Son muy pocos los que admiten un error. Tranquilo, hermano. Aquí encontrarás el consuelo que necesitas. Con Jesús en tu corazón, nunca te sentirás solo. La próxima vez hablaré contigo al respecto, sobre el problema del divorcio y las consecuencias que estas cosas traen consigo en la familia. No se olvide, hermano. Lo estaré esperando.

—Vendré, pastor, se lo prometo.

Luego del culto, salió más sosegado de allí y decidió caminar por la *Main* de la ciudad. Iba mirando las vidrieras cuando de pronto vio a Adriana que se acercaba con su hermana Elena.

—Hola, César. ¿Cómo estás? ¡Tanto tiempo sin verte! —le dijo Elena.

—¿Cómo estás? ¡Qué gusto!

—*Hi*, César —le dijo Adriana.

—¡Hola! —le contestó mientras se acercaba a ella y le daba un beso en la mejilla.

—Entraré un momento a esta tienda mientras ustedes conversan.

—Gracias, Elena.

Adriana lo miraba fijamente. Haciendo un gesto muy femenino, le dijo:

—Me alegro de verte otra vez. ¿Por qué no me llamabas por teléfono?

—Tuve muchas cosas que hacer en las semanas pasadas. Yo también te he extrañado mucho.

—¿Y qué es lo que hacías?

—Para empezar, estuve un poco mal del estómago y fui al médico. Me atendió el asistente que también es un médico peruano y encontró que tenía una infección y me puso en tratamiento. Pero eso sirvió para hacer amistad con él y me invitó a asistir como observador. Me dio unas revistas y un libro para estudiar.

—Estás muy contento por eso, ¿verdad?

—Pues, la verdad, sí. Pero estoy más contento de volver a verte.

—Yo también... No pierdas esa oportunidad de ir al consultorio. Tú eres médico y debes luchar por serlo en este país. Sabes que para cualquier cosa que necesites, puedes contar conmigo. La semana pasada me encontré con tus amigos Saúl y Ricky. Conversamos un rato y después nos despedimos. Ricky me dijo que casi te llevó a la fuerza a aquella fiesta.

—Sí, es verdad. Ahora le agradezco a Dios el haber ido a esa reunión, porque de no haberlo hecho, no te hubiera conocido.

—Tienes razón. ¿Son amigos de mucho tiempo?

—Efectivamente, nos conocemos desde la infancia.

—¿Pero, cómo es que están los tres aquí?

—Un extraño destino nos reunió después de habernos separado individualmente y en tiempos diferentes. Saúl emigró primero, y cinco años después lo hizo Ricky. Finalmente, llegué yo... Y aquí estamos, como cuando andábamos en Lima, con la misma sincera amistad y ayudándonos mutuamente en la medida de nuestras posibilidades. Como cualquier persona, pasamos muchas aventuras en nuestra juventud. Algunas veces nos peleábamos, pero después nos amistábamos nuevamente. Nos gustaba hacer fiestas en el barrio y disfrutábamos de lo lindo.

—Qué bueno que tengas amigos como ellos, se ven buenas personas. ¿A qué se dedican?

—Ellos trabajan en factorías, al igual que yo… por ahora. Pero, son unos muchachos muy responsables de sus cosas y pendientes de sus familiares en el Perú. Poco a poco los irás conociendo más.

—Eso espero. Tú también eres una buena persona y quieres mucho a tu familia... ¡Eso puedo percibirlo, y sé que saldrás adelante!

—Gracias. Sabes bien que trato de hacer lo mejor posible. ¿Cómo te va en tus estudios?

—Avanzando, ya me faltan dos ciclos para terminar mi carrera.

—Te felicito. Supongo que me invitarás cuando te gradúes.

—Serás el primero que lo sabrá. ¡Siempre que estoy a tu lado me da una alegría! Y cuando te veo... ¡No sé!

Él la quedó mirando fijamente. Acercándose hacia ella, juntaron sus rostros.

—¿Por qué me miras así? ¿Sabes que tienes una mirada bonita?

—Adriana, quería decirte que yo siento doblemente lo mismo y, además...

En esos momentos regresó Elena.

—¡Adriana! No hay el modelo que estoy buscando para mi hija. Vamos para otra tienda, quizá tengamos más suerte.

—Discúlpame, pero tengo que acompañar a mi hermana.

—Está bien. Habrá tiempo para conversar.

—Sí, lo habrá.

CAPÍTULO 8
UN NUEVO HORIZONTE

—Cuando una pareja va en matrimonio, tiene sin duda el propósito que este compromiso dure «hasta que la muerte los separe» —le decía el pastor Fernández—. El futuro se les presenta prometedor en felicidad y armonía. Sin embargo, cuando la etapa de la «luna de miel» va pasando, con frecuencia la realidad de la vida va poniendo situaciones de prueba a esa idealización. Dependiendo de la madurez de ambos componentes de la pareja, el matrimonio puede superar las tormentas que, inevitablemente, en mayor o menor grado, enfrentarán a lo largo de la vida. Cada pareja puede hacer su propio inventario de cuáles son los peligros y amenazas que pretenden provocar el quebrantamiento de sus votos nupciales. El amor es un sentimiento y, como tal, debe ser tratado con mucha atención y cuidado, ya que es sumamente frágil. El amor nace, crece y madura, pero también puede detenerse en su desarrollo, enfermarse y morir. Por ello necesita de una disciplina enriquecedora que lo profundice y solidifique. Cuando el amor es alimentado de ternura, dedicación, fidelidad, cariño y pasión, siempre encuentra caminos por los cuales ofrecer novedades a la pareja. Cuando en la pareja se considera que todo se ha dicho, cuando el amor se expresa con la misma liturgia de siempre, cuando aún los conflictos son reiterativos y no hay crecimiento en ningún área en común, entonces el futuro de la felicidad se recorta, mientras se agiganta un presente de desdicha. No se puede vivir de recuerdos en una pareja en la que el pasado está más presente que el futuro: casi no hay esperanza, la rutina los ha devorado... Los celos son un sentimiento negativo. Lejos de ennoblecer al amor, lo humilla y desgasta. Termina por estropear la sustancia del amor, ya que producen altercados interminables. Por eso, el que tiene celos duda de la fidelidad de la persona amada. También los escándalos rompen la felicidad. Los altercados solo consiguen abrir grietas muy difíciles de reparar en la arquitectura de la pareja. Por cierto, hay que admitir que incluso en las mejores relaciones se pueden dar momentos de cansancio y mal humor. Las discusiones son inevitables y forman parte de la trama compleja de las relaciones interpersonales. Pero es necesario superar esos momentos de crisis, a fin de que la paz y la armonía no sean quebrantadas. Dios desaprueba los celos, el adulterio y la discordia, porque figuran en la lista de las seis cosas que Él aborrece y abomina profundamente... No hay ninguna receta que resulte infalible para lograr la felicidad conyugal. Lo cierto es que el adorable milagro de vivir toda una vida juntos es una meta de logro difícil.

Cuando la emoción embarga el corazón de los contrayentes ante el altar, da la impresión de que no hay otra alternativa a su deseo de compartir la vida para siempre. Allí, parados, ante la atenta mirada de muchos testigos, rodeados de flores y envueltos en suave música, todo parece ser muy fácil. Finalmente se escuchan dos «sí» que parecen decir «sí para siempre y solo para siempre». Debe ser para siempre porque así lo quiere Dios. El amor matrimonial debe ser una continua relación y donación de sí mismo al otro. La separación fue una concesión divina a la debilidad humana, pero no responde al propósito original de Dios para el hombre y la mujer. El divorcio no es un privilegio, sino una simple tolerancia concedida como un mal menor. Solo una unión permanente puede lograr el ideal de «una sola carne», que es una expresión de la voluntad final de Dios para el ser humano y la clave para su perfeccionamiento existencial. El matrimonio es una entrega tan íntima, tan noble, tan total y confiada que, al tiempo que lo exige todo, también excluye todo. El amor matrimonial no admite reservas provisionales o anulación. Si así fuera, sería un amor decapitado, perdería su identidad. Debe ser para siempre porque así lo exige el bienestar de los hijos. La prole humana es la más dependiente e indefensa de todos los seres vivos que habitan el planeta. El desarrollo físico, psíquico y práctico del ser humano demanda muchos años de cuidado y entrenamiento. El niño demanda cuidados y un proceso de educación sumamente complejos. El hijo no necesita meramente de una familia, sino de su familia; necesita de sus padres. Su desarrollo integral, entonces, dependerá en sumo grado del carácter de la relación de amor que sus padres mantengan. Si descubren a los padres amorosamente juntos, se sentirán seguros, pero se mostrarán aprensivos y ansiosos si tienen miedo de perder la confianza de las dos personas más queridas en el mundo, a las que se aferran instintivamente con todo su ser. La desavenencia matrimonial produce un quebrantamiento en la conciencia infantil que muchas veces es incurable. Muchas situaciones traumáticas desarrollados en la infancia tienen que ver con los conflictos matrimoniales, y perduran a los largo de toda la vida. Finalmente, debe ser para siempre porque la felicidad de los mismos esposos así lo demanda. La plena realización del amor conyugal no resulta en la conformación de un rosario de aventuras amorosas, sino de la persistencia y el trabajo constante por mantener la relación que se tiene. En otras palabras, la dicha más grande no es un producto de una suma, sino de una multiplicación. No se desarrolla por un proceso de adición, sino de intensificación.

—Pastor, recuerdo que hace un tiempo, conversando con mis amigos, les hacía un comentario similar al que usted me ha explicado, y veo que no me equivoqué. Cómo me gustaría que otras personas lo escucharan, para que no haya más hogares destruidos, más niños indefensos y expuestos a traumas psicológicos. En mis prácticas hospitalarias podía ver a niños con perfil psicológico negativo porque sus padres eran divorciados. Ahora me apena saber que mis hijos han pasado a formar parte de esa estadística.

—¿Cómo? ¿Acaso tú eres...?

—Sí, hermano. Soy médico.

—Qué gusto me da saberlo. Como profesional que eres en el campo de la salud, tienes el deber de asistir en la salud psicológica de tus hijos.

—Así lo hago, pastor. A través del teléfono le digo a mi hija de doce años que tenga paciencia y que todo esto se va a arreglar. También le pido que le diga a su hermanito de cinco años que tienen un padre que los quiere y extraña con todo su corazón.

—Me contaste tu problema... Así es la vida en estos tiempos.

—Culpa mía o de ella, las cosas están hechas. Solo espero estar al lado de mis hijos algún día.

—Eres un hombre de nobles sentimientos. Ten paciencia. Algún día Dios pondrá sus ojos en ti y cumplirás tus deseos.

—Gracias por brindarme su tiempo, pastor.

****

Pasaron los meses y así llegó la navidad de 1996. Otra vez el sentimiento nostálgico, característico de esos días, pero siempre comunicándose con su familia. Sin embargo, esta navidad sería diferente al tener a Adriana en su vida.

El inicio del año nuevo de 1997 fue un día extremadamente frío y con mucha precipitación de nieve. Otra vez en su mente volvió el deseo de regresar a su país en la primera oportunidad que tuviera. Recordó al señor Julio: « ¿Está mal que los haya dejado?». Tal vez sí. «Al pie de la naturaleza que no engaña»... Tampoco la fe.

Ya era la primera semana de Marzo del 1997, y el frío continuaba azotando la ciudad. César se encontraba en su cuarto con Ricky, Pepe, Rubén, Saúl, Germán, Tito y el *tío* Pedro. Se hallaban juagando una partida de póker muy animadamente. Sus conversaciones se centraron en los trabajos que se realizan en Estados Unidos, la cual en su mayoría, son en las factorías de muchas ciudades del estado. Pero también entró el tema del narcotráfico. Y Pepe contó la historia de un conocido suyo que se dedicó a la venta de drogas, solo por espacio de tres años. Tiempo en el cual, ahorró treinta mil dólares que le sirvieron para pagar una carrera universitaria de mando medio, solamente, pues la educación profesional es extremadamente costosa en este país. Rubén comentó que dos semanas atrás, un policía detuvo un carro en el cual había un narcotraficante. Al verse descubierto, el maleante ofreció al policía una maleta que contenía la cantidad de quince millones de dólares en efectivo. Pero este honrado policía, haciendo honor a su divisa, rechazó la oferta, deteniendo al traficante. Hecho que le valió un alto reconocimiento, condecoraciones, y un ascenso. Llegaron a la conclusión de que, aun, en lo opuesto de los casos, se debería vivir respetando las leyes de este país, pues aquí no hay soborno como existe en el nuestro, y aquí, el que la hace, la paga… en la cárcel. Así de simple.

Sea quien sea. Un millonario excéntrico o una persona humilde. Un artista de cine o un hombre común y corriente. Un reconocido hombre de la política, policial, deportivo, o un civil cualquiera. Nadie se salva de las rigurosas leyes norteamericanas cuando estas son violadas.

Las horas pasaban rápidas entre bromas y jocosos chistes. El consumo de cerveza era inagotable. A Rubén se le ocurrió comprar dos barriles de cerveza para tan poca gente. Tarde se dieron cuenta que había nevado y había una buena acumulación de nieve.

En una desafortunada jugada, Pepe quiso hacer trampa, pero Ricky se dio cuenta del lance. Cegados por los vapores del alcohol, no midieron las consecuencias de sus actos y se enfrascaron en una pelea, la cual todos los presentes trataron de evitar. Demasiado tarde, ya la sangre había manchado la blanca nieve de esa madrugada.

Dos semanas después, hubo reconciliación. Todos los muchachos del club reunieron a Pepe y a Ricky para entablar el inicio de una nueva amistad. Ambos, al verse, se pidieron disculpas y se dieron un fuerte abrazo. Hubo una moderada, pero agradable celebración aquella noche… Y hasta el sol de hoy, ambos se profesan una entrañable amistad.

El tiempo seguía su marcha inexorable. Las estaciones marcaban su permanencia en Estados Unidos y así pasó el invierno de 1997. Por aquel tiempo había logrado, junto con Augusto, encontrar un trabajo en el pueblo de *Totowa*, en un almacén de ropas llamado *Kenar*, donde trabajaban muchos compatriotas, con quienes hizo buenas amistades.

Desde que llegó a Estados Unidos en 1993, la comunicación con su familia fue constante a través de cartas que enviaba por la agencia de envíos. Del mismo modo, recibía las cartas de sus familiares por la misma vía. En las navidades, le llegaban tarjetas navideñas, que pegaba en la pared de su habitación, dándole la forma de un árbol de navidad.

Pero en el 1997, hicieron su aparición en el mercado las tarjetas prepagadas de llamadas telefónicas internacionales, con costos menores para llamadas al extranjero, rompiendo así el monopolio de la transnacional AT&T, facilitando la comunicación de los inmigrantes con sus familiares a sus respectivos países. Fue así que hizo poner una línea telefónica en su habitación para facilitar la comunicación con su mamá y sus hijos.

Una tarde de abril de 1997 fue a un restaurante y se encontró con Ricky y Germán.

—¿Qué tal, muchachos? ¿Cómo están?
—Bien, doc. ¿Qué vas a comer?
—No sé, ¿qué hay de bueno? Vamos a ver... seco

de carne, cebiche, arroz con pollo, sopa de casa, papa a la huancaína, lomo saltado, uhhhmmm... ¡Pídeme el menú del día!

—Escuchen lo que dice este periódico —dijo Germán—: diecisiete terroristas del Movimiento Revolucionario Túpac Amaru murieron tras el rescate de los rehenes en la embajada del Japón en el Perú, quienes estuvieron cautivos durante cuatro meses. Fueron liberados vivos 71 de los 72 rehenes... Paralelamente, se están descubriendo malos manejos por parte del asesor de Fujimori, el señor Montesinos. Lo acusan por las muertes de Barrios Altos y La Cantuta. La corrupción está llegando a su punto más alto. Los comunistas planean una marcha de protesta para el fin de mes... La selección peruana de fútbol está virtualmente eliminada del Mundial Francia 98. La política y el fútbol son lo peor que hay en el Perú actualmente. ¡Y agárrense! Alan García amenaza con regresar al Perú para las elecciones de 2000... Se cree que Fujimori hizo fraude para lograr su reelección en 1995... Los hijos del *Chino* están estudiando en los Estados Unidos.... ¡con la plata del pueblo! El Congreso es la nueva mina de oro para los políticos ladrones, que se llevan todo el dinero del tesoro público.

—¡Qué sinvergüenza ese García y todos los demás políticos! ¡Qué amnesia política que hay en el Perú! —dijo Ricky.

—El *Chorrillano* Palacios es considerado como el mejor jugador del Perú —continuó diciendo Germán—, y hay otros que se creen *estrellas*. Son más presumidos que el carajo, y *no paran bolas* a los periodistas. ¡Malos de mierda!

—¿Quién es el *Chorrillano*? —preguntó César.

Germán les mostró la foto del periódico. Era un tipo de aproximadamente un metro sesenta de estatura, quizá menos, y de aspecto desnutrido.

—*Shit!* ¿Ese es el mejor jugador del Perú? ¡No me jodan, carajo! ¡Con razón estamos hasta las huevas! ¡Yo creí que era un vendedor de frutas de La Parada! ¡Hasta cuándo, Dios mío! —exclamó Ricky, causando una estruendosa carcajada entre los demás asistentes del restaurante.

—Mejor comamos en paz —dijo César, dando así cuenta del menú del día.

****

Su relación con Adriana iba creciendo favorablemente. Se comunicaba con ella constantemente. Por las noches hablaban por teléfono hasta tarde. Debido a que ella estaba por concluir su carrera, no tenía el tiempo necesario para verlo. Sin embargo, esa comunicación era muy importante para los dos. Un domingo por la noche conversaron:

—Hola, César.
—Adriana, ¡qué sorpresa!
—Te llamé para darte un saludito antes de acostarme.
—Hoy por la tarde traté de comunicarme contigo, pero no contestaste. ¿Dónde estuviste?
—Fui con mis padres a visitar a una tía que está algo malita.
—Entiendo.
—Te he extrañado mucho durante el fin de semana. También quería decirte que durante este tiempo que

estamos juntos, has hecho cambiar mi vida. Has revivido muchos sentimientos en mí; eres alguien muy especial.

—Yo también siento lo mismo. Mi vida ha cambiado radicalmente desde que te he conocido, y quiero darte las gracias por eso. ¿Qué vas a hacer el próximo fin de semana?

—Justamente, también te llamaba para decirte que para el próximo sábado me acompañes al *Mall…*. y de ahí… nos podemos ir al cine o a cenar, ¿te parece bien?

—¡Excelente! ¡Fantástico! Me parece una buena idea.

—Sabía que podía contar contigo. —¿Cómo están tus hijos y tu mamá?

—Están bien, gracias por preguntar. Hoy por la mañana hablé con ellos.

—Qué bueno que siempre estás en contacto con tu familia.

—Gracias, Adriana… tus padres, tu hermana y demás familiares, ¿cómo están?

—Ah, pues será bien, gracias a Dios. Todos se encuentran en perfecta salud.

—Me alegro por eso.

— ¿Qué es lo que suena como un tic-tac?

—¿Qué? Oh, es una pequeña pelota que estaba haciendo rebotar.

—Ok. Entonces que pases buenas noches, y que te vaya bien durante esta semana. Cuídate mucho, y quiero que sepas que siempre estás presente en mis pensamientos.

—Tú también estas en los mios. Hasta el sábado.

—Está bien… buenas noches.

—Buenas noches, Adriana.

Colgó el teléfono. Escucharla era como un bálsamo para él. Se dirigió al baño para ducharse y preparase para dormir. Cuando se acercó al espejo, vio en su rostro algo diferente. Ese rictus de amargura que lo marcó durante mucho tiempo había desaparecido para dar paso a una expresión más serena y de esperanza. Sintió entonces un gran amor por ella.

Era evidente que con la relación sentimental y el cariño que se tenían ambos, hacía que se preocuparan el uno de la otra. En confianza, y de mutuo acuerdo, él le había dejado la llave de la casa donde ocupaba un cuarto para que ella viniera cuando quisiera. Así, en muchas ocasiones, César al llegar del trabajo, encontraba su cuarto ordenado, aun a pesar de que él lo hacia antes de irse al trabajo. Pero lo notorio era el toque femenino. También, con frecuencia, ella le preparaba sus alimentos y lo dejaba en su cuarto para que lo comiera cuando retornara del trabajo. Sus encuentros estaban plagados de detalles sencillos que, sin embargo, magnificaban esa relación. Y eran esos pequeños detalles que le hacían sentir, que por fin, había encontrado a alguien que se preocupara por él.

****

El tiempo le parecía elástico: pensó que se estira cuando queremos apresurarlo y se acorta cuando menos nos damos cuenta. Y así pasaron otras fiestas y desfiles de Fiestas Patrias. Los artistas y cómicos peruanos venían a Estados Unidos y hacían sus presentaciones en locales llenos de público que pugnaban por verlos.

La *Peruvian Parade* nombraba anualmente a una persona que hubiera resaltado en el ambiente artístico,

297

musical, deportivo, cultural o empresarial, para nombrarlo como Mariscal del evento. Entre los que César podía recordar, estaban Roberto Challe, Rulito Pinasco, Augusto Polo Campos, Mario Cavagnaro y muchos otros.

Algunos compatriotas empezaban a formar empresas que con el tiempo serían centros generadores de empleos para los peruanos que recién llegaban a Estados Unidos. Personas con visión empresarial, empezaron a fundar industrias. Debido a la política capitalista de Estados Unidos, los empresarios podían acceder a sistemas crediticios, previa aprobación, para la instauración de negocios, como los de: transporte (una empresa peruana cubría la ruta Paterson-New York). Exportación de productos peruanos para la preparación de comida. Se incrementó la apertura de lujosos restaurantes peruanos en muchos pueblos de New Jersey, y de las agencias de envíos de dinero que tambíen tuvieron su apogeo durante la década de los noventa.

Muchos peruanos, llegaron décadas antes, habían coronado sus esfuerzos al brindarles a sus familias en Perú una mejor calidad de vida e incluso otorgarle educación y títulos profesionales a sus hijos. También muchos lograron coronar el sueño de la casa propia en nuestro país a través de sus sacrificios y entrega al trabajo… y era tiempo para esas personas de regresar a casa, con la satisfacción de haber cumplido la tarea que se propusieron cuando dejaron la patria querida. Estas personas son dignas de reconocimiento, son los héroes de esta lucha diaria en un país lejano, pero que les brindó las fuentes económicas necesarias para lograrlo. Triunfaron en la larga carrera por una meta llamada: *"sueño americano"*. Otros lograron traer a sus familias y han logrado formar verdaderos núcleos familiares en este gran país.

En contraparte, algunos también iban por el lado opuesto. Conoció a muchos que cayeron en las garras del alcohol, la delincuencia o de las drogas, desperdiciando sus vidas por esta parte del mundo, viviendo sin un horizonte definido y dando lástima ante los ojos de los compatriotas. Recordó que también él había estado en esos trances, pero afortunadamente, y gracias a Dios, había salido de ese problema. Sintió gran congoja por aquellos.

Estados Unidos es el país que mayor consumo de droga registra en las estadísticas. Y una de las más mortíferas es la heroína o *crack*. Esta droga posee un poder de adicción mortal. En dos semanas puede devastar a una persona, hasta convertirla en un guiñapo. Es difícil salir de ese vicio. También se enteró de que muchos ex-futbolistas de nuestro Perú vivían en Estados Unidos: figuras como *Perico León, Julio Meléndez, Víctor Calatayud, Ramón Mifflin, Teófilo Cubillas, Chato Aparicio, Juan Illescas, Alfredo Quezada, Velita Aquije* y muchos deportistas más. Ellos también tuvieron que emigrar debido a la paupérrima economía peruana.

César vivía a media cuadra de una calle principal llamada *Broadway*. Inolvidable *43 Irving Place*, lugar donde quedaron todas sus lágrimas, sus recuerdos, sus bohemias, sus efímeras alegrías. En los días de verano pasaba allí gratos momentos con los muchachos, la mayoría peruanos que llevaban toda su picardía y que hicieron de esa calle, llena de queridos restaurantes peruanos, un pedazo de nuestros barrios. Lo mismo ocurría en la *Market Street* de la ciudad de Paterson, donde se puede apreciar a los peruanos en cada esquina de esa calle, departiendo tal como lo hacían en sus barrios.

Especialmente en *Los Inmortales*, que es una bodega dedicada a la panadería y venta de productos peruanos. Muchachos a quienes conoció solamente por apodos, como a *Cuchifrito, Loco Richard, Zorrito, Chichirichi, Boca de Tumba, Barby, Pintadilla, Terruco, Loco Barrantes —el dueño de la Furia Chalaca—, Gordo Percy, Loco Goachet, Culebra de Mago, Tío Sapo, Tío Jim, Fantasma*, y muchos más que no pudo recordar.

Gracias a la fundación del club, conoció a muchos amigos con quienes departió buenos momentos y grandes noches de póker, los fines de semana, en un ambiente amigable y en donde no reinaba el afán de ganar dinero, sino el de pasar una velada agradable. También las refrescantes tardes de verano de un sábado de parrillada y baile, un buen ceviche con una cerveza helada. ¡Qué gratos momentos!

Paralelo a todo esto, iba a las prácticas en el consultorio. El doctor Medina lo iba poniendo en forma, a la vez que se hacía muy conocido y popular por la zona. Desde que empezó a trabajar en ese *warehouse* (almacén), su situación económica también había mejorado, pudiendo ahorrar y ayudar a su familia en el Perú.

El caluroso verano se fue y dio paso a la siguiente estación. Para noviembre del 97, llegó otro amigo de su barrio, el querido Negro Tito, quien, después de muchas penurias y de haber vivido en Los Ángeles por mucho tiempo, decidió venir a New Jersey. Aquella noche fue bien recibido por todos los muchachos del club.

—Tito, ¿cómo fue tu odisea para llegar hasta aquí?

¿Qué fue del *Loco* Víctor?

—Nosotros salimos al mes de tu partida. Estuvimos juntos hasta Costa Rica, donde nos separamos porque hubo una intervención policial en el bus que nos llevaba. Yo le dije al *tombo* que por favor me soltara, que era un extranjero en sus tierras, que solo quería ir al norte. Parece que se compadeció de mí y me soltó. Cuando le pregunté por Víctor, me respondió que se lo habían llevado para otro sector. Yo tenía el mapa que mandó Ricky y que tú nos dejaste. Me sentí mal; estaba desesperado por no saber nada de Víctor. ¿Dónde buscarlo? me preguntaba. Creo que me quedé alrededor de cuatro horas esperándolo por ahí con la esperanza de que llegaría, ¡pero nada! Así es que con mucha pena tuve que seguir mi camino. Desde Costa Rica avancé rápido hasta Guatemala, donde me quedé estancado casi dos años. Fue la etapa más difícil de mi vida. Tuve que trabajar en muchas cosas para subsistir. Derramé muchas lágrimas, pero pude juntar dinero suficiente para pasar a Estados Unidos. Y gracias a ustedes tres, que también me ayudaron para avanzar en el camino. Estuve viviendo con mi hermano en Los Ángeles, pero preferí venir aquí porque parece que hay más trabajos. Lo último que sé de Víctor es que está en Maryland con tu prima Charo, y que pasó también muchas penurias. La verdad, César, que fue muy penoso todo lo que pasé, pero gracias a Dios ya estoy aquí y debo seguir adelante.

—Nosotros estuvimos al tanto de tu viaje. Sabíamos por tu familia dónde y cómo te encontrabas. Supimos también que Víctor sufrió mucho en el camino. Nos contaron que estuvo en Texas, trabajando en un rancho. Decían que el *loco* se alucinaba como uno de esos vaqueros de *El Gran Chaparral*. También nos dijeron que actualmente se encuentra en New York. Quizá algún día venga por aquí. Solo quiero decirte que estoy muy contento de volver a verte, y que algún día Dios recompensará todos tus sacrificios.

****

Una noche, César descansaba en su cuarto y tocaron a su puerta. Era Ricky, que entraba con el rostro desencajado por el dolor.

—¿Qué te pasa, Ricky?

—Falleció mi padre... Me acaban de llamar y me dieron la noticia —le decía mientras lloraba inconsolablemente.

—¡Cuánto lo siento! ¿Qué vas a hacer? —le pregunto César, mostrándose muy consternado.

—No lo sé... No te puedo explicar cómo me siento... Quise hacer unos arreglos para viajar a Lima, pero mis familiares me dijeron que no, que mejor sería que me quedara... Mandaré dinero para los gastos del funeral.

—Creo que es lo mejor, pero también lo dejo a tu criterio... Cuenta conmigo en lo que te pueda ayudar.

—César, recuerdo que en Lima a ti te gustaba hablar de esas cosas del espíritu y de la vida después de la muerte... ¿Es verdad todo eso?

—Lo es. Las ciencias esotéricas dicen que el espíritu es eterno. La persona que desencarna deberá pasar por una etapa de adaptación antes de aceptar su condición. Quizá en estos momentos tu padre está al lado de nosotros, quizá trata de consolarte, de hacerte saber que se encuentra bien, pero nuestros pobres cinco sentidos no nos permiten percibirlo. Comprendo tu pesar. Yo pasé por lo mismo. No te desconsueles y recuerda una cosa: «No se muere, se vive». Ricky, ahora, vamos, te acompañaré a tu casa, y trata de descansar. Te daré esta oración que deberás poner en práctica... Te voy a enseñar.

—Gracias, César.

****

Desde que conoció a Adriana, siempre le había guardado el respeto que ella le inspiraba. Pero la mutua atracción que sentían iba afianzando esos sentimientos. Es así que un domingo de la segunda semana de diciembre de 1997, ella lo llevó a un grande y hermoso parque llamado Hudson, ubicado en *Bayonne*, New Jersey. Era un día frío, pero soleado, y de un cielo limpio. Convenientemente abrigados, iban recorriendo aquel inmenso parque que se componía de dos canchas de fútbol, tres de básquet y tres de fulbito. Además, tenía dos grandes fuentes adornadas con portales de estilo grecorromano, juegos recreativos para niños, muchos caminos para la práctica del ciclismo y varias hectáreas de árboles y plantas.

Al fondo, se divisaba un malecón y las grandes estructuras del puerto de Newark.

—¿Cómo es que conoces este lugar? —preguntó César.

—Mi padre nos traía aquí a menudo. Eran los tiempos en que recién habíamos llegado del Perú y vivíamos en este pueblo.

—Es muy hermoso, en verdad. ¿Y este pedazo del mar?

—Es la bahía de Newark. Al fondo está el aero-

303

puerto. Justamente está aterrizando un avión... ¡Mira!

Alzó la vista y vio un gigantesco avión en descenso hacia su destino final. Suspiró profundamente.

—¿Qué te pasa?
—Nada... Es que cuando veo un avión... me entra la nostalgia por mis hijos y mi familia en el Perú.
—Ten paciencia. Algún día las cosas cambiarán.
—Sí... Algún día.
—¿Sabes que tienes un semblante diferente? Se te ve más relajado.
—Así me siento, y todo gracias a ti. Siempre están presente en mi mente aquellas palabras que me dijiste la primera vez que nos conocimos, y lo tengo como un derrotero para mi vida.
—Me alegro que hayas salido de ese estado en el que te encontrabas.
Siguieron su camino por el malecón. Adriana le contó la manera en que ella y su familia arribaron a Estados Unidos. Luego César le empezó a contar algunos chistes de médicos.

—Ja, ja, ja, ja,... ¡Qué gracioso, muy bueno ese chiste! —le dijo ella mostrándole su hermosa sonrisa.
—Me alegro que te haya gustado. Adriana, me gustaría hacerte una pregunta.
—¿De qué se trata?
—¿Tú crees en la ley del «ojo por ojo»?
—¿A qué viene esa pregunta?
—Es en relación a lo que pasé con la madre de mis hijos, una historia que tú ya conoces.
—¡Ah! Bueno, eso depende de los principios morales de cada persona. En mi caso, creo que no lo hubiera

hecho. Aún a pesar de la herida que causan estos actos, la integridad moral y la dignidad de la persona deben prevalecer sobre la falta cometida. Pienso que, a pesar de todo, tiene que haber una salida para el problema. Cuando de verdad se ama, se debe perdonar. Dios es amor y también es el Dios del perdón. Sé que la carne es débil, como débil es el ser humano.

César escuchaba atónito. Luego le preguntó.

—¿Qué tal si ahora cambiamos de escenario? Tú eres la madre de mis hijos, allá por 1991. Cometí el error. ¿Qué hubieras hecho?

—Ya te lo dije. Te hubiera perdonado. Pero también hubiera tenido que darte algunos *«castigos»*.

—¿Qué clase de castigos?

—Básicamente, ver tu comportamiento: si cambias o si sigues siendo el mismo. Si de verdad me amas o amas a la otra persona, o eres un aventurero. No hay nada más claro en este problema que decir la verdad. No tiene ningún sentido dañar a la pareja. Si tú crees haberte equivocado conmigo, me lo dices y terminamos como buenos amigos. No soy gente que guarda rencor en su corazón. Una mujer también puede salir adelante sola. Hoy en día, la gente piensa como los adelantos tecnológicos, es decir, de una manera material solamente, dejando de lado los más bellos sentimientos. Hay gente que se casa con las más costosas pompas y, al mes, él y ella se están divorciando. Si reconoces tu culpa y el perdón sale de tu corazón, entonces habrás dado un gigantesco salto. Tendrías un periodo de abstinencia sexual conmigo. Como comprenderás, esas cosas duelen en el alma; yo te perdonaría, pero también estaría a la defensiva contigo. Si logras comprender esos estados de ánimo de la pareja y ayudas en el proceso, la relación renacerá otra vez, el amor dañado retoñará como una rosa en primavera. Nada se logra a la fuerza, sino con cariño y abnegación. Por lo tanto, los revanchismos quedan de lado. Si hay niños, con mayor razón. Ellos no deben pagar las consecuencias de los errores cometidos por los padres. Los efectos colaterales de esos devaneos dejan terribles huellas en ellos... Eso ya te lo dijo el pastor Fernández.

—Yo le pedí perdón por la falta cometida. Sin embargo, hizo lo que tú ya sabes.

—Entonces no te amaba de verdad. Tal vez solo fuiste una ilusión para ella. O tal vez no piensa como yo. Cada individuo tiene diferente forma de pensar. Mis padres me formaron bien, me dieron buenos ejemplos, viendo que ellos se amaban mucho. Todo lo que te he dicho me viene de la educación de mis padres. En tu caso, debes aprender del error que cometiste. Eso se llama polarizar al espíritu ante una falta cometida.

—¡Santo Dios! Me has dejado impresionado. Yo pensaba que sabía muchas cosas, pero en realidad me doy cuenta de que nada sé.

—¡Eso es de Sócrates! en *La República*, de Platón. ¿Verdad?

—Sí.

—Tú sí sabes de muchas cosas. ¿Crees que no me he dado cuenta a través de nuestras conversaciones? Todo lo que he dicho, lo sabes perfectamente. Más bien, tú podrías enseñarme a mí. A ti te gusta el esoterismo, tanto como a mí también me gusta. Lo sé desde la primera vez que te conocí y me hablaste de Dios y de las constelaciones.

—¡Sí, bella mujer! Lo practico desde mi juventud. Desde que cayó a mis manos un libro llamado *El*

Mundo de lo Extrasensorial, desde entonces no ha parado mi búsqueda por el conocimiento supremo. Tienes razón, Dios, la Divina Presencia Universal, el Centro del Universo, el Padre Universal, ha puesto a sensibilizar mi espíritu. Tal vez el propósito de enviarme a este país se deba a que no he madurado lo suficiente en el conocimiento abstracto del ser humano. Aún a pesar de mi condición de médico, cometí una falta contra el espíritu de otro ser humano, provocándole un trastorno psicosomático, alterando su vida, sus sentimientos y su futuro. Tal vez no me hayan pasado cosas peores porque el perdón que le pedí aquella vez me salió del corazón. Eso fue un punto a mi favor. Un sentimiento que Dios vio en mí. Sufro, pero tengo un consuelo en ti.

—Más allá de tus dudas, tus temores y de tus enfados; he llegado a conocerte y comprenderte. Tenemos la misma frecuencia.

—En otra oportunidad te hablaré más acerca de la naturaleza de Nuestro Amado Padre Universal, ¡bendito sea Su nombre! He quedado complacido con la conversación que hemos tenido y la verdad es que me siento un hombre diferente a tu lado. Por eso hoy quiero decirte algo.

—¿Sí? ¿Qué cosa?

—Adriana, hace ya casi dos años que nos conocemos y debo decirte que durante todo este tiempo mi cariño hacia ti ha ido en aumento... Hoy quiero pedirte que seas mi enamorada.

—¿Es una declaración?

—Sí, es mi declaración de amor. Y quiero aprovechar este momento porque me parece propicio para decírtelo.

—¿Estás seguro de tus sentimientos hacia mí?

¿Tendrás las fuerzas necesarias para esperar lo que algún día habrá de venir?

—Yo no quiero tu cuerpo, te quiero a ti, lo que hay dentro de ti. Mi amor por ti va más allá de la carne. Es un amor diferente.

—¿Y lograremos lo que Dios manda en su precepto de ser una sola carne, tal como lo dijo el pastor Fernández?

—Esa será la clave de nuestro propósito existencial hacia los planos siguientes y subsiguientes. No hay efecto sin causa. —Le dijo mientras la miraba fijamente.

—Me gusta cuando me miras de esa manera. Siento que tu mirada me atraviesa.

—Mis ojos son mi alma, reflejando todo lo que siento por ti.

Ella se quedó mirándole dulcemente. Cogió sus manos y empezó a acariciarlas. Luego él acarició su rostro y su castaña cabellera, y, tomándola de los hombros, la atrajo hacia sí. Miraba los labios sensuales de Adriana: húmedos, provocativos. Se miraron fijamente.

—No has contestado mi pregunta.

Adriana se lanzó a sus brazos. Al hacer contacto sus labios, sucedió algo increíble. La mutua atracción que se tenían produjo una reacción en cadena de todos sus componentes orgánicos, que se manifestó en una forma de electromagnetismo que envolvió sus cuerpos. Sus corazones latían al unísono. La química entre ellos era extraordinaria.

Fue un beso eterno, bien disfrutado, bien correspondido, lleno de mil caricias y susurros, lleno de promesas.

—¿Ese beso quiere decir que sí? —le preguntó mientras colocaba un pequeña caja, que contenía un cintillo de oro, en la mano de ella.

—*Yes, indeed* —le respondió Adriana, que atacada por un exceso de felicidad, empezó a alborotar los cabellos de César y a reír muy contenta, mostrando en todo su esplendor su hermoso rostro, mientras se ponía la joya.

—¿*Formal way*?

—*Formal way* —le respondió él, besándola con pasión.

Fueron testigos de ese suceso aquel inmenso y bonito parque, el mar de la bahía de Newark, aquel cielo azul, y decenas de gaviotas que revoloteaban sobre ellos. Fue un día que nunca olvidaron, y como no podía ser de otra forma, César la invitó a cenar. Adriana propuso ir a un restaurante que estaba ubicado en un lugar llamado *Boulevard East en North Bergen*, que tiene una vista impresionante de la ciudad de *Manhattan* y de las torres del *World Trade Center*.

La tarde dio paso a la noche y había cielo despejado. Después de la cena, caminaron tomados de las manos por el malecón de esa ciudad. En ese tiempo, se produjo una alineación celestial muy especial.

—Gracias por la cena César.

—No hay nada que agradecer, mi amor. Qué más podría esperar de este día tan especial, si tengo lo que más quiero —dijo mirando hacia el cielo—, la luna, Marte, Júpiter, *Manhattan*... y tú.

Mirándolo profundamente, le dio un caluroso beso. Observando ambos la súper iluminada ciudad de *Manhattan*, Adriana le dijo:

—Quiero ir contigo al *Rockefeller Center* en la noche de navidad. Me gustaría patinar en el hielo, y ver el árbol navideño, ¿te parece bien?
—Seguro, mi amor, iremos donde tú quieras.

La navidad del 1997 la pasó con Adriana. Previamente, le había pedido permiso para que Ricky y Tito pudieran asistir a su casa. Ella y su familia aceptaron gustosos. Tenía que hacerlo; no podía dejar solos a sus amigos. Era un día muy especial. Pero antes, al mediodía, se fueron de compras al *Mall* de *Paramus*. Por la tarde, ¡a cumplir con su deber! El obligatorio envío de dinero para su mamá y sus hijos. Nunca descuidaba esta obligación. Y en estas fechas, el envío era doble. Ella se mostraba satisfecha con su actitud de no descuidar a sus hijos: en muchas ocasiones seleccionaba las cosas que César enviaba.

Después de haber recibido la noche buena juntos en casa de ella, en un ambiente hogareño, se fue a su cuarto. La mañana de navidad, llamó a su mamá.

—¡Feliz navidad mamá! ¿Cómo estás?, ¿cómo pasaron?

—¡Feliz navidad hijo! Lo pasamos de lo más de bien, tus hermanas y yo estamos muy agradecidas por las cosas que nos enviaste.

—Con mucho gusto mamá, usted sabe que lo hago con todo mi corazón. ¿Mis hijos se encuentran allí?

—Todavía no llegan. Creo que vendrán por la tarde.

—Está bien, volveré a llamar. Mamá, no recuerdo si te dije que estoy saliendo con una chica que conocí hace casi dos años. Estamos conociéndonos y la verdad es que me siento muy a gusto con ella.

—¿Es una buena chica?

—Si mamá. Ya hemos formalizado nuestra relación y, pues, esperaré a ver qué pasa. Creo que todo va a resultar bien. ¿Sabes mamá?, hace dos años estaba pasando por una terri… pero todo cambiará madre.

—¿Qué pasó hace dos años?

—Nada mamá, nada importante. Todo va a ir bien, no se preocupe.

—¿Cómo es ella?

—¡Preciosa!. Tiene una personalidad muy definida y es correcta en sus actos. Yo voy a hacer las cosas correctas también para no perderla y tener la oportunidad de rehacer mi vida a su lado.

—Eso espero hijo. Tienes todo el derecho de hacerlo. Espero que ella aprenda a valorarte y confiar en ti para que no tengan tropiezos. Y tú, pórtate bien, quiérela y respétala. No vuelvas a cometer errores para que no la hagas sentir mal.

—Descuide mamá, eso no pasara. Desde que vivo en este país, he cambiado mucho. La soledad y los sufrimientos me han enseñado a valorar las cosas más preciadas como a usted, mis hijos y a ella. Pero debes comprender que todavía no hay nada concreto. ¿Qué te parece, mamá?

—Me parece bien hijo, me alegro por todo lo bueno que te está pasando. Espero hablar con ella algún día.

—Así será mamá, algún día conversarás con ella y te enviaré algunas fotos para que la vayas conociendo. Les dices a mis hijos que volveré a llamar más tarde. Saludos a mis hermanas, y cuídese mucho.

—Esta bien hijo, que Dios te bendiga, y saludos

para Adriana.

— Gracias mamá.

Esa noche que fueron a *New York*, le hizo el comentario de la conversación con su mamá. Adriana se sintió complacida con esa noticia y ambos acordaron un día para que ella conversara con la madre de César.

Y aunque no pudieron patinar en el hielo debido a la gran cantidad de gente que había en el lugar, sí pudieron disfrutar de un grandioso show y observar el gigantesco y bien iluminado árbol navideño del *Rockefeller Center*.

Las celebraciones de año nuevo de 1998, fueron esta vez muy diferentes. Pasaron en casa de Adriana, acompañados de sus amigos y familiares, en un ambiente muy agradable.

El inclemente invierno seguía su curso. Un dia, una colosal tormenta de nieve paralizó a la ciudad. La precipitación de cinco pies de altura de nieve (alrededor de un metro treinta) literalmente sepultó la ciudad. Estados Unidos es un país de leyes, y hay una llamada *«for inclement weather»*, que cubre el pago de los trabajadores cuando suceden catástrofes naturales.

La tormenta empezó un domingo por la tarde y terminó el lunes por la mañana. Era casi imposible abrir las puertas de las casas. Por la tarde, enormes palas mecánicas y tractores empezaron a remover la nieve de las calles, formando enormes cerros.

Por tiempos le daban cambios en el humor (*distimia*). Le daba deseos de arranques de regresar a su país de manera intempestiva, no le importaba cómo. A veces le entraban estados de ánimo deprimentes que ni siquiera Adriana podía sacarlo de ese trance. Una vez le dijo: «Tú no eres nada mío, no tienes ningún derecho», y eso bastó para que se dejaran de ver por algún tiempo.

****

Empezaba el verano de 1998. Calor canicular. Días sofocantes del verano norteamericano. El día es muy largo, oscurece alrededor de las diez de la noche y a las cuatro de la mañana es otra vez claro. Es por las noches que la concentración del calor se hace más notoria en el interior de las casas, por lo cual tener una unidad de aire acondicionado es de vital importancia. Las olas de calor son a veces mortales para los pacientes asmáticos, niños y ancianos.

Un sábado se fueron a la Estatua de la Libertad. Quedó impresionado con la colosal figura. Es distinto verla de lejos que de cerca. Localizada en la Isla de la Libertad, perteneciente a los límites de New Jersey, se llega allí con un barco de mediana envergadura conocido como *ferry*. La estatua mide alrededor de noventa y tres metros, desde el suelo al extremo de la antorcha, y es de color esmeralda.

La estatua fue un regalo del pueblo francés al pueblo de Estados Unidos, en reconocimiento por su amistad forjada durante la revolución estadounidense. Fue diseñada por el escultor Frederick Auguste Bartholdi en 1884, y se construyó en secciones individuales. La ingeniería estructural para su ensamblaje fue diceñada por Gustave Eiffel, diseñador de la torre Eiffel. En 1886, fue colocada en su posición actual. En 1924, fue declarada Monumento Nacional de Estados

Unidos. Y en 1984, la OEA la nombró Patrimonio de la Humanidad.

Hay veinticinco ventanas en su corona, que simbolizan las piedras preciosas que hay en la tierra y los rayos celestiales que brillan sobre el mundo. Los siete rayos de la corona representan los siete mares y continentes del mundo. La tabla que sostiene la estatua en su mano izquierda tiene la siguiente inscripción en números romanos: *«4 de julio, 1776»*, el día que el Congreso, en representación de las colonias americanas, adoptó la Declaración de Independencia del Imperio británico.

Después del paseo por la Isla de la Libertad, se fueron al Museo de Ciencias (*Liberty Science Center*) de New Jersey, donde pudieron apreciar los adelantos tecnológicos de aquel año y ver imágenes de las constelaciones enviadas por el telescopio Hubble. Salieron fascinados de aquel lugar.

Al regreso, Adriana le acompañó a su habitación. Se dispuso a ordenar algunas cosas y conversaban amenamente. Sabiéndose solos, la abrazó fuertemente, mientras aspiraba la fragancia de sus cabellos. Empezó a besarla con pasión. Pero ella, reaccionando, lo detuvo.

—Ten paciencia —le dijo—, si tú me amas, ten paciencia. Solo así tendremos una felicidad plena y seré tuya en cuerpo y alma... pero no ahora.

César, asentando la cabeza positivamente, le dijo «*te amo*», y le dio un beso en la frente.

Durante el verano, habían ido a las playas de New Jersey, y a los casinos de *Atlantic City*. Con frecuencia, iban a diversos sitios de la ciudad. En el cumpleaños de ellos, se iban a cenar a los más lujosos restaurante de la ciudad y pasaban veladas inolvidables. También eran asiduos a las espectaculares festividades y fuegos artificiales por el *Independence Day* de los Estados Unidos a orillas del rio Hudson.

Ella había aprendido a ser amiga de sus amigos y a compartir con ellos en toda ocasión que era propicia.

****

Ahora, inicio de otro otoño. No había duda de que su romance con Adriana iba bien. En una oportunidad, ella le había preguntado: «¿Esperar es una virtud tuya?», y él le contestó que sí. Sabía a qué se refería con eso.

Conversaban de muchas cosas, como enamorados que eran. Sin embargo, esa maldita indecisión, la inseguridad de que las cosas no funcionaran, lo perturbaba. ¿Cómo enfrentar las cosas de la vida en el supuesto que se casara con ella?

Era ilegal, y ya estaba hastiado de vivir en esa condición. No podía hacer mucho. Trabajaba en una factoría y no tenía auto, pese a lo que decían: «El auto no es un lujo, es una necesidad» (al menos en Estados Unidos).

En esos trances, de nada servían sus conocimientos en cuanto a la psicología humana y de sus nociones espirituales. Era una persona común y corriente, pasaba las mismas necesidades económicas y materiales que todo el mundo, y, por supuesto, en muchas ocasiones se sentía abrumado por su situación.

Unas semanas después, cuando regresaban de un paseo en el carro de ella, producto de esas indecisiones, tuvieron un mal entendido.

—¿César, qué te pasa?

—Nada, Adriana, no pasa nada.

—¿Cómo puedes decir eso si te veo muy agobiado? Has estado pensativo todo el día. ¿Estás *down* otra vez?

—¿Y cómo no he de estarlo?

—Pero dime las razones de tu comportamiento.

—¿Te parece bien verme en esta situación? Ver que no puedo avanzar ni hacer nada constructivo... ¿Te parece bien?

—Debes tener paciencia. Las cosas salen mejor cuando se organizan. Si dejamos todo a la improvisación, fracasaremos. Esto ya lo hemos conversado en otras oportunidades.

—¡Ya estoy cansado de esperar! Tú lo dices porque estás en una posición diferente a la mía. Yo no tengo nada.

—¿Y no me tienes a mí? ¿Acaso no significo nada para ti?

—No me refiero a eso.

—¿Entonces qué? Hablas de mi posición como si fuera lo único importante. ¡Estamos juntos para hacer algo positivo en esta vida, pero organicémonos! Renegar de tu condición no ayuda para nada.

—Sí, claro, para ti es fácil. ¡Tienes tu familia, tu casa, ¡tienes todo! Y no lo digo en otro sentido. Lo digo porque me gustaría ser yo el que te pueda dar todas las cosas que te mereces.

—Te equivocas, César. Si no te tengo a ti, no tengo nada. Pero parece que te estás cansando de todo esto.

—Parece que no entiendes mi punto de vista. Además, conmigo o no, tú lo tienes todo. No me necesitas.

—Te desconozco, César. Nunca pensé que me dirías esas cosas.

—¡Piensa lo que quieras! —le dijo en tono enérgico.

—¿Pero qué te pasa, por el amor de Dios? —respondió ella entre sollozos.

—Adriana, déjame. Yo sabré cómo arreglar mis problemas.

—¿Estás seguro de lo que me dices?

—Sí, quiero estar solo, para poder ordenar mis pensamientos.

—Está bien. Te dejaré solo si así lo deseas... Espero que sepas lo que estás diciendo.

La vio alejarse anegada en lastimero llanto. Encendió su auto y se alejó rauda. Sintió deseos de correr tras de ella. De pedirle perdón. De gritarle: «No te vayas, regresa. Qué haré si tú me dejas. Cauce de mis sueños. Déjame caminar a tu lado. No te vayas… seguirás en mi carne y no estarás, seguirás en mi sangre y no estarás, seguirás en mi alma y no estarás. Conciencia de mi ser... Te amo, no te vayas».

Dos noches después, sintió un tardío arrepentimiento al no tener noticias de ella. Al principio lo consideró como algo normal; estaban conociéndose uno al otro y debían ver sus lados flacos. Pensó en su mamá. ¿Que diría si se enterara de otro fracaso?

¡Cómo la extrañó aquella noche! «¿Sabes tener paciencia?». «Sí»... Tal vez no era su virtud esperar, pero podría ser su privilegio. No la deseaba para satisfacer el placer general de los sentidos. Sí, para compenetrarse con ella espiritualmente. Claro, si satisficiera sus deseos carnales, tendría horas de angustia metafísica, como le pasaba cuando estaba con las *amigas*. Así nace la filosofía, de la mente… del corazón.

Sus padres habían emigrado del Perú a finales de el gobierno de Morales Bermúdez. El papá era contador público, pero el gobierno de facto lo dejó sin trabajo y sin oficina. La mordaza era rigurosa en aquellos tiempos. Hacer algún comentario en contra del gobierno era fatal. El 5 de febrero de 1975, hubo una huelga nacional de policías. En represalia: miles de muertos, centenares de desaparecidos. Toque de queda, lluvia de balas asesinas. Asesinos de sus propios hermanos. Como Pinochet en Chile. La política del terror, el miedo como dinámica gubernativa. ¡Había que salir de allí!

El llamado Gobierno Revolucionario de las Fuerzas Armadas estaba demostrando que era un tremendo fracaso. Su plan de gobierno no servía para nada. ¡Qué decepción! ¡Cómo nuestros propios gobernantes nos echan fuera de casa! ¡Increíble!... Solo en el Perú.

Pero su padre no se amilanó, y supo salir adelante en un país que le dio todas las oportunidades, que le abrió todas las puertas para una superación personal y económica. Producto de su constante trabajo y sacrificio, compró la casa que tenían en un exclusivo pueblo residencial, autos, comodidades, viajes a Europa, viajes de excursión en transatlánticos. Cosas que ni en sus mejores sueños hubiera podido realizar en su país natal. Y se sintió agradecido con Estados Unidos, un país que no cree en el comunismo, ni en el socialismo, ni en todas esas patrañas que solo trae atrasos y miserias. Sistemas que solo benefician a un minúsculo grupo, que lucra con las necesidades de los pueblos. Nuestro país, el Perú, es un reflejo de que todavía hay gente que cree en todas esas obsoletas ideologías que generan la corrupción y que solo nos han traído muerte, atrasos, hambre y una pobreza atroz. Sir Winston Churchill, al término de la Segunda Guerra Mundial, dijo un certero pensamiento con respecto a estas corrientes ideológicas: «*El socialismo [y el comunismo] son la filosofía del fracaso, el credo a la ignorancia y la prédica a la envidia. Su defecto inherente es la distribución igualitaria de la miseria*».

Ella tenía quince años cuando llegó a Estados Unidos y se educó bajo el sistema norteamericano, pero bajo el estricto código de sus padres, para que nunca olvidara su verdadera esencia hispana. Fue desarrollando una exquisita personalidad; parecía un imán que atraía todo a su centro. Estaba dotada de una gran rapidez mental y sus juicios eran impecables. A la vez, era dulce, tierna y sumamente cariñosa con él. Su inteligencia le permitía discernir sobre cualquier tema. Por eso, sus estudios universitarios no eran una mera casualidad, sino producto de su sacrificio y dedicación. Años después, regresaría al Perú, en muchas oportunidades, a visitar a los familiares que aún quedaban.

Cuántas veces, cuando él renegaba de su suerte, ella estuvo a su lado para darle la paz y la esperanza que necesitaba. A César le parecía excitante esos momentos. Sus gestos muy femeninos lo desarmaban. Verla poner su cabellera a un lado de sus hombros, mostrándole su bella sonrisa y sus marrones ojos que hacían juego con el carmesí de sus labios, producían en él un efecto reconfortante. Pero, aquella que endulzaba sus amarguras estaba a punto de darle la espalda.

Ahora, en esta noche, el recuerdo de sus lágrimas y de su congoja lo torturaban. ¡Cómo pudo haberle hecho eso! ¡Imbécil! ¡Idiota! ¡Estúpido!

Ella no se lo merecía. ¡Cuánto deseaba tenerla a su lado!

La noche transcurría lenta para él. La recordaba

intensamente. El eco de su voz parecía ser reverberado por el viento, angustiándolo. Símil sensación a la experimentada en los primeros meses de su llegada. Esa agobiante sensación de soledad. Miraba el teléfono fijamente, esperando que sonara. Afuera, los fuertes vientos del otoño rugían como nunca, produciendo unos sonidos espectrales… el crujir del hielo, y sintió miedo. Miedo de perderla, miedo de perder una esperanza… una ilusión. Miedo de pensar que el destino podría arrebatarla de sus manos. El mismo miedo que sintió una noche como esta, tres años atrás: el miedo de enfrentarse a lo desconocido y a lo paranormal.

Sucedió una noche de víspera del *Día de Acción de Gracias*. Había sido invitado por su amigo Luchito Pérez, el *Peruchito*, a cenar a su casa con algunos de los muchachos del club. Solo bebió una copa de vino para asentar el pavo horneado que alguien había preparado al estilo del tradicional *pavo navideño* de Lima.

De madrugada, decidió retirarse. Su casa quedaba a una cuadra de distancia. La calle era angosta y no había nadie; ni gentes, ni carros, nadie. Solo él y ese fuerte viento que tuvo que enfrentar. Al avanzar, el viento parecía detenerlo, las hojas caídas se levantaban para golpear su cuerpo y rostro. De pronto, le pareció «ver» las ráfagas de viento, como largos brazos etéreos que lo envolvían, mientras el silbido del viento se confundía con el eco de voces que parecían llamarlo por su nombre y por su título. Parecían voces pidiendo ayuda, voces del pasado. Sintió un ardiente flujo que recorría su columna vertebral; su adrenalina iba a mil. No sabía si era el viento o su adrenalina la que erizaba sus cabellos. Los escasos metros que faltaban para llegar a su habitación le parecieron kilométricos. Llegó muy estremecido y rezando una oración. Ahora, el recuerdo de aquella noche, el de su error y el de Adriana, hicieron que de sus ojos brotaran algunas lágrimas.

Adriana...
Déjame llorar esta noche
porque he sentido el dolor de mí corazón.
Cuando en la noche callada sienta el lejano
murmullo del recuerdo
y mi alma se fragmente en pedazos,
déjame llorar para olvidar el pasado.
He sentido una tristeza que no puedo ocultar
¿Puedes tú comprender eso?
Si bebí de la fuente inmensa de tu amor,
hoy me siento vacío.
Sediento de amor, ausente de besos.
¿Puedes tú quitarme eso?
Déjame llorar esta noche.
Deja que mis ojos viertan lágrimas de esperanzas
y que sean mis lágrimas las que laven el camino
empedrado de mi vida.
Después de todo esto,
¿quieres tú caminar a mi lado?

****

Saúl lo invitó a su casa para la cena de *Thanksgiving*. Ricky y Tito también estuvieron presentes. Ambiente hogareño. Buena comida preparada por su esposa. Conversaciones fraternales. Uno que otro trago.

A la media noche, regresó a su habitación y se recostó en la cama. Quién hubiera creído que una semana atrás se había sentido el hombre más seguro del mundo. Ella le había dado esa fuerza que necesitaba. ¡Pero

321

esa incertidumbre!

Recordó aquel nefasto año de 1994, el crujir del hielo… ¡Claro! Era eso. Lo transportaba a los primeros meses posteriores a su arribo, provocándole la misma desesperación, esa infinita angustia y agobiante sensación de soledad… como una pesadilla que no quería volver a experimentar y prefirió enterrar ese capítulo de su vida en las páginas del olvido.

Una terrible laxitud lo poseyó. Cogió la *pelota verde* y la sostuvo en su mano derecha. Se recostó en su cama y se dispuso a descansar. Viró su rostro hacia la derecha. Un espejo que colgaba de la pared reflejó su imagen. Experimentó el fenómeno del desdoblamiento astral (este tipo de percepción extrasensorial, y otros, como la *telepatía,* lo acompañarían durante muchos años; incluso en varias oportunidades pudo escuchar las voces de sus hijos que en forma de un susurro le decían: «¡Papá!»).

Su imagen reflejada le dijo:

—¡Qué más da! ¡No es la primera vez que te dejan!

—¡Sí! Pero hoy es distinto —le respondió.

—Otras veces te usaron y te dejaron.

—Títeres huecos, «cuerpos» de nada.

—¿Por alguien mejor?

—Mejor quizá no, diferente tal vez sí... A veces, cuando se pierde... se gana.

—¿Qué puedes ganar de una derrota?

—Experiencia, amarga, pero experiencia. Coraje para enfrentar los retos de la vida. Deseos, muchos deseos de no volver a perder... Eso puedes ganar de una derrota.

—Tus sentimientos van en proporción con tus sufrimientos.

—Esa es mi cualidad, no soy divergente.

—Pero la calidad predomina.

—Lo mismo dirías de la cantidad; mis sentimientos van en grado superlativo a estas cosas.

—Lirismo puro, no cuentan en estos tiempos.

—Para mí, es una esencia vital, mi ser entero consagrado a amar.

—Esas son visiones del pasado, de tu otro tiempo, de tus vidas predecesoras.

—A veces me dejo ganar por la emoción, como un flojo coñac que gravita dentro de mí.

—¡César Vallejo redivivo!

—No es bueno estar solo.

—La soledad es el camino a la sabiduría. La felicidad no existe.

—Pero existen momentos felices... Daría cualquier cosa por esos momentos.

—O te vuelves *psicorígido* o tendrás fatiga *psicofisiológica*.

—Puedo afrontarlo. Si pudiera traducir lo que siento al lenguaje humano, encontraría mi razón de ser.

—¡Palabras!

—La palabra es mitad del que la habla y mitad del que la escucha.

—¿Y quién te escucha a ti? Máxime cuando ya es medianoche y el reloj de la vida te está devorando.

—Es verdad.

—Piensa de esta manera: una hermosa casa, lujos, joyas.

—No me interesa.

—Tal vez mucho dinero, ropa fina, viajes, mujeres lindas.

—No me interesa.

—Entonces solo piensa en esto: un buen libro, una buena vista del mar, una buena cena... en fin, una mujer.

—Sí, volverá a mí y le besaré la frente en señal del gran amor que siento. Aspiraré sus cabellos. Me embelesará su fragancia, me cautivará su voz, me subyugará su mirada. Ella será el centro gravitacional, el eje de mi universo personal... A su lado construiré una nueva vida y será el eslabón de mis sueños por venir.

—Es verdad».

****

Otra semana empezaba en el trabajo. Saúl había ingresado a trabajar en el mismo lugar. A la hora del almuerzo, César fue en busca de él.

—¿Qué pasa, compadre? —le preguntó.

—El día de *Thanksgiving* tuve una pequeña discusión con Ricky.

—¿Sí? ¿Qué pasó?

—Después que te retiraste, empezamos a beber un poco más de la cuenta. Estaba la calefacción muy alta y prendió el ventilador. El aire me estaba dando en la cara y, como tú sabes, me hace mal, me da sueño, cambié de posición con Tito.

—¿Y?

—Ricky me preguntó por qué había hecho eso y le dije que el aire me daba en la cara. Y me dice: «¿Cuál cara? Yo creí que estabas con la máscara de Halloween puesta todavía». Me molesté porque me lo dijo delante de mi esposa. Además, tú sabes que yo soy un galán. La semana pasada dejé *plantadas* a dos hembras. Después se pone a contar chistes estúpidos. Dice que un niño le pregunta a su mamá: «Mamá, ¿verdad que los muertos se convierten en *polvo*?». «Sí, hijo». «Ah, entonces debajo de tu cama hay muchos muertos». ¡Cómo va a decir eso delante de mi mujer!

César se reía de las ocurrencias de Saúl.

—Ustedes no maduran.
—¿Cómo está tu novia?
—Debe de estar bien.
—¿Problemas, compadre?
—*Not really*. ¿Qué has traído de comer? ¡Uhmm, ese arroz con pollo se ve bueno! Creo que vamos a compartir.
—¡Éntrale, compadre!
Después, Saúl se fue tras una chica dominicana, de gracioso solamente. Lo dejó solo con sus pensamientos. Una señora puertorriqueña que trabajaba en el *warehouse*, y que estimaba mucho a César, se sentó a su lado.

—¿Qué te pasa, nene?
—Nada, Carmencita. Solo pensando.
—Pensando en tu amigo, el chino *pendejo* ese —decía, refiriéndose a Saúl—. Se cree el galán de la cuadra.
—No, no pensaba en él. Lo conozco hace muchos años. Hace esas cosas de bromista solamente.
—Yo sé, estoy *relajando*. El que me preocupa eres tú.
—¿Por qué?
—Siempre me llamó la atención ese aire misterioso que tienes.
—¿Misterioso? Sabía que era feo, ¿pero misterioso?
—Lo que quiero decir, pa', es que siempre estás pensativo.
—A veces mi comportamiento tácito se debe a...

—¿Qué, qué, qué? Háblame en cristiano, pa'.

—Es decir, no soy callado, ni misterioso. Reservado, quizá sí.

—Es lo mismo, nene. ¿Peleaste con la novia, verdad?

—¿Se me nota?

—A kilómetros. ¿Qué pasó? Cuéntame.

—Una estupidez mía. La traté mal y discutimos, Eso fue todo.

—Bendito…. Ve, búscala y pídele perdón, y se soluciona el asunto.

—Eso estoy tratando de hacer, pero no la encuentro.

—¿Vive lejos?

—Una distancia equidistante de…

—¿Qué, qué, qué? Háblame en castellano, nene.

—O sea, dentro de la misma área, pero lejos.

—La distancia es relativa. ¿Te acuerdas de esa canción que se escuchaba el otro día en el comedor? Esa que decía: «La distancia es como el viento: apaga el fuego pequeño, pero enciende aquellos grandes».

—Sí, la recuerdo perfectamente.

—Entonces, nene, ve y búscala. Dale un buen beso y se arregla todo… ¡Así me gusta verte! ¡Que te rías y goces la vida!

—Sí, Carmencita, lo haré. ¡Tú y Saúl son incorregibles!

Dos semanas después, fue invitado por los directivos de la *Peruvian Parade* para un viaje a los casinos de *Atlantic City*. A pesar del frío que hace en diciembre, se animó a ir. Lamentablemente, Adriana no contestaba a sus llamadas y ninguno de sus amigos se atrevió a ir con él. Fue así que un domingo recorría, esta vez solo, los famosos casinos de la ciudad de *Atlantic City*: el *Ceasar Palace, TrumpTah Mahal, Showboat, Bally's, Tropicana* y muchos más, que hacían el deleite de los visitantes. Por la tarde, después de haber perdido todo el dinero que le dieron por el valor del ticket y a pesar del frío, se fue a la orilla de la playa y se sentó en la arena. El viento parecía susurrarle y el rumor de las olas le evocaba veranos pasados. Sus ojos contemplaban el inmenso horizonte del océano Atlántico; una densa neblina se aproximaba al lugar. Una terrible nostalgia lo embargó. Su padre apareció en sus recuerdos, situándolo en el mar de la bahía de Paracas muchos años atrás. Alguien lo llamó para el retorno a su ciudad. Al alejarse, el viento seguía canturreándole y el rumor de las olas desvanecía sus remembranzas. Entre la bruma, el rostro sonriente de su padre parecía mirarlo....

*Sentado una tarde de estío
en la orilla del mar, sentí un susurro
abrasador
y el rumor de sus olas me trajo voces del pasado.*

*Vi la espuma del mar desvanecerse
en la arena
como sueños perdidos y esperanzas
muertas,
como amores que son como las rosas,
que solo florecen para morir.*

*La lluvia cayó ligeramente,
un nuevo susurro invadió mi alma,
por mi mente vi su sombra pasar.
¡Sueños de ayer! Nadie lo nota, pero
estoy llorando.*

La lluvia limpió mis lágrimas de sal.
¡El susurro! ¡El rumor! Sólo la lluvia
y el mar.

Mas un nuevo susurro acarició mi ser.
Brisas de esperanzas y triunfos,
aires de conquistas y glorias.
¡La lluvia paró! Un nuevo sol brilló
en el horizonte cóncavo de mi vida,
y el rumor convexo cerró el círculo.
¡El susurro! ¡y el rumor del mar!

****

Pasaron dos meses desde aquella discusión. Llamó muchas veces a Adriana, pero Elena contestaba diciéndole que no estaba en casa. Se sentía consternado y desesperado a la vez. «¿Dónde estás, querida Adriana?». A veces los hombres necesitamos de una lección (o muchas) para aprender las cosas.

La Navidad del 98 y el recibimiento del Año Nuevo de 1999 no fueron nada gratos para él.

Pero todo tiene su momento. Solamente hay que esperar, y eso estaba por sucederle. Por una ley de causa y efecto, su suerte iba a cambiar. Finalmente, Dios había hecho caso a sus plegarias. Sus culpas habían sido pagadas.

Una tarde de los primeros días de marzo de 1999, que para su cuenta personal sumaban seis años en Estados Unidos, contemplaba una ligera nevisca desde su ventana, pensando (otra vez) en regresar a su país.

En ese momento, Saúl fue a buscarlo.

—César, vengo de la agencia de José. ¡Dice que vayas de inmediato!

—¿Por qué? ¿Qué ha pasado?

—Nada malo. ¡Anda rápido!

****

—¿Qué es el síndrome de la banda *iliotibial*?

—Se trata de una tendinitis acompañada a veces de una bursitis, que suele presentarse cuando es necesaria una flexión repetitiva de la rodilla, como en el caso de los ciclistas o de los corredores. Se caracteriza por dolor en el compartimiento externo de la rodilla, que se irradia a veces hacia la cara exterior del muslo. También se le conoce con el nombre del síndrome de la cintilla iliotibial.

—¿Y el síndrome de Kawasaki?

—Es una enfermedad que afecta las membranas mucosas, ya sea oral, mucosa o conjuntiva, los ganglios linfáticos, el revestimiento de los vasos sanguíneos, es decir, una vasculitis, y el corazón. Se presenta con un cuadro de fiebre alta persistente y se asocia con otros signos, como la presencia de ojos rojos, membranas mucsas rojas en la boca, labios rojos agrietados, la clásica «lengua de fresa», y ganglios inflamados. Del diagnóstico precoz y del inicio del tratamiento, puede depender el daño a las arterias y al corazón.

—¿Tratamiento?

—Gammaglobulina intravenosa a grandes dosis.

—¡Está bien, suficiente! El doctor Medina ya me había hablado de ti y me da mucho gusto conocerte —le decía mientras estrechaba su mano—. Yo soy el doctor Tejada y te espero el lunes en mi oficina. Estaba buscando un asistente y creo que ya lo encontré.

—Doctor Tejada, le agradezco la oportunidad, pero no tengo documentos para trabajar legalmente en su clínica.

—No te preocupes. Medina me explicó tu situación y te voy a ayudar. Por el momento trabajarás por «*debajo de la mesa*», hasta que legalices tu situación. Medina me dijo que entre ambos sacaron una licencia de asistente médico. Eso te será de mucha utilidad; el hecho es que necesito de tus servicios. Ya verás que tu vida cambiará.

—Gracias, doctor. Lo veré el lunes —le contestó muy emocionado.

—Magnífico. Ahí nos veremos entonces. Ahora me voy porque tengo muchas cosas que hacer. José, gracias por todo, nos estamos viendo.

—Hasta luego, doctor Tejada. Oye, César, me has dejado asombrado con todas esas cosas que has hablado, ¿qué es eso?

—Medicina, José... Medicina.

No era necesaria una presentación, pues era conocido por todo el personal de la clínica. Sin embargo, el doctor Tejada lo presentó.

—Señores, hoy va a empezar oficialmente con nosotros el doctor César. quien será asistente del doctor Medina. Mientras, yo dirigiré el nuevo cónsultorio que se abrirá en la ciudad de Paterson. Bueno, caballeros, los dejo con nuestro nuevo compañero. Nos vemos, doctor César.

—Hasta luego, doctor Tejada. Y gracias por todo.

—Me da gusto que vayas a trabajar con nosotros. La semana pasada se fue uno que estaba en nada. Por eso, el doctor Tejada se apresuró en buscar a alguien y me alegro que hayas sido tú.

—Gracias por su ayuda, doctor Medina, y espero no defraudar. Usted sabe que estoy fuera de práctica desde hace mucho tiempo, pero confío en que el entrenamiento que me ha dado me sea de utilidad.

—Lo harás, de eso estoy seguro, pues me he dado cuenta de que tienes mucha experiencia, conocimientos y talento. Después empezaremos a prepararnos para los exámenes de convalidación de la Comisión para Médicos Graduados en el Extranjero y poder sacar nuestras licencias de trabajo.

—Estoy a la orden, maestro.

Dos semanas después, agarró más confianza. Le fue fácil con la ayuda de Medina llegar a un buen estado de conocimientos.

Al tercer fin de semana, se iban a almorzar después de haber terminado la consulta, pero antes pasó por la agencia de José para hacer un envío de dinero. Allí tuvo un agradable encuentro.

—¡Cómo estás, Elena!

—¡César! ¡Qué tal! ¿Qué hay de buenas?

—¡Hay unas muy buenas, Elena! Te presento a mi amigo, el doctor Medina. Estamos trabajando en el consultorio del doctor Tejada.

—¡Cuánto me alegro! Gusto en conocerlo, doctor Medina.

—El gusto es mío, señora.

—Elena, ¿cómo está Adriana? Tiempo que no la veo.

—Lo sé. Me vas a disculpar que no te haya dicho nada de lo que hizo porque... ella misma me lo pidió.

—¿Qué pasó?

—Se fue a Rhode Island.

—¿Rhode Island? ¿Por qué?

—Pero ya regresó. Hace tres días que está por aquí.

—Pero, ¿qué pasó? ¡Por favor, dime!

—Una noche, hace más de dos meses, entró llorando a la casa. Cuando fui a verla a su cuarto, se veía muy enojada. Entre lágrimas me contó que tuvo un problema contigo y me dijo que eras un tonto.

—¡Y sí que lo soy! No te imaginas lo mal que me he sentido. Pero, ¿por qué Rhode Island? ¿Dos meses? ¡Dime, por favor! ¿Qué pasó?

—Una semana después, llegó una carta de su universidad diciendo que tenía que ir a la Universidad de Rhode Island a seguir un curso de especialización. Ya terminó. Ya está en casa.

—Ahora entiendo. ¿Pero, sigue enojada conmigo?

—Me preguntó por ti. Le dije que no te cansabas de llamar y se puso triste.

—¿Cómo está ahora?

—Un poco mal. El cambio de clima le ha afectado y está un poco resfriada.

—Sí, bueno... gracias por la información. Hasta luego, Elena. Ha sido un gusto verte.

Luego que se despidieron, se fueron a almorzar a uno de los restaurantes peruanos de la Broadway. Por el camino iba muy pensativo. «¿Dónde queda Rhode Island? ¿No es ese el estado más pequeño?»

—¿Problemas con la novia? —preguntó Medina.

—Algo así. Ya sabes cómo son las mujeres.

—César, ¿qué planes tienes?

—Semanas antes de mi encuentro con el doctor

Tejada, tenía en mente regresar al Perú, y la verdad que ahora me encuentro confundido, porque se me ha presentado esta oportunidad de trabajar en mi campo y quiero seguir adelante.

—El otro día te hablé de los exámenes. Son tres pasos llamados *steps* 1, 2 y 3, correspondientes a ciencias, clínica y a un test de habilidades, médicas por supuesto. Una vez pasados estos exámenes, empieza la parte más difícil: buscar un lugar para hacer la residencia, que te lleva a hacer un internado de aproximadamente tres años, al cabo de los cuales tienes la licencia. Pero hay una cosa más importante: tienes que ser residente legal de este país o tener visa de estudiante. ¿Tú tienes residencia?

—No.

—Yo tampoco. Pero qué le vamos a hacer, algún día los seremos. ¿Tienes familia?

—Todos están en el Perú. Ya mis hijos han crecido. No los veo desde hace seis años.

—¿Y tu esposa?

—Con ella pasó algo que nunca imaginé al llegar a este país. Decidió hacer su vida con otro hombre. Como comprenderás, fue muy difícil superar ese trance, pero, gracias a Dios, todo empezó a cambiar para mi.

—¿Ahora estás solo?

—No, tengo una enamorada que me dejó solo hace dos meses. Es la hermana de Elena, pero aún no hay nada en concreto. Estamos en prueba, como ella me lo pidió. Estuvimos saliendo juntos, pero por algunos problemas dejamos de vernos. Ojalá algún día pueda hacer algo y le encuentre un sentido a mi vida. El motor principal son mis hijos y a veces Adriana es mi inspiración.

—Me parece bien. Ojalá que pronto se cumplan tus

sueños.

—Gracias, doctor Medina. ¡Cielos! Este cebiche está muy picante. Oiga, amigo, traiga dos bebidas, por favor —decía César, mientras veía a su amigo sudar a cántaros por efecto del cebiche picante.

Una de las cosas que el doctor Medina le había recalcado era el cuidado que debía tener durante las prácticas médicas. Se refería al asunto de las famosas demandas, muy buscadas por parte de las personas que se dedican a vivir de las malas artes. Una demanda a un médico es una de las que más pingües ganancias le pueden dejar a estos individuos. Pero por su correcta forma de ser y de pensar, César fue muy querido por los pacientes de la ciudad de Passaic. Medina y él se sentían orgullosos de trabajar al lado del doctor Tejada eminente cirujano que fue reconocido por el Estado de New Jersey como el mejor en su campo. Un orgullo para las ciencias médicas peruanas.

****

El apartamento donde vivía, se componía de tres habitaciones. Vivían ahí un muchacho hondureño y un señor peruano. Este señor había tomado gran aprecio por César. Recordó que cuando llegó a ocupar uno de los cuartos de dormir en 1995, el señor Pedro, que así se llamaba, le hacía la vida imposible por el simple hecho de no querer compartir la cocina. Pasado el tiempo, César se fue ganando su confianza. El motivo que afianzó más esa amistad sucedió cuando el señor Pedro fue mal diagnosticado con una enfermedad abdominal, cuando en realidad se trataba de una neumonía. Una rápida exploración lo llevó a esa conclusión. Rápidamente llamó a la ambulancia y el señor Pedro permaneció diez días en el hospital. Al salir recuperado del nosocomio, ofreció a César su aprecio y admiración. La historia de este señor es como la de otros, o como la de todos. Había llegado a Estados Unidos hacía quince años cruzando la frontera y pasando cientos de dificultades. Pasado el tiempo, obtuvo su residencia a través de una petición por contrato de trabajo. De esa manera, podía ir periódicamente al Perú. A pesar de su edad —tenía en ese tiempo cincuenta y cinco años— y de tener el privilegio de poseer la residencia, vivía solo.

Pedro tenía preparado uno de sus acostumbrados viajes al Perú. Previamente, le había pedido a César que preparara algunas cosas y cartas para llevárselas a su mamá. Fue así que se apresuró en preparar una pequeña encomienda. Por esos días, ya se encontraba trabajando formalmente con el doctor Tejada. Tres semanas después, un día sábado por la mañana, Pedro regresaba de Lima. César le dio la bienvenida y lo ayudó a subir su equipaje. Luego de instalarse en su cuarto, se fueron al comedor para conversar.

—¿Qué tal el viaje?
—Tranquilo, sin mucho contratiempo. Llegamos justo a la hora indicada.
—¿Pudo ver a mi madre?
—Sí, cuando fui a entregarle tu encomienda, me dio algo para ti.
—¿Sí? ¿Qué cosa es?
—Ahora lo verás.

Entró a su cuarto y le entregó una bolsa color amarillo. Impreso en color verde, se leía la inscripción *Metro*. Con mucha emoción empezó a abrir el paquete.

Un sobre y otra bolsa herméticamente cerrada. Un exquisito aroma empezó a llenar el ambiente cuando abrió lentamente dos *containers* con comida. Un aroma conocido, un aroma de casa.

—¡Dios bendito! ¡Pero si es un plato de escabeche! Y este otro es... ¡tallarín de pollo en trozos! Pedrito, ¿cómo hizo para pasarlo?

—¡Eso no es nada! En el avión había un *huevón* que traía un *pollo a la brasa*. Tuve mucha suerte de que no revisaran mi equipaje de mano. Tu mamá me dijo que ella misma preparó el escabeche de pescado y el tallarín lo compró en el chifa de tu barrio, donde tú solías ir.

—¡Dios mío, es increíble! Estoy en *shock*. ¡No puedo creerlo!

—Sabía que te ibas a poner así.

—Vamos a compartir este manjar. Serviré el café para comerlo a la usanza de nuestro país. Afortunadamente, ayer compré el pan.

Había dos filetes de pescado que compartió con el señor Pedro. El café fue muy apropiado para el frío de aquella mañana.

—¿Cómo están las cosas por Lima?

—Lo mismo, no hay cambios. Los políticos siempre haciendo de las suyas y *cagando* todo el país... todo va a parar a sus bolsillos. Están construyendo unos atractivos turísticos en el malecón de Miraflores, en otras partes de la ciudad...

Las palabras de Pedro se perdían en el aire, como el humo del café. Sus sentidos estaban fijados en aquella comida del hogar lejano, en su sabor, en su esencia. ¡Su propia madre lo había preparado! Ahora estaba delante de él. ¡Esa comida había atravesado tierras y mares, más de siete mil kilómetros! Seis años sin probar su sazón, sin degustar el sabor casero. Gratos recuerdos volvieron a su mente.

—Ese chino *gran puta*, la sigue cagando. Se cree el emperador del Perú. Quiere tomar el control de todos los poderes del Estado, asesorado por un *pendejo* llamado Montesinos y……

—¿Cómo está mi madre?

—Se le ve en perfecta salud. Te recuerda con mucho cariño. Me pidió que te dijera que te cuidaras mucho. También conocí a una de tus hermanas, y había algunos niños en tu casa. Un día, unos amigos me llevaron al *troca* y…

Con cada masticada que terminaba, aumentaba su angustia. Tenía deseos de que esa comida no acabara nunca. Consumió hasta el último pedazo del pescado, y del jugo no quedó nada.

—¡Carajo! La verdad es que tu mamá cocina delicioso. ¡Esto estaba, ya no ya!

—Mis amigos también decían lo mismo cuando estábamos en el Perú. Este tallarín chino lo comeremos en el almuerzo y estoy seguro de que también le gustará. ¡Dios mío! ¡Esta comida que tanto había anhelado! Gracias, muchas gracias, Pedro, por haberme traído esta sorpresa.

—Más bien las gracias a ti, por tenerte como amigo.

Empezaba otra semana en el consultorio, conversando con Medina acerca de los avances de la ciencia médica. Les parecía increíble ver cómo los microorganismos se desarrollaban paralelos a la farmacología; esto es, se hacían más resistentes, modificando sus genes y convirtiéndose más malignos para el hombre. Para cada nuevo fármaco creado, aparecían nuevos patógenos mutantes, convirtiendo esto en un círculo vicioso, como si las bacterias y los virus tuvieran la capacidad de pensar, con el fin de provocar enfermedades en los seres humanos. Luego...

—¿César, sabes que falleció Cubita?

—¿Cuándo?

—Hace ya una semana. Ayer me lo dijo el señor Martínez, cuando me encontré con él en Paterson.

—Caray, qué pena.

Cubita era un paciente que conoció el año anterior. Padecía de leucemia, pero estaba en remisión. Iba siempre para su chequeo general y se encariñó con César. Tenía setenta y dos años. Veinte pasados en las cárceles de Cuba. El gobierno de Fidel Castro lo encarceló porque era contrario a la Revolución. De suerte no lo mataron. Le contaba todo el abuso que se vivía en las cárceles cubanas; la guardia nacional los mataba por deporte, al igual que los nazis a los judíos. Trabajos forzados. Torturas inimaginables. Dormía, comía y defecaba en su propia celda. ¡Cuánto sufrimiento! Un día le dijo que en Cuba todo era racionado y que no se podía adquirir nada aparte de lo que les daban para el mes. Cada vez que Fidel Castro iba a dar un discurso, toda Cuba se paralizaba y entraba en cadena nacional. Era obligatorio escucharlo. Los soplones de la guardia nacional hacían rondas para cerciorarse de que así fuera. Al que lo sorprendían en otras actividades iba a la cárcel. Increíble. Típico de una dictadura. ¡Cosa más grande la vida, chico! Ya eres completamente libre, Cubita. ¡Descansa en paz!

Después, contándose anécdotas de sus épocas de estudiantes, reían de buena gana, cuando la enfermera los llamó.

—Doctor, ha llegado una paciente.
—César, atiéndela tú. Iré a comprar algo para desayunar.

Se sorprendió y alegró mucho (a pesar de las circunstancias) cuando vio a Adriana ingresar en mal estado, en compañía de su madre.

—¡Adriana! ¿Qué te ha pasado? Señora, explíqueme usted.
—Desde la semana pasada se encontraba mal, pero anoche empeoró.
—Acuéstate aquí... Enfermera, tome los signos vitales de la señorita.
—César, me duele, me duele mucho la cabeza.

Se quedó pensativo. Mirándola, se acordó de su padre: «Me... me... due... duele», reaccionó rápidamente.

—No te preocupes. Yo te ayudaré.

Empezó a auscultarla. Presentaba un cuadro de cefalea frontal, rinorrea, dolor de garganta y oído, fiebre alta y malestar general.
El diagnóstico: infección del tracto respiratorio su-

perior.

—Enfermera, por favor, prepare un gramo de *Ce-ftriaxone,* combinado con 1,9 ml. de lidocaína al uno por ciento y también una jeringa con treinta miligramos de Ketorolac.

—César, mi cabeza… me duele mucho... ¡Ayúdame, por favor!

—No te preocupes. Te voy a dar estas medicinas y te vas a sentir mejor. Yo estaré cerca de ti. Todo saldrá bien.

Cuando Medina regresó, Adriana estaba bajo control. Revisó la historia clínica.

—¡Buen trabajo!

—Gracias, ella es algo especial para mí.

—¿La conoces?

—Sí, y quizá ella sea ese «alguien» que acompañe mi vida.

—Tienes buen gusto. Hermosa chica.

César ordenó que Adriana se quedara en observación. Veinte minutos después, fue a verla.

—¿Cómo te sientes?

—Mejor. Ya no tengo dolor.

—Me alegro. ¿Por qué no me lo hiciste saber antes? Tu caso pudo haber empeorado.

—Es que... no sé cómo decírtelo, pero de cierta manera, tú tienes la culpa, siempre encerrado en un mundo del que no quieres salir. ¿Qué te pasa? ¿Acaso te consideras sin fuerzas para superar lo que fue el pasado? ¿Qué pasa con todos los conocimientos que tienes?

Es fácil predicar, pero difícil ponerlos en práctica, ¿verdad? Si es así, házmelo saber. No me hagas perder el tiempo y estar aferrada a una ilusión que no podría ser realidad.

Adriana empezó a llorar haciendo que César se conmoviera.

—Perdóname, desde el fondo de mi corazón, perdóname por haber dejado pasar tanto tiempo y no concretar nuestra relación —le dijo, acariciando su rostro—. No podemos hablar ahora; están llegando más pacientes. Pero quiero que sepas que a pesar de las circunstancias en que has venido a mí, ¡me ha dado mucha alegría volver a verte! Y quiero decirte también, que te amo… te amo mucho y tú lo sabes.
—¡César! Yo también te...

No la dejó terminar la frase. Un beso selló aquel maravilloso momento, que era la reafirmación de un fructífero romance.

—Adriana, hablaremos después. Este fin de semana iré a visitarte. Tenemos muchas cosas de qué hablar y espero que sepas comprenderme.
—Está bien... Te esperaré.

Después que ella se retiró, Medina le presentó a un muchacho, médico también, que recién había llegado del Perú. Les contó que las cosas para el gremio médico estaban muy mal en el país. Las huelgas eran cosa de cada día. Ellos eran conscientes de que dejaban al país sin atención médica, pero también el gobierno debía reconocer y valorar la profesión médica en el país, así como todas las demás profesiones. Comentó acerca de la crisis económica de aquel año con Fujimori a la cabeza, quien al igual que su antecesor, seguía teniendo al país en malas condiciones. La emigración continuaba en el Perú, la gente se iba a diferentes partes del mundo. España se había convertido en el nuevo paraíso para los latinoamericanos. Con el paso de los años, conocería a muchos médicos más que venían a Estados Unidos, con el fin de labrarse un futuro lejos de sus países.

****

Ahora era abril de 1999. Sucedió un domingo de primavera. Un tibio sol abrigaba el ambiente. Fue en busca de ella. Después de pedir permiso a sus familiares, se fueron a caminar por un parque de la ciudad. Se sentaron bajo la sombra de un árbol, mirando a varios niños jugar. Se le acercó y besó su frente. Adriana se estremeció.

—¿Que fue eso?

—El gran amor que siento por ti. ¿Ya te sientes mejor?

—Sí, mi amor. Gracias. ¿Por qué te gusta besarme en la frente?

—Porque te amo mucho y te ofrezco todo mi amor y protección. Para mí, ese beso es sagrado y solo se lo daría a las personas que amo con todo mi corazón.

—Gracias por tenerme entre esas personas que supongo son tus hijos y tu mamá, ¿verdad?

—Una vez más, has juzgado correctamente. Adriana, antes que nada, quiero pedirte perdón por lo de aquella noche. No sé qué me pasó. Me porté como un irracional... Lo que te dije fueron palabras que nunca sentí.

—Estás perdonado, mi amor. Tú sabes que yo no guardo rencores.

—Gracias, Adriana. ¿Así es que te fuiste a Rhode Island?

—Sin querer te quise dar una lección, pero te extrañé mucho. No te imaginas la falta que me hiciste… te recordaba a cada instante. La universidad me pedía como requisito llevar ese curso. No te dije nada porque no quería recordar la discusión que tuvimos. Creo que esta separación nos hizo bien.

—Tienes razón. Yo también te extrañé mucho. Estuve al borde de la desesperación. Mis pensamientos no se alejaban de ti. Por esos días el doctor Tejada me dio el trabajo.

—¿Ya ves, amor? Todo está empezando a salir bien. Este será un primer paso para ti.

—Adriana, ya no quiero separarme de ti. *Don't leave me no more!*

— *I won't.* No volverá a pasar, no me volveré a ir sin ti.

—Otra vez, perdóname, perdóname por todo lo que pasó.

—Amar es no tener que pedir perdón, ¿recuerdas?

—Sí, lo recuerdo... ¿Es bonito Rhode Island?

—¡Es precioso! El viaje lo hice en tren y el paisaje es impresionante.

—¿¡En tren!? —preguntó, algo desconcertado y pensativo a la vez.

—Sí, ¿por qué? ¿no te gusta?

—Viajar en tren es mi pasión. Lo hacía frecuentemente en el Perú.

—¡Entonces iremos juntos! Ese día, sentada en ese tren y viendo esas maravillas, te recordaba mucho.

—¿Iremos solos, tú y yo?

—Sí, pero será en un día muy especial.

—Para mí, todos los días son especiales a tu lado. ¿Recuerdas el primer día que nos vimos y tu hermana me preguntó el motivo de mi presencia en este país? Yo les conté todo y también les dije que tengo dos niños. No oculté nada. Como tú sabes, con la que fue mi esposa ya no nos une nada, desde el día en que ella decidió separarse de mí. Me sentía preso de aquel tiempo, carcomido por la monotonía, viendo el tiempo pasar sin ningún beneficio para mí. Fue duro, no te lo niego... Pero todo cambió cuando te conocí. Tú llegaste a iluminar mis noches, mi alma. Dejé pasar el tiempo, pues aún mi herida estaba fresca y no quería sufrir otra decepción, ¿comprendes? Me sentía doblemente frustrado por la vida que me tocó vivir en este país. Perdóname por todos los malos momentos que te hice pasar, pero ahora me siento diferente. El estar trabajando en el consultorio del doctor Tejada me hace sentir en lo mío, aunque aspiro a más, y una de esas aspiraciones es ejercer mi profesión legalmente en este país. Ahora te lo digo a ti, porque quiero que seas mi apoyo en esta gran tarea, y forjar así un nuevo horizonte para nosotros. Hace unas semanas tenía en mente regresar al Perú, pero se me presentó esta oportunidad en la clínica, y sé que puedo hacer muchas cosas.

—¿Te ibas a regresar al Perú sin decirme nada?

—En realidad, no creo que lo hubiera hecho sin antes decírtelo. ¿Sabes? Cuando te vi tendida en la camilla y me decías que te dolía la cabeza, me hiciste recordar a mi padre. En aquel tiempo yo era un estudiante de Medicina y no podía ir más allá de lo que sabía... —le contó la historia.

Cuando terminó, unas lágrimas salieron de sus ojos. Ella también lloró, emocionada por el relato. Se acercó a él y lo abrazó fuertemente.

—Nunca me contaste lo de tu papá.

—Sí, es verdad, nunca te lo había comentado, pero ahora sabes la historia de mi padre y a él le debo gran parte de lo que soy. Ahí estaba yo aquella noche, postrado al borde de su lecho de agonía. La vida nos había enfrentado en ese doloroso escenario, pidiéndole perdón por todas las faltas que cometí, pero se fue, se fue sin saber si había obtenido su absolución.

—De seguro que sí te perdonó. Pero, ¿cometiste algún error fatal?

—Los hijos siempre cometemos errores y los padres son los afectados. Pero nada malo cometí en mi vida. Me refería a que los hijos siempre hacemos pasar malos ratos a nuestros padres, como decepciones, enojos, algunos enfrentamientos verbales, desobediencias y cosas por estilo. ¡No te imaginas cuánto quise a mi padre!

—Te creo. Eres un buen hombre, lo puedo sentir. ¡Confío en ti como no tienes idea!

—Gracias por depositar tu confianza en mí. A propósito, ¿cómo te va en tus estudios?

—El próximo mes es mi graduación y una vez que termine, me pondré a trabajar para poder ayudarte en tus planes.

—¡Cuánto me alegro! Quiero preguntarte algo que creo no haberlo hecho en otras oportunidades. ¿Tú estuviste con alguien antes de mí?

—Sí, pero fue distinto. Al principio creí estar enamorada de ese tipo, pero después me di cuenta de que no era así. ¡Eso sucedió hace muchos años!

—¿Qué fue lo que pasó?

—Lo único que pretendía era acostarse conmigo, cosa que nunca pasó. Yo tengo los pies bien puestos en tierra y, como no cedía a sus pretensiones, se fue de mi lado. A mí no me importó en lo más mínimo y me dediqué de lleno a mis estudios.

—Quiero que sepas que conmigo será distinto. Tengo una amarga experiencia y no quisiera perderte. Por eso, entre nosotros todo será por amor, nada por la fuerza. Te dije una vez que mi amor por ti es diferente. No sé como expresarte este inefable sentimiento; si pudiera encontrar palabras humanas para decírtelo, lo entenderías. Lo que sí te puedo decir, y sin temor a equivocarme, es que te amo mucho. Más allá de lo que tú pudieras comprender.

—Lo sé, porque lo transmites. Yo también siento lo mismo por ti. Cuando te vi aquella primera vez, sentí algo que no pude comprender. Era como una energía que me acercaba a ti.

—A mí me pasó lo mismo; la ley de la atracción dice que el mecanismo del enamoramiento es pura química. Es decir, la química de tu cuerpo y el mío al momento de darnos las mano, provocó una reacción de nuestros electrones que dio por resultado la atracción entre nosotros.

—Me gusta cuando hablas así, pero, ¿puedes decirlo de otra manera?

—Que nos enamoramos a primera vista.

—Tienes razón. ¡Y eso me alegra!

—Y a mí me alegra que tengamos los mismos gustos: buena música, lectura, fútbol, el mar... ¡Viviría al lado del mar!

En esos momentos una fuerte brisa revolvió los cabellos de Adriana, y ella le dijo:

—Eso quiere decir que yo soy... ¿la que esperabas?

Él abrió los ojos desmesuradamente, sorprendido por lo que acababa de escuchar. Ella se asustó al ver la expresión de su rostro.

—¿¡Qué te pasa!?
—Repite lo que has dicho.
—Que yo soy la que esperabas.
—Sí, ¡eres tú! ¡Eres tú, Adriana! *My God!* ¡Sí, fuiste tú aquella noche! Dios mío, esto es maravilloso ¿Cómo puede ser posible? ¡Increíble! ¡Dios, qué regalo más hermoso me has ofrecido! ¡El tren!
—¿Qué noche? ¿De qué hablas?
—Ahora entiendo todo, después te contaré. Quiero proponerte algo... ¿Quieres ser mi novia?
—Sí, ¡sí quiero!

César sacó de su bolsillo un anillo de compromiso de oro y se lo puso en el dedo de ella.

—Quiero seguir el protocolo contigo. Te ofrecí un cintillo de oro cuando te pedí que fuéramos enamorados. Ahora con este anillo de compromiso, te declaro mi novia, para pactar una alianza contigo y seas el eje de nuestro universo personal. Hablaré con tus padres. Espero que acepten.
—¡*God, this is beautiful!* —besándolo dulcemente, le dijo— Tú sabes mi amor que ellos te adoran.

«Dios aprieta, pero no ahorca». Esa frase le caía bien: tanto sufrió, pero nunca perdió la fe. «Los momentos difíciles de la vida son las pruebas de fe que Dios nos manda», le había dicho una vez el pastor Fernández.

Meses después, llegó una oportunidad de empleo que perdió por culpa de su estatus migratorio. También había intentado con Medina uno de los exámenes, pero tampoco pudo hacer mucho debido a este problema.

Por su parte, Adriana había terminado su carrera satisfactoriamente, hecho que fue muy bien celebrado por familiares y amigos. César se encontraba muy contento por el grado académico obtenido por ella y lógicamente le hizo un regalo muy especial en honor al gran mérito que hizo para culminar su carrera, regalo que ella conserva como lo más preciado para ambos.

Semanas después, ella empezó a trabajar en una empresa multinacional, haciendo que las cosas marcharan bien. Como el romance se hacía más sólido, decidieron abrir una cuenta bancaria. Siendo ella ciudadana americana, las cosas estaban a su nombre. Con respecto a Ana, ya estaban divorciados y era sabido que ella tenía un niño con su actual compromiso. Todas las cosas entre ellos estaban ya concluidas.

Ahora era Octubre de 1999. Un fin de semana por la tarde se fueron a cenar a *Olive Garden*, un famoso restaurante en la ruta 3 East, camino a New York.

Se instalaron cómodamente. Llenando sus copas de vino, se quedó mirando fijamente a su novia.

Le parecieron absurdos los cambios de la vida. Encontró una analogía dislocada por el tiempo. Años atrás hablaba con Ana sobre su viaje a Estados Unidos, para labrar un mejor porvenir para sus hijos, para salvar la relación. Pero todo eso no pasó. Ahora hablaría con

Adriana sobre un matrimonio, en el cual avizoraba mejores oportunidades para él y sus hijos.

Por su mente nunca pasó la idea de que su anterior compromiso tendría un fin tan decepcionante para él, pero todo sufrimiento es retribuido.

Por una ley de causa y efecto, él también merecía su felicidad. Por eso apareció Adriana en su vida, para sanar su herida, para calmar su dolor.

Ella lo hizo poco a poco, porque lo amaba, porque existía una empatía incomparable. Llegó a comprender que él ahora era un hombre libre. Lo amaba porque él amaba mucho a sus hijos y su madre, y siempre los recordaba a través de la gran distancia que los separaba, porque sobresalía en su trabajo y por ese espíritu de solidaridad que tenía ante cualquier persona... Y ella era igual.

—César, ¿qué te pasa?

—Nada, solo contemplando tu belleza. Hace más de un año te declaré mi amor, y hoy quería pedirte... si quisieras... casarte conmigo.

—¿Sabes una cosa? Si tú no me lo hubieras pedido, ¡yo lo habría hecho!

—Es que tenía la absurda idea de que ibas a pensar que me aprovecharía de tu estatus. Tú sabes que hay muchas historias al respecto.

—Te hago una pregunta. *¿Do you love me, don't you?*

—*Yes, indeed. With all my heart, and you know that.*

—Entonces, ¿porque pensaste eso? Esta es la oportunidad para que puedas legalizar tu estatus migratorio. El presidente Clinton ha abierto la ley 245-I. Como ciudadana que soy, te hago la petición y luego podrás trabajar legalmente y estudiar para que des los exámenes. Podremos hacer muchas cosas y también pedirémos a tus hijos para que algún día vengan a tu lado y puedan estudiar y hacerse de una profesión. Pero tenemos que hacerlo rápido, debemos fijar una fecha, esta ley no estará abierta mucho tiempo. Yo no quiero suntuosidades para la boda; quiero algo sencillo, pero que perdure en nuestros recuerdos. Ya verás que todo saldrá bien.

—Será como tú quieras. Siempre encontraré sorpresas en ti. Platón, hace más dos mil años, dijo: «La parte más difícil de un trabajo es el principio». Empezaremos, pues, a construir una nueva vida a partir de estos momentos.

—Muy bonita esa frase, y muy apropiada para esta ocasión.

—Ahora, brindemos por todas las cosas que vendrán. Tengo un dinero ahorrado desde que estuve trabajando en el *warehouse*. Lo hice con mucho esfuerzo, siguiendo tus consejos de proyectarme para un mejor futuro, con mucha paciencia; pero sin descuidar a mis hijos ni a mi madre. *"Valor, confianza, paciencia"* es lo que me hiciste comprender en este país y gracias a eso soy otra persona. ¡Salud! —Dijeron ambos.

—Qué bien, amor. Ahora, cuéntame lo que me dijiste aquella mañana cuando me pediste que fuera tu novia. ¿A qué te referías con que fui yo aquella noche?

—Hace seis años, estaba pasando uno de los momentos más difíciles de mi vida, y la verdad es que… estaba al borde del precipicio. Salí a caminar bajo la lluvia y regresé con la ropa mojada a mi habitación. Sin darme cuenta, me quedé dormido con la ropa puesta. Mientras dormía, una intensa fiebre y *«algo»* me transportaron por el tiempo y por el espacio hacia diferentes locaciones. Se me apareció mi padre, quien me dijo muchas cosas. Luego mi madre, en una escena que quizá haya pasado cuando era niño o estaba enfermo. Recuerdo que me sentía en paz, como si estuviera a gusto en el lugar donde me encontraba. Pero apareció un rostro, no muy definido, en medio de una suave brisa que ondeaba su cabellera y me dijo: «Despierta», y también me dijo lo mismo que tú, que era «la que yo esperaba». Y me dio un soplido que fue como un aliento de vida para mí… y luego… escuché el ruido del paso de un tren. Al escucharte decir esas palabras, comprendí entonces la razón por la cual vine a este país. No era para hacer fortuna ni cosa que se le parezca. El destino me trajo aquí para expiar mis culpas, para aprender a no hacer daño a otras personas. Para equilibrar mi vida. Luego, con el tiempo, tejer sus hilos para encontrarnos, para unir nuestras vidas; tener una segunda oportunidad a tu lado. Para escuchar de tus labios decir que tú, «eras la que yo esperaba».

Mirándolo, sorprendida ante lo que terminaba de escuchar, le dijo:

—Sí, amor, tiene sentido. Fui y soy yo, ¡y nunca más nos separaremos! No habrás venido aquí para hacer fortuna en el sentido monetario, pero podemos vivir cómodamente con nuestro trabajo. Traer a tus hijos y hacerlos profesionales; esa será tu fortuna.

—Sí, mi querida Adriana, así será.

Salieron del restaurante y fueron a caminar por un parque aledaño. Se sentaron en una banca situada bajo un árbol.

Mirándola fijamente a los ojos, pasaron por su mente, y en fracción de segundos, algunos acontecimientos que se habían suscitado dos semanas después del primer encuentro. Tras el impacto que tuvieron al momento de conocerse, Adriana se mostró muy aprensiva, haciendo gala de su polaridad femenina: intuitiva y permisiva. Empezó a hacerse conjeturas acerca de quién era él realmente. Qué pasado ocultaba. En muchas oportunidades, le preguntó si había tenido relaciones con mujeres de dudosa reputación. En honor a la verdad, él le confesó que sí, pero que había tenido todas las precauciones necesarias y que eso no había significado nada más que placer efímero, necesidades fisiológicas de hombre. Le dijo que nunca tuvo un romance serio con nadie. Que al lado de ella, no tenía motivos de ocultarse.

No fue fácil para él al inicio de la relación hacerle comprender que se sentía realmente enamorado de ella. Adriana empezó a sentir celos de la primera relación de él. César luchó mucho para hacerle comprender que todo era cosa del pasado. Ella decía siempre que en una relación de dos no debería haber un tercero, por que si había tercero, podría haber cuarto, quinto, etc. Fueron momentos difíciles al principio. Ella evitaba hablar de la ex, para evitar problemas. Por eso tomó la decisión de que no habría relaciones sexuales adelantadas. Le dijo que si de verdad él la amaba, debería esperar el tiempo necesario. César aceptó esa condición. También en una oportunidad le dijo algo acerca de sus hijos, pero después ella se disculpó, diciéndole que tuvo un comportamiento egoísta y que estaba dispuesta a traerlos y aceptarlos como propios. Después de todo, ellos podrían tener sus propios hijos. Así, un día, él abrió su corazón a la verdad y ella abrió su mente al entendimiento. Finalmente, Adriana comprendió que él era libre, aunque con hijos, era libre. Y lo más importante:

entendió que él realmente la amaba. Así empezaron una relación más estable. Sin embargo, con los altibajos que se presentan inevitablemente en las relaciones inter-personales. Las cuales pudieron salvar para beneficio de los dos.

Mirando sus hermosos ojos castaños, la atrajo hacia sí y la besó con pasión desenfrenada, como nunca antes lo había hecho. Haciendo que ella se estremeciera de placer y deseos por él.

—En un mes seré tuya para siempre —le dijo ella, acariciándolo con pasión.

—Te seguiré esperando, tal como te lo prometí.

Era todo un acontecimiento para él. Se volvería a casar, pero esta vez sentía plena seguridad del paso que estaba dando, no era capricho ni oportunismo, era un amor verdadero que sentía por ella y por lo tanto co-municó a su madre y hermanas acerca de este suceso, del cual ellas estuvieron plenamente de acuerdo. A tra-vés de las conversaciones telefónicas, ellas habían «conocido» a Adriana y se sentían complacidas con ella, lo cual fortalecía la relación de ambos. Por el lado de la familia de la novia, él era muy apreciado y querido por todos ellos. Por lo tanto la petición de mano para la boda fue muy bien recibida. El padre, en son de broma, dijo que: «ya era tiempo que se casara».

****

Una tarde de noviembre de 1999, en una bonita ce-remonia, con la bendición de Dios, contrajeron matri-monio en el *City Hall* de su ciudad, ante la alegría de todos los amigos y familiares de Adriana y amigos de

353

César.

Al momento de ofrecerle el anillo de bodas, le susurro al oído: «te ofrezco este anillo de bodas en muestra de mi gran amor y respeto hacia ti. Le doy las gracias al Gran Padre Universal por haberte puesto en mi camino. Para estar contigo mas allá de la carne». Luego, repitió las palabras británicas:

—*I will love you my whole life. You and no other.*
Ella le respondió:

—*And I you; you and no other, forever.* Para amarte y respetarte todos los días de mi vida.

Luego de la ceremonia nupcial, les brindaron una hermosa recepción en los salones del local donde se conocieron. El mismo DJ de la fiesta de 1995, al verlos entrar, hizo sonar la balada «*Quien eres tú*». Un amigo del club, que tenía un negocio de decoración de salones para fiestas, decoró primorosamente el local, como regalo de bodas y reconocimiento a la amistad del novio. Estuvieron presentes todos sus amigos del club, y los familiares de Adriana, quienes se mostraban felices por el acontecimiento y la felicidad de los recién casados. Y por supuesto que hubo mucha comida, bebidas y buena música. De parte de los invitados, ellos recibieron muchos regalos que conservaron con mucho afecto. Los familiares de César, allá en Lima, estaban contentos con este suceso y esperaban conocer a Adriana personalmente.

Renaissence Hotel, Englewood, New Jersey, una de la mañana. Una hermosa *suite* nupcial los esperaba. Ingresaron y empezaron a contemplar el lujoso *room*.

Luego la abrazó y besó con toda su pasión contenida. Adriana lucía bella y radiante aquella noche. César empezó a dibujar su rostro en sus manos mientras seguía besándola apasionadamente.

El suave perfume *Christian Dior* de ella potenciaba su natural y exquisita fragancia. Nuevamente, la química entre ellos hizo que sus organismos se fundieran en una sola unidad, cuyo logro es crear una nueva magia sexual que aspira a la comunión divina de los dos principios generadores de la vida, representados en este mundo por el hombre y la mujer. Hombre y mujer al unirse, unen materia y espíritu.

Espectacular combinación que los llenaba de pasión, alegría y excitación.

El momento esperado había llegado. Esa noche, aquella digna y hermosa mujer iba a ser suya para toda la vida.

—¿Esperar fue una virtud tuya?
—Sí, pero esta noche... es mi privilegio.

Solo el amor recíproco puede hacer placentero y mágico el acto sexual. Solo el amor puede ser la esencia para tan maravillosa conjugación, libre de toda maldad y de perjuicios. Y así, entre sábanas blancas y pétalos de rosas, se amaron el uno a la otra. Una sola carne.

CAPÍTULO 9
EL REGRESO A CASA

Al día siguiente, hicieron un viaje previamente planeado a Rhode Island.

A las diez de la mañana, el profético tren de la compañía ferroviaria *Amtrak* arribaba al *Penn Station* de la ciudad de *Newark*, iniciando una maravillosa travesía por las costas de New York y Connecticut para finalmente llegar a la hermosa ciudad de Providence, Rhode Island. Tal como Adriana se lo dijo, el paisaje era sencillamente espectacular. Es increíble como este país puede tener tantas bellezas naturales. Las hermosas playas del litoral de Connecticut lo fascinaron. Conforme avanzaba el tren, los paisajes y la arquitectura cambiaban a los que vendrían a ser los territorios de la Nueva Inglaterra (*New England*).

Situada a 320 kilómetros al norte de New York, Rhode Island es el estado más pequeño de la nación estadounidense. Su capital es Providence y tiene como atractivos turísticos el puerto de Newport y la bahía de *Narragansett*.

En Rhode Island se encuentran las más suntuosas mansiones que existen en Estados Unidos. La más famosa es la *Marble House*, construida entre los años 1888 y 1892. Otra atracción es el Capitolio de Providence.

Luego de cuatro horas de viaje, finalmente llegaron a Providence y tuvieron tiempo para recorrer el *downtown*. A la mañana siguiente, fueron en un *tour* a las playas de Newport e ingresaron a la mansión *Marble*, que estaba convertida en museo. Por la tarde fueron a las playas de la bahía de *Narragansett,* un lugar realmente romántico y encantador. La noche les sorprendió en el malecón de la playa. Abrazó a Adriana por detrás y aspiró el olor de sus cabellos. El viento empezó a soplar más fuerte, llevándose la niebla que se posaba en el mar, para dar paso a un limpio y estrellado cielo. Las estructuras del Newport Bridge se apreciaban cual gigantesco carrusel a la distancia. Esa noche fue inolvidable para ellos.

Tres días después, su destino era la ciudad de *Buffalo*. Fueron en un *tour* de tres días y apreciaron las impresionantes cataratas del *Niágara*. Fue una semana excitante para ambos.

De regreso de la *luna de miel,* se instalaron en un apartamento que previamente habían alquilado.

Adriana había decorado la casa a su gusto, haciéndola lucir esplendorosa. Compraron todos los enseres necesarios y así empezaron a compartir juntos una nueva etapa de sus vidas; saliendo adelante con mucho esfuerzo, sacrificio y dedicación. También fue momento propicio para que César le prometiera que en aproximadamente dos años, tendrían acceso a la casa propia. Noticia que alegró sobremanera a ella.

El tiempo, aquel que nadie puede detener, seguía su curso inexorable. Un día, César recibió un correo electrónico, que en aquel entonces solo llegaba a las agencias de envío de dinero, como si fuera un telegrama. Después de leerlo, empezó a llorar. Adriana, al darse cuenta, se acercó a él.

— ¿Que pasa, amor?

—Este correo dice que un tío muy querido por mí ha fallecido.

—Que lástima, mi amor, pero ya cálmate. ¿Quien era él?

—Mi tío Flavio. Él era hermano de mi padre, me quería mucho. Creo que debido a su condición de solterón, se dedicó a querer a todos los sobrinos. El día que salí de Lima, fue a despedirme al aeropuerto, me pidió que le ayudara para sacar a flote su negocio. Lo hice parcialmente debido a que yo también me estaba organizando por aquellos años, pero siempre le enviaba dinero. Empezó a envejecer y me contaba mi mamá que se quedaba dormido en su negocio y le robaban. Luego, debido a la mala economía del Perú, llegó a quebrar su negocio. Después enfermó y fue a vivir a casa de una prima. Siento pena no haber hecho más por él.

—Tranquilo amor, tú cumpliste con él en la medida de tus posibilidades. Eso está en tu conciencia y Dios lo sabe.

—Sí, pero de todas maneras… —lágrimas salían de sus ojos—, de la misma forma, hace tres años fallecieron otros tíos míos, muy queridos, una generación de tíos que alegraron mi etapa de niñez y juventud.

—Entiendo, pero tú sabes que ellos cumplieron su ciclo de vida, dieron lo mejor de sí mismos a sus hijos, sobrinos y a toda la familia. Era solamente tiempo de que partieran.

—Tienes razón, amor. Es que los recuerdos de aquellas épocas hacen que me sienta nostálgico y además, no estar allí para despedirlo, me causa una impotencia que no te imaginas. La muerte de mi tío ha vuelto a causarme esa sensación. Tienes que saber que la muerte duele más allá de la carne… y del tiempo. Vamos a enviar este dinero que servirá para los funerales de mi tío.

Adriana solo lo miró y abrazó fuertemente.

Después vendría el tiempo de espera por los documentos: tiempos difíciles, llenos de engorrosos trámites migratorios, incluyendo los documentos de sus hijos que debían ser enviados del Perú, la verificación del divorcio, las pruebas de su ingreso legal a Estados Unidos, identificación biométrica, cuentas bancarias mancomunadas y un sinnúmero de papeleos más que fueron bien gestionados por un gran amigo de él. Sin contar las numerosas amanecidas que tenían que hacer para ir al local federal de Inmigración, localizado en Newark, cuando tenían que hacer la entrega de algunos documentos.

Por haberse quedado ilegalmente en Estados Unidos, Inmigración lo castigó, haciendo que su caso tardara más de lo usual.

Al no contar todavía con un permiso de trabajo, se le escaparon de las manos otras oportunidades de empleo.

Sin embargo, ahora estaba viendo un fructífero horizonte. Los momentos difíciles los asimilaba con tesón; la fortaleza del cariño de Adriana era el eje principal de su nueva vida. La constante comunicación con sus hijos y familiares había fortalecido ese vínculo; les había prometido que dentro de poco tiempo iría a verlos, y eso llenaba de emoción a sus niños y a su mamá.

****

Cuando se produjo su arribo a Estados Unidos, Bill Clinton gobernaba el país. Este presidente tuvo muchos aspectos positivos durante su administración: disminución del desempleo, reducción de la deuda nacional y equilibrio del presupuesto norteamericano. Buscó la protección del medio ambiente a través de su apoyo al protocolo de Kyoto. Intentó favorecer el mercado libre y trabajó para la paz del Medio Oriente. Ganó mucha popularidad cuando promulgó una serie de sanciones conocidas como la Ley Helms-Burton hacia el régimen cubano, luego de que este derribara dos aviones civiles estadounidenses. Al margen de los logros y desaciertos de su segundo mandato presidencial, este se vio marcado por un escándalo de carácter sexual, en el que se vio envuelto con la becaria de la Casa Blanca, Mónica Lewinsky, quien tuvo relaciones íntimas con el presidente. Algunos consideran que Clinton fue un presidente moderado y que la economía de los Estados Unidos experimentó una fuerte alza durante su gobierno.

Clinton y su administración dejaron un superávit de 559 mil millones de dólares y una aprobación de su gestión del 66 por ciento, la más alta para un presidente de Estados Unidos desde la Segunda Guerra Mundial.

Sin embargo, la política de inmigración seguía siendo fuerte e implacable contra los inmigrantes de todas las nacionalidades. Muchas veces los policías de inmigración hacían redadas arbitrarias, deteniendo y deportando a miles de personas. En el campo de fútbol de Passaic ocurrieron muchas de estas incursiones: se llevaron a gente que solo pasaba un momento de esparcimiento y sin cometer ningún delito agravante.

Las celebraciones del año nuevo 2000, fueron muy bien recibidas. Junto con el advenimiento del nuevo siglo, empezaba una nueva vida al lado de Adriana. Ambos se profesaban respeto y cuidados mutuos en cuanto al aspecto económico y de la salud. El mejor tesoro del ser humano.

La vida siempre nos ofrece segundas oportunidades que hay que aprovechar. Había escuchado historias de otras personas que pasaron las mismas circunstancias que él; por supuesto que con diferentes contextos, pero que con el paso de los años, habían logrado establecerse en el país de las oportunidades.

¿Cómo se presentaba el panorama en el inicio del año 2000? El mundo esperaba con temor este advenimiento. Recordaban antiguas profecías que hablaban acerca del fin de mundo y de catastróficas guerras nucleares, grandes desequilibrios económicos y hambruna.

La televisión satelital estaba ahora al alcance de todos los hogares, por lo cual podían ver las respectivas programaciones de sus países. Las tarjetas prepagadas de llamadas internacionales se habían multiplicado exponencialmente y ofrecían muchos minutos, y hasta horas para poder comunicarse con los países de origen.

En el Perú, el gobierno de Alberto Fujimori había terminado de la manera más escandalosa en que pudo haber sucedido durante gobierno alguno. Al destaparse la corrupción que hubo durante sus casi diez años de gobierno, Fujimori optó por una desafortunada decisión: fugar del país. Muy cobarde, pero humano. O como dijo Heráclito: «Personas que mueren su vida y viven su muerte». La prensa local informaba que huyó con un jugoso botín del tesoro público a su país de origen, el Japón. Lo peor del caso es que lo hizo en pleno ejercicio de sus funciones, dejando al país acéfalo y en severo riesgo de que los militares volvieran a tomar el poder. Lo mismo hizo un tipo llamado Montesinos, a quien sindicaban como asesino de cientos de personas y haber robado al país una millonaria suma de dinero. Afortunadamente, prevaleció la cordura en el país y se instauró un gobierno transitorio que estuvo a cargo de un señor llamado Valentín Paniagua quien por su valiente gesto de conducir el país en un momento crítico, hizo que la democracia continuara en el Perú. Si todos los funcionarios públicos fueran como este señor, nuestro país no sería lo que es actualmente y progresaría significantemente bajo el mando de personas honestas.

Durante unas nuevas elecciones, en las cuales hubo segunda vuelta, un nuevo y pintoresco personaje ocupó el sillón presidencial del Perú: Alejandro Toledo. Pero nada cambiaría en nuestro país. La corrupción, el nepotismo, la coima, los compadrazgos y toda forma de aprovechamiento ilícito serían el común denominador de ese gobierno.

En la segunda vuelta, el nuevo presidente peleó las elecciones con un conocido corrupto de la política peruana: Alan García. Este personaje acababa de regresar de un *«exilio»* político de aproximadamente ocho años, alternando su fuga entre Colombia y Francia, para pasar desapercibido de las acusaciones de enriquecimiento ilícito.

A nivel mundial, en Venezuela, un chiflado fungía como el nuevo dictador de Sudamérica. Era un tipo peligroso para la región por sus ideas comunistas-expansivas. Ecuador tenía en su haber la destitución de tres presidentes durante la década de 1990. Chile tenía un repunte económico muy superior en relación con los demás países andinos. En Argentina, Carlos Menem fue el impulsor de la democracia de mercado. Pese a provenir del movimiento justicialista, Menem encabezó una alianza con los sectores tradicionales vinculados al liberalismo. Colombia hacia denodados esfuerzos por eliminar la guerrilla y el narcotráfico. Bolivia, desde su simiente, siempre trabajó en asuntos relacionados con la agricultura y la minería. Brasil adoptó las políticas neoliberales, creando la apertura comercial y la internacionalización de la economía, a fin de modernizar su parque productivo.

El fenómeno migratorio había crecido en el mundo entero. La gente salía de sus países en busca de mejores horizontes. Tenía conocimiento de que los peruanos en particular seguían emigrando a Japón, España y otras partes lejanas de Europa y Asia.

Cada vez que conocía a un peruano que recién había llegado a los Estados Unidos, la frase obligatoria era: «*Ese Fulano de tal la está cagando en el Perú*». Esa expresión formó a ser parte del léxico peruano, y creo que debe ser considerado como un peruanismo.

Setiembre de 2000. Partido válido para la clasificación al Mundial Corea-Japón 2002. Perú y Argentina se iban a enfrentar en el Estadio Nacional de Lima. César fue a presenciar el encuentro en un local de Passaic. Allí se encontró con sus amigos.

—¿Cómo estas, compadrito? —le preguntó Saúl.
—A Dios gracias, todo bien compadre. ¿Y tú cómo vas?

—La misma vaina, trabajar y trabajar.

—No queda de otra.

—¿Sabes, compadre? Ayer fui a la *anticucheria «La Pancita»* con mi esposa. En esos momentos llegó una tipa, con todos los rasgos peruanos, y le empieza a preguntar a *Carmincha*: «¿cómo se llama esas carnecitas en el palito?» «anticuchos». «¿Y esa cosa que parece toalla?» «Rache, señora». «¿Y ese otro que parece...?» .....¿Sabes que le contestó *Carmincha*?

—¿Que le dijo?

—Le dijo: «Oye, chola de mierda, recién acabas de llegar y te haces a la *cojuda* que no conoces nada?». La tipa se puso colorada y salió arrancada de ahí. Toda la gente se mataba de risa. Que tal hija de... venir a presumir de que no sabe lo que es. Ni aún yo viviera cincuenta años aquí, me olvidaría qué es un *anticucho,* ¡por Dios! —César y el resto de los muchachos de reían.

—Que lástima que algunas personas pierdan su identidad, su arraigo. Hace unos años, estuve en una fiesta folclórica, y había una señora que lloraba inconsolablemente apoyando sus brazos sobre la mesa. Decía estar muy arrepentida de haber despreciado ese tipo de música cuando vivía en Perú, porque era en esos momentos cuando recién aprendía a valorar lo más profundo de nuestro país. Decía también que siempre despotricaba de la gente de la sierra, y que en esos momentos se sentía más *chola* que nadie.

— Así es, compadre, aquí se paga todo y se aprende a valorar y amar al país.

—Tienes razón. ¿Oye, cuánto cuesta la entrada?

—Veinte dólares

—Ni hablar, hay que pagar. Ojala que no pierdan el partido.

Entraron y observó: un local lleno de público. Algarabía general. Esperanza de un triunfo. Escuchó los más graciosos apodos. Chistes de todo calibre. Abundante consumo de cerveza. Eva Ayllón apareció en la pantalla gigante, entonando un conocido festejo: «*saca la mano, saca los pies… saca la cabeza si no la quieres perder*». Algunas personas contorneaban sus cuerpos al compás de esa música. La hora del partido se acercaba. De pronto las imágenes del querido Estadio Nacional de Lima aparecieron ante los ojos de todos. Rostros nostálgicos, uno que otro comentario. Luego aparecieron imágenes aéreas de la ciudad de Lima. Otra vez la nostalgia se hizo presente en el público. Sin duda que ver a Lima en vivo por la señal del satélite, para las personas que están muchos años fuera de la patria, fue un tremendo impacto emocional. Este trance fue roto por la aparición del equipo peruano, y la algarabía general volvió a reinar en el local. Desgraciadamente, como ocurre siempre, la selección peruana de fútbol sufrió otra derrota en casa. Los jugadores, como siempre, mostraron una apatía y una falta de amor a la patria digna de ser castigadas. Pero todos sabemos de la corrupción reinante en el fútbol peruano. Por lo visto, a esas personas no les interesa el honor del país ni de ellos mismos.

El 2000 pasó, pero fue fructífero para ambos. Ahora transcurría el primer mes del año 2001. César se hizo conocido en el ambiente médico. Así, tuvo la oportunidad de que le presentaran a un médico que le ofreció trabajara con él como su asistente principal, ofreciéndole un buen sueldo y darle la oportunidad de seguir trabajando por "*debajo de la mesa*" hasta que arreglara su situación migratoria. *Pero* nunca dejó de visitar al doctor Medina y al doctor Tejada, a quienes ofreció todo su agradecimiento y gratitud.

Llegó el día de la entrevista ante un oficial de Inmigración. Fue duro, pero al final venció la verdad: que el matrimonio de ellos fue por puro amor.

Se ha dado el caso de deportaciones al comprobarse algunos matrimonios fraudulentos. Cuando el gobierno daba apertura a la Ley 245-I, los *City Halls* o municipalidades aparecían abarrotadas de gente que quería casarse. Esa parecía ser la forma más viable, segura y rápida de hacerse residente, y la más sospechosa para la policía de Inmigración.

Se han reportado casos de personas ciudadanas que cobraban por este «servicio» con precios que ascendían entre cinco mil dólares y ocho mil dólares. Algunos han tenido suerte de que sus casos hayan sido aprobados, pero a otros se les descubrió el engaño y fueron deportados.

Al terminar la entrevista, el oficial estampó un sello en su pasaporte, reconociéndolo como un residente temporal y con derecho a trabajar legalmente, mediante un número de identidad que le fue otorgado.

Sin duda, el haberse casado con Adriana, y tener ambos buenos trabajos, había hecho que su economía fuese más sólida, por lo cual podían vivir con toda la comodidad que un matrimonio *requiere*. Así, cada uno tenía su auto para poder movilizarse a su respectivos centros de trabajo.

Aún a pesar de su nuevo estado civil, nunca dejó de frecuentar a sus queridos amigos. Tan así, que hicieron una fuerte amistad con ella y pasaban bonitas veladas en su casa. Sus amigos también habían desistido de la idea de regresar al Perú, pues se encontraban en buena posición y tenían familia. A Saúl le nació un hijo y Ricky también tendría una niña.

En marzo de 2001, se hizo realidad su sueño del estatus migratorio. Una tarde que regresaba a casa encontró en el buzón del correo una correspondencia del Departamento de Inmigración conteniendo su tarjeta de residente permanente, la tan famosa y esperada *Green Card*.

Ya residente legal, formalizó su situación laboral en la clínica donde trabajaba y prosiguió así una vida dedicada al campo de la salud, en la especialidad del alivio y manejo del dolor. Una rama de la anestesiología que se dedica al control de los dolores producidos por enfermedades discales de la columna vertebral y otras articulaciones. Interesante especialidad que le permitió ayudar a mucha gente con dolores de esa etiología. También empezó a hacer planes para proseguir estudios de convalidación.

Fue un gran acontecimiento para ellos, donde la familia de Adriana y los amigos de César lo festejaron como debía ser. Adriana le dijo que para la felicidad de los suyos, tendría que ir al Perú a visitar a sus hijos y demás familiares. Ella iría con él en otra oportunidad, porque su trabajo absorbía todo su tiempo en esos momentos. Le dijo que una buena fecha para viajar seria para el día de las madres. A Cesar le pareció buena la idea y compró su pasaje. Tendría más de un mes para prepararse para su primer viaje de retorno.

Una semana antes de su viaje, fue de compras a Passaic y allí se encontró con Saúl y Ricky. Les dio la noticia de su próximo viaje a Perú.

—Qué bien, compadre —le dijo Saúl—, finalmente regresarás a visitar la familia. Siempre recuerdo aquella noche de invierno en que llegaste, el té que nos tomamos para abrigarnos del frío. Las tristeza que sentías esas primeras semanas después de tu llegada, tu desesperación por regresar. Te vi derramar muchas lágrimas, compadre, como todos que estamos aquí. Pero a Dios gracias, dentro de poco estarás abrazando a tu viejita y a tus hijos, y lo más importante: regresarás como un residente legal. ¡Ese es mi compadre el doctor, carajo! —le decía mientras lo abrazaba efusivamente.

—Gracias Saúl.

—Yo también te felicito, compadre—dijo ahora Ricky—. También fui testigo de tus sufrimientos, y ahora estás a punto de cumplir tu venganza: de regresar como un triunfador, ¿recuerdas? Pero como dijo Saúl, todos hemos pasado por esa etapa, y lo seguimos pasando. Yo también trataré de hacer lo mismo que tú, pero no tengo una mujer que me de la residencia. ¿Adriana no tiene una hermana soltera? —le decía a César mientras también lo abrazaba y palmoteaba su espalda.

—Gracias, muchachos; la verdad es que estoy muy contento por esta oportunidad que se me ha presentado. Me iré por dos semanas, y espero disfrutar al máximo mi estancia en Lima.

—¿Qué les parece si nos vamos a tomar una cer veza? —Propuso Saúl.

—Buena idea, compadre —respondió César.

—¿Pediste permiso a Adriana? —Dijo Ricky, en son de broma, mientras se iban a una barra.

La noche anterior al viaje, conversaba con ella en su

dormitorio, haciendo planes para el futuro, mientras terminaba de arreglar sus maletas. MarthaCielo.

—Amor, hace tiempo que veo esta pequeña pelota rodando por todos lados. ¿De quien es?

—Es mía, amorcito. Me la encontré en el parque hace muchos años.

—Está algo desgastada.

—Sí, pero me trae muchos recuerdos de aquellos años antes de ti.

Luego César sacó una foto reciente de sus hijos y se quedó mirándola fijamente.

—¡Están bonitos, tus hijos!

—Estaba pensando... ¿Cómo me recibirán? ¿Cómo realmente me verán después de ocho años? Recuerda que están viviendo con el esposo de su mamá, y quizá tengan una cierta predilección por él, que por mí. Sandy pasó a ser de niña a mujer sin mi presencia y Nando no me tuvo cuando más me necesitaba. ¡No sé! Se me vino esa conjetura a la mente.

—Pero tú siempre has estado en contacto con ellos. Nunca los has descuidado y eso me consta. Yo he hablado con ambos. Ellos te quieren y están deseosos de volver a verte.

—Sí, pero no es lo mismo. A mí me pasa eso. Yo los tengo en mi mente tal como cuando los dejé hace ocho años, como niños que eran en aquel entonces. No me los imagino cómo están actualmente. A pesar de las cantidades de fotos que tengo de ellos.

—Ahora te entiendo, y me parece que tienes razón. Creo que producirás un gran cambio en sus vidas, pero ellos tienen que aceptar esa realidad, hasta que los traigas aquí. Mi amor, este encuentro va a ser vital para ustedes. Quizá Sandy te guarde algún resentimiento en su subconsciente, por el hecho de haberla dejado en una edad en la que más te necesitaba. Pero hazle entender los motivos que precipitaron tu partida del país y cuáles serán los beneficios para ella y su hermano. Estando aquí, tu vida pasó a formar parte del grupo de las familias *monoparentales*, que son aquellas compuestas por un solo miembro de la pareja progenitora y en las que de forma prolongada se produce una pérdida del contacto afectivo y lúdico. Hay muchos factores de riesgo psicológico que aún podemos resolver, estamos a tiempo de formarlos a nuestro estilo de vida. Tienes que decírselos y orientarlos.

—Sí, así lo haré. ¿Sabes? Estoy nervioso. Gracias a Dios y a ti, mañana los podré ver. Podré ver a mi madre otra vez. Hace unos años conocí a un señor que había perdido a su madre y me puse a pensar en lo terrible de esa tragedia. A Dios gracias, tengo a mi madre viva y podré verla y abrazarla. ¿Qué cosas encontraré distintas después de ocho años? Pero, dime, ¿de dónde aprendiste todo eso?

—De una monografía de estudios psicológicos que tuve que hacer, y justamente elegí psicología infantil. Tranquilo, amor, todo saldrá bien... Y en el futuro todo será distinto para nosotros. Seremos una pareja *biparental* para tus hijos. Por eso también quiero que vayas solo esta vez, para que puedas disfrutarlos. Y no es que me gusta que te vayas sin mí, pero es necesario.

—Déjame decirte que durante estos últimos años, tuve frecuentes sueños de retorno a mi casa. Me veía llegando en un bus, con una alegría inmensa, de ver que a lo lejos, podía distinguir mi barrio. O en un avión, sobrevolando por lugares conocidos por mí. A veces me veía llegar de incognito al barrio, poniéndome un sombrero. Los vecinos pasaban por mi lado y no reconocían; luego me sacaba el sombrero y ellos al verme se alegraban de mi presencia. Me imaginaba entonces que yo era como Ulises regresando a Ítaca, o como Ben-Hur regresando a Judea, ambos, después de muchos años de lucha y sacrificios. Y decía también como Withman: «Oh capitán, mi capitán, este viaje a terminado».

—Que bueno que dentro de poco tiempo verás tus sueños hecho realidad. Te lo mereces, porque tú también has sufrido y luchado mucho. Creo que eres un hombre afortunado, porque como tú me has contado, has pasado cosas en las cuales Dios siempre estuvo a tu lado para resolverlo.

—Sí, gracias a Dios y a ti.— le dijo mientras le miraba dulcemente— Con que «factores de riesgos» ¿eh? Nunca dejarás de sorprenderme. Van a ser dos semanas que voy a estar sin ti. Te voy a extrañar.

—Y yo a ti, mi amor. Anoche encontré un CD que te dio Saúl, hay una canción que escuche y me gustó mucho. Te la quiero dedicar

Adriana se acercó al tocador donde tenía un mini-componente, puso el CD, y la voz de Danny Daniel interpretó la canción *Nadie más que tú*, mientras ellos abrazados no dejaban de contemplarse. Los profundos ojos negros de él, aún guardaban huellas de esa gran tristeza que lo marcó durante muchos años. Sin embargo, ella veía un gran atractivo en esa mirada: *«Nadie más que tú podrá quererme así, nadie más que tú podrá mirarme así, nadie más que tú podrá besarme así… besarme así.*

Tú tendrás mi mundo y mis caricias solo para ti, las noches y los días que me harán feliz, como una mariposa que voló, voló hacia mí.

Oye mi canción que hice para ti, y podrás sentir mi cuerpo junto a ti, que te harán decir: te quiero solo a ti, te quiero a ti...»

Danzado al compás de esa hermosa canción, se besaban con pasión. Mientras, acariciaban sus cuerpos, el uno a la otra, siguiendo el melódico compás de ese tema musical que inspira al amor puro y sincero. Sus apasionados besos encendieron la noche. Las dudas y temores quedaron de lado en aquel momento, para volver a amarse.

Adriana se acomodó y se durmió recostando su cabeza en el hombro izquierdo de él.

Se quedó pensando en el viaje y en lo que podría acontecer. Una ligera inquietud lo invadió. ¿Trataría la madre de sus hijos hacerle problemas? Le habían llegado rumores de que quería hacer una demanda por manutención. Por eso llevaba una buena batería de documentos confirmando sus religiosos envíos de dinero. ¿Trataría de hacer problemas por un amor desgastado, muerto? Tal vez no, pero tenía dudas y no quería que nada empañara la felicidad del retorno.

La noche transcurría en medio de muchas cavilaciones. Observó a Adriana, besó su frente y aspiró la fragancia de sus cabellos. Trataba de no moverse para no perturbar el sueño de ella.

La imagen del rostro de su madre apareció en su memoria, aquella mañana de la despedida. Llanto y respiración entrecortada por la tristeza de ella. Sus lágrimas rodando por sus mejillas.....pero la alegría volvía a él al saber que dentro de pocas horas la volvería a ver y abrazar.

«Madre, me voy mañana a casa
a mojarme en tu bendición y llanto.
Acomodando estoy mis desengaños y el rosado
de llaga de mis falsos trajines.
Me esperará tu arco de asombro,
las tonsuradas columnas de tus ansias
que se acaban la vida. Me esperará el patio,
el corredor de abajo con sus toldos y repulgos
de fiesta »........ (CV)

Llegó el día anhelado por él. Como ocho años atrás, no había podido dormir bien. Temprano por la mañana se acercó a su ventana para contemplar las primeras luces del alba. Experimentó una dualidad de sentimientos que, asociados, lo confundían. Sentía dicha y felicidad de saber que en pocas horas estaría con sus seres más queridos, pero también sentía angustia y desesperación.

Era inminente que se encontraría con sus familiares, pero, ahora, la sombra del retorno a Estados Unidos, lo abrumaba. Se preguntaba si sería capaz de vencer, otra vez, esa desgarradora sensación que es el desprenderse del núcleo familiar. Nuevamente experimentó *in situ* y mentalmente, la misma sensación que cuando los dejó aquella mañana de enero de 1993, y sintió su corazón contrito.

Las expectativas eran buenas. Tenía grandes oportunidades de crecer profesional, académica y económicamente. Como miles de personas, había encontrado en su nuevo hogar todas aquellas cosas que en sus país natal no hubiera podido lograr, pero también había un largo camino por recorrer.

El mes de abril marca el equinoccio de primavera

en el hemisferio norte. A las seis de la mañana, un resplandeciente sol bañaba con sus cálidos rayos las casas aledañas y algunas montañas que se lograban distinguir en lontananza.

Adriana recién despertaba, saliendo del letargo que ocasiona el descanso. El de ella también fue un sueño alterado. Despertó muchas veces durante la madrugada, abrazándolo fuertemente. Ambos quedarían distanciados por dos semanas, que era el tiempo que le habían dado de permiso en el trabajo, y eso la apenaba mucho. Lo saludo dándole un beso y acariciando sus cabellos, notó su pesadumbre y le infundio ánimos. Un buen baño de agua tibia lo reconfortó un poco. Adriana preparó un delicioso desayuno, donde la taza del humeante café fue infaltable. El resto del tiempo lo dedicaron a dejar en orden todos los pagos de la casa y demás servicios; así ella no pasaría ninguna dificultad durante su ausencia.

Adriana le había preparado la maleta y la ropa que iba a vestir: *blue jeans, Jacket* de cuero color negro, camiseta y zapatillas color blanco. Cogió un dinero que tenía separado, y a las nueve de la mañana, con el nerviosismo que produce un hecho trascendental, se dirigieron hacia el Aeropuerto Internacional de Newark.

Al llegar, se encontraron con los familiares de ella.

Saúl, Tito y Ricky también fueron a despedirlo.

Ahora era el tiempo del retorno y se encontraba muy emocionado.

—Adriana, gracias por lo de la noche de ayer, fue algo maravilloso. Te voy a extrañar mucho, mi amor.

—Lo mismo sentí yo, y también te extrañaré. Mi madre se quedará conmigo estas dos semanas. Cuídate... ¡Te amo! Saludos para todos. Te llamaré a la media noche, que debe ser la hora en que ya te encuentres en tu casa.

—Está bien, esperaré tu llamada.

La besó largamente y le secó algunas lágrimas. Después, se despidió de sus amigos con un «hasta luego, muchachos».

Bajando las escaleras para dirigirse a la sala de embarque, volteó para ver una vez más a su querida Adriana, mientras que ella lo observaba.

Puntual, el avión despegó al mediodía. La nave, al alcanzar cierta altura, le permitió ver por unos instantes el puerto de Newark y el área metropolitana de New York, donde el *Empire State* y las torres del *Trade World Center* se erigían majestuosamente. Luego de tres horas de vuelo, llegó a Miami.

Tenía que esperar algunas horas para su trasbordo y decidió caminar por las instalaciones del aeropuerto. Ciento de personas transitaban por ese terminal. Aprovechó el tiempo para comprar algunos regalos para sus primos y algunos licores para llevar a su casa; ya que no se pagan impuestos en las salas de embarques internacionales porque están exonerados, haciendo que los precios sean mas baratos que en el mercado formal. Es el llamado *Duty free*.

Después, estaba mirando las instalaciones del aeropuerto, cuando alguien por detrás de él lo llamó.

—Amigo, acabo de llegar y quisiera hacer una llamada telefónica a mi país, no sé cómo hacerlo. ¿Puedes ayudarme?

—Con mucho gusto.

Se quedó atrás de aquel muchacho. Después que este terminó de hablar por teléfono, lo llamó.

—Te estuve observando. Si recién has llegado aquí y vas a quedarte, deberás tener el corazón duro. Solo así saldrás adelante.

Luego de despedirse del muchacho, continuó contemplando aquel aeropuerto que lo recibió ocho años atrás, a la vez que escuchaba el aviso de abordaje.

****

Una fuerte turbulencia hizo que su cabeza golpeara contra la ventanilla del avión. Abrió los ojos y vio que los demás pasajeros despertaban asustados, pero después todo volvió a la normalidad.

En esos momentos descendieron unas pequeñas pantallas dando informe del proceso de vuelo: altitud: 21.000 pies, velocidad: 850 millas por hora, temperatura exterior: −30 grados centígrados, hora local: 10:00 p. m., tiempo estimado de llegada: una hora y diez minutos. «¿Una hora y diez minutos? Eso quiere decir que estamos en...».

De pronto, en el sistema GPS del avión apareció un mapa con la ubicación geográfica exacta de dónde se encontraban. Un pequeño avión indicaba que sobrevolaban por la ciudad de Piura. ¡Eso quería decir que ya se encontraba en cielo peruano! Una fuerte descarga de adrenalina hizo que su corazón empezara a latir aceleradamente. Sus manos sudaban con profusión.

Se levantó para ir al baño. Los demás pasajeros también se encontraban en una tensa calma. Muchos dormían. Prefirió quedarse parado por los pasillos del avión a manera de estirar las piernas (para evitar los

377

trombos) y luego volvió a sentarse. Mirando por la ventanilla, algunos núcleos iluminados llamaban su atención. ¿Que ciudades serían?

Altitud: 15 mil pies, velocidad: 720 millas por hora, hora local: 10:30 p. m., tiempo estimado de llegada: veinte minutos. Eso equivalía a estar sobrevolando Barranca o algo así. La tensión y el nerviosismo iban en aumento... ¡Veinte minutos! Altitud: cinco mil pies, velocidad: 320 millas por hora, temperatura exterior: 16 grados centígrados, tiempo estimado de llegada...: ¡diez minutos!

En este punto, las pantallas se acoplaron en sus compartimientos. Una luz roja indicó que todos debían ponerse los cinturones de seguridad, mientras una aeromoza daba instrucciones para el proceso de aterrizaje. Escuchó un ruido que provenía del descenso del tren de aterrizaje y del agudo silbido de las turbinas. Luego pudo notar que el avión descendía rápidamente y, otra vez, un banco de nubes cubría a la ciudad, como ocho años atrás, pero en esta ocasión en la oscuridad de la noche.

De pronto, la nave hizo una elíptica y, al estabilizar sus alas, aparecieron ante sus ojos las luces de su querida ciudad. Inolvidable color cárdeno de las luces de neón que la iluminan. Una gran emoción invadió su ser mientras unas lágrimas salían de sus ojos. Los demás pasajeros también se encontraban emocionados. Muchos observaban por las ventanillas y hacían comentarios. Recordó la letra de una antigua canción que a su padre le gustaba entonar:

Yo adivino el parpadeo de las luces
que a lo lejos van marcando mi retorno
son las mismas que alumbraron

Ahora alumbraba una inmensa alegría. ¡Qué preciosa se veía Lima desde lo alto! Desde esa altura vio que las luces se perdían en el infinito. Sentía una mezcla de todos los sentimientos, que, conjugados, iban de lo nostálgico a lo sublime.

El avión, al descender rápidamente, le permitió ver con mejor claridad su querida ciudad. Pudo distinguir el litoral de la playa de Ventanilla y también la del Callao. Muchos autos circulando por sus avenidas. Parecía que sus ojos habían sufrido una desviación virtual de lo que veía, pues todo le parecía extraño, las luces más tenues, las casas diferentes. Sensación parecida a la que experimentaba cuando retornaba de la sierra a la capital.

Hasta que finalmente el avión del vuelo 733 de *Continental Airlines* se posó en la pista de aterrizaje del Aeropuerto Internacional Jorge Chávez, de Lima, Perú. Todos los pasajeros pugnaban por ser los primeros en salir. Él, como es lógico, también se encontraba en ese trance. Avanzó, en ordenada fila, hacia la puerta de salida del avión. Salió y se quedó parado sobre la plataforma de la escalinata, que antes servía para descender de la aeronave. Esperando su turno para bajar, percibió la fresca brisa marina haciéndole recordar años idos. Descendió de la escalinata y, tratando de arreglar su equipaje, rozó el suelo y besó su mano en un gesto simbólico. Siguió su camino hacia las ventanillas de inmigración, con los ojos puestos en un solo punto: la salida. Sabía que al otro lado estaban sus hijos, su madre y sus hermanas esperando por él. Su emoción no tenía límites.

Era una cálida noche de otoño del día 27 de abril de 2001. ¡Ocho años después había regresado!

Casualmente habían llegado otros vuelos y el puesto de inmigración se vio de pronto repleto de pasajeros. El aeropuerto había sufrido algunos cambios. Miraba confundido todo a su alrededor. Mientras esperaba por el oficial de inmigraciones, miraba absorto a sus connacionales, y hasta el acento de ellos le parecía extraño. Una vez que lo admitieron, fue en busca de su equipaje, cogió un carrito y se encaminó hacia la salida. Nuevamente el corazón palpitaba fuertemente. El momento tan esperado había llegado.

Un centenar de personas estaba en las afueras del aeropuerto esperando por sus familiares. Un grupo se acercó hacia él. Le costó reconocerlos, la verdad, pero pronto se dio cuenta de que eran su madre y sus hijos corriendo hacia él. Luego todos, en un único abrazo, hicieron un círculo. Las lágrimas de emoción que todos derramaron en ese instante fue el final de muchas horas de tensión y muchos años de espera. Era increíble que después de tanto tiempo estuviera con ellos físicamente, tocándolos, abrazándolos, besándolos… y agradeció a Dios con todo su corazón.

Se unieron al grupo su hermana María y su primo Lorenzo, quien había ofrecido su carro para el transporte. Su hijo lo miraba sorprendido, como si estuviera dudando. César se dio cuenta y se inclinó para decirle:

—Sí, soy yo, tu papá. Aquel que hace ocho años, en este mismo aeropuerto, se vio en la necesidad de dejarte y te dejó su promesa de regresar. ¡Y aquí estoy, hijo mío! Algún día estarán conmigo en ese gran país.

El niño empezó a llorar y lo abrazó fuertemente. César hizo lo mismo. A la vez, abrazó a su hija y le hizo la misma promesa.

De camino a su casa, se encontraba desorientado. No reconocía las calles por donde su primo pasaba. «¿Dónde estamos?», «¿qué calle es esta?», «¿dónde está la avenida Tal?», preguntaba frecuentemente.

Las calles le parecían extrañas; las luces, mortecinas; la ciudad, vieja. Cuando pasó por la avenida Tacna, vio los edificios completamente sucios, como si nunca los hubieran limpiado. Quizá siempre habían estado así, pero por la costumbre de estar viviendo en la ciudad, uno a veces no ve la diferencia.

Al llegar a la casa de su madre, otro grupo familiar lo esperaba: el resto de sus hermanas, algunos primos y sobrinos que recién iba a conocer.

Un cálido recibimiento, una comida especial y algunos brindis del añorado vino Borgoño y el pisco sour, acompañaron el resto de la noche. Adriana llamó en el momento oportuno, saludándole rápidamente y haciéndole saber que todo marchaba bien por su casa en New Jersey.

Al día siguiente, después de un reparador descanso y un exquisito desayuno peruano, se dirigió al Cementerio General de Lima para visitar la tumba de su padre, tíos y demás familiares ya fallecidos.

Al mediodía, se dirigió a la iglesia de las Nazarenas, para pagar tributo a su santo patrón: el Señor de los Milagros.

Por la noche, sus parientes fueron a saludarlo. Llegaron otros queridos tíos y primos, y se formó una agradable fiesta familiar. Otra vez Adriana se comunicó con él en esos momentos, ahora con más tiempo para preguntarle por el viaje y los detalles de su recibimiento. También aprovechó para saludar a la mamá y hermanas de César. Mientras él departía con sus familiares, observaba a su mamá, que conversaba muy amenamente con Adriana. Luego de veinte minutos, la madre de César terminaba de hablar con ella. Le pasó el teléfono.

—Bueno, mi vida, espero que sigas pasando bonito al lado de tu familia. Te seguiré llamando por las noches. Mi familia te envía saludos.

—Está bien, amor, gracias. ¿Qué conversabas con mi mamá?

—¡No seas curioso! Cosas de mujeres, amor. Cuídate mucho.

—Ok, mi Cielo, bella. Tú también cuídate mucho, te extraño.

Un domingo, acompañado de sus hijos, se fue a su antiguo barrio del Rímac a visitar viejos amigos y vecinos. Muchos recuerdos acudieron a su mente al visitar su querido barrio, donde de hecho algunos viejos vecinos ya habían fallecido. Luego fueron a la Plaza de Acho, donde el vigilante, que era su amigo, les dio un tour por el museo taurino y le permitió tomar algunas fotos. Luego, siguieron su camino y llegaron al centro de Lima, recorrieron la Plaza de Armas, entraron en la iglesia de San Francisco y las Catacumbas, y caminaron el largo jirón de la Unión para luego llegar a la Plaza San Martín. El recorrido fue acompañado por cuanto dulces y golosinas quería a sus hijos. Durante la caminata, César estaba respondiendo a las preguntas de sus hijos hicieron acerca de su vida en los Estados Unidos durante los ocho años de ausencia y su relación con

Adriana.

Por último, subieron a un taxi y fueron a Barranco. Caminaron por el malecón de Barranco; ahora sus ojos observaban el vasto mar del Pacífico. Muchos recuerdos le trajo volver a estar en el Puente de los Suspiros, bajar por el camino a las playas y otras calles de ese distrito de nuevo lo llenaron de nostalgia.

—¡Oh, Dios mío! No se puede imaginar como recuerdo este lugar! ¡Qué hermosa estás, hija mía! Y tú, hijo, ¡como has crecido!

—Papá, yo sí me acuerdo que vine aquí con usted por estos lugares, yo estaba niña cuando eso— dijo Sandy—

—Pero yo no, papá —Nandito respondió.

—Es que tú aún eras un niño. Echaba de menos estos lugares. ¿Saben? Me hicieron mucha falta, lloré mucho por la ausencia de ustedes durante estos años. Pero hoy, agradezco a Dios por este momento. Solo por Él es que estoy al lado de ustedes. Y también debemos de agradecer a Adriana por esta oportunidad. Como ustedes saben, tengo que regresar a Estados Unidos dentro de doce días.

—¿Nos vas a dejar otra vez, papá? —preguntaron a coro.

—Es necesario que lo haga. Me va a doler tanto como la primera vez, pero va a ser en beneficio de los tres. Adriana los espera allá para que empiecen una nueva vida. Vamos a hacer sus trámites lo más pronto posible para que puedan venir al lado de nosotros. Me comentaba un amigo, que pedirlos a ustedes es fácil y rápido. No demora más de seis meses para que sea aprobada la petición por ser menores de edad, y una vez concluido ese proceso, los llevaré conmigo. Los voy a extrañar. No quisiera... Tienen que comprenderme. Allá tengo una vida hecha y un buen trabajo para beneficio de ustedes. ¡Perdónenme! Los quiero con todo mi corazón! —en este punto, las lágrimas invadieron sus ojos y, abrazados, los tres empezaron a llorar.

—Está bien, papá. Sé que lo haces por nosotros. Te esperaremos. Nosotros también te queremos mucho y deseamos estar contigo. ¡Esperaremos!

—¡Regresaré! Se los prometo. Vendré con Adriana, para esta Navidad. Estaremos aquí, se los prometo.

Una mañana salió solo a recorrer las calles de la ciudad. Le llamó la atención el colorido y bullicio callejeros. Observó paredes pintadas con propaganda de políticos. Probablemente de campañas pasadas. ¡Ladinos!

Ingresó nuevamente a la iglesia de las Nazarenas. Con profunda emoción, vio a varias personas orar fervientemente. Sabía en su interior que aquellas personas oraban por algún favor divino, tal vez salir del país. Lo sentía muy adentro. Él había pasado por ese mismo trance muchos años atrás.

El país no había cambiado en ningún aspecto. Al salir de la iglesia, varios mendigos se le acercaron en busca de una limosna. Un anciano vestido de harapos y aliento alcohólico. Una anciana con rostro prefiguración cadavérica: cubría sus miserias unos andrajos pestilentes. Varios niños desnutridos: sus ojos desorbitados clamaban por comida, agitaban sus manos ante la indiferencia de la gente. Gente heterogénea habitando en la gran Lima. A pocas cuadras de distancia, los llamados *padres de la patria* seguramente se reunían en grandes bacanales, ignorando el hambre de los más necesitados. Cruel realidad de nuestro país *«en vías de desarrollo»*. En Lima decían que al nuevo presidente, Toledo, le gustaba el trago como loco. Decía ser descendiente de Atahualpa... Tal vez tenía razón, la cara le ayudaba.

Discretamente, empezó a dar algo de dinero a esas gentes, pues los amigos de lo ajeno ya lo habían *«marcado»*, seguramente por la ropa que llevaba puesta. Habiendo sido también de un barrio popular, solo le bastó decir un par de palabras subidas de tono y una mirada aguda para que esos malos elementos lo dejaran en paz.

Ahora se sentía una persona diferente. El hecho de haber experimentado el fenómeno de ser inmigrante le daba cierto derecho de opinar al respecto.

Este fenómeno de la inmigración encierra muchos tópicos sociales, económicos y jurídicos. Una de las principales características que ha tenido el ser humano ha sido su tendencia de moverse de un lugar a otro. Actualmente, debido a la complejidad de nuestra sociedad actual, y a los siempre presentes problemas de búsqueda de oportunidades y conflictos regionales, el fenómeno de inmigración ha crecido hasta convertirse en una situación global.

Como cualquier hecho humano, la migración implica amenazas y oportunidades para las sociedades y los países, tanto como para los que emiten como para los que reciben. Entre las oportunidades para los países que reciben inmigrantes, está el incrementar su capital humano y la posibilidad de enriquecer su cultura. Por su parte, los países de origen pueden recibir remesas o disminuir la presión social en sus comunidades.

Las causas de migración incluyen la brecha salarial entre los países desarrollados y subdesarrollados. Esto genera el aumento de la demanda de trabajo de baja calificación y baja retribución, provocado por la dualización del mercado de trabajo de los países desarrollados. Otra de las causas se encuentra en las estrategias económicas de las familias. Para estas, la decisión de emigrar no es individual, sino que se adopta en el seno familiar, que decide enviar a uno o varios de sus miembros a países desarrollados, mientras que los otros permanecen en el país asumiendo las responsabilidades familiares.

Desde el punto de vista del inmigrante, algunas dimensiones que se deben considerar son las siguientes: la situación legal en la que emigra, las razones por las cuales emigra, el perfil educativo o de competencias que tiene, su edad y sexo, si pretende abandonar definitivamente su tierra o si buscará regresar. También puede encontrar algunos problemas en el lugar al que llegó, que pueden ser legales, de discriminación racial o religiosa, dificultades culturales como el idioma, las costumbres y reglas sociales a las que deberá adaptarse.

Cuando llegó a su casa, contó a su mamá lo ocurrido y ella lo regañó por haber salido solo por las calles de la ahora peligrosa ciudad.

Se dirigieron a la cocina. Aprovechó esa oportunidad para que su mamá le contara todo lo acontecido durante sus años de ausencia, pues ahora se encontraban solos. Sus hermanas habían salido y sus hijos no llegaban aun de la casa materna. Ella empezó por relatarle lo acontecido después que el avión que lo llevó a Miami, despegó aquella mañana.

Le contó que regresaron a casa con mucha tristeza. Así pasaron los días en que ellas también tenían que adaptarse a su ausencia. Ana frecuentaba la casa de ella acompañada de sus hijos, pero después dejó de hacerlo.

Ella sufría mucho por la ausencia de los nietos, pues Ana dejo de llevarlos. De esa manera, sus hijos también llegaron a pagar las consecuencias de su decisión. Una decisión injusta para los niños, pues al parecer pretendía alejarlos de la familia paterna en aras de formar su nueva relación.

Pasó el tiempo; Ana llegó a embarazarse y la indignación de la familia de César era peor cuando ella se presentaba en el barrio con el vientre gestante de otro hombre, ante la incredulidad de los vecinos. Este hecho le causó mucho dolor a la madre, y le recordó que por aquel tiempo él le mandó una fuerte cantidad de dinero para que salieran del barrio (*«es dinero limpio»*) y fue así que salieron del querido barrio donde vivieron muchos años.

El tiempo continuaba su marcha inexorable y ellas seguían su vida en medio de las crisis políticas-económicas del país, asistiendo a votaciones presidenciales y de alcaldes para beneficio de pillos sentados en puestos públicos. Gracias a los envíos de dinero que él hacia; su madre, hermanas e hijos, en forma indirecta, podían salvar esos momentos de angustia económica que los gobiernos dan a sus ciudadanos en forma continua.

Sin embargo, también llegaron a pasar dificultades, como todos los ciudadanos del país. Le contó que frecuentemente se quedaba sola y salía a caminar por las calles de la ciudad, recordando al esposo fallecido y al hijo ausente. Pasaban los años: cada cierto tiempo, los fines de semana podía ver a sus nietos, cuando la madre los llevaba para visitarla. Le relató que Nandito se acercaba a la ventana y llorando decía: «¿Papá, cuándo vas a regresar?» Pero, llegada la noche, venia la madre de ellos y se los llevaba, aún a pesar de la tristeza de ella y de los niños.

La madre empezó a llorar al recordar esos momentos. En ese punto, sacó un pequeño maletín y se la entregó a César. Abrió y sacó una gran cantidad de cartas y fotos que él le había enviado durante todos esos años. Empezó a revisarlas: se vio en una foto con Pepe y Saúl, sumamente delgado y el cabello largo. Una foto de febrero de 1993, en casa de Saúl, sentado de espaldas a la ventana: se apreciaba la nieve acumulada en el techo de las casas. Luego otra con Ricky y los demás muchachos en el parque #11 en el verano de ese tiempo. Varias fotos con todos sus amigos en la habitación de la Irving Place. Fotos con Adriana en varias locaciones al inicio de la relación. Suspiró profundamente.

Ella proseguía con su relato. Ahora se ubicó cinco años después de su partida, Sandy iba a cumplir 15 años. Con gran algarabía se celebró ese paso trascendental que es la transformación de niña a mujer, donde ella y sus hermanas estuvieron presentes. Nandito ya tenía ocho años y seguía reclamando la presencia del papá. La vida continuaba, los años pasaban en medio de lágrimas y zozobras; tenía que mudarse otra vez. Las hijas les habían dado nietos que ella con mucho cariño se puso a criarlos, mientras ellas trabajaban. Así, entre lágrimas y cosas que ya no quería recordar, dejó de hablar. El, conmovido por el relato, también lloraba. La abrazó para consolarse entrambos.

—Ya no lloremos mamá, ahora las cosas van a ser distintas. Yo también sufrí mucho por allá en los primeros años. También como usted, caminé muchas veces solo por las calles de la ciudad donde vivo, recordándolos intensamente. Anduve por caminos abismales, de los cuales gracias a Dios, no caí. Pero hay que considerar eso como algo del pasado, que nunca regresarán. Hoy estamos viviendo un presente en el cual te tengo a mi lado, y habrá un futuro en que seguirás a mi lado. Muchas cosas van a cambiar a partir de este viaje, te lo prometo. Para empezar, te voy a dar este dinero para que cambies la sala, comedor y tu dormitorio. En dos años o, Dios quiera antes, te compraré tu casa, una casa nueva para que estés ahí sin tener que moverse como los *gitanos*, como dice usted. Ya he conversado con Adriana al respecto, pues tenemos planes de, más adelante, comprar casa en Estados Unidos y aquí en Lima, cuando consolidemos un buen crédito que nos permita tener acceso a ese proyecto, ya que ambos tenemos buenos trabajos. De esa manera mamá, no pasarás más dificultades y tendrás tu casa propia.

También te llevaré a los Estados Unidos, para que conozcas ese gran país y veas sus hermosos paisajes, sus playas y sus grandes ciudades. Ya verás, mamá, que con la ayuda de Dios, todo cambiará. Tú y mis hijos estarán conmigo. ¿Te gusta esa idea?

—Sí, hijo.

—Entonces, ya no llores. —le decía mientras acariciaba su corta cabellera—. Te teñiste el cabello, ¿verdad?

—Sí, hijo, lo hice para recibirte y me veas bonita. Ya tengo mis cabellos muy blancos.

—Usted es bonita de todas formas. Te quiero mucho, mamá. Después de almorzar nos vamos a ir a ver los muebles y todos lo demás que vamos a comprar. Te voy a dejar un dinero aparte para que los guardes para las emergencias. También, te seguiré enviando dinero cada quince días para que no pases necesidades. Hablaré con María de todo esto que hemos conversado para que tenga conocimiento de mis proyectos, ¿Ok, mamá? ¿Qué vas a cocinar?

—Gracias hijo. Lo que te gusta: seco de carne a la norteña y cebiche. Menos mal que ayer compraste las cosas, pero en exceso.

—Uhmmm, ¡qué rico! Más vale que *sosobre que fafalte*, mamá. Te voy a ayudar, y así aprendo un poco de su cocina. Ya es tarde y deben estar llegando mis hijos y las chicas —le dijo esta vez abrazándola y besando su frente.

Como hacía calor, la madre le sirvió un vaso con la deliciosa bebida peruana *Inca Kola*, poniendo al lado una vasija con varios cubos de hielo. César cogió un cubo entre sus dedos y se quedó pensativo.

—¿Te pasa algo hijo?

—No mamá, no pasa nada. Son solo amargos recuerdos que quisiera olvidar para siempre. Madre, ¿Sabía usted que el hielo cruje?

Tenía que aprovechar el tiempo. Luego de algunos días de paseos por las calles limeñas, decidió hacer un viaje a la Sierra central. Con su madre y sus hijos disfrutó de hermosos días visitando los principales centros turísticos de Jauja, Huancayo y Tarma, para luego regresar a Lima. Acostumbrarse al cambio de la moneda también fue algo anecdótico para él. A veces sus hijos se reían al ver la expresión de su rostro al notar los diferentes colores de billetes. Degustar de la deliciosa comida peruana *in situ* fue otro grato recuerdo.

Le quedaban ahora tan solo cinco días para retornar a Estados Unidos, que dedicó a la visita de sus colegas, a quienes conto todas sus experiencias. Visitó también la vieja casona de la Facultad de Medicina. Gratos recuerdos volvieron a su mente de su época de estudiante. Se encontró con un antiguo profesor de anatomía, quien lo saludó efusivamente. Aprovecho también para hacer algunos trámites para proseguir estudios en Estados Unidos.

Cuenta regresiva. Nuevamente el sentimiento de tener que dejarlos lo agobiaba. Trató de pasar más tiempo junto a sus hijos y a su madre. Visitó un nuevo y moderno complejo turístico en Miraflores llamado *Larcomar*, muy parecido a los *malls* de Estados Unidos, pero en pequeña escala. La zona elegante de Lima había crecido, arquitectónicamente, produciendo gran flujo de visitantes extranjeros y locales, promoviendo la industria turística.

El sábado previo a su viaje, le ofrecieron una bonita fiesta familiar de despedida, donde su madre y hermanas se esmeraron en preparar un delicioso buffet criollo para beneplácito de los invitados. Amigos del barrio también fueron a despedirlo, nuevamente, deseándole un feliz viaje y un pronto retorno.

A la media noche, concluida la reunión, se retiró a la habitación que su madre le había preparado. Previamente había conversado con Adriana, quien entre muchas cosas, le dijo que ya se preparaba para recibirlo.

Se recostó en su cama y de cara a la ventana, contempló el nublado cielo limeño, de clásico color cárdeno del reflejo de la luces de neón de los alumbrados públicos. Mentalmente, agradeció a Dios de que su permanencia en Lima haya pasado sin contratiempos de ninguna índole.

¡Las vueltas que da la vida! Recordó el limpio cielo estrellado de las noches de New Jersey, que permite ver con suma claridad y a simple vista, las constelaciones que preceden al cambio de las estaciones en ese hemisferio… y sintió nostalgia por la ciudad que lo había acogido durante los últimos ocho años.

El último domingo que pasó en Lima fue el Día de las Madres, disfrutó en un agradable ambiente familiar, como solían hacerlo antes. En unión y fraternidad. Sería también la despedida hasta el previsto mes de diciembre que había prometido regresar. Preparó sus maletas trayendo productos peruanos, dulces, algunos adornos típicos del país para regalar a los colegas y amigos, y también trajo mucha música peruana que estaba de moda por aquel año.

Al día siguiente llegó temprano al aeropuerto internacional Jorge Chávez de Lima, en compañía de sus familiares más cercanos.

Algunos tíos y primos, también habían ido a despedirlo. Otra vez las lágrimas. Se acercó a sus hijos que lloraban, los abrazó con fuerza y les recordó su promesa de regresar. Besó sus frentes y les dijo que sean fuertes y lo esperaran algunos meses más para volver a encontrarse.

Otra vez la incertidumbre. Otra vez esa sensación dolorosa en el pecho. Su corazón empezó a latir aceleradamente, como dos semanas atrás, cuando venía al reencuentro. Pero tenía que ser fuerte. Se acercó a su madre y le dijo algo que le pareció que ya lo había dicho antes:

—Tengo que regresar. Perdóname por dejarte, mamá, pero tengo que regresar. Recuerde lo que hemos conversado madre, pronto volveré y las cosas serán muy diferentes que ahora.

—Está bien, hijo, entiendo. Anda con Dios, tú también ten fuerzas y pon mucho empeño en tus proyectos. Será para beneficio tuyo y de tus hijos. Cuídate mucho… te esperaremos.

—Gracias, madre, me voy con su bendición. Usted también cuídese mucho… volveré. Seguiré cuidando de usted como lo he prometido —le decía mientras le daba un fuerte abrazo y un beso en la frente.

Había una promesa pendiente y debía poner todo su esfuerzo para cumplirlo. Además, Adriana lo esperaba por allá. Caminó hacia la sala de embarque, volteó otra vez para verlos, ¡y la misma escena de ocho años atrás se repitió!

La mañana del 13 de mayo del 2001, el avión del vuelo 1425 de Continental Airlines, despegó con rumbo norte hacia el Aeropuerto Internacional de Newark, New Jersey, perdiéndose en el azul del firmamento.

Adentro, él, sentado solo en la última fila del avión, con los ojos anegados en lágrimas, dejaba parte de su corazón en el Perú.

EPÍLOGO

Después de su llegada a los Estados Unidos, César continuó su vida normal, dedicado al trabajo y al estudio en compañía de Adriana.

Pero aún tenía el sabor de su estancia en Perú. La primera noche se despertó desorientado. No sabía si estaba en su dormitorio en Lima o en su dormitorio actual. Las emociones vividas junto a su familia durante esas dos semanas habían marcado profundamente su subconsciente. Cualquier canción, aroma, paisaje o sonidos, lo transportaban a Lima. Experimentó la misma sensación que tuvo ocho años atrás, y le tomó un poco de tiempo volver a adaptarse a la realidad.

Por lo tanto, inició con Adriana, con carácter prioritario, los procedimientos de petición de sus hijos, presentando todos los documentos de los niños que había traído de Perú.

El 11 de septiembre de 2001, un certero y traicionero ataque por parte de terroristas de la facción Al Qaeda sembró el pánico en la ciudad de Nueva York y el resto de Norteamérica. Usando aviones comerciales de bandera estadounidense, embistieron y destruyeron las torres del *World Trade* Center, causando la muerte de al menos tres mil personas. Al mismo tiempo, perpetraron sus ataques contra el Pentágono en Washington y la caída de un avión en Pennsylvania. El mundo entero se convulsionó con la terrible tragedia. Sin embargo, la nación americana y todas las personas de diferentes nacionalidades que viven en este país se unieron para ayudar a reparar el daño sufrido, dando muestras de solidaridad en los momentos difíciles. Las semanas siguientes al ataque, se vivían en un clima tenso y preocupante.

Pero esto no fue obstáculo para programar el segundo viaje, esta vez en compañía de Adriana, para las fiestas navideñas de ese año.

Y fue así que, según lo prometido, la noche del 20 de diciembre de 2001, fueron bien recibidos por sus familiares, y pasaron la mejor Navidad de su vida en unión de su madre y de sus hijos. Esta vez, Adriana fue la consentida de toda la familia.

Siendo la temporada veraniega, podía disfrutar de las hermosas playas del sur de Lima y visitar a amigos que no pudo ver en su primer viaje. También hizo un viaje a la hermosa bahía de Paracas, lugar de muchos recuerdos para él.

La noche antes de su regreso a los Estados Unidos, habló con sus hijos y les dijo que esta sería la última vez que los dejaba, porque no habría un tercer viaje sin retornar con ellos a Estados Unidos. Se volvió a despedir un 6 de enero del 2002.

Pasó el tiempo, y después de muchos trámites, muchas desveladas, inversión de dinero, tiempo y mucho sacrificio, recibió una carta de la Embajada de Estados Unidos en Lima. Debía comparecer para poner fin al trámite de sus hijos.

Por tal motivo tuvo que realizar un tercer viaje. Una vez en el Perú, y después de pasar algunos contratiempos con el cónsul de Estados Unidos en Lima, obtuvo la visa de residencia para sus hijos.

La noche del 2 de agosto de 2002, cumplió su promesa. Acompañado por sus dos hijos, se despidió de sus familiares en Lima hasta una nueva oportunidad.

Posteriormente, los viajes en tren serían el nexo entre él y Adriana, cuando por cuestiones académicas, tuvo que alejarse de ella y de sus hijos temporalmente. Razón por la cual, ambos hacían frecuentes viajes en tren para encontrarse; cumpliéndose de esa manera el sueño que tuvo aquella noche y que con el tiempo los había unido.

Actualmente, vive y trabaja en Nueva Jersey, dedicado a las labores médicas en el campo del manejo y alivio del dolor, una rama híbrida de la anestesiología. También, con su trabajo y esfuerzo, cumplió a Adriana y a su madre todas las promesas hechas. Su vida sigue con la ilusión de que sus hijos echen raíces y sean profesionales en esta gran nación. Con el tiempo, también tuvo la alegría de estar con su madre, que se quedó durante seis meses en Nueva Jersey, y, después, tuvo el privilegio de venir anualmente.

Una vez tuvo que viajar solo al Perú por asuntos profesionales. Se iba a quedar pocos días; así es que aprovechó la ocasión para hacer una reunión familiar. Un primo que no había visto anteriormente, le preguntó:

—Primo, ¿quién es Adriana? Toda la familia habla de ella.

Él le respondió:

—¿Quién es Adriana? Ella es la que me embelesa con su fragancia día tras día, la que me cautiva con su voz, me subyuga con su mirada. Ella es el eje de mi universo personal. A su lado construí una nueva vida y sigue siendo el eslabón de mis sueños por venir.